KB036587

우리말 땅이름 3

우리말 땅이름 3

작은 땅이름 백 가지

윤재철 지음

도서출판 b

이 책을 펴내며

『삼국유사』(권1 기이1 김유신)에는 백석(白石)이라는 인물이 등장한다. 고구려에서 김유신을 해칠 목적으로 신라에 파견했던 첩자다. 그는 낭도로 위장 잠입하여 김유신을 고구려로 유인하려다가 일이 발각되어 붙잡혀 죽임을 당한다. 이때 백석은 김유신에게 적국의 사정을 먼저 염탐한 뒤에 일을 도모하는 것이 좋겠다고 권하여 김유신과 함께 길을 떠나는데, 도중에 여자로 화한 세 호국신이 나타나 그의 정체를 유신에게 밝혀줌으로써 일이 틀어지게 된다. 만약 세 호국신의 도움이 없었다면 백석은 김유신을 유인해서 고구려로 무사히 돌아가고 역사는 또 어떻게 바뀌었을지 모를 일이다.

이 이야기는 김유신을 중심에 둔 이야기라서 그런지 백석의 신분에 대한 상세한 정보는 없다. 단지 그가 "어느 곳으로부터 왔는지 알 수가 없었으나 낭도의 무리에 여러 해 동안 속해 있었다"고 한 것으로 보아, 오랫동안 집념을 가지고 이 일을 도모했음을 알 수 있다. 현대의 첩보전에서나 볼 수 있을 법한 일을 그 옛날 삼국시대에 감행했다는 것이 놀라운데, 새삼 백석이라는 인물에 대해 관심이 가지 않을 수 없다. 그는 어떤 인물이었을까. 당대의 명장 김유신을 상대로 일을 도모했다면 그 역시 지모나 무술이 뛰어나고 담력 또한 컸음을 미루어 짐작할 수 있다. 이런 맥락에서 보면 백석이라는 이름도 예사롭지 않게 여겨지는데, 어떤 의미가 있을까.

백석(白石)이라는 이름은 현대에 와서도 시인의 이름이나 대학교의 이름이나 그리고 땅이름으로 친숙하게 접하는데, 삼국시대에 이미 고구려 사람의 이름으로 백석이라는 말이 쓰였다는 것이 흥미롭다. 『표준국어대사전』에는 '백석'이라는 말이 "흰 돌"이라고 간단하게 설명되어 있지만 삼국시대에는 이 말을 어떤 의미로 쓰고, 어떻게 불렀을까. 이와 관련해서는 백석이라는 '지명'을 주의 깊게 살펴볼 필요가 있다. '지명' 역시 '인명' 못지않게 오랜 역사를 갖고 있고 또 한 번 붙여지면 잘 변하지 않는 성질이 있기 때문이다.

백석 지명은 전국적으로 아주 많다. 그중 우선으로 살펴야 할 것은 우리말 이름이 함께 전하는 경우일 것이다. 백석은 지명에서 우리말로는 '흰돌'과 '차돌' 두 가지가 전한다. 지역에 따라서 '흰돌'로 부른 곳도 있고, '차돌'로 부른 곳이 있는데 한자로는 모두 '백석'으로 표기되었다. 또한 '흰돌'로 부른 곳도 거의 대부분 '흰돌'의 정체를 '차돌'로 얘기하고 있는 것을 볼 수 있다. 그렇다면 '백석'은 '차돌'을 가리키는 한자 이름이었다는 것을 알 수 있다. 차돌은 석영 또는 석영으로 이뤄진 규암 같은 단단한 암석을 가리키는데 흰빛(유백색)을 띠는 경우가 많다. 그러니까 눈에 띄는 이 색채에 주목해서 '차돌'을 흔히 '흰돌'로도 부른 것을 알 수 있다.

그렇다면 고구려인 '백석'은 어떻게 불렀을까. '흰돌이'라 불렀을까, '차돌이'라 불렀을까. '흰돌', '차돌'에 접미사 '이'를 붙인다면 '흰돌이'

'차돌이'가 되는데 둘 모두 지명에도 쓰인 말들이다. 고구려인 백석은 아마도 '차돌이'로 불렸을 것이다. 지명이 자연물의 색채나 외형에 빗댄 것이 많다면, 인명의 경우는 그 자연물의 속성에 빗댄 것이 많기 때문이다. 차돌은 어원적으로는 '찰지다(차지다)'의 '찰-'과 '돌'이 결합한 것으로 본다. 그러니까 '찰돌'이 변해서 '차돌'이 된 것이다. 단단하고 차진 돌이라는 뜻이다. 차돌은 지금도 야무진 사람을 비유적으로 이르는 말로 쓰이거니와 그 옛날 멀리 고구려로부터 신라로 잠입해 와서 김유신을 상대로 어떤 일을 도모하려 했다면 여간 담대하고 야무진 사람이 아니었을 것이니 '백석'은 마땅히 '차돌이'로 불렸을 것이다.

지명에서 차돌은 흔히 '백석'으로 한자화했는데 더러는 '진석(眞石)'으로 바꾸어 쓰기도 했다. 어원적으로는 오해한 것이지만, '차돌'을 '참돌(참된 돌)'로 인식하고 '참 진(眞)' 자를 써서 '진석'으로 바꾸어 쓴 것이다. '참'이라는 말이 대체로 '진실하고 올바르다'는 뜻도 있지만 '진짜'라는 뜻도 있고 보면 '차돌'을 '진짜 돌'로 이해한 것이 억지만은 아닐 것이다. 돌 중의 돌이라는 의미였을 것이다. 백석이 차돌의 흰빛에 주목한 표현이라면 진석은 차돌의 단단한 성질에 주목한 표현이다. 전남 보성군 벌교읍 장양리 진석마을은 마을 위 뒷산 중턱에서 부싯돌로 쓰던 차돌(참돌)이 나온다 하여 진석(眞石)이라 했다(보성문화원). 쇠로 쳐서 불을 일으키는 부싯돌로 쓸 정도로 단단한 돌이라서 진석이라는 말을 썼을 것이다.

차돌이, 차돌메, 차돌바우, 차돌배기 같은 '차돌' 지명은 일차적으로는 차돌이 많이 분포하는 곳이라든지 큰 차돌바위가 있다든지 하는 지리적인 특성에 근거하여 붙여진 이름이지만 거기에는 공동체 구성원들의 가치관이 반영되어 있다. 흰빛을 신성시한다든지 단단하고 야무지고 변하지 않는 것에 대한 선호, 바위에 대한 숭배심 같은 가치관이 보이지 않게 반영되어 있는 것이다. 땅이름은 기본적으로는 지리적인 정보를 공유하는 데에 의의가 있지만 그것이 명명되고 전파되고 나아가 대를 물려

사용되는 데에는 구성원들의 공통된 가치관이 뒷받침되지 않으면 안 되는 것이다. 그래서 지명은 풍습이 되고 문화가 된다. 그런 점에서 땅이름은 물질적이면서도 정신적인 자산이다. 땅이름을 인문학적으로 접근할 필요도 거기에 있는 것이다.

우리말 땅이름 3권은 1, 2권에 비해 작고 아름다운 땅이름에 주안점을 두었다. 1, 2권이 행정지명 위주로 잘못 알려진 땅이름에 주목했다면, 3권은 자연마을과 주변 환경에서 찾아지는 작고 아름다운 땅이름에 우선 눈길을 주었다. 너무 많다 보니 산과 골(1부), 고개와 바위(2부), 시내(3부), 여울 나루 개(4부), 마을(5부) 등으로 부를 나누었지만 엄격한 것은 아니다. 농기구나 생활용구, 풀, 나무, 새 등 동식물 지명은 4권에서 다룰 예정이다. 코로나가 창궐하는 어려운 여건 속에서도 여러모로 미흡한 원고를 좋게 책으로 만들어 주신 편집진과 사장님께 진심으로 고맙다는 인사를 드린다.

2021년 가을, 방배동 달팽이집에서

윤재철

차 례

이 책을 펴내며 ······ 5

제1부 산이 높으면 골이 깊고

메아리가 사는 매사니덤 ······ 15
산디 산듸 산뒤 ······ 18
검단산 산삐알 밑 배알미동 ······ 21
서울 남산은 마뫼 ······ 25
모르고 지나쳐 가는 동네 모로리 ······ 28
벌거숭이산 민뫼 ······ 31
와산은 누온미 누불미 ······ 34
영광 금정산은 가마미 가매미 ······ 37
강화 마니산은 본래 마리산 ······ 41
대둔산은 한듬산 ······ 45
산마루 등마루 횃불말랑이 ······ 49
미곶 미꾸지 산곶 산꾸지 ······ 52
풍취리 바람부리 ······ 55
아름다운 미실이 아니라 산골짜기 미실 ······ 58
골안이 난곡으로 ······ 61
동학농민군의 마지막 전투지 북실 ······ 64
하월곡동 다릿골 ······ 68
도둑 없는 도둑골 ······ 71
모롱이 모랭이 모랭거리 ······ 75
나래실 나래산 ······ 78

제2부 바우고개 언덕을 넘어

높아서 아득령 멀어서 아득이 ········ 85
희여티 희여고개 ········ 88
크고 높은 마치고개 말티고개 ········ 91
바다 위에 뜬 달 해운대 달맞이고개 ········ 95
갓골 가꿀고개 ········ 98
차현리 수루너미 ········ 101
국수사리처럼 꼬불꼬불한 아홉사리재 ········ 104
지름재 너머 지르네미 ········ 107
고개 너머 잿말 잼말 ········ 110
불쏭골 불썬바위 ········ 113
쉰움산 쉰길바위 ········ 117
일어서기산 일어서기바위 ········ 120
선돌이 무너져 눈돌이 되고 ········ 123
꼴두바우 꼭두바위 ········ 126
햇빛 환한 볕바위 볕고개 ········ 130
배추 절이던 김장바위 ········ 133
보길도 글씐바위 ········ 136
앉을바위 쉴바위 ········ 139
눈썹지붕 눈썹바위 ········ 142
붉은데기 ········ 146
도드라진 언덕 도두니 ········ 149
언덕 위의 마을 두들마 ········ 152

제3부 샘이 깊은 물은 내를 이루어

구리시 수택동 수누피 ········ 157
베르네 베릿내 대베리갠 ········ 160
비와야폭포 ········ 163
강화해협 손돌목 ········ 166
바댕이를 한자로 쓴 팔당 ········ 169

안양천 오목내 ········· 172
봄내라는 땅이름 ········· 175
머내는 머흘내 먼내 ········· 178
물의 안쪽이라 물안 물이 많아 물한 ········· 181
광개토대왕비문에 나오는 아리수 ········· 184
맑은 가람 한 구비 ········· 187
물빛이 하늘에 이어진 수색 ········· 190
조약돌 콩돌 몽돌 ········· 194
강남구 포이동은 갯들 갯둘 ········· 197
명천리는 울내 우르내 ········· 200
걸 거랑 개랭이 ········· 203
아치나리와 가무나리 ········· 206
소월리 해월리는 바드리 바다리 ········· 210
봇도랑과 똘다리 또랑말 ········· 214
곧게 뻗은 고등골 고든내 ········· 217
천천동 천천리는 샘내 ········· 220
미리내와 미내다리 ········· 223

제4부 여울 나루 개

별나리와 해나리 ········· 229
흔바위나루와 부라우나루 ········· 232
경진리 서울나드리 ········· 235
한탄강은 한여울 ········· 238
쏜살같이 빨라서 살여울 ········· 241
막희락탄은 막흐래기여울 ········· 244
정선 아우라지와 옥수동 두물개 ········· 248
안성시 아양동은 아롱개 ········· 251
춘천 강촌리 물께말 ········· 254
후릿그물로 고기 잡던 후리포 ········· 257
여의도는 너불섬 ········· 260
도리리는 섬마 섬마을 ········· 264

서울 동작구에도 있던 갯마을 ····· 267
강경의 옛 이름 갱갱이 ····· 270

제5부 한 우물 먹고 살았네

천을리 한울이는 큰 울타리 ····· 275
지금은 사라진 이리시 솜리 ····· 278
김유신 장군이 태어난 담안밭 ····· 281
서쪽 마을 하니말 ····· 284
초리우물과 쫄쫄우물 ····· 287
도래샘과 도램말 ····· 290
통영운하 판데 폰데 ····· 293
천호동 고분다리 ····· 296
하늘바라기 천둥지기 ····· 299
손님을 맞이하던 손바라기 ····· 302
열두 지명 열두삼천리벌 ····· 305
우묵해서 우묵배미 쑥 들어가서 쑥배미 ····· 308
밤에 재미 본다는 야미리 ····· 311
소월 시의 나무리벌 ····· 314
세곡동 세천리는 가는골 가느내 ····· 317
서초구 염곡동은 염통골 ····· 320
곶의 안쪽 고잔 ····· 323
화전은 불대기 부대기 ····· 327
숨은골 스무실 이십곡리 ····· 331
두집메 세집말 네집뜸 ····· 334
술막 숯막 새술막 ····· 337
미륵이 미륵리 미륵뎅이 ····· 341

제1부

산이 높으면 골이 깊고

메아리가 사는 매사니덤

산에 소리를 되돌려 주는 뭔가가 산다 … 매산이덤, 매산이바위
산의 우리말 '뫼'와 살다(生)의 '살'에 접미사 '이'가 결합한 '뫼살이'가 메아리로

어린 시절 많이 부르던 동요 중에 〈메아리〉라는 노래가 있다. "산에 산에 산에는 산에 사는 메아리 / 언제나 찾아가서 외쳐 부르면 / 반가이 대답하는 산에 사는 메아리 / 벌거벗은 붉은 산엔 살 수 없어 갔다오 …" 경쾌한 리듬에 맞추어 부르는 노랫말에 호소력이 있어 기억에 남아 있다. 뒷부분에서는 메아리가 살게시리 산에다 나무를 심자는 내용의 노랫말이 이어져서 마치 '식목일 노래'같이도 들리던 노래다. 그러나 작사자인 시인 유치환은 이 노래를 '식목의 노래'로 만든 것이 아니라고 하였다. 〈메아리〉는 1954년에 발표되었는데 6·25 직후 조국 강산이 몹시 황폐한 모습을 보고 메아리가 사는 풍성한 숲을 생각하면서 지은 것이라고 한다.

그런데 이 동요에서 눈에 띄는 것은 메아리가 산에 살고 있는 것으로 묘사하고 있다는 사실이다. '산에 사는 메아리'라고 해서 산이 메아리의 집인 것처럼 묘사하고 있는 것이다. 이 노래 탓인지 우리는 메아리는

당연히 산에 살고 있는 것으로 생각하는데 이러한 연상이 알고 보면 메아리의 어원과 관련이 있어 흥미롭다. 메아리는 어원적으로 산의 뜻을 가진 명사 '뫼'와 동사 '살다(生)'의 '살'에 접미사 '이'가 결합한 말이다. 그러니까 '뫼살이' 곧 '산에 사는 것'이라는 뜻이 된다. '뫼살이'의 '살이'는 인생살이, 처가살이의 그 '살이'와 같다.

뫼살이는 모음 사이의 'ㅅ'이 'ㅿ'으로 변했다가 사라지면서 '뫼아리'가 되고, 이것이 다시 '메아리'가 되었다. 사전에 메아리는 "울려 퍼져 가던 소리가 산이나 절벽 같은 데에 부딪혀 되울려 오는 소리"로 설명되어 있다. 비슷한 말로는 '산울림'이 있다. 소리의 되울림 현상은 우물이나 동굴 같은 곳에서도 경험할 수 있지만 크고 신비롭게 확인할 수 있는 곳은 산일 것이다. 산에서의 그런 인상적인 경험이 말에 반영되어 '뫼살이' 곧 '산에 사는 것'이 되었다.

경남 의령군 정곡면 죽전리에는 '매산이덤(매사니덤)'이라는 특이한 지명이 있다. 그러나 알고 보면 그다지 특이할 것도 없는데 '매산이'가 '메아리'의 방언이기 때문이다. '매산이'는 '뫼살이'가 '메아리'로 변하기 전의 'ㅅ'음을 그대로 간직하고 있다. 의령문화원의 『의령의 지명』에는 '매사니덤'에 대해 "'매사니'는 '산울림'의 지역어이므로 '메아리가 잘 울리는 바위'의 뜻으로 볼 수 있다. '덤'은 '큰 바위'나 '벼랑'을 가리키는 옛 지역어이다"라고 되어 있다. 메아리가 울리는 것으로 보아서는 '바위'라는 말보다는 '벼랑'이라는 말이 더 어울릴 것 같다. '매사니덤'은 같은 의령군 유곡면 오목리와 칠곡면 내조리에도 있다. 모두 같은 뜻으로 설명하고 있다.

전남 화순군 동면 서성3리 오성동마을의 '매산바우'는 "마을 아래 바위산이 있는데 이 바위를 매산바우라 한다. 바우 아래서 매산아 하고 외치면 산울림이 되어 들려온다"고 한다(『화순군의 마을유래지』). '매산'은 '매산이'가 준 것으로 보인다. 같은 화순군 남면 대곡2리 대원동마을 '매산이바위'는 "이곳에서 소리를 치면 메아리가 들리므로 이렇게 부른다"라고 되어 있다.

북한지역에도 메아리 지명이 여럿 있는데 표현들이 다양하다. 강원도 창도군 장현리에는 '쟁쟁골'이 있다. 산울림 소리가 쟁쟁하게 울린다는 데서 유래된 지명이라고 한다(『조선향토대백과』). 강원도 판교군 용흥리에는 '산울림골'이 있는데 산울림이 잘 된다는 데서 비롯된 지명이라는 설명이다. 평안남도 북창군 소창리의 '소리골'은 산울림이 크다는 데서 비롯된 지명이라고 한다. 평안남도 은산군 동삼리 '재청골(再聽-)'은 골이 깊어 산울림이 심하다는 데서 비롯된 지명인데, 한자가 '다시 듣는다(들린다)'는 뜻이어서 흥미롭다. 말하자면 '되울림 현상'을 한자로 표현한 것이다. 평안남도 문덕군 용남리 '우능산(우릉산)'은 산울림이 잘 된다는 데서 비롯된 이름이라고 한다.

산디 산듸 산뒤

'산디'는 산의 뒤쪽을 가리키는 '산뒤'에서 온 이름
'산북'은 '산뒤'를 한자의 훈(뒤 북)을 빌려 표기한 지명

'산디'라는 말을 들어본 적이 있느냐고 물어보면 처음 듣는다는 사람이 많다. 산디? 산디? 되뇌어 보면서 "거 부르기 괜찮은 말인데"라고 답하는 사람도 있다. 산뜻한 느낌과 함께 정감이 느껴진다는 것이다. 산디는 현대 생활에서는 거의 들을 일이 없는 말이지만 예전에는 일상생활 속에서 더러 썼던 말이다. 국어사전에도 등재되어 있다. 그러나 원래의 말이 아니라 음운이 변하여 된 말 곧 '산대'의 변한 말로 나온다. 산대는 양주 별산대놀이나 봉산탈춤같이 탈을 쓰고 큰길가나 빈터에 만든 무대에서 하는 탈놀음 혹은 무대를 가리키는 말인데, 이 산대, 산대놀이를 흔히 '산디', '산디놀이'라고 했던 것이다.

그런데 지명에 쓰인 '산디'는 뜻이 좀 다른데, 이 역시 변한 말로서 많이 쓰였다. 대표적인 것이 '산의 뒤쪽'을 가리키는 '산뒤'가 음운이 변해서 된 '산디'이다. 대전시에서도 보기 드문 첩첩산중의 두메에 자리한 '산디'는 대덕구 장동을 대표하는 오래된 마을이다. 마을 입구 탑거리

산디서낭당에서는 할아버지탑과 할머니탑을 모시고 탑신제(대전시 무형문화재)를 지내고 가을걷이가 끝나면 산신제를 올리는 등 민속이 잘 보존되어 있는 전통 마을이다. 대덕문화원의 '장동의 유래 및 지명'에서는 "계족산 뒤에 있는 마을이라서 산디 또는 산북(山北)이라고 한 것에서 유래한다. 계족산 북쪽 골짜기는 좁고 길어서 장동 계족산에서부터 용호동 하용호에 이르므로 열두 산디라고도 한다. 이는 계족산 뒤의 골짜기에 열두 개의 마을이 자리하고 있었다는 뜻이다. 그중에서 계족산 골짜기 가장 위쪽에 있는 마을이 바로 산디마을이다"라고 설명하고 있다.

이칭으로는 산뒤, 산듸, 웃산디, 산대, 산북, 뻘터 등을 들고 있다. 산디가 산뒤에서 온 이름임을 알 수 있다. 한자 지명 '산북'은 '산뒤'를 한자의 훈을 빌려 표기한 것이다. '북(北)'은 지금은 '북녘 북'으로 새기지만 옛날에는 '뒤 북'으로 새겼다. 『훈몽자회』(1527)에도 '앏 남(南)', '뒤 북(北)'으로 훈이 나온다. 또한 '뻘터'는 마을이 계족산 정상 제일 가까운 데 있어 집집마다 한 계단 한 계단 올라가면서 집을 지어 벌집처럼 생겼다고 하여 뻘터라고 부른 것이라 한다. '산디'는 영조 때의 관찬 지리지인 『여지도서』에는 회덕현 일도면의 상산대리(上山垈里)로 나온다. 회덕현의 관문으로부터 북쪽으로 5리에 위치하고 호수는 120호에 남자 201명, 여자 202명이 거주하는 비교적 큰 마을로 기록되어 있다. 이는 산디마을뿐 아니라 장동에 속한 모든 자연마을과 용호동 하산디 등 '열두 산디'를 아우른 것으로 추정된다. 또한 '산디'를 '산대(山垈)'로 한자 표기한 것을 볼 수 있는데, 여기서 '垈(터 대)'는 뜻옮김이 아니라 '디(뒤)'를 소리로 옮긴 것이다. 그러니까 '상산대리'는 '웃산디'를 한자 표기한 이름이다.

또 다른 '산디'는 양주시 산북동(현 양주 1동 산북1~4통)에도 있다. 양주시 지명유래에는 산북동을 "양주의 주산인 불곡산 뒤에 있는 마을이라 하여 붙여진 이름으로 산뒤 · 산디 · 산대(山垈) 등으로 불리기도 함"이라고 되어 있다. 대전 장동의 '산디'와 설명이 같은 것을 볼 수 있다.

안성시 일죽면 산북리는 『일죽면지』에 "본래 죽산군 남일면의 지역으로서 묘룡산 밑이 되므로 산듸, 산디 또는 산북, 산대라 하였는데, 1914년 행정구역 폐합에 따라 산북리라 해서 안성군 죽일면에 편입되었다. 산북리라는 지명 자체가 묘룡산과 관련해서 지어진 것이라고 할 수 있다"고 되어 있다. 주민들은 안성에서 가장 동쪽에 있는 산이 '묘룡산'이고 그 산이 있는 마을이 '산북리'라고 말하기도 하는데, 묘룡산을 '마을 뒷목에 있는 산'이라고 해서 '뒷목산'이라 부르기도 한다.

이 밖에도 충남 홍성군 홍북면 상하리 산뒤(산디)는 "외부에서 부르는 상하리의 옛 이름으로 산의 뒤에 있는 마을이라 하여 불렀다고 함. 상하리 상산을 윗산뒤, 하산을 아랫산뒤라 부름"이라는 설명이다. 군산시 산북동은 부엉제산 북쪽이 되므로 산디 또는 산북이라 하였다고 하고, 천안시 동남구 동면 장송리 산딧골은 산대, 산디, 산북이라고도 하는데 장비 북쪽에 있는 마을이라고 한다.

한편 밭에 심는 벼 곧 '밭벼'를 산도(山稻, 벼 도)라 부르는데, 이 '산도'가 변한 말로 '산디'가 있기도 하다. 보통은 '산도'를 '산두'로 많이 불렀는데 간혹 '산디'로 부른 곳이 있는 것이다. 특히 제주도는 '밭벼'를 주로 '산디'라 불렀다. 논이 거의 없는 제주도는 보리와 조를 주요 작물로 하고 산디, 콩, 메밀, 피, 고구마, 감자 등을 재배해 식량으로 삼았다. 제주도에서는 쌀밥을 '곤밥'이라 부르고 귀하게 여겼는데, 밭벼로 지은 밥을 '산디밥'이라 부르기도 했다. 제사나 명절 때 먹을 수 있었다. 산디는 짚의 필요에 의해서 심기도 했는데 산디의 짚은 '산디짚'이라고 해서 가마니, 멍석 등을 만드는 재료로 이용되었다. 산디는 수확량이 적어 많이 경작하지 않았다고 하는데, 그런 탓인지 지명에는 쓰인 예가 거의 없다.

검단산 산삐알 밑 배알미동

한자말이 수상한 배알미(拜謁尾)동은 '꼬리 미(尾)' 자를 주목해야,
임금을 뵙는 '배알'과는 관계없는 비탈의 방언 '비알' 밑(아래) 마을

산이나 언덕 따위가 기울어진 곳을 뜻하는 '비탈'이라는 말은 일상생활 속에서 자주 쓴다. 비탈진 언덕의 길을 비탈길이라 하고 비탈진 밭을 비탈밭이라 부른다. '비탈'이라는 말에 비해 '비알'은 조금은 낯설다. 된소리로 하면 '삐알'이다. 표준어는 아니고 방언이기 때문인지 자주 들어본 말은 아니다. '비알'은 『표준국어대사전』 '우리말샘'에는 경기, 강원, 경상, 충청 방언으로 나오고, 경기, 경상도에서는 '벼랑'의 방언으로도 나오는 말이다. '산비탈'을 충청도에서는 '산비알'이라 하고, 경남에서는 '산삐알'로 부르기도 한다.

비탈 중에서 몹시 험한 비탈을 이르는 말로는 '된비알'이라는 말도 있다. 이건 방언이 아니라 표준어다. 등산 좋아하는 사람들이 힘들게 오르는 비탈을 이르는 말로 흔히 쓰는 것을 본다. '된'은 일이 힘에 벅찰 때 '일이 되다'같이 쓰는 그 '되다'이다. '된비알'은 일반명사로 쓰이는 말이지만 더러 지명으로도 쓰였다. 제천시 청풍면 황석리 '된비알'은

산 이름인데, "본동의 동쪽에 범대미를 지나 퇴미산을 거쳐 산비알을 경유하여 조터골을 거쳐 대덕산 정상으로 오르는 산길이 너무 고돼서 '된비알'이라 한다"는 설명이다.

하남시 배알미동은 이름부터 특이하다. 배알미. 3음절인데다 주변에서 쉽게 들어본 말이 아니다. 배알미동은 하남 검단산 자락이 팔당 쪽 한강으로 잠겨 드는 곳에 위치해 있다. 예전에는 이 일대 한강을 두미협(도미협)으로 불렀는데 검단산(657m)과 건너편 남양주의 예봉산(683m)이 좁은 협곡을 이루기 때문에 그렇게 불린 것이다. 협곡 지형 탓에 팔당댐도 이곳에 지어졌는데, 지명으로 말하면 팔당댐도 '경기도 하남시 배알미동과 남양주시 조안면 능내리'를 잇는 한강 본류의 댐으로 말할 수 있다.

이렇게 산비탈 아래에 위치한 탓에 배알미동은 예로부터 농사지을 땅이 없던 곳이다. 『각사등록』(지방 관아와 중앙 관청 사이에 오간 공문서를 편찬한 사료집) 자료(광무7년, 1903년 윤5월, 소장)에 따르면 이곳에는 주민 30여 호가 세거하는데 땅이 황폐해서 농장은 없고 배산임수하여 검단산 '시장(柴場, 말림갓)'으로 생계를 유지했다고 한다. '말림갓'은 "산의 나무나 풀 따위를 함부로 베지 못하게 단속하는 땅이나 산"으로, 말하자면 그 산의 땔감에 대한 권리를 특정 개인이나 관공서가 갖고 있는 임자 있는 산이다. 배알미동의 경우 검단산에서 나무를 해서 중앙관서에 상납하고 나머지로 생계를 유지하는 거의 직업적인 나무꾼 동네였던 셈이다.

배알미동은 한미한 동네였던 탓인지 여타 관련 기록은 거의 없다. 『각사등록』의 1873년 자료(장계)에는 광주부 퇴촌면 '배알미(拜謁尾)'로 나와 아직 행정 단위로 편제되지 않았던 것을 알 수 있다. 1901년 자료에는 '상하배알미'로 나와 배알미를 상, 하 둘로 나누어 부른 것을 알 수 있다. 지금의 윗배알미, 아랫배알미이다. 그러다가 1903년에는 퇴촌면에서 동부면으로 바뀌고 '동(洞)'이 붙어 '광주부 동부면 배알미동'으로 쓰인

하남시 검단산

것을 볼 수 있다.

배알미동은 이름이 특이한 만큼 유래에 대해서도 다양한 설이 전한다. 특히 '배알'이라는 한자어에 근거한 해석이 많이 눈에 띈다. '배알(拜謁)'은 "지위가 높거나 존경하는 사람을 찾아가 뵘"이라는 뜻을 갖는데, '황제께 배알을 청하다'같이 쓰던 말이다. '배알미'는 이 '배알'에다 '꼬리 미(尾)' 자를 붙여 쓴다. 그런데 대부분의 설은 '배알'에만 초점을 맞추었지 '꼬리 미' 자에 대한 관심은 별로 없어 보인다. '배알'이라는 말이 그만큼 인상적이기 때문일 텐데 그런 만큼 '배알'에 근거한 대부분의 유래설은 '민간어원설'에 불과한 것으로 보인다.

『한국지명유래집』에서는 '천현동(배알미동을 관할하는 행정동임)'에 대한 해설 속에서 '배알미동'의 유래를 두 가지로 전하고 있다. "배알미동은 관리가 낙향하거나 귀양 갈 때 한양을 향해 임금에게 마지막으로 배알하던 곳이라 하여 붙여진 이름이라고 한다. 산비탈 아래를 가리키는 경기도 방언 '비알밑'과 관련해 지형상으로 배알미가 검단산 비탈 밑의 마을이므로 지명이 유래한 것이라고도 전한다. 『조선지지자료』에 배알미리와 배알미리 주막이 기록되어 있다"라고 되어 있다. 전자의 설에 관해서는 위에서도 언급했지만 신빙성이 적다. 우선 이곳이 워낙 한미한 곳으로 관리들이 거쳐 가며 임금에게 배알할 만한 곳이 못 된다는 것이고, 또 하나는 '배알'이라는 말은 직접 찾아가 뵙는 경우에 주로 쓰는 말이라 위의 경우에는 어울리지 않는 말이기 때문이다. 멀리서 임금을 향해 예를 표하는 경우 주로 '망배(望拜)' 같은 말을 썼다.

'배알미'에서 '배알'은 '비알'을 한자의 음을 빌려 표기하면서 이왕이면 음이 비슷하고 의미 있는 한자어로 택한 것이다. '비탈'의 경북 방언으로 '배알'이라는 말이 있기도 하다. '꼬리 미' 자는 '밑(아래)'을 나타낸 한자로 볼 수 있다. 결국 '배알미'는 우리말 '비탈밑'을 한자로 표기한 것으로, 배알미리(동)는 '산비탈 아래의 마을'이란 뜻으로 이해할 수 있다. 그것은 대부분이 산지로 서남쪽은 검단산이 솟아 있고 북동쪽 경계를 따라 한강이 흐르는 이곳 지리에 부합하는 이름이기도 하다.

서울 남산은 마뫼

"남산의 본래 이름은 마뫼다. 마뫼에서 '마'는 남쪽을 뜻한다."
'마뫼'를 이두 표기에서 '목멱'으로, 한자로는 '남산'으로 썼다

『한국민족문화대백과』에서는 남산을 "높이 265.2m. 대부분 화강암으로 구성되어 있다. 북쪽의 북악산, 동쪽의 낙산, 서쪽의 인왕산과 함께 서울 중앙부를 둘러싸고 있다"라고 설명하면서 명칭에 대해 "목멱산 · 종남산 · 인경산 · 열경산 · 마뫼 등으로도 불렸으나, 주로 목멱산이라 하였다"라고 쓰고 있다. 이 중 우리말 이름은 '마뫼'뿐인데 우리에게는 아주 생소하게 느껴진다. 불러본 적도 없고 들어본 적도 거의 없는 것 같다. 아마 남산이라는 편하고 쉬운 이름에 압도적으로 가려 존재조차 잊어버렸기 때문일 것이다.

그러나 '마뫼'라는 말이 오히려 최초의 이름이며, 목멱산이나 남산은 후에 이 '마뫼'를 한자 표기한 이름으로 볼 수 있어 흥미롭다. 기록상 맨 처음 보이는 지명은 목멱산이다. 『삼국사기』에 고구려 고국원왕이 343년에 평양 동황성으로 천도했는데, 성은 지금의 서경 동쪽 목멱산(木覓山) 중에 있다고 기록되어 있다. 물론 이때의 목멱산은 평양에 있는

산이지만 똑같은 이름으로 쓰여 있어 어원적으로는 관련이 깊다. 또한 『고려사절요』에 따르면 1096년 8월에 김위제가 남경으로 천도하기를 청하는데, "고려의 땅에는 3경이 있으니, 송악이 중경이 되고, 목멱양(木覓壤)이 남경이 되며, 평양이 서경이 된다"는 「도선기」를 근거로 제시한다. 목멱양은 구체적으로는 '삼각산 남쪽 목멱 북쪽의 평야'로 묘사되어 있는데 여기서 '목멱'은 지금의 서울 남산을 가리킨다. 두 기록을 보면 고려시대부터 평양과 서울 두 곳에 '목멱산' 지명이 있었던 것인데, '목멱산'이 일반명사로 쓰였을 가능성을 엿볼 수 있게 하는 대목이다. 이는 '남산'이 일반명사와 지명 두 가지 뜻으로 쓰이는 것과도 통하는 얘기이기도 하다. 사전에 남산은 명사로서 "남쪽에 있는 산"을 뜻하면서 동시에 지명으로 "서울특별시 중구와 용산구 사이에 있는 산"을 뜻하기도 한다.

목멱 지명에 대해 단재 신채호는 『조선사연구초』에서 "한양의 남산도 목멱(木覔)이요 평양의 남산도 목멱인즉, 남산과 목멱이 서로 떨어지지 않는 관계로 인하여 목멱은 '마메' 곧 남산의 이두문"이라고 해석한다. 목멱은 이두식 표기로 목(木)은 '마'를, 멱(覓)은 '뫼(메)'를 적은 것으로 본 것이다. 삼국시대 기록에서 고구려어 '功木(공목)'은 '고마'로 읽고 곰(熊)을 가리켰던 것으로 보인다. 나무 목(木) 자가 이두 표기에서 '마' 발음에 쓰인 것이다. 또 용인의 '메주고개'는 『조선지지자료』에 '멱조현(覓祖峴)'과 '메죠고개'가 병기되어 있다. '찾을 멱(覓)' 자가 '메(미)' 발음에 쓰인 것을 볼 수 있다. 마뫼(메)의 '마'는 옛날에 '남풍'을 '마파람'이라 부른 것에서 보듯 '남(南)'을 뜻하고, '뫼'는 산의 우리말이다. 따라서 '마뫼'는 '남산'을 뜻하는 말이 된다.

우리말 이름 '마뫼'가 남아 있는 예는 아주 드문데, 평택시 팽성읍 남산리(南山里)가 그중 하나이다. 『평택시사』에 남산리는 "평택 관아의 안산이었던 객사리 남쪽 남산 기슭 마을이다. 남산의 자연 지명은 마뫼다. 마뫼에서 '마'는 남쪽을 뜻한다. 조선시대 읍치에서 고을의 수령과 아전들은 내아와 읍성 안에서 살았고, 남산 기슭에는 관청과 연관된 양반, 농민, 수공업자, 관노들이 섞여 살았다"고 소개되어 있다. 서울의 남산과 여러모로 비슷한 모습을 보인다. 남산1리 남산마을은 조선 초에 형성됐을 것으로 보고 있다. 영조 때의 『여지도서』(평택)에는 동면에 남산리가 관문으로부터 남쪽으로 2리 거리에 있는 것으로 나온다.

사전에 남산은 "남쪽에 있는 산"으로 설명하면서 "주로 성곽의 남쪽에 있는 산을 이른다"는 말을 덧붙이고 있다. 서울의 남산 역시 그러한데, 위치로 보면 궁궐의 '앞산'에 해당한다. 풍수지리에서는 그것을 '책상 안(案)' 자를 써서 '안산'이라 부른다. 이는 옛날에 궁궐이나 집이 남향으로 자리 잡았던 것과도 관련된다. 남향을 하고 보면 앞이 바로 남쪽이 되고, 앞산은 남산이 된다. 중종 때 최세진이 지은 한자 학습서인 『훈몽자회』에 남(南)이 '앎 남'으로, 북(北)이 '뒤 북'으로 나오는 것도 같은 이치이다. '남(南)'의 훈이 지금은 '남녘'이지만 예전에는 '앒'으로 훈을 삼았던 것이다.

평안북도 영변군 남산리 벌말 남쪽에 있는 산은 '앞남산'으로 불렀고, 같은 평안북도 정주시 서호리 남산마을의 앞에 솟아 있는 산 역시 '앞남산'으로 불렀다(『조선향토대백과』). 평안남도 평원군 남산리의 중심에 있는 산은 '앞메'라 불렀고, 평안북도 운전군 용봉리 '앞남산'은 '앞산'이라고도 불렀다. 전국에 남산 지명이 아주 많은데, 그에 따라 애국가 2절 "남산 위의 저 소나무"에서 '남산'이 꼭 서울 남산만을 가리키는 것이 아니라는 주장이 있기도 하다.

모르고 지나쳐 가는 동네 모로리

'모로', '모리'는 산을 나타내는 우리 고유의 말
상산리, 하산리를 지금도 '윗모리', '아랫모리'로 불러

'모로' 지명은 유래담에서 모르고 지나쳐 가는 동네라는 이야기가 빠지지 않는다. 오래된 마을의 경우에는 임진왜란 때 왜군이 이곳에 마을이 있는 줄 모르고 지나가서 '모로리'라 했다는 이야기가 전하기도 한다. 경북 고령군 덕곡면 옥계리에 있는 고개 모로현(毛老峴)은 털 모 자에 늙을 노(로) 자를 쓰고 "고개가 너무 높아 이를 넘어가려면 머리털이 희게 변해야 한다는 데서 유래"하였다고 말하기도 한다. 북한의 '모로' 지명은 대부분 '모로'를 '산모퉁이'로 해석하는 경향이 있다. 평양시 형제산 구역 형산리 옛 이름 '모로리'는 "산모퉁이에 있는 마을이라 하여 모로동이라 하였다는 설도 있고, 또한 옛날 노씨 성을 가진 한 사람이 마을 사람들을 위해 좋은 일을 많이 하였으므로 모두가 그를 존경하고 사모하여 모로동이라 하였다는 설도 있다"(『조선향토대백과』)라고도 한다.

15세기 『용비어천가』에는 '산'을 뜻하는 말이 대개 '뫼'로 나타나는데,

'모로'로 쓰인 예가 하나 나온다. 가산(椵山)을 '피모로'로 적어 놓은 것이다. '가(椵)'는 '피나무 가' 자이다. '모로'는 신라어 '모리ㅎ'가 변해서 된 말로 본다. 또한 '뫼'도 이 '모리'가 변해서 된 말로 보기도 한다(모리 〉 모이 〉 뫼). 용인시 백암면 옥산리의 '모리'는 한자 지명이 산리(山里)인데, 상산리와 하산리는 지금도 '윗모리', '아랫모리'로 부르고 있다. '뫼(메, 매, 미)'나 '모로', '모리'같이 산을 나타내는 우리 고유의 말들은 한자어인 '산(山)'의 영향으로 점차 도태되고 실제 언어생활에서 소멸한 것으로 보이는데 지명에는 흔적이 많이 남아 있다.

전남 화순군 북면 와천리의 수몰 마을 '모릿내'는 『호구 총수』(1789년)에는 동복현 내북면 모로천리(毛老川里)로 기록되어 있고, 『지방 행정 구역 명칭 일람』(1912년)에는 모로리(毛老里)로 기록되어 있다. 이에 대해 『한국향토문화전자대전』에서는 "모릿내마을은 모로내리로 기록되어 있는데 '모로내'의 원뜻은 '몰오내'로, 산골 냇가변에 형성된 마을이란 뜻이다. 한자로 '모로내(毛老川)'라 표기하거나 또는 모래와 관련지어 '사천(沙川)'이라 하였다"라고 설명하고 있다. '몰'은 '모로'의 어근 형태로 보인다. 또한 '사천'은 '모로'를 '모래'로 이해해서 '모래 사(沙)' 자로 표기한 것이다.

이와 관련하여 흔히 '모래(砂)가 많은 내'를 뜻하는 것으로 알고 있는 '모래내'도 '몰+애+내' 곧 '산골을 흐르는 내'로 해석하기도 해서 흥미롭다. 경기도 연천군 중면 중사리 '모래울(沙洞)'은 "산의 고어 '뫼'의 어원은 '높은', '위'를 뜻하는 '몰'인데, '몰'은 다른 낱말과 합칠 때 그 낱말과의 사이에 '아', '애' 등의 소유격 조사가 개입하는 특징을 가지고 있다. 즉, '몰'과 '울'이 합하여 '몰애울'이 되었다가 다시 음이 변하여 '모래울'이 되고, 발음 그대로 훈차된 '사동'이라는 한자 지명으로 표기된 것이다. 원래는 '산골 마을'이라는 뜻이다"(연천 중면 마을소개)라고 설명하고 있다. 또한 '웃모래울'은 '산골'이라고도 하는데 "진명산의 깊은 산골짜기 안에 있다 하여 지어진 이름"이라고 한다.

경남 합천군 야로면 나대리 나대1구는 자연마을인 상나와 모로동(毛老洞)을 합해 이루어졌는데, 이 중 '모로동'은 "상나 북쪽에 있는 마을로 평지보다 훨씬 높은 산을 가리키는 '모로'의 한자식 표현으로 높은 지역에 위치한다는 뜻"(야로면 지명유래)이라는 설명이다. 밀양시 무안면 '모로리'는 옛 지명이 '모로곡(毛老谷)'이라고 하여 상서이동면에 속했으나, 1914년 행정구역 개편 때 '모로리(慕老里)'라 하였다고 한다. 털 모(毛) 자에 늙을 노(老) 자를 쓰다가 사모할 모(慕) 자를 써서 노인을 공경한다는 의미로 바꾼 것이 눈에 띈다. 이는 원래 '모로'가 순우리말이라는 반증이기도 하다. 이 마을도 "마을 앞에 큰 숲이 있었기 때문에 임진왜란 때 왜병들이 이 앞을 지나며 마을이 있는 줄을 몰랐다고 하여 '모르리'라고 하였다가 모로리로 바뀌었다"고 유래를 말하는데 민간어원에 불과한 것이다. 마을이 덕암산의 지맥을 뒷산으로 하여 형성되었다고 하고, '모로곡', '모로실' 등 골짜기 이름을 쓰고 있는 것으로 보아 이곳 '모로'도 '산', '산골'의 의미인 것으로 짐작된다.

경남 함안군 군북면 모로리(慕老里)에 있는 자연마을 '모의골짝(모로)' 역시 "임진왜란 당시 마을이 숲으로 둘러싸여 있어 왜군들이 모르고 이 마을을 스쳐 지나갔다고 하여 모로실[모로곡(毛老谷)]이라는 지명이 붙었다"고 하는데 마찬가지로 '골짝', '곡', '실' 등의 말이 붙은 것으로 보아, '모로'는 '산', '산골'의 의미로 보는 것이 적절할 것 같다. 일찍이 『고려사』에도 나오는 '모로원'(원은 여행자 숙소)은 강원도 평창군 진부면 마평리에서 대화면 노근리로 넘어가는 모로현(毛老峴) 밑에 있었다. '모로현'은 우리말로 '모릿재(몰잇재)'로 불렀는데, 이때의 '모리'도 '산'의 의미로 보인다. '모래내'와 마찬가지로 '모래재(몰애재)', '모릿재'도 '모래(沙)'와는 상관없이 '산고개'의 의미로 해석되는 경우가 많다.

벌거숭이산 믠뫼

'밀매(민매)'가 독산(禿山)이 된 사연 … '미다'는 '머리가 빠지다'라는 뜻의 '믜다'에서 온 말. 관형사형 붙인 '민매(믠뫼)'는 나무 없는 벌거숭이산

인터넷 상에서 더러 '쌩얼'이라는 말이 쓰이는 것을 본다. 유명 여배우들의 화장하지 않은 얼굴 사진을 놓고 어떻다고 말할 때 쓰는 것 같다. 대개는 '쌩얼'이 더 아름답다느니 나름대로 또 다른 매력이 있다느니 해서 긍정적 경우로 쓰는 것 같다. 그러나 "우리 사회의 민낯을 보는 것 같다"라는 말이 인터넷에 올라올 때의 '민낯'은 '쌩얼'과 같은 의미이지만 부정적인 느낌이 짙다. 말하자면 감추지 못하고 드러난 부끄러운 모습이라는 의미니까 원래의 '민낯'이 '화장한 얼굴'보다 못하다는 전제가 깔려 있는 것이다.

사전에 민낯은 "화장을 하지 않은 얼굴"이라고 나온다. 비슷한 말로 '민얼굴'이라는 말도 나오는데 "꾸미지 않은 얼굴"이라는 뜻이다. 이에 비해 '민머리'라는 말은 "정수리까지 벗어진 대머리를 이르는 말"로 나온다. 물론 민머리에는 "지체는 높으나 벼슬하지 못한 사람을 비유적으로 이르던 말. =백두"라는 뜻도 있다. 또한 '민머리'의 어원을 '믜+ㄴ+머리'라

고 해서 '민'이 '믜다'에서 온 말이라는 것을 일러주고 있다. 이 '믜다'는 주로 '머리가 빠지다'란 의미로 쓰였으나 '나무가 없다'는 의미로도 쓰였다. 나무가 없는 산을 가리키는 민둥산의 '민'도 이 '믜다'에서 온 말로 볼 수 있다.

민둥산이라는 말이 문헌에 보이는 것은 근대 들어서이다. 『신자전』(1915)에는 '민동산'으로 나오고, 『조선어사전』(1920)에는 '믠둥산'으로 나온다. 여기서 '민(믠)'은 '믜다'의 관형사형이고, 동산(둥산)은 한자어 '동산(童山)'이다. 『신자전』에 '아이 동(童)' 자의 훈으로 '민동산'도 나온다. 그러니까 '동산'만으로도 '민둥산'을 뜻하지만 강조의 의미로 '민'을 덧붙인 것이다. 『표준국어대사전』에도 '동산(童山)'은 "초목이 없는 황폐한 산"으로 등재되어 있다. 그런데 '민둥산'의 '민둥'은 고유어로 보고 있어 좀 헷갈린다. 곧 '민둥'을 '민둥하다'(산에 나무가 없어 번번하다)의 어간으로 보는 것이다.

이 민둥산의 순우리말이 '믠뫼'다. '나무가 없는 산'을 뜻하는 옛말로는 '믠뫼'나 '믠산'이 쓰였다. '믠뫼'는 '민뫼'라는 말로 사전에 등재되어 있지만 설명은 '민둥산'으로 대신하고 있다. 광주시 북구 문흥동은 1914년 문산리(文山里)와 신흥리에서 한 자씩 따서 문흥리라고 한 데서 생겨난 지명이다. 『북구 문화자원 총람』에서는 '문산리'에 대해 "문흥택지지구 동편에 있었던 마을로, 원래 밀매(민매)라 하였는데 한자로 바꾸면서 민매는 민둥산이기 때문에 독산(禿山)이라 하였다가 문산으로 바꿨다"고 설명하고 있다. 여기에서 민둥산을 뜻하는 '믠뫼'가 '민매' '밀매'로 바뀌었고 한자로는 '독산'이라고 썼다가 '문산'으로 바뀐 것을 알 수 있다. 독산은 한자의 훈으로 표기했던 것이고, 후에는 '민매'의 '민' 음을 '문'으로 음차 표기한 것이다.

'민뫼'에 대응하는 한자어로는 주로 '독산(禿山: 대머리 독, 뫼 산)'이 쓰였다. 서울 금천구 독산동 지명은 이곳에 있던 산 이름 '독산(禿山)'에서 비롯된 것으로 보인다. 『신증동국여지승람』(금천현 산천조)에는 "독산이 현 북쪽 5리 지점에 있다"고 나온다. 또한 강희가 지은 '설'을 인용하고 있는데, 여기서 강희는 자신의 호를 '독산'이라 한 이유를 말하면서 지명유래를 언급하고 있다. "내 집 지은 곳에 산 하나가 있는데, 활딱 벗어져서 나무가 없다. 그러므로 사람들이 독산이라 한다. 아, 이 산의 토성(土性)이 본래부터 어찌 나무가 없어 그러하리요. 한성 교외에 위치한 까닭으로 도끼로 찍히고, 소 · 염소 따위에 먹이는 것이 나날이 심하였던 때문이다. 내가 이 산 밑에서 생장하여, 이런 일들을 목격하면서 개연히 탄식하지 않는 적이 없었다. …"

『표준국어대사전』에 '민둥산'은 "나무가 없는 산. ≒벌거숭이산"으로 나온다. 보통 일반명사로 쓰이는 이 말이 지명으로도 쓰인 예가 있다. 강원도 정선군 남면과 동면에 위치한 산인 '민둥산'(1,124m)이 바로 그것이다. 『한국지명유래집』에서는 "산 이름처럼 정상에는 나무가 없다. 해발 800m에 있는 발구덕마을을 지나 남쪽 7부 능선에서 정상까지는 억새풀이 이어진다. 억새가 많은 것은 산나물이 많이 나게 하려고 매년 한 번씩 불을 질렀기 때문이다"라고 설명하고 있다. 인근에는 태백선의 '민둥산역'이 있기도 하다. 기존의 역명은 증산역이었는데 민둥산의 인지도 상승 및 관광 수요 증대를 위해 2009년에 '민둥산역'으로 변경했다고 한다. 또 다른 '민둥산'은 포천시 이동면과 가평군 북면에 걸쳐 있다. 높이는 1,023m로, 정상에 나무가 없는 밋밋한 언덕처럼 생겨서 붙여진 이름이라고 한다. 민드기봉 · 민덕산이라고도 부른다. 북한은 '민둥산'을 '빈산'이라 불러 우리와 차이가 있다.

와산은 누온미 누불미

산이 편히 누워 있는 형세 '누운 산'을 달리 부른 이름들
누온메, 눈미, 눌메, 누은메, 누불미

와불이라는 말이 있다. 누워 있는 부처상을 이르는 말이다. '누울 와(臥)' 자에 '부처 불(佛)' 자를 썼다. 우리가 절에 가서 보는 불상 중에는 앉아 있는 좌상이 많다. 이른바 가부좌를 틀고 앉아 있는 것인데, 두 발을 구부려 각각 양쪽 허벅다리 위에 얹는 앉음새이다. 이때 손은 왼 손바닥을 오른 손바닥 위에 겹쳐 배꼽 밑에 편안히 놓는다. 우리가 보통 말하는 책상다리 또는 양반다리는 한쪽 다리를 오그리고 다른 쪽 다리는 그 위에 포개어 얹고 앉은 자세를 가리킨다. 좌불에 비해 와불은 옆으로 누워 있는 부처님을 새긴 것인데, 원래는 열반하는 모습이라고 한다. 부처님은 쿠시나가라의 사라수 밑에서 하룻낮 하룻밤 동안 마지막으로 열반경을 설하고, 머리를 북쪽으로 얼굴을 서쪽으로 향하고 오른쪽 옆구리를 땅에 대고 누워서 열반하였다고 한다.

산 혹은 산의 능선을 두고 부처님이 누워 있는 형상으로 말하는 경우도 더러 있다. 동해시와 삼척시에 걸쳐 있는 두타산은 부처가 누워 있는

형상이라 하고 해남 대흥사 역시 두륜산 형세가 누워 있는 부처 형상이라 말한다. 담양의 추월산도 가을밤에 올려다보면 바위 봉우리가 달에 닿을 듯 높아 보여 '추월'이라는 이름이 유래한다고 하면서도 담양읍에서 보면 부처가 누워 있는 모양이라 '와불산'으로도 부른다고 한다. 그러나 보통은 누워 있는 듯한 산의 형세를 두고 소가 누워 있는 듯하다고 해서 우와산(와우산), 용이 누워 있는 것 같다고 해서 용와산 이런 식으로 많이 불렀다. 또한 누워 있는 산을 이르는 말로는 아무 수식 없이 그냥 '와산'으로 표현한 경우도 많다. 산이 솟아 있는 것이 아니라 그냥 편하게 누워 있다고 표현한 것이다.

서울 은평구 응암동에 있던 마을 중에 '와산동'이 있다. 우리말 이름은 '눌미'이다. 『서울지명사전』(와산동)에 "은평구 응암동에 있던 마을로서, 산이 누워 있는 것 같아 눌미라 하고, 이를 한자명으로 표기한 데서 마을 이름이 유래되었다. '미'는 산의 우리말인 뫼 · 메의 다른 표현이다"라고 되어 있다. 『한국지명유래집』(응암동)에는 "조선시대에는 한성부 성저십리 매바위골, 포실말(포수말), 찬우물굴, 말흘산, 눌뫼(臥山)였는데, 1894년 한성부 북서 연은방 말흘산계 와산동 · 응암동 · 포반동이 되었다"고 한다. 1914년 와산동이 응암리에 병합되어 경기도 고양군 은평면에 편입된다. 현재는 '와산교'라는 다리 이름에 지명이 남아 있다.

황해북도 곡산군 동산리 소재지 북동쪽에 있는 마을 '누운메'는 "짐승이 누운 것처럼 생긴 산기슭에 위치해 있다. 와산동이라고도 한다"(『조선향토대백과』)고 되어 있다. 평양시 서성구역 15동의 하나인 와산동은 "사람이 누운 모양으로 생긴 고개가 있다 하여 와산동이라 하였다"고 한다. 평양시 용성구역 청계동 '누운산' 아래에 있는 '와산마을'은 "'와산'의 '산' 자를 뜻이 같은 메 '강' 자로 바꾸어 와강마을이라고도 한다"고 되어 있다. '강'은 '岡' 자를 썼는데, 언덕, 산등성이, 산봉우리의 뜻을 갖는다.

와호산은 제주시 해안동에 있는 봉우리 이름인데 "이 오름은 예로부터 누온메, 누온미, 눈메 또는 눈미라 하다가 한자 차용 표기로 와호산(臥乎山) 또는 와산(臥山)으로 표기하였다. 일부에서는 와호산을 와호산(臥虎山) 한자명을 쓰고 '누운 호랑이 같은 산'이라 해석하는 경우가 있는데, 이는 잘못이다. 이 오름이 나직하게 누워있다는 데서 붙인 것이다"(『한국향토문화전자대전』)라고 되어 있다. 제주시 조천읍 와산리에 있는 봉우리 '당오름'은 '당'이 들어선 오름이라는 데서 붙은 이름인데, "당이 들어서기 전에는 누워 있는 산이라는 데서 누온미, 눈미라고 하였으며, 한자 차용 표기로 와호산(臥乎山) 또는 와산(臥山)으로 표기하였다"고 한다.

경북 청도군 화양읍 눌미리(訥彌里)는 "눌뫼라 불렀는데 이는 산이 누워 있는 형국에서 나온 이름이다. 평평한 구릉이 흡사 산이 누워 있는 것처럼 보였기 때문으로 현재까지도 눌산(訥山)이라고도 부른다"(《청도문화관광》)고 한다. '눌미'는 '누울뫼'가 변형된 것으로 보이는데, 한자는 음을 빌려 표기한 것이다. '눌'을 표기할 한자가 마땅치 않았던지 엉뚱하게 '말 더듬을 눌(訥)' 자를 썼다. 경주시 광명동 와산은 '누불미', '너불미', '와미(臥尾)'라고도 하였으며, 마을 동쪽 법흥왕릉이 있는 산의 형태가 마치 용이 누워서 구슬을 굴리고 있는 모양이라 붙인 지명이라 한다. '누불미'에서 '누불'은 '누울'의 경상도 방언으로, 'ㅗ/ㅜ'로 바뀌기 전 '순경음 ㅂ'의 흔적이 남은 것으로 보인다.

영광 금정산은 가마미 가매미

가마미는 우리말 '감뫼'로 '큰 산'의 의미. '감'은 신(神)의 뜻인 '감(곰)'에서 기원한 것으로, '크다', '높다'는 말. '미'는 산을 뜻하는 '뫼'

가마미해수욕장은 『한국민족문화대백과』에는 계마리해수욕장으로 소개되어 있다. "금정산을 배경으로 깨끗한 백사장과 울창한 송림이 장관이다. 일명 가매미해수욕장 또는 가마미해수욕장이라 부르며, 1940년에 개설되었으나 8·15광복과 더불어 황폐화되어 1953년에 다시 개장되었다. 4㎞에 이르는 깨끗한 모래사장 주변에 200여 그루의 울창한 노송이 우거져 있고, 밀물과 썰물의 차가 심하지 않고 경사가 완만하여 호남 3대 해수욕장의 하나로 손꼽힌다. … 금정산 기슭에 있는 금정암에서는 서산 낙조의 절경을 볼 수 있다"라고 되어 있다.

전남 영광군 홍농읍 계마리는 가마미마을의 행정지명이다. '계마리'는 얼핏 보아서는 '가마미'를 한자로 바꾼 지명 같은데 사실은 그렇지 않다고 한다. 본래 영광군 홍농면 지역으로, 1914년 행정구역 폐합에 따라 안마리, 통정리, 용성리, 가마, 계동을 병합하여 계동과 안마의 이름을 따서 계마리라 하였다고 한다. '가마미'는 행정지명 '가마'로 있다가 1914년 행정구역 폐합 때 계마리에 속한 자연마을 '가마미'로 남은 것이다. 또한 가마미는 계마리에 속한 다른 마을들(계마2~3리 안마, 통정, 계동 등)이 영광원자력발전소(현 한빛원자력발전소) 건설로 인해 폐쇄될 때 유일하게 살아남은 마을(계마1리)이기도 하다. 현재 도로명주소는 영광군 홍농읍 가마미로 355로 되어 있다.

가마미는 가매미로도 불렸는데 처음부터 우리말 이름으로 오랫동안 불려온 것으로 보인다. 한자로는 가마(加馬) 또는 가마미(加馬尾, 駕馬尾)로 쓰고 지명 유래도 흔히 이 한자명에 근거해서 설명하는 것을 보는데 신빙성이 없다. 『영광군지』에는 "1627년 보명대사가 말이 해변을 향해 오는 형국 즉 마래(馬來)라 하였는데, 언제부터인지 알 수 없지만 말의 꼬리가 피어나는 모양이라고 하여 가마미라 칭한다. 또는 금정산의 지형이 마치 멍에를 쓴 말의 꼬리처럼 생겼다 하여 가마미(멍에 가(駕), 말 마(馬), 꼬리 미(尾))라 하였다고 한다"라고 되어 있다. '말의 꼬리가 피어나는 모양'이라든지 '멍에를 쓴 말의 꼬리처럼 생겼다'는 설명은 일정 지형을 나타내기에는 적절치 않다. 이는 '가마미'를 소리를 빌려 한자로 바꾸어 쓴 뒤 '꼬리 미(尾)'나 '멍에 가(駕)' 등 한자의 훈(뜻)에 주목해서 풀어낸 이야기에 불과하다.

'가마미'는 아주 오래된 우리말 어형 '감뫼'에서 변화된 말로 보인다. '감뫼'에서 '감'은 '신(神)'의 뜻인 '감(감)'에서 기원한 것으로, '크다'나 '높다'를 뜻한다. 지명에서는 감, 검, 금, 가마, 가매, 고마, 가미, 가무, 개마 등으로 아주 다양하게 나타난다. '미'는 '산'을 뜻하는 신라어 '뫼ㅎ'에서 기원한 것으로, 미, 메, 매, 모이, 뫼 등으로 역시 다양하게 나타난다. 그러니까 '가마미'는 '큰 산', '신령스러운 산'의 뜻으로 읽을 수 있다. '가마미'는 본래 산을 가리키는 말로 쓰이다가 자연스럽게 산 아랫마을 이름으로 옮겨간 것으로 볼 수 있다. 여기에서 산은 가마미마을의 배경이 되는 금정산이 될 것이다.

'감뫼'는 한자로 표기할 때 '감악(甘岳)'이 되고, 같은 말인 '검뫼'는 '검산'이 되는 것이 보통이다. '가마뫼'는 음이 같은 관계로 흔히 형상이 가마솥 같다느니 하면서 '가마 부(釜)' 자 부산(釜山)으로 바꾸어 쓴 경우도 많다. 오산시 부산동(리)의 우리말 이름은 가마뫼 또는 가마미인데 마을의 지형이 가마솥처럼 생겼다 해서 '가마 부(釜)' 자를 써서 '부산'으로 썼다고 한다. 그런데 영광군 홍농읍의 '가마미'는 '금정산(金井山)'으로 바꾸어 쓴 것이 특이하다.

『영광군지』에는 '금정산'이 "홍농면 가마리와 칠곡리 경계에 있는 산으로 높이는 262m이다. 금정암 근처에 물 위에 금빛이 뜬다는 샘이 있고, 날이 가물면 영광 고을 원님이 기우제를 지내기도 했다. 산 밑에 가마미 해수욕장이 있다"고 되어 있다. 금정산의 유래가 금정암 근처에 있던 '물 위에 금빛이 뜬다는 샘' 말하자면 '금정(金井)'에 있는 듯이 말하고 있다. 그러나 같은 책에서 '금정'은 금정암에서 400m 위에 있는 칠성각 바위 동굴의 약수로 얘기하면서 "바위틈에서 나오는 물이 석양에 금빛이 되어 금정이라 명명하였다"라고 설명하고 있다. 이로써 보면 '금정'의 실체가 없거나 아주 모호하다는 것을 알 수 있다.

'가마미'의 '가마'는 어원인 '감/검'과 관련하여 '검정(색)'을 나타내는 것으로 오해하여 지명에 나타나기도 한다. '검정산' 지명이 그러한데 이곳 '가마미'도 '검정산'으로 인식했을 가능성이 있다. 이곳 '가마미' 마을의 소지명 중에 '가마미 서남쪽에 있는 검은 바위'를 '가마여'라고 부르고, '소와 북쪽에 있는 검은 바위'를 '가매바우'라 부르는 것으로 보아서는 '가마/가매'를 '검정(색)'으로 인식했을 가능성이 크다. 그렇게 보면 '가마미'를 '검정산'으로 오해하고, 이를 한자의 음을 빌려 '금정산'으로 쓴 것이다. 물론 '검정'을 '금정'으로 표기할 때 '금빛 나는 샘' 곧 '금정(金井)'으로 미화하여 쓴 것으로 볼 수 있다. '가마미', '가매미'는 오랫동안 우리말 이름으로만 불려왔을 것이다. 그런 뒤 '감뫼'의 본래 뜻을 알 수 없게 되었을 때 산 이름을 새롭게 한자로 지어 붙이면서 '금정산'으로 바꾸어 쓴 것이다.

강화 마니산은 본래 마리산

말(末·斗·馬)인가, 마리(頭·首)인가?
마리산, 마리현의 '마리'는 머리(頭, 首)의 뜻으로 지었던 지명

사람 목 위의 부분이나 어떤 물건의 꼭대기를 '머리'라고 한다. 이 말의 옛 형태를 찾아보면 '마리/머리' 두 가지로 쓰인 것을 볼 수 있다. 지금은 '마리'가 짐승을 셀 때 한 마리 두 마리같이 단위명사로만 사용되지만 15~17세기 무렵만 해도 이 말은 '머리'와 같은 말로 사용되었다. 최세진의 『훈몽자회』(1527)에서도 머리 두(頭) 자, 머리 수(首) 자를 '마리 두', '마리 수(슈)'로 설명하고 있는 것을 볼 수 있다. '마리/머리' 중에는 '마리'가 더 오랜 형태였다고 볼 수 있는데, 어근을 '말'로 보기도 한다. 등성이를 이루는 지붕이나 산 따위의 꼭대기를 이르는 '마루'라는 말도 같은 뿌리의 말로 볼 수 있다.

경남 함안군 가야읍 말산리가 속한 지역은 옛날 6가야 중의 하나인 아라가야의 도읍지로 역사가 깊은 곳이다. 말산리의 명칭은 산의 이름인 말산(末山)과 관련되어 있는데, 말산은 1914년 이전에는 마리산 또는 말이산(末伊山)이었다고 한다. 지금도 도항리와 말산리 일대의 구릉지대

에 입지하고 있는 아라가야 지배층의 고분군을 '함안 말이산 고분군'(사적 제155호)으로 부르고 있다. 정구가 편찬한 『함주지』(1587)에는 현재 말이산 고분군이 위치한 하리에 '말이산'이, 남문외(밖) 고분군이 위치한 우곡리에 '서말이산'이라는 지명이 쓰였다. 사실 말이산은 산이라기보다는 해발 40~70m의 나지막한 구릉으로, 남북으로 1.9km 정도 길게 뻗어 있는 주능선과 서쪽으로 완만하게 이어지는 여러 갈래의 가지능선으로 이루어져 있다.

구전되는 바로는 말산을 끝산 또는 두산이라고 불렀는데, 끝산은 한자어 '말산'을 우리말로 바꾸어 부른 것에 불과하지만 두산은 '斗山, 頭山, 首山'의 뜻이었다고 한다. '말 두(斗)' 자 두산 역시 '말산'을 훈음차 표기한 것으로 곡식을 계량할 때 쓰는 '말(斗)'과는 관계가 없다. 문제는 두산(頭山) 또는 수산(首山)인데, 이에 대해 함안군 가야읍 지명유래는 "머리(頭: 首)의 옛말은 마리이다. 마리산의 '末伊'는 마리(頭: 首)를 한자로 표기하는 과정에서 쓰인 것이라면 '末山'은 당연히 머리산(頭山 · 首山)이 되는 것이다. 그것은 비록 작고 낮은 산이지만 아라가야 왕릉이 모셔져 있는 관계로 머리로 높여 불렀음 직하기 때문이다"라고 설명하고 있다. 역사학자들도 대체로 '말이산'의 어원을 '머리산'으로 보고 왕(우두머리)들이 묻힌 신성한 산이라는 의미를 부여하고 있는 것 같다.

경남 거창군 마리면 지역의 삼국시대 지명은 마리현(馬利縣)이다. 757년 신라 경덕왕이 전국의 지명을 바꾸면서 이안현으로 고쳤다. 면의 남서부인 고학리 · 대동리 · 하고리가 삼국시대에 마리현이라고 불리던 곳이다. 이 중 고학리는 〈마리면 지명유래〉에 "가야시대 마리(馬利)에 따랐고, 마리는 머리(頭, 首)의 뜻으로 부족장이 살았던 곳임을 알게 한다"라고 설명되어 있다. 고학리에서도 고대 마을은 예부터 큰 마을이라고 불렸던 곳으로 한자는 고대(皐大)로 썼다. '고(皐)'는 높은 언덕을 뜻한다. 삼국 초기부터 200여 년간 마리현의 치소가 위치하여 '마리'라는 명칭이 처음으

강화도 마니산

로 불렸던 곳으로 전하고 있다. 한편 마리면 말흘리 진산마을에는 가야시대의 무덤인 거창 말흘리(末屹里) 고분군이 있다. '말흘' 역시 "마을과 관청의 옛말 '마을'에서 나왔고, 가야시대 이 근처의 부족을 다스리던 우두머리가 살았던 곳으로 여겨진다"는 설명이다.

산꼭대기에 참성단이 있는 강화도의 마니산은 별칭으로 마리산, 머리산이 있다. 참성단은 단군이 하늘에 제를 올리기 위해 쌓은 것으로 전하는 제단이다. 실제로는 단군에게 제사를 지내던 곳으로서 고려 · 조선시대에는 국가제사가 행해지기도 하였다. 민족의 성산으로도 일컬어지는 마니산을 불교식 이름인 마니산으로 부르지 말고, 머리를 뜻하는 마리산으로 바꾸어 부르자는 주장이 일찍부터 있어 왔지만 아직도 논란은 계속되고 있다. 지금은 마리산을 마니산의 별칭으로 말하지만 사실은 마리산이 원래의 이름이었다.

마리산 지명은 고려 초기부터 쓰이기 시작해 조선시대 들어서서는 명종 14년(1559)까지 실록에 등장한다. 반면에 마니산 지명은 고려 말에 처음 1건이 쓰인 이래 조선시대 들어서는 정조 때까지 실록에 보인다. 『태종실록』 9년 기록에는 마니산(摩尼山)이, 11년 기록에는 마리산(摩利山)이 함께 쓰인 것을 볼 수 있다. 그러니까 뒤늦게 고려 말에 마니산 지명이 쓰이기 시작해 조선 전기에는 두 이름이 함께 쓰였던 것을 볼 수 있다. 그러고는 조선 후기에는 마니산 지명만이 쓰인 것이다.

『한국민족문화대백과』에서는 "마리란 고어로 머리를 뜻하며 강화도에서 가장 높은 땅의 머리를 의미한다. 더욱이 산 정상에는 하늘에 제를 지내는 단이 있어 강화뿐만 아니라 우리나라 전 민족, 전 국토의 머리 구실을 한다는 뜻이다"라고 설명하고 있다. 한편 마리산이 마니산으로 바뀐 것에 대해 연구자들은 불교의 영향 때문으로 보고 있다. 우선 음이 비슷한 데다 '마니'가 불교적으로 좋은 의미를 가지고 있기 때문에 바꾸어 표기한 것으로 보인다. '마니(mani)'는 원래 산스크리트어로 '여의주(보주)'를 뜻한다고 한다. 이것이 중국에 들어와서 '마니(摩尼)'로 표기된 것이다.

대둔산은 한듬산

대둔산은 커다란 더미라는 의미의 '한듬산'
크다는 의미의 '한'과 덩어리를 의미하는 '듬'을 붙여 부른 이름

대둔산은 이름이 주는 무게감이 있다. '큰 대(大)' 자가 주는 느낌도 그러하지만 '둔' 자가 주는 느낌은 묵직하면서도 편안하다. '둔(芚)'은 '싹이 나다'는 뜻도 있지만 '둥구리'의 뜻도 있다. 둥구리는 "짚으로 둥글고 울이 깊게 결어 만든 그릇. 주로 곡식이나 채소 따위를 담는 데에 쓰인다. =멱둥구미"라고 사전에 올라 있다. 대둔산의 지형과도 관련이 있어 보이는데, 일차적으로는 우리말 '듬'과 비슷한 음을 가진 한자로서 표기된 것으로 본다. 그러니까 우리말 '듬'을 한자 '둔'으로 표기하면서 이왕이면 뜻도 조금 반영된 '둥구미 둔(芚)' 자를 선택했다고 볼 수 있다.

대둔산(大芚山)은 전북 완주군 운주면과 충남 논산시 벌곡면 및 금산군 진산면에 걸쳐 있는 산으로 높이는 878m이다. 대둔산은 '호남의 금강산'이라고 불리며 천여 개의 암봉이 6km에 걸쳐 이어져 수려한 산세를 자랑한다. 『신증동국여지승람』에는 전라도 진산군 산천조에 "군의 서쪽

10리에 있는데 진산이다. 고산현 편에도 있다"고 나오고, 불우조에는 대둔사(大芚寺)도 있었던 것으로 나온다. 대둔사는 전라도 진산군 대둔산 아래에 있던 절로, 현 행정구역으로는 충남 논산시 양촌면에 있다.

중봉 조헌이 1591년(선조24)에 혼자 대둔산을 유람하였는데, 어느 날 절에서 밥상을 받았다가 네 사람의 중에게 나누어 주면서 "내년에 변란이 일어나면 내가 틀림없이 싸우러 나가게 될 것이다. 오늘 이 밥을 같이 먹은 사람들은 나에게 와서 함께 일해야 할 것이다"라고 하였다. 다음 해 과연 임진왜란이 일어나자 이들 가운데 세 사람은 금산 전투에서 선생과 함께 순사하였다는 기록이 여러 문헌에 전한다.

'대둔산'의 우리말 이름으로는 '한듬산'이 있다. 『디지털완주문화대전』에 따르면 "산 정상부를 따라 바위가 즐비하게 늘어서 있는 산으로 바위산, 또는 커다란 더미라는 의미의 '한듬산'으로도 불린다. 이 중 '크다'는 의미의 '한'은 '대(大)'가 되었으며 '덩어리'를 의미하는 '듬'은 음이 비슷한 한자인 '둔(芚)'이 되었다"고 한다. 『한국민족문화대백과』에는 "대둔(大芚)이라는 명칭은 '인적이 드문 벽산 두메산골의 험준하고 큰 산봉우리'를 의미한다"고 되어 있다.

우리말 '듬'의 기원적 의미에 대해서는 여러 설이 있다. 그중 대표적인 것으로는 '듬'을 '원(圓)'이나 '사위(四圍: 사방의 둘레)'로 보는 견해를 들 수 있다. 말하자면 '둥그런 원' 혹은 '둘러싸인 형태'의 의미를 갖고 쓰였다는 얘기다. 이 '듬'은 여러 대상에 확대 적용되었고, '듬, 담, 땀, 뗨, 뜸, 뚬, 더미, 두미, 대미, 드메' 등 다양한 이형태로 실현된 것으로 보인다. '산이나 골짜기와 같은 큰 자연물로 둘려 있는 둥근 분지' 지형에 많이 붙여졌는데, 그 외의 지형에도 다양하게 이름 붙여진 것을 볼 수 있다. 위에서 언급한 '둥구미 둔(芚)' 자도 지형이 둥글게 산으로 둘러싸인 지형이라면 '듬'을 뜻(훈)으로 표기한 것으로 볼 수도 있다.

두륜산은 전남 해남군 북평면 · 삼산면 · 북일면에 걸쳐 있는 산으로 높이는 700m이다. 소백산맥의 남단에서 남해를 굽어보며 우뚝 솟아 있는데, 주봉인 가련봉을 비롯해 8개의 봉우리로 능선을 이룬다. 『신증동국여지승람』에는 전라도 해남현 산천조에 "두륜산(頭輪山)은 현의 남쪽 30리에 있다. 이 산에 오르면 제주의 한라산과 서로 바라보인다"고 되어 있고, 불우로 '대둔사(大芚寺)'가 있다고 나온다. 두륜산은 대둔사의 이름을 따서 대둔산이라 부르다가 대둔사가 일제 때 대흥사로 바뀌자 대흥산으로 불리기도 하였다.

대둔산의 명칭 유래에 대해 『한국민족문화대백과』는 "산이란 뜻의 '듬'에 크다는 뜻의 관형어 '한'이 붙어 한듬→대듬→대둔으로 변한 것으로 풀이된다. 그 때문에 과거 대둔사는 한듬절로 불리기도 했다. 두륜의 뜻은 산 모양이 둥글게 사방으로 둘러서 솟은 '둥근머리산', 또는 날카로운 산정을 이루지 못하고 둥글넓적한 모습을 하고 있다는 데서 연유한 것이다. 또한 대둔사지에 의하면, 두륜산은 중국 곤륜산의 '륜'과 백두산의 '두'자를 딴 이름이라고도 한다"고 쓰고 있다.

대둔사는 경북 칠곡군 가산면 가산리에 있는 절 이름이기도 하다. 동화사의 말사로 신라시대 고찰인 대둔사는 해발 420m 정도의 산허리에 터를 잡고 있다. 그런데 이 골짜기의 마을 이름이 '한듬'인 것이 눈에 띈다. 한자로는 대둔이라고도 불렀다. 지자체 홈페이지에는 "골짜기가 깊으며 아담하고 한가로운 큰 언덕이 있으니 이곳을 이름하여 한듬 또는 대둔이라 하였다"라고 되어 있다. 또한 '바깥한듬'에 대해서는 "깊은 골짜기에서 바깥쪽으로 넓은 언덕이 마당처럼 펼쳐 있어 바깥한듬이라 부른다"고 쓰여 있다.

양산시 하북면 용연리에 속하는 자연마을 용연마을은 천성산 아래 위치하면서 내원사라는 사찰을 중심으로 상권을 이루고 있다. 이 중 한듬(마을)은 울산의 솥발산과 양산의 천성산이 함께 만드는 계곡 사이에 숨어있는 산골 마을이다. 『한국향토문화전자대전』에는 "원효대사가 창건했다는 대둔사(大芚寺)가 있었으나 수몰로 폐허가 되었다는 전설이 있는데, 현재 그 자리에는 한듬마을이 들어서 있다"고 되어 있다. 전설이지만 '대둔'과 '한듬'의 관계를 엿볼 수 있다.

산마루 등마루 횃불말랑이

'꼭대기', '으뜸'을 뜻하는 '마루'는 지명에서 '말', '말랑', '말랭이', '날망', '마리', '머리' 등으로 다양하게 나타나

산마루는 산등성이의 가장 높은 곳을 이르는 말이다. 산등성이는 산의 등줄기를 가리키는데 보통 등성이라고 많이 불렀다. 산마루는 그런 등성이에서도 가장 높은 곳을 이른 것이다. 여기서 가장 높은 곳을 나타내는 핵심어는 '마루'이다. '마루'는 "등성이를 이루는 지붕이나 산 따위의 꼭대기"를 뜻하는 말이지만 어원적으로는 머리(頭)와 같은 뿌리의 말이기도 하다. 우리가 종갓집이라 할 때의 '종(宗)'도 '마루 종'으로 새기는데 이때의 '마루'는 일의 근원이나 으뜸의 뜻을 가진다. '마루'는 지명에서 '말', '말랑', '말량', '말랑이', '말랭이', '날망', '날맹이', '마리', '머리' 등 다양하게 나타나는데, 그렇게 높지는 않아도 '평지보다 약간 높으면서 평평한 곳'을 가리킬 때도 많이 쓰였다.

'산마루'는 일반명사로 많이 쓰인 탓에 정작 지명에는 별로 쓰이지 않았다. 경기도 구리시 갈매동과 사노동을 연결하는 도로 '산마루로'는 1996년에 착공하여 1997년에 완공되었는데, 갈매동과 사노동을 직선으로

연결하는 산등성이 길로 지형적 특성을 반영하여 명명되었다고 한다. 현재 갈매동에는 이 이름을 딴 '산마루초등학교'가 있기도 하다. 강원도 이천군 산지리 남쪽에 있는 큰 고개는 이름이 '산마루고개'인데 "높은 산마루에 위치해 있어 산마루고개라 하였다. 산지리에서 무릉리로 오가는 오솔길이 나 있다. 산말고개라고도 한다(『조선향토대백과』)는 설명이다. 무릉리에 있는 골짜기 이름은 '산마루골'인데 '산마루고개'와 관련이 있어 보인다.

'등마루'는 서울 강서구 등촌동에 있던 마을 이름이다. 마을이 산마루턱에 위치한 데서 이름이 붙여졌는데, '등마루'는 '산마루'의 방언형으로 볼 수 있다. '오를 등(登)' 자를 쓰는 등촌동 지명은 여기에서 비롯된 것이다. 『서울지명사전』에는 "공항로가 지나고 있는 부분이 표고가 꽤 높은 산마루턱에 해당되는 데서 마을 이름이 유래되었다. 봉제산과 한강변의 증산은 원래 같은 산줄기가 이어진 곳으로, 그 산마루턱 즉 등마루를 중심으로 마을이 형성되어 등마루골이라 하였고, 한자명으로 등촌동이라고 하였다"고 되어 있다. 조선시대에는 경기도 양천현에 속했는데, 1895년에 양천군 남산면 등촌리가 되었다가, 일제강점기인 1914년에는 김포군 양동면 등촌리라 하였다. 1962년 영등포구에 편입되면서 등촌동이 되었다. 옛날 등촌동 주민은 산마루에 자리 잡아 비교적 나무가 많고 초생지 또한 많아 나무 장사로 생계를 유지하는 주민들이 많았다고 한다.

서울 구로구 천왕동에는 자연지명으로 천왕고개, 잿마루, 항골고개(일명 부엉고개), 숫돌고개 등이 있다. 이 중 '잿마루'도 '고개'를 일컫던 이름이다. 고개를 뜻하는 '재'에 '마루'가 붙은 형태로 고갯마루와 같은 뜻이다. 『서울지명사전』에는 '잿마루'가 "구로구 천왕동 벌논으로 가던 고개로서, 숫돌고개에서 남쪽으로 내려오면서 사거리에 이르기 전의 조금 높은 지대를 일컫는데, 산마루라고 하여 붙여진 이름"이라고 되어 있다. 잿마루 부근에 있던 밭은 '잿마루밭'으로 부르기도 했다. 마포구

염리동에 있던 마을 '잿마루테기'는 고개마루터기에 있던 데서 마을 이름이 유래되었다고 한다.

'잿말랑'은 충북 단양군 대강면 용부원2리에 있는 마을 이름이다. 양터라고 부르기도 했다. 북쪽으로는 제2연화봉(1,362.6m)이 있기도 한데, 양터라고 불린 이유는 이곳에 목양장이 있었기 때문이다. 1939년 도청에서 목양장을 개설하였다가 6·25 이후 없어졌다고 한다. '잿말랑'은 '재'와 '말랑'이 합해진 말로 '재'는 고개의 뜻이고, '말랑'은 '마루'의 방언형이다. 그러니까 '잿말랑'은 '고개가 있는 산마루'로 해석된다. '잿말랑'이 자음동화되어 '잼말랑'으로 부르기도 했다.

'횃불말랑이'는 서울 종로구 구기동에 있는 산으로서, 거북등 뒤에 있는 높은 마루터기를 일컫던 이름이다. '횃불'은 말 그대로 '홰'에 불을 붙여서 밤길을 밝힐 때 쓰던 물건이고 '말랑이'는 '마루'의 방언형이다. 한양의 세시를 적은 『경도잡지』에는 정월 대보름날 해가 지면 횃불을 들고 높은 곳에 올라가 '달맞이'를 하는 풍습이 있었다고 하는데 한자어로는 '영월'이라 했다. 구기동 '횃불말랑이'는 정월 보름날 이곳에 올라 횃불을 들고 달맞이를 하였던 데서 유래된 이름이다.

'날맹이' 또는 '산날맹이'는 충청도나 전라도 지방에서 '산마루'를 이르는 말로 많이 썼는데, 마찬가지로 일반명사로 주로 쓰였고 특정 지명으로 쓰인 예는 많지 않다.

미곶 미꾸지 산곶 산꾸지

'미꾸지'는 산의 옛말 '미(뫼)'와 불쑥 내민 땅을 가리키는 '곶(串)'이 변한 '꾸지(곶이)'가 붙은 말. 세종시 '미꾸지(마을)'는 아미산 끝자락 마을

'미꾸지'는 얼핏 들으면 '미꾸라지'가 줄어서 된 말같이 들리지만 사실은 전혀 상관없다. '미꾸지'는 산의 옛말 '미(뫼)'와 불쑥 내민 땅을 가리키는 '곶(串)'이 변한 말 '꾸지(곶이)'가 붙어서 된 말이다. '산곶(이)'이라고도 썼다. 세종특별자치시 연동면 예양리에는 양골, 미꾸지, 산속골, 강촌, 물미 등의 자연마을이 있는데 그중 한 마을이 '미꾸지'이다. '산속골'이나 '강촌' 마을 이름에서도 알 수 있듯이 예양리는 하천과 평야, 산지가 어우러진 지역이다. 마을의 북쪽과 남쪽은 미호천이 넓은 들판을 감싸 흐르고, 동쪽의 예양1리(미꾸지)는 구릉성 산지로 논과 밭이 좁게 분포한다. '미꾸지(마을)'는 아미산(139.8m)의 끝자락이라는 뜻으로 이름이 붙여졌다고 한다.

'미꾸지'가 『대동여지도』(1861)에는 미곶(彌串)으로 표기되어 있다. 지도상에는 동서로 청주에서 연기 가는 길과 남북으로 회덕에서 전의 가는 길이 교차하고 있다. 이곳에는 미호천을 건너는 미꾸지나루가 있기도

했다. 『1872년지방지도』에는 미곶진(美串津)으로 표기되어 있다. 미곶(彌串)이나 미곶(美串) 표기에서 '미'는 모두 '미꾸지'의 '미'를 한자의 음을 빌려 표기한 것이고, '곶(串)'은 '곶 곶' 자로 불쑥 내민 지형을 나타낸다. '진(津)'은 '나루 진' 자로 '미곶진'은 '미꾸지나루'를 가리킨 것이다.

이곳에 있는 하천 이름 '미호천'의 '미호'도 '미꾸지'에서 온 것으로 보기도 한다. 『디지털세종시문화대전』에서는 예양리에 있는 다리 '미호교'에 대해 "미호교 지명은 미호천(美湖川)에서 유래하였다. 미호천의 '미호'는 세종특별자치시 연동면 예양리의 작은 마을 '미꾸지'와 마을 앞에 있던 '미꾸지나루'에서 유래한 지명이다"라고 설명하고 있다. '아름다울 미' 자에 '호수 호' 자를 쓴 '미호천'은 1900년 이전의 각종 지리지에서는 찾아볼 수 없는 지명이다. 이전에는 미호천을 각 지역별로 달리 불렀는데 진천현에서는 주천, 청주에서는 작천 또는 망천, 연기현에서는 동진강이라고 불렀다. 이처럼 각 지역별로 다양하게 호칭되었던 이름이 미호천으로 통일된 것은 1910년대 초반인 것으로 추정된다. 미호천은 충북 음성 부용산에서 발원하여 세종시 합강에서 금강과 합류하는 대표적인 금강수계로 상류부에는 진천평야를, 중 · 하류부에는 광대한 미호평야를 형성한다.

'미꾸지'는 인천광역시 강화군 하점면 망월리에도 있다. 『인천광역시사』에 따르면 "망월 동남쪽 산밑에 있는 마을로 산줄기가 길게 뻗은 끝에 있는 곳. 산곶(山串)이 뒤에 뫼곶, 미꾸지로 변천된 지명"이라고 한다. '미꾸지'를 한자로는 '산곶'으로 썼음을 알 수 있다. 국립중앙도서관에 소장된 『여지도』에는 '산곶동(山串洞)'으로 나온다. 또한 같은 강화군 화도면 여차리에 있는 '미루지 돈대'는 축조 당시(1679년)의 이름이 '미곶돈대'여서 관심을 끈다. 『강화부지』에는 '미곶돈(彌串墩)'으로 기록되어 있다. 『인천광역시사』에는 '미루지'에 대해 "마을 이름이 미루지인데, 동네 지형이 바다 쪽을 바라보면 다락방에 앉은 모양 같다고 해서 미루지로 불리게 됐다고 한다"라고 쓰여 있다. 그러나 위의 세종시 예양리 '미곶(彌串)' 예를 놓고 보면 이곳 '미곶'도 산줄기의 끝자락을 뜻하는 '미꾸지'였을 가능성이 크다. 그 '미꾸지'의 발음이 '미루지'로 변한 것이다. 돈대는 해안가나 접경지역에 쌓은 소규모 관측 및 방어시설을 가리킨다.

'산꾸지'는 경기도 연천군 연천읍 눌목리에 있는 '산부리' 이름이다. 한자는 '산곶(山串)'으로 썼다. 연천읍 홈페이지에서는 "설령고개 옆에 있는 수리봉에서 내려온 산부리. 새의 주둥이처럼 길게 뻗어 나온 곶(串)의 형태가 되어 '산곶'으로 불리던 것이 '곶'이 '꾸지'로 연철되면서 발음이 굳어져 버린 땅이름"이라 설명하고 있다. 용인시 고림동에 속했던 마을에 '단사'가 있는데, '산곶말'로 부르기도 했다고 한다. "봉두산 끝자락이 마을 가운데를 지나 뭍의 곶처럼 돌출되어 있어 생긴 이름"으로 보고 있다.

충남 청양군 청남면 왕진리 창고개마을에는 '산곶이샘' 지명이 있다. 매년 정월 열나흗날 마을 우물(용왕정)에서 용왕제를 지낼 때 이곳 산곶이 샘물을 떠 오고 또 금강 물을 떠 와 산과 강의 물이 동네 샘에서 합쳐지게 하는 삼수지합(三水之合)의 의식이 있다고 한다. 쉬지 않고 솟는 산곶이 샘물과 끝없이 흐르며 풍부한 수량을 갖고 있는 금강물을 동네 샘에서 합쳐 깨끗하고 많은 물이 펑펑 솟아나길 기원하는 의미를 갖는다고 한다. 이 용왕제는 1천4백여 년 동안 지내왔다고 한다.

풍취리 바람부리

바람이 거세게 불어 '바람불이(風吹里)', '바람말(風村)'
가파른 산이 바람받이를 한다고 지은 '바람받골'

충북 보은군 보은읍 풍취리에는 '바람부리'라는 이름의 자연마을이 있다. 보은문화원 『향토사료집』(보은의 지명)에는 "본래 보은군 산내면 지역으로서 산모롱이가 되어 바람이 세므로 바람부리 또는 풍취라 하였는데 1914년 행정구역 폐합에 따라 주지리, 산직리, 신기리를 병합하여 풍취리라 해서 읍내면에 편입되었다"라고 되어 있다. '바람부리'는 '바람불이'가 연음된 표기로 보이는데, 한자로는 바람 풍(風) 자에 불 취(吹) 자를 썼다. '바람불이'를 훈차 표기한 것이다. 언제부터 풍취라 썼는지는 불분명한데, 『조선지지자료』(1911)에는 풍취리(風吹里)에 '바람부리'가 병기되어 있다.

같은 보은군 탄부면 매화리에는 골짜기 이름에 '바람부리'가 있는데, "나비[마을 이름임] 남쪽에 있는 골짜기. 지대가 높고 바람이 세게 분다고 함"이라는 설명이다. 또한 '바람부리고개'는 "나비에서 벽지리로 넘어가는 고개"로, '바람불이산'은 "자박골 동쪽에 있는 산"으로 설명되어 있다.

어느 것이 먼저인지는 불분명하나 골짜기 이름이 중심 지명인 것으로 보아 맨 먼저일 가능성이 크다.

제천시 홈페이지 〈제천지명사〉에 두학동은 "본래 제천군 동면의 지역인데, 1914년 행정구역 폐합에 따라 상풍리, 하풍리, 응동, 유곡리, 부곡리를 병합하고 … 읍내면에 편입"된 것으로 되어 있다. 이 중 상풍리, 하풍리 등 바람 풍(風) 자 지명이 눈에 띄는데, 이보다 앞서 영조 때 지리지 『여지도서』에는 동면에 풍취리(風吹里)가 관문으로부터 15리에 편호가 45호로 나온다. 두학동 자연마을에 '바람부리'는 "장침이 서북쪽에 있는 마을"로 설명되어 있다. 상풍은 '웃바람부리-바람부리 위쪽에 있는 마을'로, 하풍은 '아랫바람부리-바람부리 아래쪽에 있는 마을'로 나온다.

영월문화원 홈페이지에 따르면 영월읍 연하리의 '바람말'은 '바람부리'라고도 했는데 한자로는 풍촌으로 썼다. '바람말'에 대해서는 "연동과 복덕원을 지나 계사폭포(연하폭포)와 폭포주유소 앞에서 오미로 넘어가는 고개를 '바람부리재'라 하고, 그 주변의 마을을 '바람말'이라고 한다. 예전에는 이곳을 지나던 양반들이 갓을 떨어뜨릴 정도로 바람이 세차게 불어서 손으로 갓을 붙잡고 다녔으므로 '바람부리(風村)'라고 했다"라고 설명하고 있다.

이 밖에도 '바람부리' 지명은 소지명에도 더러 보이는데, 유래와 관련해서는 전혀 다른 해석이 가능하기도 하다. 곧 '바람부리'의 '바람'을 '벼랑'의 방언형으로 보고, '부리'는 불쑥 앞으로 내민 지형을 나타낸 것으로 보는 것이다. 지형에 따라서는 충분히 가능성이 있는 해석이다. 바람과 관련해서 보다 직접적으로 표현된 지명으로는 '바람받이'가 있다. 국어사전에도 "바람을 몹시 받는 곳"이라는 뜻으로 나오는 말이다. 경상도에서는 '바람모지'라고도 한다.

서울 서초구 우면동에는 '바람받골'이라는 마을이 있었다. 『서울지명사전』에는 "암산마을 남서쪽 우면산의 한 줄기인 궁골산의 골짜기로 산이 바람벽같이 가파르기 때문에 바람받이를 한다는 뜻에서 마을 이름이 유래되었다"고 되어 있다. 여기서 '바람벽'은 우리가 보통 말하는 '벽'으로, "방이나 칸살의 옆을 둘러막은 둘레의 벽"을 뜻하는 말이다. '바람받이골'은 평양시 상원군 번동리 윤촌 북쪽에 있는 골짜기 이름이기도 하고, 황해북도 판문군 대련리 북쪽에 있는 마을 이름이기도 하다. 강원도 창도군 대백리 '풍덕골'은 골 안에 '바람받이덕'이 있다고 한다. '덕'은 '언덕'을 뜻한다. 평안북도 용천군 인흥리의 북서쪽에 있는 고개 검풍령(劒風嶺)은 "바람받이로 맵짠 칼바람이 분다"(『조선향토대백과』)는 설명이다. '칼바람'을 칼 검 자 '검풍'으로 쓴 것이 특이하다.

아름다운 미실이 아니라 산골짜기 미실

미실의 '미'는 '산'의 옛말, '실'도 골짜기를 가리키던 우리 옛말
미실, 미곡, 미골은 산골 마을이거나 산 아랫마을

미실이라는 말을 들으면 "아 그 여자, 드라마 〈선덕여왕〉에 나왔던 그 여자!"를 떠올릴 사람이 많을 것이다. 워낙 드라마 〈선덕여왕〉이 인기가 있었고, 그중에도 고현정이 분한 '미실'이라는 인물의 캐릭터가 강렬했기 때문이다. 그런 탓인지 드라마 속의 미실을 역사적으로 실재했던 인물로 아는 사람도 많은데 사실은 그렇지 않다. 미실은 『삼국사기』나 『삼국유사』에는 존재 자체가 등장하지 않는다. 미실은 필사본 『화랑세기』에만 전하는데, 이 필사본은 위서라는 의심을 많이 받고 있다. 원래의 『화랑세기』는 신라 중대에 김대문이 쓴 화랑들의 전기로 오늘날은 전하지 않는다.

또한 '미실'이 우리말 이름인지 한자 이름인지도 알 수가 없다. 필사본에는 아름다울 미 자에 집 실 혹은 아내 실 자로 '미실(美室)'이라 썼다. 당시의 관례로 보면 우리말 이름 무엇을 이두식으로 표기한 것으로 보아야 할 텐데 의미가 확실하지 않은 것이다. 『삼국사기』에는 지증왕 5년(504)

9월에 미실성(彌實城)을 쌓았다는 기록이 있는데, 이는 확실한 이두식 표기이다. 연구자들은 이 미실을 포항시 흥해읍으로 비정하는데, 그 뜻이 무엇인지는 아직 밝혀내지 못하고 있다.

현재 전하는 '미실' 지명은 순우리말 이름인데 한자 표기는 다양하다. 한자의 음을 빌려 표기한 미실(尾室), 미실(米實)도 있고, '실'을 '곡(谷)'으로 바꾼 미곡(美谷), 미곡(尾谷), 미곡(米谷) 등도 있다. 한자를 아름다울 미(美) 자로 바꾼 경우 마을 주변 경관이 아름다워서 미실이라 부르게 되었다거나, 꼬리 미(尾) 자로 바꾼 경우 마을의 위치가 골짜기 끝(밑)이라서 미실이라 부르게 되었다고 설명한다. 또한 쌀 미(米) 자에 열매 실(實) 자를 쓴 경우는 쌀과 과일이 많이 나서 미실이 되었다고 설명하기도 한다. 그러나 이는 한자 지명으로 바뀐 후에 한자의 뜻에 주목해서 풀어낸 유래담에 불과하다.

'미실'은 본래부터가 우리말 이름이다. '미'는 '산'의 옛말이고, '실' 또한 골짜기를 가리키던 우리 옛말이다. 산을 나타내는 중세국어 '뫼ㅎ'는 '매 · 메 · 미 · 모' 등 다양하게 변화된 형태로 지명에 활발하게 쓰였다가 18세기 이후 한자어인 '산'의 세력 확장에 밀려난 것으로 보인다. '실'은 '골짜기'를 뜻하는 우리말로 신라어에서도 보인다. '실'은 '골'과 유의어로, 한자로는 '곡(谷)'으로 써 왔다. '미실'은 지금 우리에게 익숙한 말로 '산골'과 같은 말이고, 전의되어 '산골 마을'을 가리키기도 했다.

경남 의령군 용덕면 와요리 '미실'은 한자로는 미곡(美谷)이라 썼다. 『의령의 지명』(의령문화원)은 "옛 지명에서 '미'는 '산'이나 '산 아랫마을'의 뜻"이 있었기 때문에 "'미실'은 '산에 있는 마을' 혹은 '산 아래 있는 마을'이란 뜻"이 된다고 설명하고 있다. 또한 같은 와요리에 있는 골짜기 '메미골'에 대해서는 "'메'는 '산'의 옛말이고 '미' 또한 '산' 혹은 '산 아래'란 뜻이 있으므로 '메미골'은 '산골'이란 뜻"이라고 설명하고 있다.

부천시 역곡동에 있던 골짜기 이름에는 '미골'이라는 것이 있다. 『부천시사』에는 '원미골'로 표기되어 있지만 많은 사람들이 '미골'로 부른다고 한다. "'미'는 산, '골'은 골짜기를 의미하므로 미골은 산골짜기를 뜻한다"는 설명이다. 조선 후기에는 '산골'을 '뫼골'로 많이 불렀던 것 같다. 『구운몽』이나 『숙향전』같은 고전소설에서는 '산골' 대신 '뫼골'이라는 말을 쓰고 있다. 인천시 부평구 산곡동은 『조선지지자료』(1911)에 우리말로 '뫼골말'이라고 기록되어 있고, '산곡리(山谷里: 뫼 산, 골 곡)'라는 한자 지명이 병기되어 있다. '미골'은 산골의 뜻인 '뫼골'이 변하여 된 말로 보인다.

골안이 난곡으로

'골짜기 안에 있다'는 단순한 땅이름 '골안'
고란동(古蘭洞), 곡란리(谷蘭里)로 어려워지고, 난곡(蘭谷)으로 뒤집어 쓰기도

'골안' 지명은 위치 지명으로 뜻하는 바는 아주 간단하다. 곧 골짜기 안에 위치하여 말 그대로 '골안'으로 불린 것이다. 그런데 이 '골안'을 한자로 바꾸어 표기하면서는 아주 다양하게 불리게 되어 관심을 끈다. 조선총독부 임시토지조사국이 1913년에 작성한 토지조사부에는 안동군 길안면에 고란동(古蘭洞) 지명이 나온다. 옛 고 자에 난초 란(蘭) 자를 썼다. 1914년 행정구역 개편에 따라 대사리와 미산리의 일부를 병합하여 고란리로 칭하였고, 현재까지 같은 이름으로 불리고 있다. 자연마을 중에 '골안'이 있는데, 고란리는 이 '골안'을 발음에 따라 '고란'으로 한자 표기한 것이다. '골안'은 국도에서 고란리로 접어드는 도로를 따라 1km 정도 들어가면 있는데 주위가 높은 산으로 둘러져 있어서 분지형을 이루고 있는 마을이다. 마을은 14세기 무렵에 개척되었다고 하는데 개척할 때 골짜기 안에 마을이 있다고 하여 붙여진 이름이라고 한다.

괴란동(槐蘭洞)은 동해시에 있는 법정동으로 행정동인 망상동 관할이다. 홰나무(느티나무) 괴 자에 난초 란 자를 썼는데, 원래 강릉군 망상면 지역이다. 1914년 검단이, 두마암, 샛말, 올밑을 병합하여 망상면 괴란리가 되었고, 1942년 망상면이 묵호읍으로 개칭 승격됨에 따라 묵호읍 관할이 되었다. 1955년 강릉군이 명주군으로 개칭됨에 따라 명주군 묵호읍 괴란리가 되었다. 1980년 묵호읍과 삼척군 북평읍을 통합하여 동해시를 설치함에 따라 동해시 망상동 관할의 괴란동이 되었다. 산골 안쪽 마을이라 골안, 골안이, 괴란이라고 하였다고 한다.

경북 경산시 용성면 곡란리(谷蘭里)의 자연마을 중에 '곡란'이 있다. 골 곡 자에 난초 란 자를 썼는데, 골짜기 안에 위치한다 해서 '골안' 또는 '고란'이라 불리다가 후에 '곡란' 마을이라 개칭하였다고 한다. 경기도 군포시 산본동에는 1994년 개교한 곡란초등학교와 곡란중학교가 있다. '곡란'은 이곳에 있던 옛 마을 '골안'을 한자 표기한 지명으로 보인다. 『군포시 지명유래집』에 따르면 산본동은 본래 과천군 남면 지역으로서 수리산 밑이 되므로 '산밑' 또는 '산본'이라 하였는데, 1914년 행정구역 통폐합에 따라 궁안, 도장골, 둔전, 광정, 골안을 병합하여 산본리라 했다고 한다. 이 중 '골안'은 수리산의 정상부에서 남쪽으로 흘러내린 두 개의 큰 능선 사이에 자리하고 있는데, 수리산 줄기의 골짜기 안에 있는 마을이라 하여 골안(谷內)이라 부른 것으로 보인다. 일설에는 이곳에 난초가 많이 자생하고 있어 '곡란'이 '골안'으로 바뀌었다고도 한다는데, 국립지리원 지형도에는 '곡안'으로 표기되어 있다.

울산 중구 태화동 난곡(蘭谷)·난초골은 원래 범서면 운곡동에 속해 있었으나 1914년 행정구역 개편 때 명정과 함께 상부면으로 이속하여 태화리에 합하였다. 헌종 14년(1848)에 세워 송시열, 김창집, 김제겸의 3현을 향사하던 난곡서원이 있었으나 고종 때(1871) 없어졌다고 한다. 이곳에 원래 난초가 많았다고 하지만 태화동 지명유래에서는 "난곡이라

함은 골안(谷內)을 뒤집어 부른 이름이다. 즉, 골안-골란-란곡으로 변한 것인데 안(內)과 란(蘭)이 서로 통전하는 용례는 남해군의 난포에서도 볼 수 있다"고 설명하고 있다. 난포현(蘭浦縣)은 본디 내포현(內浦縣)이었던 것이 바뀐 것인데, 내(內)의 훈 '안'을 '란'으로 바꾼 것으로 보인다.

경남 의령군 유곡면 상촌리의 난곡은 원래 '골안'으로 불렸던 것 같다. 『의령의 지명』(의령문화원)에는 "'난곡'은 장곡 서쪽에 있는 마을이다. 오촌에서 좀 더 올라가면 양지 편 골 어귀에 있는 마을이다. 전래 지명은 '골안 아래땀'이다"라고 되어 있다. 춘천시 남면 가정리 '고란터'는 가정자 서쪽에 있는 마을 이름이다. 한자로는 고란터(皐蘭, 언덕 고) 또는 난곡으로 썼다. 고란터는 '골안터'를 발음되는 대로 쓴 것이고, 이를 한자로 쓰면서 '난곡'으로 표기한 것으로 짐작된다. 경북 영주시 문수면 권선리 '고란골(고란곡)' 역시 한자로는 난곡으로 썼다. '골안골'을 한자로 '고란곡(皐蘭谷)' 또는 '난곡'으로 쓴 것이다. 이렇듯 '골안'을 '난곡'으로 뒤집어 부른 것은 '안'과 '난'이 음이 비슷한 것도 있지만, 당시 선비들이 좋아했던 '난초(蘭)'를 부각시키려는 의도가 있었던 것으로 보인다.

동학농민군의 마지막 전투지 북실

'북실'은 북쪽에 있는 골일까? 북이나 종(鐘)이 울리는 골짜기일까?
'붇실'에서 온 말일까?

'북실'이라는 땅이름에서 '실'은 골짜기를 뜻하는 우리 옛말이다. 한자로는 골 곡(谷) 자를 썼다. 그렇다면 북실은 골짜기를 뜻하는 말일 텐데 어떤 골짜기를 가리켰던 말일까. 사람들은 우선 두드려 소리를 내는 '북'이나 동서남북의 '북'을 떠올릴 것이다. 혹 나이 든 사람들은 베를 짤 때 쓰던 배 모양의 '북'을 떠올릴지도 모른다. 그러나 지명에서 흔히 그런 것처럼 '북'이 다른 어떤 말이 변해서 된 말이라고 생각하면 문제가 간단치 않다.

충북 보은군 보은읍 '북실'은 동학농민혁명의 마지막 전투지로 알려진 '북실전투'의 현장으로 유명하다. 1894년 12월 17일 밤 이곳에서 일본군과 상주 유격병의 공격을 받아 2,600여 명의 농민군이 희생되었다. 이곳에는 현재 동학농민혁명기념공원이 조성되어 있기도 하다. 북실은 매우 오래된 마을인데 영조 때의 관찬지리지 『여지도서』에는 외북면에 종곡동서변리로 등장한다. 북실이 종곡(鍾谷)으로 한자 표기된 것을 볼 수 있다.

충북 보은읍 북실에 조성된 동학농민혁명기념공원

예로부터 '쇠북 종(鐘)' 자와 '술병 종(鍾)' 자는 흔히 뒤섞여 쓰였는데, '종곡'의 경우도 '술병 종' 자를 썼지만 '쇠북'의 뜻으로 쓴 것이다. '쇠북'은 '쇠로 만든 북'이라는 뜻으로 청동으로 만든 종을 쇠북으로 흔히 일컬어 왔다. '종곡'에서의 '종'은 '쇠북'의 '북'을 표기한 것으로, '종곡'은 우리말 '북실'을 나타낸 것이다.

'북실'에 대해서 보은읍 홈페이지에서는 "이 마을 뒤에 '북산(鍾山)'이라는 작은 산이 있는데 옛날부터 이 산에서 북소리가 은은히 들리면 이 마을에 살았던 경주 김씨 문중에서 과거에 합격한 사람이 나왔다고 한다. 그리하여 북소리가 들리는 산을 '북산'이라 하고 마을 이름을 '북실'이라 부르게 되었다"라고 설명하고 있다. 보은문화원의 〈보은의 지명〉에서는 "북처럼 생긴 종산(鍾山)이 있으므로 북실 또는 종곡"이라 하였다고 해서 지형에 근거해서 설명하기도 한다. 모두 악기인 '북'과 관련지어 설명하고 있다.

전북 순창군 쌍치면 종곡리는 적곡마을, 북실마을, 가운리 등의 자연마을이 있다. 『한국향토문화전자대전』에 '적곡마을'은 "마을 뒷산 바위가 종을 닮아 밤이면 종소리가 들린다 하여 종곡이라 부르기도 했으며"라고 되어 있다. 1914년 행정구역 개편 때 적곡마을, 북실마을 등을 묶어 적곡리(赤谷里)라 하였다가 1996년 1월 다시 종곡리로 변경하였다고 한다. 여기서 눈여겨볼 것은 '적곡'을 '종곡'이라 부르기도 했다는 기술인데, '적곡'은 우리말로 '붉실'이라 읽을 수 있는 지명이다. '북실'을 어원적으로 '붉실'로 해석해서 한자 표기를 붉을 적(赤) 자 적곡으로 썼다가 다시 종곡으로 바꾸어 쓴 것으로 볼 수 있다. 말하자면 북실의 '북'을 처음부터 악기로서의 '북'으로 인식하지 않았다는 얘기다.

한편 강원도 정선군 정선읍 북실리(北實里)는 우리말 '북실'을 그대로 한자의 음을 빌려 표기하고 있다. 정선군 홈페이지에 따르면 "북실리는 옛날에 죽실(竹實)이라고도 했는데 이는 정선읍 뒤 비봉산이 봉황새 형국이어서 봉황은 대나무 열매를 먹고 산다 해서 봉황새가 먹이를 찾아 날아드는 모습 같다 해서 '죽실'이라고도 부르기도 했다. 이곳은 농경지가 북쪽으로 향하였으나 농사가 잘된다고 하며 북실로 개칭하였다고도 한다"고 되어 있다. 북실 지명이 북쪽 방위와 관련 있는 것으로 본 것이다.

그런데 〈정선신문〉(정선의 지명유래⑧, 진용선 정선아리랑연구소장, 2014. 10. 14)에서는 "'북실'은 '산'의 옛말 'ㅂ·ㄷ'이 변한 '북'에 '마을'을 뜻하는 옛말 '실'이 더해져 큰 산으로 둘러싸인 마을이라는 뜻이다. 동쪽으로는 기우산과 발봉, 서쪽으로는 멀구치와 병방치, 남쪽으로는 감투봉과 하너미, 너툰이재 등 높은 산 아래에 남북을 잇는 골짜기를 중심으로 형성된 마을로 가미시, 샛골, 맹이골, 멀구치 등의 마을이 들어서 있다"고 설명하고 있어 눈에 띈다. '북실'의 '북'이 산의 옛말 '붇'에서 비롯된 말로, '북실'은 '산으로 둘러싸인 마을' 곧 '산골 마을'을 가리킨다는 것이다.

예로부터 '산등성이나 산봉우리의 가장 높은 꼭대기'를 '멧부리(묏부리)'라고 했다. 정약용은 『아언각비』에서 산을 봉우리(峰)라 하고 방언으로 '부리(不伊)'라 한다고 쓴 바 있다. 연구자들은 이때의 '부리'가 '불'에서 온 말이고, 이 '불'의 조어(祖語)'를 '붇(받)'으로 보기도 한다. 그러니까 '붇', '불', '부리'의 음이 들어간 땅이름들을 한 계통으로 볼 수 있다는 것이다. 예를 들면 절의 흔적이 전혀 없는 곳에 있는 '불당골' 지명은 '산 안쪽의 마을'이라는 의미의 '붇(山)+안(內)+골(谷)'이 부단골, 붓당골, 불당골이 되었다는 것이다. '산 아랫마을'의 뜻인 '불밋골'은 '불(山)+밑(下)+골(谷)'이 변해서 된 말이라고도 한다. 또한 '붇'은 '붓'으로 쉽게 바뀌어 '붓 필(筆)' 자 지명으로 나타나기도 한다. 붓을 닮았다 하여 '문필봉'이라고 불리는 산의 경우도 '붇(山)+봉(峰)'이 '붓봉'으로 바뀌어 문필봉으로 한자화된 것으로 볼 수 있다는 것이다.

'북실'은 어원적으로는 누구도 확신할 수 없는 지명이다. 또한 오래된 지명이라 마을 주민들도 본래의 취지를 알지 못하는 경우가 많다. 단지 일반적인 추정으로 가장 설득력이 있는 것이 '북실'은 '붇실'에서 변해 온 말이고 '산골(마을)'을 뜻한다는 설이다.

하월곡동 다릿골

'달골'과 '다리골'은 달(月)과 다리(橋)만큼 다른가
'달'은 산의 옛말, '다리'도 산과 관련 있는 말 … 모두 '산골짜기 마을'

지금은 거의 자취를 감추었지만 한동안은 아주 흔하게 사용하던 생활 용어 중의 하나가 '달동네'였다. TV드라마의 배경으로도 자주 등장했고, 심심찮게 뉴스의 현장으로 비춰지기도 했다. 그런 만큼 달동네라는 말에서는 강한 역사성이 느껴지기도 했는데, 이름만큼 그렇게 간단한 것은 아니었다. 달동네는 광복 이후 귀국한 동포들과 남북 분단 이후 월남한 난민들이 도시의 산비탈 등 외진 곳에 움막집을 짓고 살기 시작하면서 형성되기 시작했다. 그러고는 경제개발이 급속하게 추진되기 시작한 1960년대 이후 대규모 이농 인구들이 도시 빈곤층을 형성하면서 확산되었던 것이다.

『한국민족문화대백과』에서는 '달동네'를 "도시 외곽의 산등성이나 산비탈 등 비교적 높은 지대에 가난한 사람들이 모여 사는 동네. 산동네"로 정의하고 있다. 또한 연원에 관해서는 "달동네라는 이름은 높은 곳에 위치해 달이 잘 보인다는 뜻에서" 붙여졌다고 설명하기도 한다. 그런데

달동네의 '달'이 어원적으로는 '산'이나 '높다'는 뜻을 가진 우리 옛말로서 '하늘의 달'과는 아무 상관이 없다고 주장하는 연구자가 있어 관심을 끌기도 했다.

예전에 전형적인 도시빈민 밀집 지역의 하나로 꼽히던 성북구 하월곡동의 우리말 이름은 '다릿골(굴)'이었다. 한자로는 달 월(月) 자에 골 곡(谷) 자를 써서 '월곡'이라 했는데, 고종 2년(1864)에 발간된 『육전조례』에는 한성부 동부 숭신방 월곡리계(月谷里契)로 나온다. 한편 『동여도』(철종 연간)에는 다리 교(橋) 자에 골 곡(谷) 자를 쓴 '교곡'으로 쓰여 '다릿골'의 해석에 이견이 있었음을 볼 수 있다. 한자 지명을 놓고 보면 '월곡'은 우리말 '달골'의 '달'을 '달 월(月)' 자로 바꾸었고, '교곡'은 우리말 '다릿골'의 '다리'를 '다리 교(橋)' 자로 바꾸어 쓴 것이다.

결국 '달골'과 '다리골'의 차이인데, 시기적으로는 '달골'이 더 앞선 형태로 보인다. 일반적으로 '다리골'은 원래의 형태 '달'에 조음소 '-이'가 개재된 어형으로 보기 때문이다. 그러니까 뜻은 그대로인 채 음이 바뀐 것이다. 그렇게 보면 '교곡'은 '달골'이 '다리골'로 바뀐 후에 '다리'를 건너다니는 다리로 이해하고 한자를 '다리 교(橋)' 자로 썼다고 볼 수 있다. 이에 비해 '월곡'은 '다리'의 원뜻을 '달'로 이해하고 '달 월(月)' 자를 쓴 것이다.

『서울지명사전』에서는 '다릿골'의 유래에 대해서 두 가지 설을 전하고 있다. 하나는 인근 산의 모양이 반달처럼 생겼기 때문이라는 설이고 다른 하나는 조선 후기에 소 장수들이 인근 도살장에 달밤에 도착하여 잔월(殘月) 아래 소를 파는 흥정을 했기 때문에 생긴 이름이라는 설이다. 그러나 산의 모양이 반달처럼 생겼기 때문이라는 이야기는 다른 지역의 '달골' 유래담에서도 흔히 볼 수 있는 일종의 민간어원설에 불과하고, 소 장수가 잔월(새벽달) 아래 소를 파는 흥정을 해서 '달골'이라고 했다는 이야기도 유연성이 없어 믿음이 가지 않는다. 결국 하월곡동 '다릿골'은 다른 지역의 예나 어원을 고려하여 유래를 짐작할 수밖에 없다.

강원도 영월군 영월읍 흥월리에는 자연마을로 '달골'이 있다. 한자는 '월곡(月谷)'으로 썼다. 영월문화원 〈지명유래〉에 따르면 "'달'은 '산'을 일컫는 옛말로서 '달골'은 '산골짜기 마을'이라는 뜻"이라는 설명이다. "마을의 지형이 반달 모양이므로 월곡이라 했다는 얘기도 있으나 이는 '달'이 '월(月)'로 된 것에 불과하다"는 설명도 덧붙이고 있다. 또한 흥월리의 중심 마을로 '달이마을'도 소개하고 있는데, '다릿말'이라고도 한다고 되어 있다. 설명에는 "'달(산)'이 한자식 표기법인 '월(月)'로 잘못 의역되어 '산골 마을'이라는 뜻의 '달(山)+이(의)+마을'이 '다릿말, 달지말(月休里)'로 변했으며, 이 마을 뒤에 있는 '달골'도 '산골짜기'라는 우리 고유의 땅 이름이다"라고 되어 있다. 요약하면 '달골'은 한자로는 '월곡'으로 썼고, 뜻은 '산골 마을'이라는 것이다. '다릿말' 역시 같은 뜻이고, 여기에서 '달'은 '산'의 뜻이라는 얘기다.

청주시 상당구 운동동에 있는 마을 '다리골'은 '월골(月-)'이라고도 하고, 주민들은 마을의 지형이 반달 같아서 생겨난 이름으로 설명한다. 그러나 『한국향토문화전자대전』은 "'다리골'의 '다리'는 '달'(月)과는 무관하고 '山'을 뜻하는 '달'과 관련되는 것으로 판단된다. '다리골'이 지역에 따라서는 '달골'로 실현되기도 하므로 '다리'와 '달'의 관계는 분명해진다"고 하면서 "'다리'가 '달'과 같은 것이기에 '다리골'은 '산의 골짜기' 즉 '산골'이라는 기원적 의미로 해석된다"고 쓰고 있다.

도둑 없는 도둑골

험한 산속 아닌 도성 인근 산골짜기도 도둑골(도독골)이라고 불렀을까?
도둑골은 '도독하다'라는 형용사에서 나온 두두룩한 형상의 골짜기

벽초 홍명희의 대하소설 『임꺽정』에서 임꺽정과 여섯 두령의 산채가 있는 산골짜기 이름으로 '청석골'이 나온다. '산채'는 한자어로 "산에 돌이나 목책 따위를 둘러 만든 진 터"를 뜻하는데 작품에서는 "산적들의 소굴"이라는 뜻으로 쓰였다. 소설 속에는 '청석골'이 다음과 같이 묘사되어 있다. "청석골은 서편 탑고개까지 나가기에 시오리가 넘는 긴 산골이다. 성거산이 내려와서 천마산이 되고 천마산이 내려와서 송악이 되니 송악은 송도의 진산이요, 송악 한 줄기가 서편으로 달려와서 청석골이 생기었다 … 처녑 같은 산속에 골짜기를 따라 큰 길이 놓여 있으니 이 길이 비록 송도부중에서 이삼십 리밖에 아니 되는 서관대로이나, 도적이 대낮에도 잘 나는 곳이라 왕래하는 행인들이 간을 졸이고 다니었다." (『임꺽정』 의형제편 박유복이)

이에 대해 『한국민족문화대백과』는 황해도 금천군 고동면 구읍리 제석산 기슭에 '청석골'이 있다면서 "'청석골'은 조선 명종 때 의협심이

강했던 도둑 임꺽정 무리들이 산채를 지어 약탈의 본거지로 삼았던 곳으로, 제석산 줄기의 영향으로 지형이 천연적 요새지였다. 청석골은 그에 얽힌 일화와 야화가 많아 전국적으로 잘 알려져 있다"라고 쓰고 있다. 또한 북한의 『조선향토대백과』에서는 '청석골'을 황해북도 개성시 삼거리 남쪽에 있는 골짜기로 말하면서 "청석골은 십여 리나 되는데, 구불구불하게 사린 곬 양쪽 벼랑의 가운데로는 큰 시냇물이 급류하고 있으며, 산에는 문어귀 형국의 지형이 많이 분포되어 있다 … 1559년에 황해도, 경기도, 강원도 일대에서 통치자들을 반대하여 투쟁을 벌였던 임꺽정 무장단의 중요한 근거지의 하나였다"라고 설명하고 있다. 또한 '탑고개'에 대해서는 "개성시 삼거리 남쪽 청석동에서 황해북도 금천군 계정리로 넘어가는 고개. 옛날 탑이 있었다. 16세기 중엽 임꺽정 부대가 통치자들을 기습하던 중요 길목이었다"라고 쓰고 있다.

'청석골'이 천혜의 요새지로 임꺽정 같은 큰 도둑의 무리가 숨어 살기에 적당했다는 것을 알 수 있다. 말하자면 명실상부한 '도둑골'이 지리적인 위치나 지형이 남달랐다는 것이다. 그런데 우리의 지명 중에는 그렇게 깊고 험한 산속이 아니면서도 도둑이 숨어 살았다느니 도둑이 들끓었다느니 해서 '도둑골'이라 불린 곳이 많아 의아스럽다. 골짜기뿐 아니라 마을 이름에도 버젓이 '도둑골'이라 이름 붙은 곳이 많아 고개가 갸우뚱거려지는 것이다. 도둑이라면 자신의 정체를 숨기고 은밀하게 움직여 다닌다는 게 상식인데, 거리낌 없이 마을 이름을 '도둑골'로 부르고 별로 개의치 않는 게 이상하다. 아니 더러는 '도둑골'이라는 말이 민망했던지 '도덕골'로 바꾸고 한자도 '도덕(道德)'으로 쓰기도 했다.

『서울지명사전』에는 네 곳의 '도둑굴'이 수록되어 있다. 동작구 사당동에 있던 골짜기 '도둑골'은 "도둑이 들끓었다고 전하는 데서 유래된 이름이다. 도둑굴, 독굴이라고도 하였다"는 설명이고, 종로구 평창동에 있던 골짜기 '도둑골'은 "성북동으로 넘어가는 곳에 있었는데, 길이 깊고 으슥

하여 도둑이 많이 있었다고 전하는 데서 유래된 이름"이라는 설명이다. 마을 이름으로서 성북구 성북동에 있던 '도둑골'은 "계곡이 깊고 지형이 험하여 도둑이 숨어 살기 쉬웠기 때문에 붙은 이름이다. 도덕굴이라고도 한다"는 설명이고, 종로구 부암동 창의문 부근에 있던 마을 '도둑골'은 "숲이 우거져 대낮에도 으슥하여 산도둑들이 숨어 있다가 행인들의 금품을 털어가기 일쑤여서, 도둑이 들끓는 마을이라 지칭된 데서 마을 이름이 유래되었다. 일설에는 도교를 믿는 사람들이 집단으로 옮겨와 살기 시작하였으므로 도덕굴이라 하였다고 한다"는 설명이다.

임금이 있는 도성 인근에도 '도둑골'이 많고, 또 드러내놓고 마을 이름으로까지 삼은 것을 보면 '도둑골'은 아무래도 다른 어떤 말이 변해서 된 것일 가능성이 크다. 여기서 가장 먼저 짚이는 것이 '도독하다'라는 형용사이다. '도독하다'는 "조금 두껍다"는 뜻도 있지만 '도도록하다'의 준말로 쓰인 말이다. '도도록하다'는 "가운데가 조금 솟아서 볼록하다"는 뜻을 갖는데, 일정한 지형을 나타내기에 적절한 말이다. 북한어에는 "가운데가 볼록한 모양을 지닌 것"을 뜻하는 말로 '도둑'이라는 말이 있는데 이와도 상관이 있어 보인다. 지금도 방언형으로 '도둑놈'을 '도독놈'이라고도 하는데, '도둑골'은 도도록한 지형을 나타낸 '도독골'에서 변형된 것으로 볼 수 있다. 실제로 '도둑골'을 '도독골'로 쓰는 곳도 많이 있다. 유래는 '도둑이 많아서'라고 설명하면서 말이다.

'도도록한 지형'과 관련해서는 충북 진천군 진천읍 연곡리에 있는 산 '도덕봉'에 대한 『한국향토문화전자대전』의 해설이 참고가 될 듯하다. "도덕골은 도둑골 · 도독골과 섞여 쓰이면서 여러 가지 유래담이 관련되어 있다. 특히 도둑골은 도둑과 관련하여 '도둑이 숨기에 좋을 만큼 후미진 골짜기'로 풀이할 수 있다. 그러나 도둑골이 도둑과 관련되는지는 의문이다. 오히려 두둑골 · 도둔골이 함께 쓰이고 있음을 볼 때 도둑은 돋우다, 두둑과 관련 있는 것으로 여겨진다. 그렇다면 도둑은 '두두룩한'

으로 이해할 수 있고, 도둑골은 '두두룩한 형상을 하고 있는 골짜기'로 풀이할 수 있다. 골짜기가 깊지 않고 두둑하게 올라와 있는 형상일 때 이런 이름이 붙으며, 도덕골 또한 도둑골과 뜻이 같다. 그렇다면 도덕봉도 '두두룩한 형상을 하고 있는 봉우리'로 풀이해 볼 수 있다. 즉 봉우리가 높지 않으면서 두둑하게 올라와 있는 형상이어서 붙은 이름이라고 할 수 있다."

모롱이 모랭이 모랠거리

산모퉁이는 산모롱이, 모롱이라고 부르다 '모랭이', '모랑이' …로 변해.
옥천 장사리(長沙里)는 원래 '진모래'로 강의 모롱이(모랭이)가 길어 붙인 이름

〈망부석〉이라는 노래로 혜성처럼 등장한 뒤 우리 전통 가락을 가요에 접목시키려고 노력했던 김태곤의 또 다른 대표작 〈송학사〉는 가사 때문에도 많은 사람의 사랑을 받았다. "산모퉁이 바로 돌아 / 송학사 있거늘 / 뭘 그리 갈래갈래 / 깊은 산속 헤매냐 …" 송학사가 산모퉁이 돌면 바로 있는데 엉뚱하게 어디 깊은 산속을 찾아 헤매냐는 말은 쉽게 스쳐 지나지를 않고 머릿속에 오래 남아 되새김질하게 만드는 묵직한 가사였다. 이를 두고 어떤 사람들은 실제 송학사가 어디에 있는지를 김태곤에게 묻기도 했던 모양인데 대답은 '마음속'에 있지 않을까 하는 것이었다고 한다. 그렇게 보면 '산모퉁이'는 마음의 어떤 경계를 의미하지 않나 싶기도 하다.

산모퉁이는 산모롱이라고도 불렀는데 그냥 모롱이라고 많이 불렀다. 또한 '모롱이'는 변음되어 '모랭이', '모랑이', '모링이', '모레이', '모리이' 등으로도 불렀는데, 모두 '산모퉁이의 휘어 둘린 곳'이라는 뜻이다. 흔히

무당들의 무속에서 지옥은 '지하'에 있는 암흑계로서 춥고 배가 고프며 형벌이 영원히 계속되는 형장으로 묘사된다. 이에 비해 저승은 막연하게 '지상'에서 수평으로 가는 먼 곳으로 묘사된다. 이때 이승과 저승의 구분이 '모랭이(모퉁이)를 돌아간다'는 것으로 표현되고 있어 흥미롭다. 말하자면 산모퉁이가 삶과 죽음의 경계가 되는 셈이다.

한편 무가나 민요에서는 한 모랭이, 두 모랭이, 세 모랭이로 반복 · 점층되는 표현을 더러 볼 수 있다. 예를 들면 본처를 두고 다시 장가를 가겠다는 남편 또는 아버지를 저주하는 서사민요 〈후실 장가들다 죽은 남편〉에서 "한 모랭이 돌거들랑 / 요시 짐승 진동하소 / 두 모랭이 돌거들랑 / 간지 짐승 진동하소 … 시 모랭이 돌거들랑 / 말 다리나 부러지소 / 행리청에 들거덜랑 / 사모관대 뿌사지고 …"와 같이 저주의 말을 점층시키는 데 '모랭이'라는 말을 반복해서 쓰고 있다.

점층이 아니더라도 지명에서는 돌고 도는 구불구불한 지형을 나타낼 때 앞에 숫자를 두고 '모랭이' 이름을 쓴다. 충남 태안군 고남면 장곡4리 세모랭이마을은 세모령이라고도 하는데 세 모랭이가 있어 붙인 이름이라 한다. 서산시 성연면 명천리에 있는 자연마을 아홉모랭이는 마을에 꼬불꼬불한 모롱이가 아홉이 있다 해서 생긴 이름이라고 한다. 당진시 대호지면 출포리에 있는 자연마을 열두모랭이는 날개 나루터 남쪽에 있으며 굴곡이 잦아서 열두 모퉁이가 된다고 한다. 모두 정확하게 그 숫자만큼의 모랭이가 있다기보다는 그만큼 많다는 의미로 쓰인 것들이다. 심지어는 '아흔아홉모랭이'까지 있는데, 논산시 노성면 교촌리 아흔아홉모랭이는 "교촌리를 지나 하도리와 상월면, 광석면에 이르는 삼남대로에 꼬불꼬불한 산모랭이가 99개소가 있다"고 설명하기도 한다. 산기슭에 돌출된 작은 능선들이 연달아 계속되면서 산 밑으로 생긴 길은 자연히 'S'자 모양으로 구불구불 계속되는 것을 볼 수 있는데 이를 두고 이른 지명으로 볼 수 있다.

충북 옥천군 안내면 장계리는 원래 장사리(長沙里)라 불리던 마을이었으나 장사리와 욱계리를 합하여 새로 이름을 지었다. 장사리는 우리말 이름 '진모래'를 '긴 장(長)' 자, '모래 사(沙)'를 써서 한자로 표기했는데, 원래 '진모래'는 그런 뜻이 아니라고 한다. 진모래의 '모래'는 '모랭이'의 뜻으로, '진모래'는 강의 모롱이(모랭이)가 길기 때문에 붙여진 이름이라고 한다. 그러니까 긴모롱이→진모랭이→진모래로 음운변화가 된 것으로 볼 수 있다. 영조 때의 지리지 『여지도서』에는 군북면 장사리가 관문으로부터 동북간 25리에 있었던 것으로 나오는데, 지금은 대청댐으로 인해 수몰되었다고 한다.

충남 청양군 운곡면 미량리는 내륙의 산지이며 해발고도가 높은 편이다. 서쪽은 법산으로 높은 산지가 이어지고 있고 동쪽에는 미량저수지가 있고 신양천이 흐른다. 자연마을에 모랭이가 있는데, "모랭이는 산이나 들길을 살짝 돌아가는 모서리를 이르는 말로서 마을이 모서리에 위치하였다 하여 붙여진 이름"(『두산백과』)이라고 한다. 『여지도서』에는 북하면 모량리(毛良里)가 관문으로부터 북으로 25리에 있는 것으로 나오는데, '모량리'는 '모랭이'를 한자로 표기한 지명으로 보인다. 지금의 '미량리'는 1914년 행정구역 폐합 때 미동. 신모량리와 접주동, 영곡리, 구모량리, 백암동 각 일부를 병합하여 미동과 모량의 이름을 따서 미량이라 해서 운곡면에 편입되었다고 한다. 여기서 구모량리는 구모랭이(구모량)로 모랭이 북쪽에 있는 모랭이의 옛 마을이고, 신모량리는 모랭이(새모랭이, 신모리)로 미량리에서 으뜸되는 마을인데 모량리에 새롭게 생겨 붙은 이름이라고 한다.

강원도 영월군 북면 문곡리에는 '모랠거리'라는 특이한 지명이 있는데, '모랠'은 '모랭이'에서 변형된 것으로 보인다. 영월문화원 지명 자료에 '모랠거리(모랭이거리)'는 "개간이에서 골마차로 들어가는 입구이다. 413번 지방 도로가 이곳에서 급커브로 꼬부라지는 곳이므로 '모퉁이 거리→모랠거리'라 한다"라고 설명되어 있다.

나래실 나래산

날개와 관련된 '나래' 지명의 한자 표기는 '나래리(羅來里)', 날개 익(翼) 자 쓴 '익동(翼洞)' 등 가지가지. '이엉'을 뜻하는 사투리인 '나래(산)' 지명도 있어

'희망의 나래를 펴다'라는 표현을 '희망의 날개를 펴다'라고 표현하면 무언가 조금 어색한 느낌이 있다. 반대로 '새의 날개는 대칭을 이룬다'라는 말을 '새의 나래는 대칭을 이룬다'라고 하면 역시 어색한 느낌을 받게 된다. '나래'라는 말에 대해 『표준국어대사전』은 "흔히 문학 작품 따위에서, '날개'를 이르는 말. '날개'보다 부드러운 어감을 준다"라고 설명하고 있다. 둘 모두 표준어로 뜻은 같지만 어감의 차이가 있다는 것이다. 15세기에 '날개'를 뜻했던 형태로는 '날(ᄂᆞᆯ)개', '날(ᄂᆞᆯ)애' 두 가지가 쓰였다. 이 중 '날애'는 '날개'와 어원은 같지만 'ㄹ' 뒤에서 'ㄱ'이 약화된 형태로 쓰이다가 현대어의 '나래'로 이어지면서 어감의 차이를 갖게 된 것이다.

발음하기가 보다 원활한 탓에 지명에서는 '날개'보다 '나래'라는 말이 주로 쓰였다. 강원도 영월군 주천면 신일리에는 자연마을로 '나래실'이 있고 '나랭이'도 있다. 모두 '날개'와 관련된 지명들이다. 영월문화원

홈페이지에는 '나래실'이 "마래미의 서남쪽에 있으며, 마을의 길이가 10리나 되는 부락이다. 마을 전체가 평평하고 새의 날개처럼 길다고 해서 '나래실'이라는 이름이 생겼다 한다"라고 되어 있다. '실'은 '골(谷)'과 같은 말이다. 또한 '나랭이'는 "도기령재 밑으로 새 날개처럼 길게 휘어진 나래실의 가장 끝자락에 있는 마을이므로 '나랭이(날개)'라고 불렀다. 예전에는 열대여섯 가구가 살았으나 지금은 화전정리 사업으로 폐촌이 되었다"라고 되어 있다. 마을이 길긴 길었던 모양인데 '중간뜸'이라는 지명도 있다. "나래실에서 마을 끝인 나랭이까지는 10여리가 되는데, 그 중간에 있는 마을이므로 '중간뜸'이라고 한다. … 나래실 서낭당이 있다"는 설명이다. 어쨌든 이곳 '나래실' '나랭이'는 새의 날개처럼 길게 휘어진 골의 지형에서 비롯된 이름인 것을 알 수 있다.

이천시 장호원읍 나래리는 우리말로 '나래골' 또는 '나래'라고 불렸고 한자는 '나래리(羅來里)'로 썼다. 뜻과는 상관없이 한자의 음을 빌려 표기한 것이다. '장호원읍 지명유래'에는 "본래 음죽군 동면 지역으로 지형이 나래(날개)처럼 생겼으므로 나래골 또는 나래라 하였다고 한다. 1914년 행정구역 폐합에 따라 상곡, 송촌, 월촌을 병합하여 나래리라 해서 이천시 청미면(장호원읍)에 편입되었다. 음죽읍지에 나타난 옛 명칭 역시 나래동이다"라고 되어 있다. 『한국지명유래집』 '나래천'에서는 "나래리라는 동리 이름에서 지명이 유래한 것으로 보인다. 이 지역은 마을을 둘러싸고 있는 산세의 모양이 나래 즉 날개처럼 생겼다고 해서 나래골 또는 나래라 불렸던 것이라고 한다"고 되어 있다. 『1872년지방지도』(음죽현)에는 관문으로부터 10리 거리에 '나래동'으로 나온다.

'나래쟁이'는 '나루쟁이'라고도 불렸는데 경북 예천군 감천면 관현리에 있는 자연마을 이름이다. "약 130년 전에 처음 마을이 생기게 되었다 하는데 산세가 마치 새의 날개처럼 생겼다 하여 붙여진 이름이라 하며 홍고개 남쪽에 위치한 마을로서 10여 가구가 살고 있다"(감천면 지명유래)

고 한다. '나래기'는 같은 경북 봉화군 석포면 석포1리에 있는 마을 이름인데, "마을의 모양이 학이 날아가는 형상으로 생겼다 하여 飛鶴洞(비학동) 또는 '나래기'라고도 한다"는 설명이다. '나래기'는 '날개'의 방언(경북)이다. 경북 영덕군 창수면 인량리 역시 학이 날아가는 형국으로 유래를 이야기한다. "이 마을은 뒷산의 지형이 학이 날아갈 듯한 형국과 같다 하여 나래골, 또는 익동(翼洞), 비개동(飛蓋洞)이라 하다가 음이 변하여 나라골, 한자로 국동(國洞)이라고도 했다는 설이 있다"(『두산백과』)고 한다. '나래골'을 한자의 훈으로 바꾼 것이 '날개 익' 자 '익동'이라면, '비개동'은 '날 비' 자는 뜻으로 '덮을 개' 자는 음으로 바꾼 표기로 보인다.

당진시 대호지면 출포리는 우리말로는 '날개'로 불렀던 곳이다. '날 출(出)' 자에 '개 포(浦)' 자를 쓴 '출포리'는 '날'을 훈의 음으로 표기한 것이 특이하다. 『한국향토문화전자대전』 '명칭 유래'에는 "산줄기가 바닷가로 날개처럼 길게 뻗었으므로 날개 또는 출포리(出浦里)라 하였다"고 되어 있다. 출포리의 자연마을은 15개인데, 그중 날개는 "옛 해미군 서면 출포 지역으로 서산시 지곡면으로 통하는 날개 나루터가 있었다. 바다에 접한 마을인데 산줄기가 바닷가로 길게 뻗었다 하여 '날개'라 했다"고 설명하기도 한다.

한편 '나래'는 산 이름에도 있는데 유래는 좀 다르다. 전북 임실군 운암면 운종리에 있는 나래산(544m)은 '날개 익' 자 익산이라고도 불렀는데, 일찍이 『여지도서』(임실)에도 "익산(翼山)은 백련산에서 뻗어나온다. 관아의 서쪽 40리에 있다"고 수록되어 있다. 그런데 『한국지명유래집』에서는 "임진왜란 때 왜적이 섬진강을 따라 이곳으로 쳐들어오자 수많은 아군이 있는 것처럼 위장하기 위해서 이 산에 군량미를 쌓아 놓은 노적가리처럼 이엉을 엮어서 덮어 놓았다. 전라도 사투리로 이엉을 날개라고 하는데, 이 날개가 나래로 변하여 나래산으로 된 것이다"라는 설로 유래를 이야기하고 있다. '이엉'은 초가집의 지붕이나 담을 이기 위하여 짚이나 새 따위로 엮은 것으로, 충청도에서는 이를 '나래'라고 했고 전라도에서는 '날개'라고 했던 것이다. 말하자면 '나래산'은 이엉을 덮은 '노적가리'같이 생겨 붙여진 이름인 것이다.

제2부

바우고개 언덕을 넘어

높아서 아득령 멀어서 아득이

산 높아 아득한 아득령, 골이 깊어 아득히 보이는 아득골,
아득하게 보이는 넓은 백사장 아득이

낭림산맥은 함경남도와 평안남북도의 경계를 따라 형성된 남북 방향의 산맥이다. 남쪽의 태백산맥과 함께 한반도의 원줄기가 되는 척량산맥이다. 척량산맥은 어떤 지역을 종단하여 길게 이어져 분수령이 되는 산맥을 가리키는데, 지역의 주산맥으로서 1차 산맥이라고도 한다. 척량은 척추와 같은 말이다. 척량산맥은 산맥의 생긴 모양이 마치 동물의 등골뼈처럼 생겼다고 해서 붙여진 명칭이다. 척량산맥은 산지가 높고 험하며 특정 방향으로 길게 발달해 있기 때문에 산맥을 경계로 양쪽 지역 간 교통의 장애가 되기도 한다. 낭림산맥은 예로부터 관서지방과 관북지방의 경계가 되어 왔다.

낭림산맥의 주요 고개로는 강계와 장진 간의 아득령, 덕천과 함흥 간의 검산령, 양덕과 영흥 간의 거차령, 양덕과 고원 사이의 기린령, 평양과 원산 사이의 마식령 등이 있다. 보통의 고개는 한자로 현(峴)이나 치(峙)를 쓰고, 아주 높은 고개는 령(嶺) 자를 썼다. 이곳 고개들은 모두

'령' 자를 쓰고 있는데, 그만큼 높다는 뜻을 내포하고 있다. 이 중 아득령은 평안북도 강계군 공북면과 함경남도 장진군 장진면 사이에 있는 고개로 높이가 1,479m에 이른다. 낭림산맥 북단의 사랑봉(1,573m)과 맹부산(2,214m) 사이의 안부에 해당한다. 동쪽은 개마고원에 접하고 서쪽은 개마고원보다는 고도가 낮은 자강고원에 이른다. 예로부터 강계에서 함흥으로 통하는 주요 통로였다.

'아득령'의 '아득'은 '아득하다'의 어간 '아득'으로 보인다. '아득하다'는 "보이는 것이나 들리는 것이 희미하고 매우 멀다"는 뜻을 갖는데, '아득령'은 보기에 아주 높고 아득한 고개의 뜻으로 읽을 수 있다. 한자로는 아득령(牙得嶺)으로 썼는데 뜻과는 상관없이 한자의 음을 빌려 표기한 것이다. 『조선향토대백과』에서는 "광복 전 살길을 찾아 황수령을 넘어 낭림 땅에 들어갔던 유랑민들이 정든 고향에 다시 돌아갈 길이 아득하다고 하여 황수령을 아득령이라 불렀다고 한다"라고 설명하고 있다. 아득령은 조선 후기 고지도에는 나오지 않는데, 언제부터 아득령으로 부르게 되었는지는 확인할 수가 없다. 현재 아득령으로는 강계~낭림~장진을 잇는 도로가 달리고 있으며 북쪽으로 약 3km 떨어진 곳으로 강계선이 통과하는 아득령역이 있다. 또한 장강군의 랑림로동자구는 옛날부터 아득령(지금은 황수령) 밑에 자리 잡고 있다 하여 아득포라고 불렀다고 한다.

'아득골'은 황해남도 장연군 장연읍의 북쪽 장대산 아래에 있는 골짜기 이름이다. 골이 깊어서 아득히 보인다 하여 '아득골'이라 하였다고 한다. 이 '아득골'에서 명천리로 넘어가는 고개는 '아득골고개'로 불리기도 했다. 제주도 성읍1리의 자연마을에도 '아득골'이 있다. 낭림산맥을 가로지르는 아득령에 비할 바는 아니겠지만, '아득하다'는 것이 절대적인 거리 기준이 있는 것이 아니라 심리적으로 얼마든지 아득하게 느낄 수 있기 때문에 가능한 지명일 것이다.

'아득이'는 청주시 상당구 문의면 가호리에 있던 마을 이름이다. 이곳은 이른바 '아득이 돌판'으로 유명해진 곳이기도 한데, 1978년 대청댐 수몰지역인 이곳 아득이마을의 고인돌 유적에서 발견된 돌판은 가로 23.5cm, 세로 32.5cm의 작은 크기지만 표면에 크고 작은 홈이 65개나 파여 있었다. 연구 결과 이것이 기원전 500년경의 천문도이며 북두칠성, 작은곰자리, 용자리, 카시오페이아 등을 묘사한 것임을 밝혀낸 것이다. 아득이마을은 1980년 대청댐 건설로 대부분이 수몰되어 현재는 아무도 살지 않는다. '아득이'는 금강변의 나루터를 가기 위해서는 넓은 백사장을 걸어야 했는데, 아득하게 보이는 모래사장을 걸어 강 건너를 드나들었다 하여 '아득이'라 불렀다 한다. 한자로는 아덕리(阿德里)로 쓰기도 했다.

희여티 희여고개

백토(白土) 때문에 하얗게 보이는 희여봉, 희여재
'희다'의 부사형 '희어'를 붙인 강원도 고성 '희역섬'은 하얗게 보이는 섬

청주시 흥덕구 신전동에 있는 '희여봉'은 높이 약 30m의 야산이다. 이를 두고 산이라 불러야 할지 모르겠지만 이름에는 엄연히 '산', '봉'이 붙어 있다. 그뿐만 아니라 '백두산', '백치산', '백산' 같은 거창한 이름으로도 불렸다. 이로써 보면 '높이' 때문이 아니라 봉우리가 흰빛을 띠기 때문에 붙여진 이름인 것을 알 수 있다. '희여봉'의 '희여'는 '희다[白]'의 부사형 '희어'가 변한 어형이다. 따라서 '희여봉'은 '흰 봉우리'로 해석된다. 보통 산봉우리가 모래나 바위로 되어 있어 흰빛을 띨 때 붙는 이름이다. 이 산은 달리 '희여티'로도 불리는데, '티'는 고개를 뜻하는 말이다. '희여티'는 '흰 고개'로 해석된다. '백치산'의 '치' 역시 고개를 뜻하는 말로 '백치산'은 '흰 고개가 있는 산'으로 읽을 수 있다. 실제로 이 고개는 백마사(白磨砂)로 되어 있고 나무가 없어 예전에는 희게 보였는데, 지금은 잡목이 우거져 푸르게 보이고 기슭에는 전답도 개간되어 있다고 한다(『한국향토문화전자대전』).

'희여치(希汝峙)'는 광주시 광산구 삼도동과 지정동 사이의 고개로 사랑산에서 남쪽으로 뻗은 능선이 석문에서 동쪽으로 돌아서면서 움푹 내려선 재이다. 『한국지명유래집』에는 "기암괴석과 함께 수려했던 산자락이 군부대 사격장이 되면서 훼손되었다는 의미로 풀이가 전이되기도 한다. 왕건과 나주 오씨(장화왕후)와의 이별의 장소로 '너와 재회를 바라는 고개'라는 의미로 '희여재[希汝峙]'가 되었다는 전설이 있다"고 나와 있다. 군부대 사격장이 되면서 훼손되어 그랬다는 것은 시기적으로는 맞지 않는 말이지만 어쨌든 '희여치'가 흰 빛깔을 띠고 있다는 사실적인 의미는 부각되는 얘기이다. 왕건 관련 전설은 '희여치'의 한자 곧 '바랄 희(希)' 자와 '너 여(汝)' 자를 해석하면서 지어낸 민간어원설로 보인다. '희여치'는 『광여도』(태인)에 '험액'이라는 표기와 함께 새겨져 있다. '험액'은 가파르고 험하다는 뜻이다.

황해남도 봉천군 가동리의 서쪽에 있는 마을 '희여고개'는 "백토가 있는 고개 아래에 위치해 있다. 백현동이라고도 한다"(『조선향토대백과』)는 설명이다. 고개 이름과 마을 이름에 함께 쓰이고 있는 것을 볼 수 있다. '백현'은 '흰 백(白)' 자에 '고개 현(峴)' 자를 쓴 것으로 보인다. 평안북도 운산군 평화리 삼태동에서 안순고개로 가는 길에 있는 '희여고개'는 "백토로 된 둔덕에 고갯길이 나 있다"고 하고, 평안북도 운산군 마장리 '희여고개'는 "고갯마루가 백토로 이루어졌다"고 한다. 우리나라 산지의 특성상 백토는 화강암이 풍화되어 생긴, 잔모래가 섞이고 빛깔이 흰 흙을 가리키는 것으로 보인다.

강원도 세포군 신동리 옛 이름 희역리(希易里)는 '희여'를 한자로 표기하면서 지어진 이름으로 보인다. 『조선향토대백과』에는 "본래 이천군 고미탄면의 지역으로서 흰 돌이 많은 마을이라 하여 희역리라 하였다. '희역(希易)'은 '희여'를 한자로 표기한 것이다. 1917년에 고미탄면이 웅탄면으로 개칭되면서 웅탄면 희역리로 되었다가, 1952년 군면리 대폐합에 따라 법동군 신동리에 편입되면서 폐지되었다"고 되어 있다. 고산군 산양리에서 세포군 신동리 희역동으로 넘어가는 고개는 희역령으로 불렸다.

한편 '희역'은 섬 이름에도 붙여진 것을 볼 수 있다. 강원도 고성군 복송리 동쪽 앞바다에 있는 '희역섬'은 "희게 보인다는 데서 비롯된 지명이다. 하얀섬 또는 한자표기로 백도(白島)라고도 한다"는 설명이다.

'흰치고개'는 『평택시사』 지명유래(도일동)에 "삼남대로 평택 구간의 가장 험한 구간. 산봉우리가 희게 보여 대백치라고도 불렸다"고 나온다. '흔치고개'(이충동)는 "삼남대로 대백치(큰 흰치고개)에서 이충동 동령마을로 내려오는 고개로 '작은 흰치고개'라 하다가 음이 변해 '흔치'라 부른다"고 되어 있다. '흰치고개' 이름이 분화된 것을 볼 수 있다. 18세기 『여지도』(진위현)에는 대백치현 · 소백치현으로 표기되어 있다. '흰치고개'도 '치'와 '고개'가 중복된 표현이고, '대백치현', '소백치현'의 '치'와 '현'도 중복된 표현으로 모두 '고개'를 뜻한다. '흰치고개'는 아주 오래된 지명으로 『고려사』에는 백현원(白峴院)으로 나온다. '흰치'가 '흰 백' 자, '고개 현' 자 '백현'으로 표기된 것을 볼 수 있다. '흰티고개'는 곱돌이 나오는 석회질이어서 먼발치에서 보면 유난히 희게 보였기 때문에 '흰치'라는 지명이 생겼다고 한다.

아산시 영인면 신봉리는 1914년 행정구역 통폐합에 따라 신동리, 철봉리, 백티리[배티리]를 합하여 신봉리가 되었다. 자연마을로 '흰티'가 있는데 '흔티', '흥티' 등으로도 불렸다. '흰티'는 '흰티고개' 밑에 있는 마을인데, 흰티고개는 한자로 '백치(白峙)'라 썼다. '치'로 쓰고 '티'로 읽었을 것으로 보이는데 '백티리'가 그것이다. '흰티'는 구미시 해평면 오상리에도 있는데 한자는 '백현'으로 썼다. "흰티는 오상 남쪽에 백토가 나는 골짜기라는 흰티 밑에 있는 마을이라 붙여진 이름"(『두산백과』)이라고 한다.

크고 높은 마치고개 말티고개

'말' 자 붙여 '큰 것'임을 나타낸 지명 … '말고개(마현, 馬峴)'
'마라(宗, 마루 종)'에 기원을 둔 산꼭대기 … 말티고개

말조개는 민물조개로 강이나 하천의 맑은 물이 흐르는 모래나 진흙 속에 서식한다. 어른 손바닥만 한 것이 보통이고 큰 것은 30cm가량으로 아주 크다. 몸빛은 검은색에 광택이 나며 안은 청백색에 진주 광택이 난다. 질기고 맛이 없어 식용보다는 껍데기를 공예 재료로 사용한다. 어쨌든 크기가 커서 '말조개'라 부르는 것이 실감 난다. 말매미는 우리나라 매미 가운데 가장 크고 울음소리도 아주 강하다. 말거미는 왕거미를 일상적으로 이르는 말이다. 이 밖에도 말벌, 말잠자리, 말개미, 말냉이, 말다래, 말버짐 등 '말' 자를 붙여 '큰 것'임을 나타내는 말은 여럿 있다. 이때의 '말'은 '큰'의 뜻을 더하는 접두사로 본다.

'말고개'는 강원도 철원군 근남면 마현리와 화천군 상서면 마현리 사이에 위치한 고개이다. 한자로는 마현(馬峴)으로 썼다. 행정구역 '마현리'는 철원군 근남면과 화천군 상서면 양쪽 모두에 있다. 말고개(높이 550m)는 적근산과 대성산을 연결하는 능선에 있는 고개로서 임진강

수계와 북한강 수계의 분수령이다. 말고개 능선의 북서 사면은 방동천(또는 마현천)을 거쳐 한탄강을 따라 임진강으로 유입하고, 남동 사면은 화천천을 거쳐 북한강으로 유입한다. 두 물길이 다시 만나는 것은 한강 하구에 이르러서이다. 말고개에는 6·25 때의 금성지구 전투 전적비가 있는데, 말고개와 그 주변 지역은 6·25전쟁 이후 민간인 통제 지역으로 자연생태계가 잘 보존되어 있기도 하다.

『신증동국여지승람』(김화현)에 '마현(馬峴)'이 현 동쪽 29리에, '대성산'은 현 남쪽 24리에 있는 것으로 나와 '말고개'의 유래가 오래되었음을 알 수 있다. 조선 후기 『해동지도』와 『광여도』에는 현의 남동쪽에, 『1872년지방지도』에는 현의 동쪽에 '마현'이 표기되어 있다. 『한국지명유래집』에는 "말이라는 단어는 보통 마루, 꼭대기, 크다 등의 의미를 가지고 있다. 따라서 말고개도 김화에서 화천까지 통하는 고개가 험준한 데서 유래한 지명으로 짐작되는데, 한자화하는 과정에서 마현으로 바뀐 것으로 보인다"고 되어 있다.

'말'은 어원적으로는 두 가지로 볼 수 있다. 하나는 동물 '말(馬)'에서 비롯된 것으로 보는 것이다. 말이 다른 동물에 비해 몸집이 크기 때문에 '대(大)'라는 비유적 의미로 쓰게 된 것으로 볼 수 있다. 다른 하나는 '말'의 기원을 '마라(宗, 마루 종)'에서 찾는 것이다. 지명에서 외형이 큰 지형이나 지물을 가리키는 데에 '마르, 마루, 마리' 등이 쓰이는데, '말'도 이 계열의 말로 보는 것이다. '말'은 '마라(ᄆᆞᄅᆞ)'에서 줄어든 어형으로 볼 수 있다. 지금의 '마루'는 "등성이를 이루는 지붕이나 산 따위의 꼭대기"를 가리키는 말이다.

'말티고개'는 충북 보은군 보은읍 장재리와 속리산면 갈목리를 연결하는 고개이다. 보은을 지나 속리산으로 가자면 해발 800미터의 꼬불꼬불 열두 굽이나 되는 가파른 고갯길을 올라야 하는데 이를 말티고개라 불렀다. 흔히 속리산의 관문이라 했던 이 고개는 가파른 산허리를 수없이

충북 보은군 말티재

돌고 도는 아주 길고 높은 고개로 유명했다. '말티고개' 이외에 '말티', '말재', '말티재'라고도 부른다. 한자는 마현(馬峴) 또는 마치(馬峙)로 표기되었다.

『신증동국여지승람』(보은현)에는 고적조에 '마현박석'으로 소개되어 있다. "고을 동쪽 15리에 있다. 고개 위에 얇은 돌이 3, 4리에 깔려 있는데, 세상에서 전하는 말로는 고려 태조가 일찍이 속리산에 거둥했을 적에 닦은 어로"라고 되어 있다. 요즘 말로 하면 아스팔트 포장을 했다는 말인데, 옛날에는 얇은 돌로 그것을 대신한 것이다. 보은문화원 『향토사료집』에는 "세조대왕께서 속리산에 오실 때 외속리면 장재리에서 고갯길을 연으로 넘을 수 없어 말을 타고 고개를 넘고 나서 내속림련 갈목리 고개 밑 부락에서부터 다시 연을 바꾸어 탔다고 하여 '말티고개'라 부르게 되었다고 전한다"라고도 되어 있어 여러모로 이 고개가 높고 험했음을 알 수 있다.

『조선지지자료』(1911년)에는 '마치(馬峙)'가 우리말(언문) '말틔'로 병기되어 있다. 이것으로 본다면 '말티고개'의 '티'를 한자 '치(峙, 산이 우뚝하다)'로 표기한 것으로 볼 수 있다. 그러나 우리말 '티'는 한자 '치'가 바뀐 것이라고 보기도 해서 '티'의 정체는 분명하지 않다. 일반적으로는 고개 이름 '티'를 한자화할 때 '치'로 많이 바꾸어 썼다. 또한 '말티고개'에 '고개'가 덧붙은 이유가 궁금한데, 이는 '티'의 '고개'로서의 지시 의미가 약해지자 그 지시 의미를 강화하기 위해 '고개'나 '재'를 덧붙인 것으로 볼 수 있다. 다른 이유는 '말티'가 고개 밑의 마을 이름으로 전용되어 쓰이게 되자 마을과 구별하기 위해 '고개'를 덧붙인 것으로도 볼 수 있다.

마치고개는 남양주시 평내동에 위치한 고개로, 궁평에서 화도읍 묵현리 먹깃으로 넘어가는 큰 고개이다. 『여지도서』와 『증보문헌비고』에 마치현(磨峙峴) 그리고 『대동지지』에는 마치(馬峙)로 기록되어 있다. 『한국지명유래집』에서는 "마을 사람들이 '마치'와 '말티'라는 이름을 함께 쓰고 있는데, 여기서 '말'과 '마'는 모두 '산' 혹은 '산정'이라는 의미의 '마리'에서 나온 것으로 보인다. 따라서 '말티고개' 혹은 '마치고개'는 '산에 있는 고개' 혹은 '산정에 있는 고개'란 의미가 된다. 옛날에는 도둑이 많아서 한낮에도 무리를 지어서 넘어가야만 되는 험준한 고개였다"라고 설명한다.

바다 위에 뜬 달 해운대 달맞이고개

정월 보름 달맞이하던 곳 '달마지봉', '달맞이재', '달맞이산'
달맞이를 '달보기'라고 부른 경북 영천에는 '달보기등'도 있어

달은 어느 쪽에서 뜰까. 동쪽일까, 서쪽일까. 혹시 초저녁에 서쪽 하늘에 뜨는 초승달을 보고 달이 서쪽에서 뜬다고 말하는 사람이 있을지 모르겠지만 달도 해와 같이 동쪽에서 떴다가 서쪽으로 진다. 초승달은 일찌감치 동쪽에서 떠서 하늘을 가로지르는 동안은 낮이어서 눈에 띄지 않다가 어두워질 무렵 서쪽 하늘로 질 때에서야 우리 눈에 보일 뿐이다. 이에 비해 보름달은 저녁 무렵 동쪽 하늘에서 떠오르기 때문에 처음부터 우리 눈에 잘 띄는 것이다. 민요 노랫말에 "일락서산에 해 떨어지고 월출동령 달 솟는다"는 말도 있다.

우리 민족에게는 음력 정월 대보름날 또는 팔월 보름날 저녁에 산이나 들에 나가 달이 뜨기를 기다려 맞이하는 풍속이 있었다. 특히 정월 대보름 때는 달을 보고 소원을 빌기도 하고 달빛에 따라 1년 농사를 미리 점치기도 했는데, 이를 '달맞이' 또는 '달마중'이라 불렀다. 한자어로는 영월(迎月, 맞이할 영) 또는 망월(望月, 바랄 망)이라고 했다. 『동국세시기』 '상원조'에

는 "초저녁에 횃불을 들고 높은 곳으로 올라가 달맞이하는 것을 영월이라고 한다. 먼저 달을 보는 사람이 길하다. 그리고 달빛으로 점을 친다. 달빛이 붉으면 가물 징조이고 희면 장마가 들 징조이다. …"라고 기록되어 있다.

성동구 옥수동 동쪽에 있는 '달맞이봉'은 정월 보름에 동민들이 이곳에 올라가서 달을 맞이하였다고 전하는 데서 유래된 이름이다. 강원도 화천군 상서면 산양리의 '달마지봉'은 "이 산에서 달을 가장 잘 볼 수 있으며, 달이 이 봉우리에 오래 걸려 있다고 하여 붙여진 이름이다. 음력 정월 보름에 달맞이하러 가는 풍습이 마을에 아직도 남아 있다"(『한국지명유래집』)고 한다. 한자로는 영월봉(迎月峰)이라 썼다. 황해북도 곡산군 용암리의 서쪽 밤나무골에 있는 '달맞이산'은 옛날 정월 보름에 달맞이를 하였다고 한다. 달이 떠오르는 산이라 하여 월출산이라고도 하였다(『조선향토대백과』). 영주시 안정면 대평리와 순흥면 지동리 사이에 위치한 망월산(望月山)은 대보름날 이곳에서 달맞이를 한다고 해서 붙여진 지명이라고 한다. 『조선지지자료』(1911)에는 영천의 두문면에 기재되어 있는데, 우리말로 '달보기등'이라고 병기되어 있다. '달맞이'를 '달보기'라고도 부른 것을 알 수 있다.

경남 거창군 웅양면 산포리 '달맞이재'는 한자로는 망월봉(望月峰)으로 썼다. 마을 뒤 북쪽에 있는 산으로 정월 보름에 부부가 함께 달맞이를 하면 아들을 얻는다는 전설이 있다. 대보름 만월의 풍성한 모습을 보고 아들 생산을 기원했던 것은 달맞이에서 흔히 볼 수 있던 풍속이었다. '달맞이골'은 평안남도 회창군 신성리 달월령의 동쪽에 있는 골짜기 이름이다. '달월이골'이라고도 했다. 주변에서 달을 제일 먼저 볼 수 있다 하여 비롯된 지명이라고 한다. 강원도 철원군 입석리에 있는 '달마중산'은 정월 대보름날이면 산 위에서 달맞이를 하였다 하고, 황해북도 토산군 황강리 소재지 남쪽에 있는 '달마중고개'는 지난날 달맞이를 하였다고 한다.

'달맞이고개' 중에는 부산 해운대의 '달맞이고개'가 유명한데, 이곳은 딱히 정월 대보름에 국한된 '달맞이' 같지는 않다. 바다에 뜬 달을 보기 좋은 곳이라 하여 붙은 이름으로 전하고 있는데, 명확한 명칭 기록이나 구전은 찾을 수 없다. 달맞이고개는 미포에서 청사포로 넘어가는 와우산의 중턱에 위치한 해안 고개이다. 해운대 해안의 동쪽 끝에 해당하는 고개로 동백 숲, 소나무 숲이 어우러진 지역이다.

'달맞이고개'는 고개에서 바라다보는 바다 위에 뜬 달의 모습이 아름답다 하여 '해운대 저녁달'이라는 이름으로 대한 팔경의 하나로 꼽히기도 했다. 1936년에 발표된 신민요 〈조선팔경가〉는 우리나라의 여덟 명승지로 "금강산, 한라산, 석굴암, 해운대, 부전고원, 평양, 백두산 천지, 압록강"을 꼽았는데, '해운대 저녁달'도 그 이름을 올린 것이다. 현재는 고개를 따라 '달맞이길'이 조성되어 있는데, 와우산 이름은 잊혀지고 달맞이고개, 달맞이길, 달맞이동산으로 더 잘 알려져 있다. 1997년에 와우산 중턱에 해월정(海月亭)이 건축되었는데, 이곳에서 정월 대보름달을 가장 잘 감상할 수 있다고 한다. 산이 아닌 바다의 달이다.

갓골 가꿀고개

가장자리(邊)에 있는 골짜기나 마을에 붙인 '갓골'은 대전의 변동(邊洞)이 대표적. 머리에 쓰는 '갓'에서 유래한 '갓골' 지명은 개성의 갓을 걸어 놓은 '갓걸재'

서울 서초구 방배동에는 '가꿀고개'라는 특이한 이름의 고개가 있었다. 지금은 나지막한 언덕들이 모두 집들로 뒤덮여 위치 파악도 안 되는데 행정관서 지명유래 한쪽에는 버젓이 이름을 올려놓고 있다. 방배본동 주민센터 〈방배동 옛지명의 유래〉에 '가꿀고개'는 "거꾸로 넘어간다 하여 가꿀고개"라고 간단하게 설명되어 있다. 거꾸로 넘어간다니 도대체 어떻게 넘어가는 거지? 아무리 생각해도 무슨 뜻인지 이해가 되지 않는다. 『서울지명사전』에는 '가꿀고개'가 "서초구 방배동에 있는 고개로서, 옛 자연마을인 가꿀로 넘어가는 고개였다"라고 해서 좀 더 자세하다. 그러나 '가꿀'이 마을 이름이라는 것 말고는 더 이상 해설이 없어 답답하기는 마찬가지이다.

사실 '가꿀'은 누구도 유래를 짐작하기 어려운 말이기는 하다. 왜냐하면 원래의 말에서 크게 변형되었기 때문이다. '가꿀'은 '갓골'에서 변형된 말로 보이는데, '가+ㅅ+골'로 분석할 수 있다. 곧 '가(邊, 가 변)의 골'로 가장자리에 있는 골짜기 혹은 마을을 뜻한다. 또한 '가'의 옛말이 '갓(邊)' 이었으므로 직접 결합된 '갓+골'의 형태로 볼 수도 있다. '가'의 옛 형태로는 '갓', '갗'이 많이 쓰였다. 이 '갓골'이 '가꼴 〉 가꿀'로 변해서 된 말이 '가꿀'인 것이다. 서울 금천구 독산동의 여러 골짜기 중에 '가꿀'이 있었는데, "당꿀로 가는 첫 골짜기"라는 설명이다.

부천시 괴안동에 있는 '갓골고개'는 『조선지지자료』(1911)에 괴안리에 속하는 '가곡현'이 '가골고개'로 병기되어 있다. 한자어 '가곡(佳谷, 아름다울 가, 골 곡)'에 우리말 '가골'이 대응되어 있는데, 여기에서 '가'는 '가장자리'를 뜻하는 것으로 보인다. 『디지털부천문화대전』에서는 '갓골고개'를 "고얀 사람들이 새 장터 대장간에서 농기구를 벼리거나 사기 위해 왕래하던 고개로 갓골 가에 있던 가파른 고개"로 설명하고, '갓골'에 대해서는 "갓골이란 '갗의 골'에서 어원을 찾을 수 있다 … '갗'은 가장자리를 뜻하는 말로 '연아봉의 맨 가장자리에 있는 골짜기'라는 뜻"이라고 설명하고 있다.

경북 구미시 봉곡동에 있는 자연마을 '갓골'의 지명유래에 대해서 『디지털구미문화대전』은 "우리말 이름 갓골의 의미는 마을의 가장자리에 있는 마을이라는 뜻으로, 갓골의 한자 표기로 '관곡(冠谷)'이라 불리기도 한다"라고 쓰고 있다. '갓골'의 '갓'을 머리에 쓰던 의관의 하나로 이해하고 '갓 관(冠)' 자를 썼다. '곡(谷)'은 '골 곡' 자이다. 대전시 서구의 동남쪽 유등천변에 위치한 '변동(邊洞)'은 우리말 이름인 '갓골'을 '가변(邊)' 자를 써서 한자화했다. '유등천 가장자리의 둔치에 있던 마을'이라는 유래를 갖고 있다. 과거 이 일대는 유등천의 범람으로 인해 마을이 수시로 침수되곤 하였기 때문에 '갓골'이라 불렸다고 한다(『한국지명유래집』).

이에 비해 황해북도 개성시 관훈동에 있는 '갓골'은 실제로 머리에 쓰던 '갓'에서 유래한 것이다. 이에 대해 『조선향토대백과』는 "조선 초기

이성계가 왕권을 강탈한 후 개성의 민심을 수습하려고 남산동에 있는 경덕궁(추궁)에서 과거시험을 치렀는데 고려의 유생 72명이 벼슬은 죽어도 하지 않는다는 결심을 품고 추동에 모여 과거 응시를 거부하면서 갓을 벗어 나무에 걸어 놓고 고개를 넘어 개풍군 두문동으로 들어갔다고 한다. 그때 관(갓)을 걸어 놓은 나무는 괘관수라고 하고 그 고개는 갓걸재 또는 괘관현이라 하며 그 아래에 있는 골짜기를 갓골이라고 하였다"라고 쓰고 있다. '괘관수', '괘관현'에서 '괘'는 '걸 괘(掛)' 자이다. 관훈동 '갓골'의 '갓'은 바로 '두문동 72현'이 벗어 놓은 실제의 갓이었던 것이다.

차현리 수루너미

수레(車)와 상관없는 '수레네미'는 산봉우리 너머에 있는 마을
산봉우리를 뜻하는 백제어 '술', '수리'를 수루, 수레로 발음하며 붙인 이름

요즘은 시골에서조차 수레를 찾아보기 힘들다. 소나 말이 끄는 수레는 물론이고 간단하게 사람이 끄는 손수레도 자취를 감추었다. 시골 구석구석까지 아스팔트 길이 놓여 자동차가 모든 것을 실어 오고 실어 간다. 그렇다면 조선시대에는 어떠했을까. 수레에 관해서는 조선시대에도 마찬가지였다. 당시에는 사람이 이동할 때는 주로 가마나 말을 이용하고—그것도 양반 계층에 해당하는 얘기고 서민들은 오로지 두 발밖에는 의지할 것이 없었다—물자를 옮길 때에는 소나 말이나 그도 안되면 사람에게 등짐을 지우는 방식을 이용하였다. 또한 수레가 있었다 해도 수레가 다닐 만한 도로가 갖추어져 있지 않았던 것이 당시의 현실이었다.

그런데 '수레네미(수레넘이)'라는 지명은 곳곳에 있고, 그 유래를 얘기할 때는 '수레가 넘어 다녀서'라고 설명하는 까닭은 무엇일까. 더구나 고갯길에 말이다. 그것은 수레라는 말이 '술'이나 '수리'에서 변하여 된 말인 것을 잊어버리고, 후대에 수레라는 말만 놓고 유래담을 지어냈기 때문이다. 수레의 중세국어는 '술위'(석보상절, 1447)였다. 수레는 '술위

〉수뤼 〉수레'로 변한 말이다. '술'이나 '수리'는 원래 산봉우리를 뜻하는 백제어인데 이것이 '술위'와 음이 비슷한 탓에 산봉우리 지명이 수레로 바뀐 예가 많은 것이다. 또한 한자로 표기하는 과정에서 '술'이나 '수리'를 '수레 차(車)' 자로 바꾸어 쓴 경우가 많아 이런 혼란은 심해진 것으로 보인다.

천안시 동남구 동면 수남리의 경우 이런 혼란스러운 모습을 모두 보여주고 있어 눈길을 끈다. 동남구 동면 지명유래에는 "조씨가 부자로 살아 수레를 타고 다니었다고 해서 수루너미라고도 하고 수리봉 넘어라서 수리넘이라고도 한다"는 설명이다. '수루', '수리' 이름이 모두 나오고 유래 역시 '수레'와 '수리봉' 얘기가 함께 나온다. 한자로는 '차여(車余)'를 썼는데 '수레 차' 자는 '수레'를 훈음차하고, '남을 여' 자는 '남을(넘을)'을 훈음차하였다. '수레넘이'의 이두식 표기로 볼 수 있다. 수남리의 '수남(壽南)' 역시 한자의 뜻과는 관계없이 수루, 수리의 '수'를 음으로 표기하고, '너미(넘이)'를 '남'으로 바꾸어 역시 음을 빌려 표기한 것이다. 수남리의 '수루너미(나미)' '수리넘이'는 산봉우리를 뜻하는 '술', '수리'의 원래 모습을 간직하고 있는 것으로 보인다. 그러니까 수루너미, 수리넘이는 '산봉우리 너머에 있는 마을'의 뜻을 갖는다.

아산시 영인면 신현리와 인주면 냉정리 사이를 넘어 다니던 고개 이름은 '수레너미(수루너미, 수레너머)'인데 한자어로 기록하면서 차현이라 했고 그 아랫마을의 이름은 차현리라 했다. 이때의 '너미'는 '고개'를 뜻하는 것으로 한자로는 고개 현(峴) 자를 썼다. '수레너미'는 산고개 혹은 높은 고개 정도로 해석할 수 있다. 충남 예산군 신양면 차동리(車洞里)는 국사봉 너머가 되므로 '수레네미' 또는 '차동'이라 하였다. 차동고개는 예산군 신양면 차동리와 공주시 유구읍 녹천리 경계에 있는 고개로 『신증동국여지승람』(공주목 산천)에 "차유현(車踰峴)은 서쪽 35리에 있다"라고 나오고 『대동지지』와 『대동여지도』에는 차유령(車踰嶺)으로 나온다. 모두 '넘을 유(踰)' 자를 쓰고 있는데 이는 '네미(넘이)'를 훈차한 것으로 보인다.

충북 보은군 수한면 차정리 수리치에서 회인면 건천리 공태원과 야남골로 넘어가는 고개 '수리티재'는 『신증동국여지승람』(회인현 산천)에 차의현(車衣峴)으로 나온다. 이때 '차의'는 '수리'를 받쳐적기법으로 표기한 것으로 보인다. 수레(車)의 옛말이 '술위'였으니 그냥 차현으로 써도 되는 것을 '위' 음을 옷 의(衣) 자로 받쳐 적어 이두식으로 표기한 것이다. '수리티재'에서 '티'나 '재'는 모두 고개를 뜻하는 말로 '너미'와 통하는 말이다. 전국적으로 '수레네미(수레넘이)' 지명은 많은데, '수레(車)'와는 상관없이 '산봉우리'를 뜻하는 '술', '수리'에서 변한 것들이 대부분이다.

국수사리처럼 꼬불꼬불한 아홉사리재

냉면 사리의 '사리'는 동사 '사리다'에서 온 순수한 우리말
국수사리인 듯 동그렇게 감긴 지형들을 아홉사리고개, 아홉사리마을로 불러

우리가 냉면집이나 국숫집에 가서 면만을 추가하고 싶을 때 "사리 하나 추가요"라고 말한다. 이때의 '사리'라는 말이 혹 일본말이 아닐까 의심해 본 사람들이 있을 것 같다. 사리는 발음상 일본말로 생각하기 쉬운데 그렇지는 않다. 사리는 동사 '사리다'에서 온 순수한 우리말이다. '사리다'는 "국수, 새끼, 실 따위를 동그랗게 포개어 감다"나 "뱀 따위가 몸을 똬리처럼 동그랗게 감다"라는 뜻을 가진 우리말로, 중세국어도 '사리다'이다. 사리다는 길고 잘 엉키는 물건을 헝클어지지 않도록 동그랗게 여러 겹으로 포개어 감는 동작을 뜻한다. 이 사리다에서 나온 말이 '사리'인데 "국수, 새끼, 실 따위를 동그랗게 포개어 감은 뭉치"를 뜻한다. 또한 그런 뭉치를 세는 단위를 뜻해 '국수 한 사리', '냉면 두 사리'같이 쓰인다.

이 사리가 지명에서도 많이 쓰였는데 대표적인 것으로 '아홉사리재' 같은 것이 있다. 아홉 번 꼬부라진 험한 고개라는 뜻이다. 꼬부라진

지형을 사리로 표현했고 거기에 아홉이라는 큰 수를 앞에 붙여 아주 굴곡이 심한 것을 나타냈다. 이는 한자성어 구절양장(九折羊腸)과도 통하는데, '절(折)'은 꺾다(꺾이다), 구부리다의 뜻을 갖는다. 비슷한 말로 구곡양장은 '굽을 곡(曲)' 자를 쓴다. 모두 "아홉 번 꼬부라진 양의 창자라는 뜻으로, 꼬불꼬불하며 험한 산길을 이르는 말"이다. 꼬부라진 지형을 '국수의 사리'가 아니라 '양의 창자'에 빗댄 것이 재미있다.

강원도 홍천군 내촌면 와야리 가령골에서 인제군 상남면 상남리로 가는 길에 위치한 고개는 이름이 '아홉사리'이다. 『홍천군지』에 의하면 고개가 높고 험해서 길이 아홉사리로 되었다고 하여 붙여진 이름이라고 한다. 가령골은 와야리 북동쪽에 있는 마을로 조선시대 역이 있기도 했다. 홍천문화원 자료실에는 이 고개에 얽힌 전설이 소개되어 있는데, 지명의 유래에 대한 것이다. 아주 오랜 옛날 인제군 상남리에서 험준한 아홉사리고개를 넘어 내촌면 와야리 쪽으로 16세의 처녀가 권씨 댁에 시집을 왔다. 시집온 지 1년 후 아이를 낳아 친정엘 가려고 해도 어린아이와 함께 험한 산길을 넘어 도저히 갈 수가 없었다. 그래서 어린아이가 아홉 살이 되던 해에 고개를 넘었다 하여 아홉사리고개라 전한다는 이야기다. 아홉 사리를 아이의 나이 아홉 살에 견준 것이 재미있다.

'아홉싸리고개'는 천안시의 동남구 목천읍 덕전리와 유량동 사이에 위치한 고개이다. 『한국지명유래집』에서는 "고개가 크고 깊어서 아홉사리(싸리)고개라 부른다고 하는데 전에는 고개 구비가 아홉이나 되었기 때문이다. 고개 동쪽에 마점(馬店)이라는 마을이 있는데 옛날 이 고개를 넘어가는 사람이나 마소가 반드시 이곳에서 쉬어갔으므로 부르게 된 이름이다. 아홉 사리의 '사리'는 국수나 새끼 따위를 사려서 감은 뭉치로서 원곡(圓曲)이나 굴절(屈折)을 뜻한다. 고사리(산나물), 사리(국수), 사래(밭이랑) 등이 이의 예이다"라고 설명하고 있다.

'아홉 사리'는 마을 이름으로도 쓰였는데, 대개는 '아홉사리고개' 밑에 마을이 있어서 붙여진 이름이다. 강원도 평창군 대화면 대화리에 있는 자연마을 '아홉사리'는 '아홉사리고개' 밑에 있는 마을이라 하여 붙여진 지명이라고 한다. 원주시 귀래면 운계리는 동쪽으로 십자봉이 있고, 남쪽으로 갈미봉 밑에 자리한 산촌이다. 이곳에 있는 자연마을 '아홉사리'도 '아홉사리고개' 밑에 있다 하여 불린 이름이다. 경북 청송군 안덕면 고와리는 고개와 골짜기가 발달하였고 사방이 산으로 둘러싸인 산촌 마을이다. 자연마을 '아홉사리'는 아홉 굽이가 져 있는 고개 밑이 된다 하여 붙여진 이름이라고 한다.

지름재 너머 지르네미

돌아가지 않고 덜 걷는 지름길 '지르네미'
좀 더 빠른 시간에 갈 수 있는 '지름재'

지름길은 본래 길보다 더 짧은 거리를 이동해서 목적지로 도착할 수 있는 길을 이르는 말이다. 그러나 생각해보면 애초에 모든 길이 지름길이지 않을까. 이쪽에서 저쪽으로 이동하는데 일부러 돌아가는 사람은 아무도 없을 것이다. 길이 돌아서 나 있을 때에는 반드시 그 중간에 어떤 장애가 있기 때문이다. 높은 산이라든지 깊은 계곡이라든지 편히 지나기 어려운 어떤 장애가 있기 때문에 사람은 길을 돌려서 내는 것이다. 따라서 지름길에는 어떤 장애가 있기 십상이다. 본래의 길보다는 높고 험하다든지 어떤 장애가 있어 그것을 돌파해야만 시간이 단축되는 길인 경우가 많다. 사전에 지름길은 "멀리 돌지 않고 가깝게 질러 통하는 길"로만 나오지, 시간을 버는 대신 힘은 더 든다는 사실은 나오지 않는다.

강원도 정선군 정선읍 덕송1리에는 '지르네미'라는 마을이 있다. 한자로는 내반점(內半點)이라 썼다. 이 덕송리에서 북평면 남평리로 넘어가는 길에 위치한 고개 '지름재'는 보통 반점재로 부르고 반점치(半點峙)로 썼다. 『정선읍지』에는 "군 동쪽으로 35리에 있다"고 적혀 있고, 『해동지도』나 『광여도』에 반점치가 표시되어 있다. 지르네미 마을은 "내반점과 외반점에서 강물길을 따라 크게 굽이돌아 가지 않고 반점재를 질러 넘어가는 곳에 있는 마을이라고 해서 '지르너미'라고 했는데, 'ㅣ' 모음 역행동화 현상으로 '지르네미'라고 부른다"(정선의 지명유래)는 설명이다. 여기서 강물은 조양강을 가리키고, 외반점은 반점재 너머 바깥에 있는 마을이라 부른 이름이라고 한다.

'지름재'의 '지름'은 '지르다'에서 온 말로 보인다. '지르다'는 사전에 "지름길로 가깝게 가다"로 풀이되어 있다. 이를 한자로는 '반점치(半點峙)'로 썼는데, '반점'이라는 한자어를 쓴 것이 특이하다. '반점'은 지금은 '쉼표'의 이름으로 쓰는 말이지만 옛날에는 매우 작은 것을 비유하는 말로도 쓰였고, 시간 개념으로도 쓰였다. 조선시대에는 밤시간을 나누는데 경점법(更點法)을 사용했다. 하룻밤을 5경으로 등분하고, 1경을 5점으로 세분했다. 현대 계산법대로 하면 1경 2시간을 5등분한 것이니 1점은 대략 24분일 것이지만 조선시대에는 계절에 따라 일정치가 않았다. 어쨌든 '반점'은 정확한 시간을 나타냈다기보다는 아주 짧은 시간을 나타낸 말로 볼 수 있을 것이다. 그러니까 지름재가 짧은 거리 개념으로 부른 이름이라면, 반점치는 짧은 시간 개념으로 이름 붙인 것이라 특이한 것이다.

원주시 부론면 정산리에 있는 '지르네미' 마을은 담안 서쪽 골짜기에서 법천리로 가는 골짜기에 있는 마을을 말한다. 지르러미, 지느러미, 유경이라고도 한다. 넘을 유(逾)자에 지름길 경(徑) 자를 쓴다. '지르네미'는 옛날에 법천사와 거돈사 스님들이 서로 왕래하는 지름길이어서 부른 이름이라 한다. "질러가다의 뜻인 지르(다)에 넘다가 결합하여 지르+넘+이 〉 지르넘이 〉 지르너미 〉 지르네미가 되었다"는 설명이다. 이 '지르네미'에 비해 '서지고개'는 시간이 많이 걸려 넘는 고개라고 한다.

황해남도 봉천군 신명리의 동쪽에 있는 마을 '지르러미'는 고개를 질러가는 지름길이 있어 붙여진 이름이라고 한다. 한자로는 경현동이라고 썼는데, 지름길 경 자에 고개 현 자이다. 강원도 통천군 신흥리 남쪽에 있는 마을 '지르메기'는 옛날 면 소재지로 질러가던 길목이 있었다 하여 지르목 또는 지르메기라고도 하였다고 한다(『조선향토대백과』). 평안남도 덕천시 남양리 '지르너미고개'는 남양리 '지르너미골'에서 이 개울마을로 넘어가는 고개인데, '질러넘이고개'라고도 불렀다.

충주시 수안보면 미륵리와 문경시 문경읍 관음리 사이에 있는 고개 계립령(鷄立嶺)은 우리나라 도로사에 있어서 처음으로 고갯길을 개척한 곳으로 유명하다. 신라 아달라왕 3년(156)의 일이다. 또한 역사상으로 고구려와 신라가 쟁탈을 벌였던 요충지이기도 한데, 고구려의 온달이 "계립현과 죽령의 서쪽이 우리에게로 돌아오지 않으면 나도 돌아오지 않겠다"라고 했던 말이 역사에 남아 있다. 『한국민족문화대백과』에서는 "지금도 이 고개를 지릅재 · 지름재 · 기름재 · 유티[油峙] · 경티[經峙] 등으로 부르고 있으며, '유티'는 기름재의, '경치'는 지름재의 의역이다"라고 설명하고 있다.

'기름재'는 원래 '지름재'였을 것으로 보인다. 이는 긴등이 진등이 되고, 긴밭이 진밭으로 변화되는 것과 반대의 경우가 된다. 지름이 기름으로 변화된 것으로 볼 수 있다. 그렇게 보면 '기름재(유티)', '지름재(경티)'는 모두 '질러가는 고개'라는 뜻이 된다. 한편 '지릅재'는 '지름재'와 같은 뜻으로 보기도 하지만, 계립령의 속칭인 마골(麻骨: 껍질을 벗긴 삼대)을 우리말로 '지릅대(겨릅대)'로 부른 데서 유래했다고 보는 설도 있어서 확실하지 않다. 계립이란 이름도 이 '겨릅'을 한자 표기한 것으로 보기도 하는 것이다.

고개 너머 잿말 잼말

'재'는 높은 산고개라는 우리말. 재 아랫마을은 '잿말'
'성(城)'을 뜻하는 옛말 '잣'의 변화형으로도 쓰인 '잿말'은 '성 안의 마을'

고개를 나타내는 우리말로는 '재'와 '고개'가 있다. 한자로는 '령(嶺)', '현(峴)', '치(峙)' 등을 썼다. 조선 중종 때 최세진이 펴낸 한자 학습서 『훈몽자회』에는 '嶺'이 '재 령'으로 나오고, '峴'이 '고개 현'으로 나온다. 『표준국어대사전』에는 '재'가 "길이 나 있어서 넘어 다닐 수 있는, 높은 산의 고개. ≒영"로 나오고, '고개'는 "산이나 언덕을 넘어 다니도록 길이 나 있는 비탈진 곳"으로 나온다. 이로써 보면 '고개'가 '재'보다는 의미의 폭이 더 넓은 것으로 볼 수 있고, '고개' 중에서도 '높은 산의 고개'를 '재'라고 할 수 있다. 그러나 현대에 와서 고개를 뜻하는 말로는 '고개'가 주로 쓰이고, '재'는 지명에만 겨우 남아 쓰이는 것을 볼 수 있다. 문경 '새재', 지리산 '성삼재', 서대문구 '무악재' 등등.

서울시 서초구 우면동에 있는 마을 '잿말'은 한자로는 '성촌(城村)'이라 썼다. 『서울지명사전』에는 "서초구 우면동에 있던 마을로서, 산이 성처럼 둘러싸여 밤애로 넘어가는 고개 아래에 있던 데서 마을 이름이 유래되었다. 옛날에는 우마니의 중심으로 큰 마을이었으며, 고개 아래 있다 하여 잿말이라 했으며, 또 마을이 크다 하여 큰말이라고도 불렀다"고 되어 있다. '고개 아래 있다 하여 잿말'이라고 불렀다는 것으로 보아 '재'는 '고개'를 뜻하는 것으로 보인다. 이 '재'를 '성(城)'을 뜻하는 말로 이해하여 '성촌'으로 한자화했지만 이곳의 지리적인 위치나 지형으로 보아서는 '고개'가 맞는 것 같다.

강원도 횡성군 횡성읍 생운리에 있는 자연마을 '잿말'은 "재 너머에 있는 마을이라는 데서 유래되었다"고 하고, 충남 서천군 문산면 구동리에 있는 자연마을 '잿말'은 "고개 아래 있다 하여 붙여진 이름"(『두산백과』)이라고 한다. 청주시 상당구 대성동과 용담동 사이에 있는 마을 '잿말'은 "'재'와 '말'이 사이시옷을 매개로 결합된 어형이다. '잿말'은 '재'를 '고개'로 보아, '고개 밑에 있는 마을'로 푼다"(『한국향토문화전자대전』)고 되어 있다. 충북 음성군 감곡면 영산리에 속하는 자연마을 '잿말'은 "고개가 있어 붙여진 마을 이름"이라고 하는데 한자로는 '영촌(嶺村)'이라고도 썼다. 영산리는 1914년 행정구역 개편 때 영촌의 '영' 자와 공산리의 '산' 자를 따서 만든 합성지명이다. 옛날에 충주에서 한양으로 올라가기 위해서는 이곳 '잿말'을 지나가야만 했다고 한다.

'잿말'은 음의 변화에 의해 '잼말'로도 나타난다. 청주시 상당구 오동동에 있는 마을 '잼말'은 "'잿말'이 자음동화에 의해 변형된 이름으로서 '잰말'을 거쳐 '잼말'이 된다. '잿말'은 '재(고개)'와 '말(마을)'이 사이시옷을 매개로 연결된 어형이니 '고개에 있는 마을'로 해석된다. 마을이 고개 아래에 형성되어 있어서 붙여진 이름"(『한국향토문화전자대전』)이라는 설명이다. 당진시 송악읍 방계리에 있는 자연마을 '잿말(峙村, 치촌)'은 "옛 면천군 손동면 치촌리(峙村里) 지역으로 잼말, 티촌이라고도 부른다. 평량 북쪽에 있는 마을로 반촌리로 넘어가는 재 아래 있는 마을로 재 넘어 동리와 함께 중추절에 등성재 행사를 했다"고 한다. '산우뚝할 치(峙)'

자는 고개를 뜻하는 우리말 '티'를 나타낸 것으로 보나 '티'가 峙(치)의 옛 발음에서 유래했다고 보는 사람도 있다.

한편 '잿말'의 '재'를 '성(城)'을 뜻하는 옛말 '잣'의 변화형으로 보아, '잿말'을 '성 안에 있는 마을'로 보기도 하고, '재'를 '기와', 즉 '지와'의 변화형으로 보아, '기와집이 있는 마을'로 해석하기도 한다. 강릉시 옥계면 현내리는 '현(縣) 내(內)에 있는 마을'이라는 뜻으로 원래 강릉군 우계현의 소재지였고, 옥계의 옛 지명이 옥천현이었을 때 고을 현감이 살던 곳이었다고 한다. 예로부터 전해지는 현내리의 주요 지명 중에 '잿말'이 있는데, 이는 "우계산성 아래에 있는 마을로 향교말 위쪽이 된다. 옛날 우계현 당시 성 안에 있었던 마을이란 뜻"(『한국향토문화전자대전』)이라고 한다.

경기도 연천군 신서면 답곡리에 있는 자연마을 '잿말'은 '잿드루', '성드루(城坪里)'로도 불렀는데 "사방이 산으로 둘러싸여 있는 산골이라서 산 또는 성의 고어 잿에서 뜻을 따와 잿말이라 부르던 것이, 한자로 지명을 옮기면서 잿이 성으로 풀이되었다"(『두산백과』)고 한다. '재'가 '산'의 뜻으로도 쓰인 것을 볼 수 있다. 고개를 뜻하는 '재'의 뿌리가 되는 '자' 또는 '잣'은 산 또는 성(城)의 의미로 많이 쓰였던 말이다. '잿드루'에서 '드루'는 '들(坪)'의 변이형이다. 이곳 '잿말'은 '산골 마을'이라는 뜻으로 읽을 수 있다.

상주시 모서면 백학리에 있는 자연마을 '잿말'은 "기와집이 많았다 하여 불리게 된 이름으로, 와가동 또는 지동이라고도 한다"(『두산백과』)는 설명이고, 강원도 영월군 김삿갓면 각동리에 있는 자연마을 '잿말'은 "큰 기와집이 있던 골마을 옆마을 (기와집→재와집→잿)"이라는 설명이다.

불쏭골 불썬바위

"방에 불 써라." … '불쓴골(불쏭골)', '불썬바우'는 불을 켜놓고 기도하던 곳, '혀다'가 '쓰다', '켜다'로 바뀌어. 해남 달마산 '불썬봉'은 봉수대와 관련 있어

지금도 시골 노인네들은 "애, 어두우니 방안에 불 좀 써라"라고 표현하는 것을 본다. "불을 켜라"라고 해야 할 것을 "불을 써라"라고 말하는 것이다. 이를 두고 '쓰다'를 '사용하다'의 뜻으로 이해하는 경우도 있는데 사실은 그렇치 않다. '불을 쓰다'에서 '쓰다'는 '켜다'와 같은 뜻으로, 두 말 모두 중세국어 '혀다'에서 온 것으로 본다. '혀다'의 기본 의미는 '끌다', '당기다'로 '引(끌 인)'의 새김으로 썼던 말이다. 그러니까 옛날에는 '불을 혀다(당기다)'라고 썼던 것이 '불을 켜다', '불을 써다(쓰다)'로 바뀐 것이다. 지금이야 전기 스위치를 올리거나 누르면 되지만 옛날에는 부싯돌을 당겨 불을 일으켰기 때문에 "혀다'를 쓴 것으로 보인다. 이와 관련해서는 밀물과 반대되는 말인 '썰물'을 예전에는 '혈물'로 쓴 적이 있다는 것도 참고할 수 있다. 우리 조상들은 달(月)이 바닷물을 끌어당겨서 '혈물 〉 썰물'이 된 것으로 본 것이다.

전남 완도군 보길면 정자리는 서쪽에 바다를 끼고 있는 해안지역으로,

나지막한 산 앞의 평지에 자리 잡고 있다. 고산 윤선도가 이곳에 정자를 지었다고 하여 정자리라 하였다고 한다. 현재는 정자리에서 분구된 정동리에 '불쏭골'이라는 특이한 땅이름이 있다. 그러나 알고 보면 그리 특이하다고 할 것이 없는데, '불쏭골'은 '불쓴골'에서 비롯된 이름이기 때문이다. 지역에서는 "촛불을 켜 놓고 아들 낳기를 빌었던 곳으로 밤이면 항상 불이 켜 있었다고 해서 불쓴골에서 유래된 지명"이라고 설명하고 있다. 불을 쓴 것, 곧 불을 켜 놓은 것이 아들 낳기를 기도하기 위해서라는 것을 알 수 있다. 이런 경우 골짜기 아무 데서나 기도하는 것이 아니고 특정 바위를 대상으로 기도를 올리게 되는데 정동리는 그것이 생략되어 있다.

포항시 남구 구룡포읍 후동리에 있는 자연마을 음달마는 후동 남쪽 산기슭 응달에 위치하고 있는데 옛날에는 음실이라고도 불렀다. '실'은 골짜기를 뜻하는 옛 우리말이다. 이 마을 뒷산에는 '불썬바우'라 부르는 큰 바위가 있는데, "옛날부터 사람들이 불을 써('켜'의 방언) 놓고 기도를 한다고 하여" 붙여진 이름이라고 한다. 옛날 원효대사와 동학교주 최제우가 수도했다는 전설이 있는 것을 보면 역사가 꽤 깊은 곳으로 보인다. 요즘도 치성드리는 사람의 발길이 끊이지 않고 있어 토속 신앙의 근거지가 되고 있다고 한다. 바위 밑에 불을 켜면 아무리 강한 바람이 불어도 꺼지지 않고, 바위 근처에 있는 나무를 베면 건너편 산에 반드시 산불이 난다고 하여 나무를 베지 않는 전통이 있다고도 한다. 불썬바우 밑에는 현재는 불성사라 불리는 조그만 절이 있는데 원래는 불선암(佛仙菴)이라는 암자였다고 한다. 여기서 '불선'은 '불썬바우'의 '불썬'을 한자의 음을 빌려 표기한 것으로 보인다. 암자는 1949년에 세워졌다고 한다.

울산 중구 유곡동의 '불썬골'은 "절터의 안쪽에 불썬방우가 있는 골짜기인데, 이 바위 밑에 향촉을 밝혀놓고 공을 들이던 곳이었으므로 불썬골이라 한다. 써다는 켜다의 방언이다"(태화동 행정복지센터 지명유래)라는

해남 달마산

설명이다. '절터'는 옛날 이곳에 큰 절이 있어 부르던 이름이다. 또한 '공을 들이던 곳'이라는 설명은 울산 지역에서 '기자치성'을 '공들이기'라고도 불렀던 것으로 보아서는 자식 갖기를 기도하던 터라는 의미인 것 같다. 유곡동 '불썬골'은 '불썬방우'라는 이름과 함께 전하는데, '방우'는 '방구'와 같이 '바위'의 방언형이다. 그러니까 '불썬방우'는 아들을 낳기 위해 촛불을 밝힌 바위라는 뜻이고, '불썬골'은 그 바위가 있는 골짜기라는 의미이다. 이 두 가지를 한데 아우른 지명도 많이 전하는데 '불썬바우골', '불썬바웃골', '불썬방우골' 같은 것들이다.

한편 바위나 골짜기가 아닌 산봉우리에 '불썬' 이름이 붙어 눈에 띄는 곳이 있는데, 해남 달마산의 '불썬봉'이 그것이다. 달마산에 대해 기록한 최초의 지리지는 『신증동국여지승람』(영암군 산천조)이지만. 달마산은 고려시대 이전에도 그 명성이 중국에까지 알려질 정도로 유명한 산이었다고 한다. 달마산은 인도의 승려이며 중국 선종의 비조인 달마대사와 관련되어 산 이름이 유래된 것으로 전하는 불교 관련 지명이다. 산의 능선 길은 약 12km 이상이 되고 능선의 기암괴석이 아름다워 남도의 소금강이라 불린다. 능선에 오르면 완도와 진도의 다도해가 조망되고, 날씨가 좋은 날은 제주도 한라산까지 조망된다.

이 달마산의 주봉이 불썬봉(489m)이다. 지금 정상의 표지석은 달마봉으로 되어 있지만 원래 이름은 불썬봉이다. 1980년대 한글학회에서 발행한 『한국지명총람』 해남군편에 의하면 '불썬봉'이 '불선봉'으로 기록되어 있다. 조사자들이 채집 과정에서 그 지역 사람들이 불렀던 '불썬'을 '불선'으로 기록한 것으로 보이는데, 이를 두고 신선 선 자를 쓴 '불선(佛仙)'으로 해석하는 사람들도 있지만 잘못된 것이다. 이곳 '불썬봉'은 '불을 썼던(켰던) 봉'으로 해석되는데 이는 정상에 있던 봉수대와 관련된 이름이다. 이에 대해 『한국향토문화전자대전』은 "달마산 정상 부근에 설치되었던 봉수대는 완도 봉수[완도군 군외면 숙승봉]로부터 연락을 받아 관두산 봉수[해남군 화산면 관동리 성좌동 관두산]에 전달하던 연변봉수[조선시대 변경의 제일선에 설치된 봉수]였으나 현재는 옛터만 남아 있다"고 쓰고 있다.

쉰움산 쉰길바위

쉰움산의 '쉰'은 오십, '움'은 '굼'에서 'ㄱ'이 탈락한 '구멍'의 뜻인 지명
오십 길이나 되는 '쉰질바위', 쉰 길 높이의 벼랑 '쉰길낭'

학생들에게 '십, 이십, 삼십 …' 말하자면 십 단위를 의미하는 수사를 백까지 우리말로 헤아려 보라면 '열, 스물, 서른, 마흔, 쉰, 예순, 일흔, 여든, 아흔'까지 매끄럽게 외는 사람이 드물다. 대개는 더듬거리거나 '이게 맞아?'라며 자신 없이 답하는 경우가 많다. 더구나 '백'을 뜻하는 우리말 '온'까지를 맞추는 사람은 거의 없다. 아마 배우기는 했지만 일상생활에서 거의 쓰지 않은 탓에 잊었을 것이다. 또한 날짜를 우리말로 외어 보라 해도 마찬가지인데 (초)하루, 이틀, 사흘, 나흘, 닷새, 엿새, 이레, 여드레, 아흐레, 열흘 제대로 외우는 사람이 드물다.

'쉰움산'은 강원도 삼척시 미로면과 동해시 삼화동 경계에 위치하는 산이다(고도: 688m). 한자로는 '오십정산(五十井山)'이라고도 하는데, 우리말 '쉰움산'으로 더 많이 부르는 것 같다. '쉰'은 '오십', '움'은 '굼'에서 'ㄱ'이 탈락한 말로 보이는데 '구멍'을 뜻한다. 말 그대로는 '쉰(50) 개의 구멍이 있는 산'이라는 뜻이다. 실제로 산 정상의 너럭바위에 쉰 개의

구멍이 파여 있어서 유래된 이름이다. 『한국향토문화전자대전』에서는 정확한 숫자를 50개가 아니라 총 251개로 밝히고 있는데, 구멍의 모양도 타원형, 불규칙형, 원형, 별형 등으로 다양하지만 타원형이 가장 많다고 한다. 물론 인공적인 것이 아니고 오랜 세월 '풍화작용'에 의해 형성된 것으로 학술 용어로는 나마(Gnamma)라고 한다.

산 정상의 넓고 평평한 암반 지대에 파인 크고 작은 수많은 구멍들은 비가 오면 우물처럼 물이 고인다. 그래서 한자로는 '움'을 '우물 정(井)' 자로 써서 '오십정'이라 했다. '오십정'은 신비한 지형 탓에 일찍부터 주목을 받았는데 『세종실록지리지』(삼척도호부)에서부터 기록에 나타난다. "두타산(頭陁山)【부의 서북쪽에 있다. 산허리 돌 사이에 우물 50이 있으므로, 이름을 오십정(五十井)이라 한다. 크게 가물면 모두 마르고 〈오직〉 한 우물만 마르지 아니한다. 읍인(邑人)들이 봄 · 가을에 제사 지낸다.】"라고 되어 있다. 쉰움산은 삼척의 명산 두타산(1,353m)의 북동쪽 3km 지점에 있는데, 세종 당시에는 하나의 산으로 인식했던 것 같다.

『신증동국여지승람』(삼척도호부)에서도 '두타산'으로 설명하고 있는데, "부 서쪽 45리에 있다. 산 중턱에 돌 우물 50곳이 있으므로 그대로 오십정이라 부른다. 그 곁에 신사가 있는데 고을 사람이 봄가을에 제사하며, 날씨가 가물면 비를 빈다"라고 되어 있다. '오십정' 곁에 '신사'가 세워져 있고, 가물 때 기우제를 지냈다는 내용이 추가되어 있다. 모두 '쉰움산'을 신성하게 여기고 섬겨 왔던 것을 볼 수 있다. 이 전통은 현재까지도 이어지고 있는데, 쉰움산은 무속의 성지로도 알려져 있다. 산 곳곳에 자리 잡은 돌탑과 제단만으로도 이 산이 유명한 기도처라는 것을 짐작할 수 있다. 산 아래에는 신라 경덕왕 때 창건한 고찰 천은사가 있다. 고려 때의 문신 이승휴가 『제왕운기』를 집필한 곳으로 알려져 있다.

우리 속담에 '쉰 길 나무도 베면 끝이 있다'는 말이 있다. 아무리 복잡해 보이는 일이라도 일단 시작을 하면 끝날 때가 있음을 비유적으로 이르는 말이다. 여기에 쓰인 '길'은 길이의 단위로 "한 길은 여덟 자 또는 열 자로 약 2.4미터 또는 3미터에 해당한다"의 뜻도 있지만 보통은 "사람의 키 정도의 길이"를 뜻하는 말로 많이 쓰였다. 지명에서는 '쉰길바위'가 많이 쓰였다. 정확히 '50길'에 해당한다기보다는 그만큼 높다는 의미로 쓰인 경우가 많다. 쉰 길이라면 사실 바위라기보다는 바위 벼랑에 해당하는 장대한 높이이다.

서산시 운산면 고풍리에 있는 바위 '무릉대'는 "고풍저수지 제방 남쪽과 무릉동 북쪽 사이에 높이 120m쯤 되는 벼랑으로 된 바위인데, 현지 주민들은 '쉰질바위'라고 전한다. '쉰질바위'란 사람 키의 50배쯤 될 만큼 높다는 의미로 붙여진 이름이다"(『한국지명유래집』)라는 설명이다. '쉰질'은 '쉰길'이 구개음화 된 것이다. 경북 칠곡군 유학산에 있는 '쉰질바위'는 칠곡군 석적읍 성곡리와 가산면 다부리 · 학산리 접경지대에 있는 유학산(839m)의 남사면에 있다. "깎아지른 듯한 절벽으로 이루어져 있는데, 절벽의 높이가 어른 키 50배 정도에 해당하는 50길 정도에 이른다 하여 쉰질바위라고 하며, 학이 노닐던 곳이라 하여 학바위라고도 한다"(『두산백과』)고 되어 있다. 암벽 등반 훈련장으로 유명해서 산악인들이 많이 찾는다고 한다.

황해남도 신천군 석교리의 서남쪽에 있는 벼랑 '쉰길낭'은 "길이가 쉰 길이나 된다 하여 쉰길낭이라 하였다"고 하고, 황해북도 신평군 도읍리 소재지 동남쪽에 있는 봉우리 '쉰길봉'은 "높이가 쉰 길이나 되는 벼랑이 있다. 경치가 수려하여 휴식 때면 마을 사람들이 이곳을 찾아 온다 하여 쉰길봉이라 한다"(『조선향토대백과』)고 한다. 공주 마암리 강변에 있는 '쉰질바위'에는 "본디 백 질이 되게 커 오를 참이었으나 그렇게 되면 하늘에 닿아 안 되겠어서 하늘에서 반으로 잘라 쉰 질밖에 안 된다"는 지명 전설이 전하기도 한다.

일어서기산 일어서기바위

일어선 것처럼 우뚝 솟아 있다 하여 '일어서기산'
일어선 것처럼 우뚝 솟아 있는 '일어서기바위'

강원도 홍천군 내면 광원리 '일어서기'는 사월평 서남쪽에 있는 마을로 '일어서기바우'가 있어 이름이 유래되었다고 한다. 한자는 '기어석리(起於石里)'로 썼는데 이두식 표기이다. '일어'를 '일어날 기(起)', '어조사 어(於)'로 표기하고, '서기'를 '돌 석(石)' '마을 리(里)'로 표기했다. '리(里)'는 동네를 뜻하는 말로 썼을 수도 있다. 마을 이름의 기원이 된 '일어서기바우'는 마을 뒤에 있는 바위로 일어서 있는 것같이 보인다고 한다. 이 바위가 있는 산을 '기석산(起石山)'으로 쓰기도 했다. '일어서기바우'를 '일어날 기', '돌 석' 자를 써서 '기석'으로 표기한 것이다.

북한의 『조선향토대백과』에는 '일어서기' 지명이 많이 수록되어 있다. 바위나 산, 봉, 골 등 다양한 곳에 '일어서기' 이름이 붙어 있는 것을 볼 수 있다. 강원도 김화군 법수리 쇠골산 능선에 있는 '일어서기바위'는 석이(버섯)가 많이 돋는다는 설명이다. 석이버섯은 깊은 산의 바위 벼랑에 붙어서 자라는 것으로 채취가 쉽지 않다. 매월당 김시습의 시에도 "푸른

벼랑 드높아서 올라갈 엄두 못 내는데 / 우뢰와 비 이 돌 위의 석이버섯 키웠구려 …"라는 구절이 있기도 하다. 평안남도 양덕군 추마리 초대봉 남쪽에 있는 바위 '이러세기'는 "곧추서 있어 비롯된 지명이다. 일어서기라고도 한다"는 설명이고, 평안남도 영원군 송산리의 남쪽 가대피골 아래에 있는 바위 '일어서기'는 "쑥 삐어져 올라와 선 것처럼 보인다. 느르세기라고도 한다"는 설명이다. 강원도 천내군 인흥리에 있는 산 '일어서기'는 산마루에 우뚝 선 바위가 있다고 한다.

강원도 원산시 탑동 '일어서기산'은 "일어선 것처럼 우뚝 솟아 있다 하여 일어서기산이라 하였다"고 하고, 강원도 천내군 노운리 '일어서기산'은 "마치 일어선 것처럼 생겼다 하여 일어서기산이라 하였다"고 한다. 평안북도 태천군 마현리 '일어서기산' 역시 "금시 일어설 듯한 형국이라 하여 일어서기산이라 하였다"고 하고, 함경북도 나선시 홍의리 '일어서기산'도 "산이 높고 경사가 급하여 일어선 것 같다 하여 일어서기산이라 한다"고 한다. 모두 가파른 산의 지형에 근거해 이름 붙인 것을 볼 수 있다. 이는 '봉우리'에 붙은 '일어서기'도 마찬가지인데, 강원도 창도군 당산리 서남쪽에 있는 봉우리 '일어서기봉'은 마치 일어선 것처럼 가파르게 우뚝 솟아 있다고 하고, 같은 강원도 평강군 건천리 '일어서기봉'은 "우뚝 일어선 것처럼 생겼다. 일어서기산이라고도 한다"는 설명이다.

'일어서기'는 '이르세기', '일어세기'로 변형되어 나타나기도 한다. 평안남도 영원군 마산리 소재지 동쪽에 있는 산 '이르세기'는 "금방 일어설 듯이 곧추 솟아 있다는 데서 비롯된 지명이다. 일어서기라고도 한다"는 설명이고, 평안남도 맹산군 송산리의 동쪽 내골에 있는 벼랑산 '이르세기'는 "벼랑이 우뚝 일어선 것같이 생겼다. 일어서기라고도 한다"는 설명이다. 같은 맹산군 양산리의 동쪽에 있는 '일으세기산'은 일어선 듯하게 솟아 있어 붙은 이름으로 일어서기산이라고도 불렀다 한다. 양강도 김정숙군 석평리에 있는 봉우리 '일어세기' 역시 일어선 것처럼 가파르게 솟아 있고 일어서기라고도 한다는 설명이다.

이 '일어서기'는 '아르세기', '노르세기'로도 변형된 것을 볼 수 있는데, 변화 과정은 알기 어렵다. '아르세기산'은 평안남도 맹산군 평지리의 남쪽 웃바디 맹산강 건너편에 있는 벼랑산으로 "우뚝하게 솟아 있다. 일어서기산이라고도 한다"는 설명이고, '노르세기산'은 평안북도 구장군 구장읍 광대골 북쪽에 있는 산으로 "산세가 금시 일어설 듯한 형국이라는 데서 비롯된 지명이다. 현재 과수원이 조성되어 있다. 일어서기산이라고도 한다"는 설명이다.

한편 '일어서기' 지명은 골짜기에도 붙어 있는데 자체적으로 경사 지형이어서 붙기도 했지만 산이나 바위와 연관되어 붙은 것을 볼 수 있다. 강원도 문천시 삼화리에 있는 골짜기 '일어서기'는 경사가 급하여 일어선 것처럼 생겼다고 하고, 평안북도 벽동군 송련리에 있는 골짜기 '일어서기골'은 경사가 급해 마치 일어선 듯이 보인다 하여 이름 붙여졌다고 한다. 강원도 고성군 월비산리에 있는 골짜기 '일어서기골'은 일어선 듯한 산 아래에 뻗어 있다고 한다. 같은 강원도 이천군 산지리 '일어서기골'은 골 안에 선바위가 있다고 하고 천내군 노운리 '일어서기골'은 일어서기 산 아래에 있어 같은 이름이 붙었다고 한다.

선돌이 무너져 눈돌이 되고

'눈들'은 누운 돌(臥石) … 선돌(立石)이 누워 눈돌이 되었을까?
김제 입석산과 와석산은 형제 사이

누운 돌이 일어설 수 있을까. 땅에 누워 있던 돌이 제 스스로 일어설 수 있을까. 그런데 실록에는 그런 사실이 있다고 기록하고 있다. 『숙종실록』(1690. 5. 24)에는 "전라도 고창현 좌아치의 누워 있던 돌이 저절로 섰는데, 길이는 다섯 자쯤이고 둘레는 열넉 자 남짓하였다"고 되어 있다. 한 자(척)가 30cm 정도이니까 길이 150cm, 둘레 420cm 되는 작지 않은 돌이 저절로 일어섰다는 말이다. 실록에까지 실린 것을 보면 터무니없는 얘기는 아닐 것 같은데 잘 믿기지는 않는다. 어쨌든 누운 돌이 저절로 일어선 것은 몹시 해괴한 일로 옛사람들은 이를 어떤 변고가 있을 조짐으로 보기도 했다.

이에 비해 서 있던 돌이 저절로 눕는 것은 그런대로 자연스러운 일이다. 지반이 약해지거나 무너지면 굳건히 서 있던 돌도 얼마든지 무너질 수 있는 것이다. 천안시 동남구 용곡동에는 자연마을로 '눈들'이 있다. '눈들'은 '누운 돌'이 '눈돌'을 거쳐 변화된 말로 '들(野)'과는 관계없는 말이다.

『한국향토문화전자대전』에는 "눈들[눈돌, 와석(臥石)]은 본래 이름이 선들이었는데, 마을 뒷산인 일봉산에 길이가 12척이나 되는 바위가 서 있었기 때문이었다. 그런데 어느 날 이 바위가 갑자기 옆으로 누워 마을 이름이 '선들'에서 '눈들'로 바뀌었다는 설화가 전해지고 있다"라고 적혀 있다.

지자체의 지명유래에서는 '눈들(臥石洞: 누은들)'에 대해 "일봉산의 서편 기슭에 둥글고 긴 돌 2개가 가로누워 있어 돌이 누워 있다고 하여 누은 돌이 변하여 눈들이 되었다"고 설명하면서, "누은돌은(臥石) 우리나라 청동기시대에 나타난 선돌(立石, Menhir)이 있을 듯하나 마을이 이루어진 뒤에 모두 없어진 듯하다"라는 말을 덧붙이고 있다. '선돌'은 선사시대에 예배의 대상물로 세운 돌기둥 유적인데 이것이 쓰러져 '누운 돌'이 되었을 가능성을 제시하고 있어 주목된다. 이곳은 '천안 용곡동 눈돌 유적'이 있었던 곳으로 아파트 부지에 대한 발굴 조사에서 청동기시대 수혈주거지 2기가 확인되기도 했다.

정읍시 소성면 보화리에는 자연마을로 눈돌과 독선거리가 함께 있어 눈에 띈다. '독선거리'에서 '독'은 '돌'의 방언형이다. 그러니까 '돌이 서 있는 거리'라는 뜻이 된다. '눈돌'은 마을에 눈돌이 있다 하여 붙여진 이름이고, '독선거리'는 마을에 선돌(입석)이 있다 하여 붙여진 이름이라고 한다. 이 눈돌마을 입구의 정읍-고창간 국도변 남쪽에 선돌 1기가 서 있는데, 이 선돌로 인해 이 일대는 '독선거리'라고 부른다는 것이다. 이 선돌은 흔히 볼 수 없는 정사각형에 가까운 편편한 판석형으로, 밭 한가운데에 서 있다. 높이 192cm, 폭 182cm, 두께 32cm에 이른다고 한다(『두산백과』). 마을에 있는 '눈돌'과 밭 가운데에 있는 '선돌'은 특별한 상관관계는 없어 보이는데, 대비적으로 두 이름이 함께 있어 눈에 띄는 것이다.

이런 예는 김제시 청하면 장산리에도 있다. 입석산(61.7m)은 청하면 장산리와 만경읍 소토리 경계상에 있는데 남쪽으로 와석산(56.2m)과 바로 연결되어 형제지봉을 이룬다. 소토리는 일명 '돌설메'로도 불렸는데, 이는 '돌이 서 있는 메(산)'라는 뜻으로 '입석산'과 뜻이 같다. 보통 '입석(立石, 설 립)'은 우리말로 '선돌', '와석(臥石, 누울 와)'은 '눈돌'로 불렸다. 『한국향토문화전자대전』에는 「입석산과 와석산 싸움」 이야기(전설)가 수록되어 있는데, 힘이 센 두 장수가 서로 힘자랑을 하며 싸우다가 수바위는 장수처럼 우뚝 서 있다고 해서 입석산이 되었고, 암바위는 싸움에 져서 누워 있는 형상으로 와석산이 되었다고 하는 지명유래담이다. 영조 때의 『여지도서』(만경현)에는 '와석산'이 현의 북쪽 10리 김제의 경계에 있는 것으로 나온다.

충남 서천군 마산면 삼월리에는 말 그대로 '월(月)' 자 들어가는 세 개의 자연마을이 있다. 신월(新月), 반월(半月), 설월(雪月)이 그것인데 1914년 행정구역 통폐합 때에 3개리를 병합하여 삼월리라 한 것이다. 이 중 설월(리)은 우리말로 '눈드리'라 불렸는데 마을에 누운 돌이 있어서 그렇게 불렸다는 것이다. '눈돌'이 '눈들'로 변하고 여기에 접미사 '이'가 붙어 '눈드리'가 된 것으로 보인다. 이것을 한자로 표기하면서 '눈'을 '눈 설(雪)' 자로 바꾸고, '들(돌)'을 '달 월(月)' 자로 바꾸어 '설월'이라 쓴 것이다. '월(月)'은 산을 뜻하는 '달'이나 혹은 '들', '돌'을 나타낼 때 많이 썼던 한자이다. 현재 삼월리는 전 지역이 거의 봉선저수지에 수몰되어 있다.

꼴두바우 꼭두바위

'꼭두새벽'이라는 말처럼 '꼭두'는 맨 앞이나 맨 위 또는 우두머리.
영월 '꼴두바우'는 웅장하게 치솟은 '바위 중의 우두머리'라는 꼭두바위

꼴두바우는 오징어 새끼같이 작은 꼴뚜기를 연상하기 쉬우나 실제로는 거대한 바위이다. 바닥의 넓이는 천여 평이 넘고 높이는 큰 빌딩 정도의 웅장한 벼랑으로 치솟아 있는 화강암 바위이다. "좌우의 높은 산이 굽어보는 계곡 삼각지대 중심부에 웅장하게 자리 잡은 거암은 그 생김새가 마치 신선 같기도 하고 부처 같기도 하며 기기묘묘한 꼴이 심상치 않고 더욱 심산유곡의 고요한 풍취는 신령이 있는 듯하여"(영월문화원) 사람들의 숭배도 받았는데 바위 앞에는 서낭당이 세워져 있기도 하다.

강원도 영월군 상동읍 대한중석 상동광업소 입구에 위치해 있어 더욱 유명해진 이 바위는 조선 선조 때 강원도 관찰사로 부임한 송강 정철이 "먼 훗날 이 큰 바위 때문에 심산유곡인 이곳에 수만 명의 사람들이 모여들어 이 바위를 우러러볼 것이다"라 예언했다고 한다(『한국지명유래집』). 과연 이 말과 같이 1923년 이곳에 중석광산이 개광되고 전국에서

많은 사람이 모여들어 도시를 이루기도 했다. 현재는 광산이 폐광되고 인구가 급속히 감소해 우리나라에서 가장 인구가 적은 읍이 되어 버린 상동을 예전에는 '꼴두바우'로 불렀다.

꼴두바우는 한자로 고두암(高頭岩)이라 썼는데, 일제 때 조선총독부의 지세 조사에 의하여 지도상으로 표기할 때 붙인 것으로 알려졌다. '높을 고' 자에 '머리 두' 자를 썼는데, '꼴두'와 음이 유사하면서도 높고 우뚝한 바위 형상을 나타내기 위해 한자를 선택한 것으로 보인다. '꼴두'에 대해 영월문화원은 "우리말의 '꼴'이란 형상을 말함이요 '두'라 함은 한문에서 말하는 '두'를 말하는데 '두'는 두목이나 위나 머리를 이르는 것이며, 또 '두'는 남북을 가리키는 별의 이름을 말한다. 따라서 이는 대체로 우두머리 같은 형상을 가진 바위라는 말이 된다"고 설명하고 있다.

그러나 '꼴두'는 '꼴'과 '두'의 합성으로 보기에는 어색하다. 우리말 '꼴'에 한자 '머리 두'를 붙인 것이 일반적인 합성 방식에도 어긋난다. 다른 예가 거의 없고 보면 '꼴두'는 다른 말의 변형으로 보는 것이 자연스럽다. 여기서 가장 먼저 짚이는 말이 '꼭두'이다. '꼭두'는 맨 앞이나 맨 위 또는 우두머리를 가리키는 말로 썼는데 지명에도 더러 보인다. '아주 이른 새벽'을 '꼭두새벽'이라 하거니와 '꼭두머리'는 '일의 맨 처음'을 뜻하면서 '꼭대기'라는 말로도 썼다. '뒤통수의 한가운데'를 뜻할 때는 '꼭뒤'를 표준어로 보는데, 북한어로 '꼭두'는 '정수리나 꼭대기'를 뜻하고, '물체의 제일 윗부분'을 뜻하기도 한다. 또한 남사당패의 우두머리를 꼭두쇠라 불렀고, 경북 방언으로는 '산봉우리'를 '꼭두배기'라 하기도 했다.

중국 동포사회에서 불리는 아리랑에는 "영월 영천 꼭두바위로 중석 캐러 가신 낭군은 …"이라는 가사도 있다. 여기서 '꼭두바위'는 '중석 캐러' 갔다는 것으로 보아 영월 상동을 가리킨다. 앞서 예전에 '상동'을 '꼴두바우'라 불렀다고 했는데, 중국 동포 아리랑에서 '꼭두바위'는 바로

'꼴두바우'를 달리 일컬은 것이다. 이로써 보면 영월 상동의 '꼴두바우'는 '꼭두바위'와 같은 말이고, 뜻으로 보면 '높고 큰 바위'나 '우두머리 바위'를 가리킨 것으로 볼 수 있다.

문경시 문경읍 관음리에는 자연마을로 '꼭두바우'가 있다. 뒷산에 있는 바위가 마치 꼭지처럼 생겼다 하여 이 바위를 꼭두바우라 하고 마을이 꼭두바우 밑에 있다고 해서 꼭두바우라 하였다고 한다. 꼭지는 그릇의 뚜껑이나 기구 따위에 붙은 볼록한 손잡이를 뜻하지만 거지의 우두머리를 '꼭지'라 부르기도 했다. 문경시 문경읍과 제천시 덕산면 경계를 이루는 백두대간 상에 솟아 있는 꼭두바위봉(838m)은 암봉들이 우뚝 솟아 있는 모습이 인상적이라고 하는데, 관음리 꼭두바우가 이 암봉을 가리키는 것인지는 확실하지 않다. 등산가들은 거꾸로 꼭두바위봉이 아랫마을 이름에서 따온 것이라고 말하기도 한다.

기록상 마을 이름은 뇌암점(腦巖店)으로 나오는데, 구한말(대한제국기) 의병장 이강년의 활동을 기록한 『창의사실기』에 하나의 지명으로 나온다. '꼭두바우'는 조선 후기 막사발이나 대접 등을 만들던 민요(民窯)가 있었고 지금도 그 맥을 잇고 있는 도예가의 가마 이름이 '뇌암요'이기도 하다. 그렇게 보면 예전부터 '꼭두바우'를 '뇌암'으로 써왔다는 것을 알 수 있다. '뇌암'은 얼핏 들으면 무슨 '암' 종류를 일컫는 말로 오해하기 쉬운데, '암'은 '바위 암' 자로 바위를 일컬었던 말이다. 상당히 특이하고 낯선 이름이지만 알고 보면 그렇지도 않다.

옛날에 '꼭뒤(꼭두)' 곧 '뒤통수의 한가운데'를 이르는 말을 '후뇌(後腦)'라고 썼다. 옛날 한자 학습서인 최세진의 『훈몽자회』(1527)에 '腦'는 '골치 노'로 나오는데, '골치'는 우리가 흔히 '골치 아프다'라고 쓰는 그 '골치'다. 여기에 최세진은 '곡뒤를 후뇌라고 부른다(곡뒤曰後腦)'는 설명을 덧붙이고 있다. 여기서 '꼭뒤(꼭두)'를 예전에는 '후뇌'로 썼다는 것을 확인할 수 있는데, 문경 관음리의 '꼭두바우'는 이 '후뇌'에서 '후'를 빼고 그냥

'뇌'로 바꾸어 '뇌암'이라 쓴 것이다. 제대로 썼다면 '후뇌암'이라 썼을 말이다.

경북 청송군 현동면 눌인리와 포항시 북구 죽장면 월평리를 연결하는 높이 약 410m의 고개인 '꼭두방재'는 '매우 높고 가파른 고개'를 뜻하는 말이다. 의정부시 민락동에 있는 꼭두봉은 "최최골의 왼쪽 봉우리로 산 치성을 드리던 곳이다. 꼭대기여서 붙여진 이름"이라고 하고 공주시 정안면 산성리 주막거리 북쪽에 있는 '꼭두재'는 "고개가 높은 곳에 있다 해서 꼭두재 또는 곡두티라 부른다"고 한다. 양강도 김형권군 하지경리 '꼭뒤덕'은 "이 일대에서 맨 높은 곳에 위치해 있다. 꼭대기등이라고도 한다"(『조선향토대백과』)는 설명이다. '덕'은 언덕을 뜻하는 말이다.

햇빛 환한 볕바위 볕고개

볕 양(陽) 자 붙은 양지말, 양암, 양현 같은 많은 지명의 유래는?
양암은 햇빛 받아 빛나는 '볕바위'에서, 양현은 햇볕 잘 드는 '볕고개'에서

햇빛과 햇볕은 어떻게 다를까. 말로 따지자면 '햇빛'은 '해의 빛'을, '햇볕'은 '해가 내리쬐는 기운'을 뜻한다. 그러니까 '비치다', '비추다' 등과는 '햇빛'이 어울리고, '따사롭다', '따끈따끈하다' 등과는 '햇볕'이 어울려 쓰인다. 그런데 제철소가 있는 전남 광양의 지명은 햇빛과 햇볕을 함께 아우르고 있어 재미있다. 곧 빛 광(光) 자와 볕 양(陽) 자를 붙여 써서 '찬란한 햇빛'과 '따뜻한 햇볕'을 동시에 나타내고 있다. 정확한 것은 알 수 없지만 '광양'은 남쪽 바닷가의 '햇빛이 밝고, 햇볕이 따뜻한 곳(고을)'이라는 뜻을 나타내고자 한 이름이 아닌가 싶다.

'양(陽)'의 훈은 '볕'이다. '볕'은 앞에 '해'를 붙이지 않더라도 자체로 '해가 내리쬐는 기운'을 나타낸다. '볕이 나다', '볕이 들다', '볕이 따갑다' 같이 지금도 쓰는 말이다. 이 '볕이 바로 드는 곳'을 한자어로 '양지'라고 하는데 우리말로는 '볕받이[볃빠지]'이다. 그런데 '양지'라는 말은 많이 쓰이는 데 반해 '볕받이'라는 말은 거의 쓰이지 않는다. 지명에서도 '양지

말'이라는 이름은 아주 흔한데 이에 상응하는 우리말 이름은 찾아볼 수 없다. '볕말' 같은 이름이 있을 법한데 찾기가 어렵다. 아주 일찍부터 '볕'을 대체하는 말로 '양(陽)'이라는 한자가 자리를 굳혔기 때문인 것으로 보인다.

그런데도 자연물 지명 중에 '볕' 지명이 더러 남아 우리말 전통을 지키고 있는 것을 볼 수 있다. 공주시 이인면 주봉리의 새마을 노인회관 북쪽에 있는 바위는 이름이 '볕바위'이다. 공주시 홈페이지 지명유래에는 "바위가 양지바른 곳에 위치하여 햇빛이 비치면 가장 먼저 빛이 비친다고 하여 볕바위라 한다"고 되어 있다. 아마 아침 일찍 이 바위에 환히 햇빛이 비친 모습이 인상적이었기 때문에 불린 이름이었을 것이다. 지금은 도로명주소에 '볕바위길'로 남아 있다. 같은 공주시 계룡면 상성리 지역에도 '볕바위'가 있었으나 1914년 행정구역 개편 때 상성리에 통합되면서 사라졌다. '볕바위'를 한자로는 '볕 양' 자에 '바위 암' 자 양암리(陽岩里)로 썼다. 논산시 상월면 대명리에도 1914년 통폐합 당시 '양암리'가 있었으나 없어지고 지금은 자연마을 '볕바위'로만 남아 있다.

울산광역시 울주군 서생면 위양리는 1914년 행정구역 통폐합 때 위동과 양암리를 병합하면서 생긴 이름이다. 조선 정조 때는 울산군 외남면 지역으로 후동, 위동, 양암의 세 마을이었다. "양암은 위양리에서 중심이 되는 마을이다. 마을의 서편에 바위가 있어 동녘에서 해가 뜰 때 맨 먼저 빛을 받는다 하여 '뱃(볏)바위'라고도 한다. 바위는 없어지고 그 자리에는 과수원이 조성되어 있다"(『울주군 골짜기와 들판』, 울산발전연구원)고 한다. 울산광역시 동구 방어동 '볕바위'는 "방어진 청구조선 방파제 바깥 해안의 흰빛을 띤 바위들로, 햇빛에 바래어 희게 되었다 하여 붙여진 이름"이라고 한다.

평안남도 양덕군 상성리에 있는 양암성(陽巖城)은 938년(태조 21)에 양암진을 설치해 석축으로 성곽을 쌓은 것인데, 둘레 약 1,500m, 높이

3m이다. 성내에는 우물이 있어 삼면을 감돌아 흘렀고 천여 명의 군사를 먹여 살릴 수 있는 군량 창고가 있었다. 고려 초 북진정책이 적극 추진되면서 평양성과 개경을 연결하는 군사적 요충지로서 양암성을 축성함으로써 여진족의 침략에 대비한 군사 거점을 마련하였다. 『조선향토대백과』에 따르면 "양암성은 양지바른 산언덕에 있는 바위에 의지하여 쌓은 성이라는 뜻"이라고 한다. 또한 '양암진'에 대한 해설에서는 "양암이란 지명은 남양받이 바위에 의거하여 쌓은 성이라는 데서 유래되었다"고 설명하기도 한다. '볕바위'라는 우리말 이름은 따로 전하지는 않지만 '볕 양' 자에 '바위 암' 자를 쓴 '양암'의 유래는 분명해 보인다.

'볕' 지명 중에는 '볕바위' 말고도 '볕고개' 지명이 더러 보인다. 『서울지명사전』에는 도봉구 방학동에 있던 고개 이름이자 마을 이름으로 '볕고개'가 수록되어 있다. 마을은 "방학굴 마을이 동남쪽으로 향하여 볕이 잘 드는 데서 마을 이름이 유래되었다"는 설명이고, 고개는 "이 고개가 동남으로 향하고 있어 햇볕이 잘 드는 고개인 데서 유래된 이름"이라고 설명하고 있다. 의정부시 송산동 '볕고개'는 한자로는 '양현(陽峴)'으로 표기했는데, "햇볕이 잘 들어서 붙여진 이름"이라는 설명이다. '양현'은 '볕 양' 자에 '고개 현' 자이다.

성남시 분당구 서현동은 조선시대 광주군 돌마면 돈서촌, 양현, 통로골 지역으로 1914년 행정구역 통폐합 때 돈서촌에서 '서' 자를 취하고 양현리(陽峴里)에서 '현' 자를 취하여 서현리라 부르게 된 곳이다. 양현리는 '볕고개'라 부르던 곳으로 글자 그대로 '햇볕이 잘 드는 고개'로 풀이되어 '양현리'가 되었다고 한다. 그런데 서현2동 행정복지센터 홈페이지에서는 "토착 지명의 '볕고개'는 '볕'이 받, 백, 뱃 등에서 비롯된 산지 지명으로 산골짜기나 고개, 산 사이를 뜻하는 이름으로 보기도 한다"는 설명을 곁들이고 있다. '볕'을 산을 뜻하던 옛말 '받'에서 변한 것으로 본 것이다. '볕(陽)'의 쓰임이 드물기 때문에 충분히 가능한 해석으로 판단된다.

배추 절이던 김장바위

섬과 바닷가 마을에 있던 '김장바위'
바닷물로 배추 씻고 절이던 오래된 김장 방식은 지금까지 남아 있어

다산 정약용의 둘째 아들인 정학유(1786~1855)는 시골 농가에서 한 해 동안 힘써야 할 농사일과 철마다 알아두어야 할 풍속 및 예의범절 등을 기록한 「농가월령가」를 지었다. '월령가'는 작품의 형식이 1년 열두 달의 순서에 따라 구성된 시가를 가리킨다. 이 작품에서 '10월령'은 "시월은 맹동이라 입동 소설 절기로다 / 나뭇잎 떨어지고 고니 소리 높이 난다"로 시작해서, 10월에 해야 할 중요한 집안일로 '김장'을 들고 있다. "무 배추 캐어 들여 김장을 하오리라 / 앞내에 정(淨)히 씻어 염담(塩淡)을 맞게 하고 / 고추 마늘 생강 파에 젓국지 장아찌라 / 독 곁에 중두리요 바탱이 항아리라 / 양지에 가가 짓고 짚에 싸 깊이 묻고 / 박이무 아람 말도 얼지 않게 간수하소 …"

이 중에 '염담'은 음식의 간이 짜고 싱거움을 뜻하는 말로, '염담을 맞게' 하라는 말은 간을 잘 맞추라는 뜻이다. 이는 김장할 때 배추 절이는 문제를 얘기한 것으로 보이는데 쉽게 말하면 배추를 잘 절이라는 말인

것 같다. 지금도 주부들이 김장을 할 때 배추 절이는 일이 늘 어렵고 신경이 쓰인다고 말하는 것을 보는데 그만큼 김장의 성패를 좌우하는 중요한 문제인 것을 알 수 있다. 무릇 모든 음식의 맛도 '간'이 좌우하는 것을 볼 때, 겨우내 두고두고 먹어야 하는 김장 김치에 있어서 '간'은 중요할 수밖에 없다. 그래서 정학유도 배추를 냇물에 깨끗이 씻어서 '염담'을 맞게 하라고 당부하고 있는 것이다.

이러한 '배추 절이기'를 바닷가 마을이나 섬마을에서는 흔히 바닷물에 해왔다는 것이 흥미롭다. 당연한 일이겠지만 내륙의 사람들에게는 잘 알려지지 않았던 탓인지 신기하게 느껴지는 것이다. 그러나 바닷가 사람들에게는 배추나 열무를 절이는 데 있어 가까이에 지천으로 있는 바닷물을 이용하지 않는 것이 오히려 이상했을 것이다. 더구나 소금이 귀하고 비쌌던 시절에는 더 말할 나위 없었을 것이다. 바닷물로 절일 경우 배추가 고루 숨이 죽어 더 맛이 있다고도 한다. 근래에는 주거 환경의 변화로 집에서 김장 배추를 절이고 씻지 않고 아예 절인 배추를 사서 김장하는 집들이 늘고 있다. 그에 따라 김장 절임 배추를 전문적으로 공급하는 지역이나 업체도 많이 생겨났는데, 그중에는 바닷물로 절인 배추를 전문으로 공급하는 업체도 있어 인기를 끌고 있다고 한다. 옛날의 방식을 현대적으로 활용한 사업이 주목을 받는 것이다.

지명에도 바닷물을 이용한 배추 절이기의 자취가 남아 있는 것이 있는데, '김장바위'가 그것이다. 보통 바닷가 마을의 경우 갯바위에서 배추 절이고 씻는 일을 했던 것으로 보이는데 그런 중에 지형적으로 그 일을 하기에 아주 적합해서 마을에서 집중적으로 또 대를 이어 사용한 장소가 남아 있는 경우가 있다. 충남 태안문화원 자료(《태안의 문화》 '지명 및 전설')에는 '김장바위' 유래가 아주 자세한데 다음과 같다. "남면 몽산2리 몽대포구 마을에 들어서면 바닷가에 웅덩이가 있는 바위가 서 있다. 옛날, 이곳에는 몇 가구의 가난한 어부들이 옹기종기 모여 사이좋게 살고 있었다. 하루는 어부가 소금이 없어 김장을 하지 못하고 있다가 배추를 바닷가에 있는 이 바위 웅덩이에 버렸는데, 며칠이 가도 썩지 않는 것을 이상하게 생각한 어부가 배추를 건져내 보니 적당하게 절여져 있었다. 어부는 이 배추로 김장을 하여 그해에 아주 잘 먹었다. 이 소식이 인근 어가에 알려지자 그 동네 어민들 모두가 그다음 해부터 이 바위를 배추 절이는 곳으로 이용했다 하며, 그 후부터 이 바위를 김장바위라고 불렀다 한다."

강원도환동해본부에서 펴낸 『강원도 동해안 바위설화』라는 책자에는 동해시 전천마을에 '김장바위'가 소개되어 있다. "이 바위는 전천하구의 선착장 옆에 자리하고 있다. 과거 소금이 귀하던 시절 이 마을은 물론 인근에 있는 북평 지역 사람들이 김장철이 되면 김장바위로 몰려와 배추를 절이고 다듬어서 갔다 하여 붙여진 이름이다. 그러나 근래에 들어서는 도시화가 급속하게 진행되면서 전천에 생활 오폐수 유입 등으로 인하여 김장바위에서 김장을 하는 일은 사라졌다고 한다."

『인천광역시사』에는 강화군 양도면 건평리에 '진장바위'가 수록되어 있는데, "대화촌 서쪽에 있는 바위로 김장거리를 씻었다"라고 되어 있다. 또 강화읍 용정리 '진장바우'도 "부새산 동북쪽 바닷가에 있는 바위로 김장 때가 되면 여러 부인들이 모여 김장거리를 씻었다"라고 되어 있다. 김장은 '침장(沈藏)', '진장(陳藏)', '진장(珍藏)', '짐장'이라고도 했는데, 그 '진장'을 뜻하는 것으로 보인다. 같은 인천시 옹진군 덕적면 문갑도에도 '김장바위'가 있다. 바닷물을 가두어 썰물 때도 사용할 수 있다고 하는데, 소금 대신 바닷물로 배추를 씻는 것은 마을의 오랜 방식이라고 한다.

보길도 글씐바위

보길도 송시열 암각 시문이 있는 '글씐바위'는 글을 새긴 암벽
충주 '글씐(글씬)바우'는 유림들이 이름을 새긴 바위

전남 완도군에 있는 섬 보길도는 조선 시조문학의 대가로 꼽히는 윤선도와 여러모로 관련이 깊다. 대표적인 것이 '보길도 윤선도 원림'인데 대한민국의 명승(제34호)으로 지정되어 있다. 이곳은 고산 윤선도(1587~1671)가 1637년부터 도합 13년간을 머물며 부용동 계곡의 지형을 이용하여 아름다운 정원 공간을 조성한 곳으로 조선시대 별서 정원을 대표한다. 정원은 크게 낙서재, 동천석실, 세연정 세 구역으로 구성되어 있는데, 이곳에서 윤선도는 「어부사시사」 등 많은 시문을 남기기도 했다. 보길도는 그만큼 윤선도의 문학적인 향취가 깊은 곳이기도 하다.

이와 같이 가히 '윤선도의 섬'이라 할 만한 보길도인데, 섬의 동쪽 끝 외진 곳 백도리 해변 암벽에 송시열의 암각 시문이 있어 관심을 끈다. 당대에 당쟁으로 격돌했던 남인의 영수 윤선도와 서인의 영수 송시열의 유적이 같은 섬 안에 있는 것이다. 그러나 송시열은 이곳에

산 적은 없고 제주도로 유배 가던 중 잠시 지나쳤던 것으로 보인다. 윤선도가 원림의 낙서재에서 세상을 떠나고 18년 후인 1689년의 일이다. 『송자대전』의 연보에는 3월 초하루에 강진(백련사)에서 출발해서 풍랑 때문에 밤이 되어서야 가까스로 소안도에 닿았고, 2일 소안도에 머물면서 바람 자기를 기다렸다가 3일에 다시 발선하여 대양으로 들어서자 또 풍랑으로 고생하다가 4일에 제주 북포에 도착한 것으로 되어 있다.

기록에 소안도 얘기는 있어도 보길도 얘기는 없는데, 암각 시문이 보길도에 있는 것이 의아스럽다. 단지 가능하다면 시문이 새겨져 있는 암벽이 보길도와 소안도 사이의 해협에 위치하여 배가 이곳을 지났을 수 있다는 것뿐이다. 짐작건대 소안도에서 하루 머무를 때 쓴 시를 후대의 누군가가 보길도의 암벽에 새겼을 것 같다. 이 암벽은 시문을 새기기에 적당할 만큼 크고 넓다는 사실 말고도 송시열이 지났을 뱃길이 바라다보이는 위치에 서 있기 때문이다. 송시열은 나국(죄인을 잡아다 국청에서 신문함)을 받기 위해 5월 26일 다시 제주를 떠나 28일 해남 읍내에 도착한 뒤 상경하다가 6월 8일 정읍에서 후명(後命: 귀양 간 죄인에게 사약을 내리는 일)을 받았다.

암벽에 새겨진 시문은 "팔십삼세옹 창파만리중"으로 시작하는 오언율시인데 전문은 다음과 같다. "83세 늙은이가, 거친 바닷길을 가고 있노라 / 한마디 말이 어찌 큰 죄가 된다는 말인가, 세 번이나 또 쫓겨가는 궁벽한 신세가 되었도다 / 북녘 하늘 해를 공허히 바라보나니, 남쪽 바다를 건너면서 단지 바람만 믿을 뿐이네 / 내 입고 있는 의복에 옛 효종의 은혜가 있어, 임 향한 외로운 속마음에 눈물만 흘리네"(완도의 스토리텔링 안내 해설집 『건강이 넘치는 섬, 웃음이 가득한 섬, 청해진 완도』에서 인용). 시는 죽음을 예감한 듯 자신의 신세를 한탄하는 내용과 옛 임금에 대한 그리움으로 가득 차 있다. 지리적인 정보는 "남쪽 바다를 건너면서"나 "거친 바닷길을 가고 있노라"로 개괄적으로 언급되어 있을 뿐이다.

완도군 지정문화재 현황에는 향토유적 제12호가 '송시열 암각시문(岩刻詩文): (글씐바위)'이라는 명칭으로 '보길면 백도리 산1-1'에 소재하는 것으로 나와 있다. 2005년 1월 4일에야 지정되었다. 지역 유림에서는 이 암벽을 '탄시암(嘆時岩)'이라 불렀다고 하는데, 주민들은 그냥 '글씐바위'로 불렀던 것 같다. '탄시'는 굳이 해석하자면 시대 혹은 시운을 탄식한다는 뜻이고, '탄시암'은 '시대(시운)를 탄식한 바위'라는 뜻이 된다. 이에 비해 '글씐바위'는 누가 무슨 글(혹은 글씨)을 새겼는지는 모르지만 하여튼 '글이 쓰여 있는 바위'라는 뜻으로 한문을 모르는 지역 주민들이 쉽게 지어 부른 이름이다. 더군다나 송시열 시 옆에 또 다른 사람(임관주)의 시도 새겨져 있고 보면 두루 '글씐바위'로 일컬은 것이 훨씬 어울린다. 무식한 것 같지만 그럼으로써 오히려 소박하고 정감 있는 지명으로 다가오는 것이다.

'글씐바위' 혹은 '글씬바위' 지명은 다른 곳에서도 더러 보이는데, 소지명이라서 그런지 많이 사라져 버린 것 같다. 충주시 소태면 복탄리에 있는 '다락바위'는 '글씐(글씬)바우'로 불리기도 했는데, "인다락 앞 강가 서쪽에 있는 바위. 근처에 살던 유림들이 이 바위에 자신의 이름을 새겼다고 한다"라는 설명이다. 경남 남해군 이동면 석평마을에는 '글씬몽팅이'라는 지명이 있는데, 지명유래에는 "석평 북쪽 어귀의 해안에서 돌아 들어가는 산모퉁이인데, 산모퉁이의 바위에 글이 새겨져 있다"라고 설명하고 있다. 길 바로 옆에 있던 이 바위는 국도의 확포장 때 없어져 말로만 전해 오는데, "매향우두룡포하 용화미륵헌불전"이라 새겨져 있었다 한다. 대강 '두룡개 아래에 향나무를 묻어 미륵부처님께 바친다'는 뜻이었다고 한다. 이른바 '매향'을 기록한 비문으로 보인다. 광양시 광양읍 초남마을에도 '글씬바구(글씨를 써놓은 바위)' 지명이 있는데 유래에 대해서 전하는 바는 없다.

앉을바위 쉴바위

"몇 사람 앉을 만하다."

서울 안암동은 편안(安)하게 앉을 수 있는 바위(岩, 巖), '앉일바위' 있던 마을

넓고 평평한 큰 바위를 흔히 '너럭바위'라 부른다. 한자는 반석(盤石)으로 썼다. '회사를 반석 위에 올려 놓았다'같이 쓴다. 기틀이 아주 견고함을 비유적으로 이른 말이다. 넓고 평평한 바위를 이르는 말에는 '마당바위' 같은 것도 있다. 마당처럼 넓고 평평한 바위라는 뜻이다. 한자는 '마당 장' 자 장암(場巖)으로 썼다. '너럭바위'나 '마당바위'를 표현할 때 흔히 '몇 사람이 앉을 만하다'는 말을 쓰는데, 문헌에서는 오래전 옛사람들도 똑같이 표현한 것을 쉽게 볼 수 있다. 동해 무릉계곡 초입에 넓게 펼쳐진 너럭바위 '무릉반석'은 1,000여 명이 너끈히 앉을 수 있다고 크기를 얘기하곤 한다. 이 반석은 글씨를 새기기에도 좋았던지 조선의 4대 명필이라 일컬어진 양사언(1517~1584)을 비롯한 많은 사람의 글씨가 새겨져 있다. 양사언 글씨는 다른 사람의 것이라는 주장도 있다.

서울 성북구 안암동은 남쪽으로 안암로가 지나고, 서쪽은 안암천을 끼고 안감내길이 동서로 관통하고 있으며, 동의 많은 부분을 고려대학교

가 차지하고 있는 동네다. 안암동은 일찍부터 실록에 이름을 올리고 있는데, 『태조실록』 5년(1396) 기록에 "임금이 백의 · 백관으로 안암동(安巖洞)에 나가서 능터를 물색하였다"라고 해서 처음 나오기 시작한다. 이때는 신덕왕후 강씨가 세상을 떠난 직후이다. 『세종실록』 2년(1420) 기록에는 산릉 석실 덮게 문제로 상왕(태종)이 '안암동'에 거둥한 사실이 나타나는데, 당시 이곳에서 채석을 하였던 것 같다. 이때는 원경왕후가 세상을 떠났을 때이다. 산릉에 쓰일 돌을 떠낸 기록은 단종 즉위년에도 보이는데 이곳이 채석장으로도 이용되었음을 알 수 있다.

안암동 이름은 한자를 눈여겨보면 남다른 것을 알 수 있다. 일반적으로 바위 이름은 동물이나 사물의 형상을 빗댄 것이 많은데 안암은 편안할 안(安) 자에 바위 암(岩, 巖) 자를 쓴 것이다. '안암'이라는 동명 유래에 대해 문헌상 기록은 전하지 않는다. 다만 이곳에 오래 살아온 노인들이 전하는 말로는 예전에 안암동3가의 대광아파트 단지 가운데에 큰 바위가 있어 10여 명이 앉아 편히 쉴 만하므로 바위 이름을 '앉일바위'라 하던 것을 한자명으로 안암이라고 표기한 데서 유래되었다고 한다(『서울지명사전』).

안암동 '앉일바위'가 10여 명이 앉아 쉴 만했다는 것으로 보아 넓고 평평한 '너럭바위'였음을 알 수 있다. 그것을 '편안할 안' 자를 써서 '안암'으로 부른 것이다. 또 다른 '앉일바위'는 「바위타령」에 '앉을바위'로 나오기도 한다. 「바위타령」은 전국의 유명한 바위 이름을 나열한 긴 사설을 빠른 박자로 부르는 휘모리잡가 중 하나이다. "배고파 지어 놓은 밥에 뉘도 많고 돌도 많다 / 뉘 많고 돌 많기는 님이 안 계신 탓이로다 / 그 밥에 어떤 돌이 들었더냐"로 시작하는데 바위를 '밥에 든 돌'로 비유한 것이 재미있다. 끝부분 또한 "그 밥을 다 먹고 나서 눌은 밥을 훑으려고 솥뚜껑 열고 보니 해태 한 쌍이 엉금엉금"이라고 해서 해학적으로 끝맺고 있다. 이 사설 중에 "이천은 곤지바위 음죽은 앉을바위 여주 흔바위"라고 해서 '앉을바위'가 나오는데 형상에 대한 묘사는 없다. 음죽은 옛 음죽현으로 지금은 이천시에 편입되었다.

'앉을바위'와 의미가 비슷한 바위로는 '쉴바위'도 있다. 마찬가지로 넓고 평평해서 앉아 쉬기 좋은 바위라는 뜻을 갖는다. 천안시 동남구 광덕면 보산원리에는 세조가 온양온천에 거둥할 때 쉬어갔다는 쉴바위가 있다. 동남구청 홈페이지에는 '쉴바위'가 "성주리 큰 길가에 있는 바위. 넓고 커서 멍석만 한데 조선조 세조10년(1465)에 세조가 등창을 고치기 위하여 속리산을 거쳐 온양온천에 갈 때 전의에서 자고 3월 1일에 온양으로 가는 길에 이 바위에서 쉬었다. 지금은 장마로 밑이 패여서 바위가 냇가에 비스듬히 내려 앉았다"고 되어 있다. 임금의 몸이 특별한 일 없이 한 개 바위 위에서 쉬어갔다는 것은 별로 믿기지는 않고, 다만 임금의 행차가 이 바위 근처를 지났을 가능성은 충분히 있어 보인다.

황해남도 과일군 사기리 '쉴바위'는 사기리의 남서쪽 쉴바위 고개에 있는 바위 이름이다. '쉴바위고개'는 '쉴바위'가 있어 붙은 이름으로 보인다. 『조선향토대백과』에는 "넓고 평평하여 오고 가는 사람들마다 쉬고 간다 하여 쉴바위라 하였다"고 되어 있다. '쉴바위고개'가 있는 산을 '쉴바위산'으로 부르기도 한다. 평양시 중화군 마장리 '쉴바위'는 "길을 가던 나그네가 쉬어가곤 하던 바위라 하여 쉴바위라고 하였다"고 되어 있다.

평양시 사동구역 휴암동의 서쪽에 있는 '쉴바위'는 한자를 '쉴 휴(休)' 자 '바위 암' 자로 쓰면서 동네 이름이 되었다. 여러 전설이 전하는데, "옛날 한 장수가 집채같이 큰 바위를 이곳에까지 가볍게 메고 와서 쉬고 갔다고도 하고 마귀할미가 치마폭에 바위를 싸서 안고 와서 잠들었다가 그냥 놓고 갔다고도 한다. 또한 옛날 선녀들이 의암동에서 옷을 벗어 놓고 대동강에서 물놀이를 하다가 쉴바위에서 쉬고 갔다는 전설도 있다"고 한다.

눈썹지붕 눈썹바위

운악산 눈썹바위는 암벽 위에 처마같이 내뻗은 바위 형상이 눈썹 모양. 선녀의 눈썹이라는 해남 미암바위는 '눈썹 미(眉)' 자에 '바위 암(巖)' 자 써

눈썹은 왜 있는 걸까. 양쪽 눈두덩 위에 짧은 털이 가로로 나 있어 사람의 인상을 크게 좌우하기도 하는 눈썹이, 정작 '왜 그 자리에 있는 거지', '왜 필요한 거야' 생각해보면 고개가 갸우뚱거려진다. 아무 쓸모가 없는 것도 같고, 남에게 보여지는 인상이 아니라면 있어도 그만 없어도 그만 그 존재 가치를 별로 느끼지 못하는 것이 눈썹인 것 같다. 그런 눈썹의 기능에 대해 외신은 이마에서 흐르는 땀 같은 이물질이 눈으로 흐르는 것을 방지한다는 기사를 전하기도 했는데, 그 말을 들으니 아하 그런 것도 있겠구나 고개가 끄덕여지기도 했다. 말하자면 눈썹이 지붕의 처마 같은 구실을 한다는 것이다.

눈썹은 어원적으로 '눈(眼)'과 '섶나무, 땔나무, 풀, 잡초' 등의 뜻을 가진 '섭(섶)'이 결합한 합성어로 본다. '눈두덩 위에 나 있는 풀(나무)' 정도의 뜻에서 온 말이다. 옛사람들도 눈썹에 어떤 방어적인 기능이 있다고 보았는지는 알 수 없지만 눈두덩 위에 있는 '털'을 '풀'이나 '나무'에

빗댄 것이 재미있다. 어쨌든 눈썹은 평평한 이마가 눈두덩 위로 내려서면서 굴곡을 이루는 지붕의 처마 같은 위치에 나 있는 것은 분명하다.

지명에서 눈썹은 '눈썹바위'같이 바위 이름에 많이 붙은 것을 볼 수 있다. 바위 또는 암벽이 평평하게 내려오다 푹 꺼져 처마 같은 형상을 한 경우다. 옛날 기와집 건축 용어로 벽이나 지붕 끝에 처마를 덧댄 좁은 지붕을 '눈썹지붕'이라 불렀는데 마찬가지 형상이다. 이런 '눈썹바위' 중에 대표적인 것으로는 강화 석모도에 있는 보문사 뒷산(낙가산)의 '눈썹바위'를 들 수 있다. 이 바위는 눈썹 같은 처마 지붕 밑 암벽에 석불좌상을 새겨놓은 것으로도 유명하다.

인천광역시 유형문화재 제29호로 지정되어 있는 '보문사마애석불좌상'은 높이 9.7m에 달해 눈썹바위의 전체 크기를 짐작할 수 있게 해준다. 1921년 표훈사의 스님 이화응이 당시 보문사 주지인 배선주와 함께 조각하였다고 전하는데, 예술성이나 문화재적 가치보다는 성지(聖地)로서 더 중요시되어 이 석불에서 기도를 하면 아이를 가질 수 있다고 하여 찾는 여인들의 발길이 그치지 않는다고 한다. 강화 보문사는 양양 낙산사, 남해 금산 보리암과 함께 우리나라 3대 관음기도 도량으로 알려져 있다.

예로부터 경기오악의 하나로 기암 괴봉으로 이뤄진 산세가 아름다워 경기의 금강이라고 불리어온 운악산(934.7m)에도 눈썹바위가 있다. 현등사라는 고찰이 있어 현등산이라고 불리기도 하는 운악산에는 백년폭포와 무우폭포 같은 폭포도 유명하지만 눈썹바위, 병풍바위, 미륵바위, 코끼리바위 같은 바위 절경도 유명하다. 이 중 눈썹바위는 암벽 위에 앞으로 처마같이 내뻗은 바위 형상이 영락없는 눈썹 모양이다. 언제부터 눈썹바위로 불렸는지 알려진 바는 없지만 관련된 전설은 전해지고 있다.

옛날 한 총각이 선녀탕 계곡에서 목욕하는 선녀의 치마를 훔쳤다. 치마가 없어 하늘에 오르지 못한 선녀를 집으로 데려가려 했지만 선녀는 치마가 없어 함께 갈 수 없다고 했다. 순진한 총각은 품속에 감추었던

운악산 눈썹바위

치마를 내주었고 선녀는 다음날 다시 이곳으로 오겠다며 하늘로 올라갔다고 한다. 그러나 선녀는 다시 내려오지 못하고 선녀의 말만 믿고 하염없이 기다리던 총각은 눈썹 모양을 닮은 바위가 되었다고 한다. 지금도 구름 낀 날이면 바위가 눈을 감았다 떴다 한다는 이야기다.

전남 해남군 해남읍과 마산면의 경계에 있는 산 금강산(488m)은 해남읍의 진산이다. 풍수지리적으로 옥녀탄금의 형상이라는 해남읍의 지형에서 가야금을 타는 선녀에 해당하는 곳이 금강산이라 한다. 팔각정이 있는 해남읍 미암체육공원에서 금강산을 올려다보면 오른쪽 능선 끝에 툭 튀어나온 미암이 보인다. 공원에서 가파른 언덕길을 20여 분가량 오르면 닿을 수 있다. 사람들은 이 미암바위가 바로 선녀의 눈썹에 해당한다고 보았다. 해남팔경 중의 하나인 '미암청풍'으로도 유명한 이 바위에 올라서면 해남읍의 전경이 눈에 들어온다.

미암은 한자로 '눈썹 미(眉)' 자에 '바위 암(巖)' 자를 썼다. 우리말로 읽으면 '눈썹바위'인데 주민들은 예부터 '미암바위'라 부르고 뒷산의 이름도 '미암산'이라 불렀다. 여기에는 사연이 있는데, 이곳 출신인 대학자 유희춘(1513~1577)이 바로 이 바위 이름에서 따와 자신의 호를 '미암'으로 한 것이다. 유희춘은 『미암일기』(보물 제260호)의 저자이자 하서 김인후, 고봉 기대승과 더불어 명망이 높았던 호남의 대학자였다. 그런 탓에 우리말 이름 '눈썹바위'는 쉬 잊혀지고 한자어 '미암'으로 오랫동안 불려온 것으로 짐작된다.

『해남군지』에는 '미암'이 "군의 서쪽 금강산에 있다. 수십 장의 높이로 반듯하게 선 것이 큰 어른 같아 공경스럽다. 그래서 미암 유희춘 선생은 이로써 호를 썼다"라고 기록되어 있다. 이로써 보면 '미암' 곧 '눈썹바위'는 실제 바위의 형상에서 비롯된 이름으로 보기는 어려울 것 같다. 대신 '빼어남'의 뜻으로 '눈썹'이라는 말을 읽는 것이 자연스러워 보인다. 실제로 산 중턱에 박혀 멀리서도 환히 보이는 미암은 미인의 아름다운 눈썹(아미)이나 '흰 눈썹' 곧 여럿 가운데에서 가장 뛰어난 사람이나 훌륭한 물건을 비유적으로 이르는 '백미(白眉)'를 떠올릴 만한 것이다.

붉은데기

붉은 흙에 붉은빛 띠는 산과 언덕들
붉은산, 붉은언덕, 붉은오름, 붉은덕, 붉은데기

김동인의 단편소설 「붉은 산」에서 마을의 암적인 존재였던 '삵'은 죽어가면서 '붉은 산과 흰옷'이 보고 싶다고 말을 한다. 만주의 벽촌 조선인만 20여 호쯤 모여 소작농을 하는 마을에 흘러들어와 거머리, 기생충 노릇을 하던 그가, 마을의 송 첨지가 만주인 지주에게 두들겨 맞아 죽은 후, 혼자 지주에게 따지러 갔다가 그 역시 두들겨 맞아 밭고랑에 허리가 부러진 채 죽어가면서 붉은 산과 흰옷이 보고 싶다고 했던 것이다. 물론 붉은 산은 일제하에 신음하던 조국의 산천을 상징하는 것이다.

그에 비해 하근찬의 단편소설 「붉은 언덕」은 6·25 때 국군과 인민군이 그 언덕에서 무서운 싸움을 벌여 백골과 무기가 파묻힌 언덕이다. 전쟁이 끝난 후 봄이 되면 그 언덕에는 진달래꽃이 전에 없이 무더기로 피어났다. 그곳 국민학교(초등학교)의 유 선생은 외국 교육시찰단을 맞아 연구수업을 하게 되었는데, 그는 '아름답고 살기 좋은 우리 고장'이라는 단원을 선택한다. 그러고는 시찰에 앞서 연구수업에서 할 이야기를 미리 꺼내 보이는데, '붉은언덕'에는 아름다운 진달래꽃이 저렇게 많이 피는 걸 보니 금덩어리, 은덩어리가 묻혀 있을 것이라고 말을 한다. 아이들은 선생의 말을 곧이곧대로 믿고 그곳을 파헤치다가 백골도 찾아내지만 수류탄도 찾아내 고리를 빼다가 진달래 꽃빛보다 훨씬 붉은 피를 흘리며 죽고 만다. 이 작품에서 '붉은언덕'은 실제 지명이자 분단 현실에 처한 우리 조국을 상징한다고 볼 수 있다.

평안남도 평원군 원화리 암치내벌 가운데에 있는 '붉은산'은 "나무가 없이 적토만 분포되어 있다 하여 붉은산이라 하였다"(『조선향토대백과』)고 한다. 평안남도 회창군 구룡리 '붉은산'은 "구룡리 동쪽에 있는 산. 해발 763m. 산에 적토가 덮여 있다는 데서 비롯된 지명이다. 현재 밭으로 개간되었다"는 설명이다. 서귀포시 표선면 가시리에 있는 '붉은오름'은 "화산 폭발로 인해, 이 오름을 덮고 있는 돌과 흙이 유난히 붉은빛을 띠고 있기 때문에 붉은오름이라 불렀으며, 한자 차용 표기는 적악(赤嶽) 또는 건을근악 · 건근악 · 자악 · 적악봉 등으로 표기"(『한국향토문화전자대전』)했다고 한다. 전설에서는 고려시대 삼별초와 고려 · 몽골 연합군의 싸움에서 병사들이 많이 죽어서 흘린 피로 인해 '붉은오름'이 되었다고도 한다.

서울시 마포구 대흥동에 있는 '붉은언덕'은 "마포구 대흥동 27번지 숭문중고등학교 부근에 있는 고개로서, 이 언덕의 흙이 붉은색을 띠고 있는 데서 유래된 이름이다. 차돌배기, 한자명으로 홍현이라고도 하였다"(『서울지명사전』)고 한다. '차돌배기'라고 한 이유는 비가 오면 몹시 질퍽거려 차돌을 깨어 깔았으므로 '차돌배기' 또는 '박석고개'라고도 하였다는 것이다. 원래는 노고산의 흙이 진흙에 가까운 붉은색을 띠고 있으므로 이 고개를 '붉은언덕', 한자명으로 '홍현'이라고 하였다고 한다. 함경북도 나선시 부포리 '붉은언덕'은 부포리 남동쪽 고전부락 둘레에 있는 언덕으로 붉은 진흙이 깔려 있다고 한다.

평안북도 동창군 학송리 '붉은덕'은 학송리 동남쪽 청룡리와의 경계에 있는 언덕으로 붉은 흙이 분포되어 있다고 한다(『조선향토대백과』). 평안북도 구장군 운흥리 '붉은덕'은 "운흥리의 동쪽에 있는 언덕. 굿등마을에서 누운버들거리로 이어지는 길이 나 있다. 고갯마루에 적토가 분포되어 있다. 주변 농촌 마을 들에서 건설용으로 이 흙을 이용하고 있다"는 설명이다. 강원도 횡성군 갑천면 전촌리 '붉은덕고개'는 안말에서 동가래터로 넘어가는 고개를 가리키는데 붉은 흙이 많아서 붙여진 이름이라고 한다.

영양군 홈페이지 '마을 이름과 유래'에 따르면 석보면 요원리 '붉은데기'는 "석보에서 영해로 넘어가는 고갯마루에 있는 마을로, 이 고갯마루에는 일 년 내내 항상 바람이 세게 불어 모든 것을 휩쓸어 가버려서 고갯마루가 흡사 불탄 뒷자리같이 붉다고 해서 붉은데기라 부른다. … 숲이 없으매 민둥산이 될 수도 있거니와 흙살 자체가 화산흙인 관계로 붉은 색깔이어서 그리 부른 것으로 보인다"는 설명이다. 경기도 연천군 연천읍 고문리 '붉은덕고개'는 느즌모루에 있는 고개를 가리키는데, 느즌모루 동쪽에 있는 산등성이는 '붉은데기'로 불렸다. 한자는 적현(赤峴)으로 썼다. '느즌모루'는 낮은 모퉁이라는 뜻이다. 경북 예천군 개포면 장송리 '붉은디기'는 마을 터와 뒷산의 흙이 모두 붉어 이름 붙여졌다고 하는데 한자는 적현(赤峴)으로 썼다.

도드라진 언덕 도두니

반도 지형에 해안이 도드라진 언덕으로 이루어진 도두음곶,
둔덕 같은 도두니, 버선같이 둔덕 지형인 도돈리

지역 언론《뉴스서천》에 따르면 충남 서천군 서면 면민의 날 추진위원회는 2019년 4월 10일 면사무소 강당에서 회의를 열고 조선 세종 원년(1419) 대마도 정벌일인 6월 29일을 면민의 날로 채택했다. 내막을 모르는 사람이 들으면 아주 엉뚱하다고 생각할 만한 '날짜'이다. 서해안에 위치한 일개 면이 역사적으로 대사건인 세종 때의 대마도 정벌일을 면민의 날로 삼은 것이 너무도 뜻밖인 것이다. 그러나 알고 보면 고개를 끄덕이게 되는데 특히 서면 사람들에게는 각별할 수밖에 없는 날인 것이다.

이날을 추천한 위원의 말은 "세종 원년의 대마도 정벌은 서면 도둔리에 쳐들어와 약탈을 했던 왜구들을 소탕하기 위한 것이었으며 통쾌한 승리를 거둔 뜻깊은 날"이라는 것이다. 이로써 보면 역사적인 사실에 근거해 날짜를 선정했다는 것을 알 수 있다. 또한 대마도 정벌에 앞서 이 지역에 왜구들이 침입했었다는 사실도 알 수 있는데, 대마도 정벌은 이 지역에 대한 왜구의 침탈이 직접적인 계기가 된 것으로 보인다. 『세종실록』에는

세종 1년(1419) 5월 7일 기사에 "본월 초5일 새벽에 왜적의 배 50여 척이 돌연 비인현 도두음곶이[都豆音串]에 이르러, 우리 병선을 에워싸고 불살라서, 연기가 자욱하게 끼어 서로를 분별하지 못할 지경이다"라고 쓰여 있고, 또한 "적이 이긴 기세를 타고 육지에 오르니, 비인 현감 송호생이 군사를 거느리고 맞아 싸웠으나 … 성은 거의 함락하게 되었고, 적은 성 밖에 있는 민가의 닭과 개를 노략하여 거의 다 없어지게 되었다"라고 쓰여 있다. 역사에서는 이를 '비인현 왜구사건'이라 부르는데 실록에 나오는 비인현 도두음곶(都豆音串)은 지금의 충남 서천군 서면 도둔리이다.

『세종실록』에는 이 사건 관련 기록 10여 건이 모두 '도두음곶'으로 나온다. 그런데 같은 시기의 기록에 '도두음곶'이 '도둔곶'과 함께 쓰였던 것이 확인된다. 왜구사건 조금 뒤인 세종 원년 9월 6일 기사에 사신이 북경에서 돌아올 때 '도둔곶(都芚串)'에서 왜적에게 붙들려 갔던 선군(船軍) 세 사람을 데리고 왔다고 쓰여 있는데, '도두음곶'이 '도둔곶'으로 기록된 것이다. 왜적은 조선을 침탈한 뒤 중국까지 갔다가 격퇴되었는데 이 와중에 포로로 붙들려 갔던 조선인 몇십 명 중에서 세 명이 탈출하여 북경을 거쳐 살아 돌아온 것이다.

그런데 이 '도둔곶'은 세종 때뿐 아니라 그 이전 고려 말 이 지역이 왜구의 침탈을 심하게 받을 때의 기록에도 보인다. 『고려사절요』(공양왕 원년(1389) 10월)에는 "겨울 10월. 왜구가 양광도 도둔곶(都屯串)을 노략질하였다. 도체찰사 왕안덕이 맞서 싸웠으나 크게 패하였다"라고 되어 있다. 같은 '도둔곶'을 쓰고 있으나 한자가 다르다. 고려 말에는 '진칠 둔(屯)' 자를 썼지만 조선 초에는 '싹날 둔(芚)' 자를 쓰고 있는 것이다.

이로써 보면 '도둔곶(都屯串)', '도두음곶(都豆音串)', '도둔곶(都芚串)'은 우리말 '무엇'을 한자를 달리해 표기한 것으로 볼 수 있다. '곶(串)'은 바다 쪽으로 길게 뻗은 땅 곧 반도 지형을 이르는 말로 공통적이다.

나머지 '도둔', '도두음'도 같은 말로 보이는데 한자의 표기 방식이 조금 다르다. 둘 중에는 '도두음'이 현지의 음을 보다 충실하게 표기한 것으로 짐작된다. '도두음곶'은 충청 관찰사가 처음 이 사건을 급보할 때 쓰인 표기이다. '도두음(都豆音)'은 우리말 '도둠'을 나타낸 것으로, '도두'는 뜻과 상관없이 음으로 표기한 것이고 '소리 음(音)' 자는 일종의 말음표기로 'ㅁ'음을 나타낸 것이다. 이에 비해 '도둔'은 '도둠'의 '둠'을 비슷한 음을 가진 한자 '둔'으로 바꾸어 표기한 것이다. 아니면 '도둠'을 관형사형 '도둔'으로 표기한 것일 수도 있다.

'도둠'이나 '도둔'은 모두 우리말 '돋다'에서 온 것으로 '솟다', '도드라지다'의 뜻을 나타낸 것으로 볼 수 있다. 대개 '도드라진 언덕' 지형을 나타낼 때 쓰였다. 서천군 서면 홈페이지에 따르면 '도둔리'가 '도둠곶, 도둔고지, 도두음곶, 도둔'이라 불렸다고 하는데, 모두 이곳의 지형을 반영한 이름들로 볼 수 있다. 곧 바다 쪽으로 길게 뻗은 반도 지형에 해안이 도드라진 언덕으로 이루어진 곳을 가리킨 것이다.

강원도 평창군 평창읍에 있는 도돈리(道敦里)는 서쪽으로 평창강이 흐르며 강 주변으로 앞들, 도돈들, 도돈보, 은고개가 있다. 자연마을로 '도두니'가 있는데, '도두니'는 평창강이 휘돌아서 마치 버선같이 둔덕이 되어 있으므로 붙여진 이름이라고 한다(『두산백과』). 춘천시 사북면 신포리에 있는 자연마을 '도두니'는 마을에 언덕배기가 있어서 돋아 있다는 데서 유래되었다고 한다. 강원도 홍천군 북방면 하화계리 '도둔(桃屯)'은 소단이 서쪽 홍천강 건너 언덕에 있는 마을 이름이다. 황해남도 배천군 정촌리의 서북쪽에 있는 마을 '도두몰'은 "도드라진 언덕 위에 위치해 있다"는 설명이다(『조선향토대백과』).

언덕 위의 마을 두들마

불룩하게 언덕이 진 곳에 있는 마을 두들마, 두둑말, 두두말
'두들'은 '둔덕'의 방언

포항시 죽장면 '두마리'는 높은 지대의 때묻지 않은 오지라 마고선녀가 살며, 북두칠성이 손에 잡힐 듯하다 하여 '두마(斗摩)'라 이름하였다 한다. '마(摩)'는 '갈다'의 뜻도 있지만 '만지다'의 뜻도 있다. 그런데 '두마'는 '삼 마(麻)' 자를 쓰고 삼을 많이 재배했던 데서 이름이 유래했다고도 한다. 또한 '두들말(마을)'의 발음이 변하여 두둘마, 두마라 부르게 되었다는 설도 있다. 사실 '두마' 지명은 전국적으로 많은데, 대개 '둠' 곧 '분지' 지형에 이름이 붙었다. 어쨌든 죽장면 두마리가 고산분지에 위치한 것은 분명하고, 여러 유래설 중 '두들말' 이름은 "높은 두들에 형성된 마을"이라는 유래를 갖고 있다. '두들말'은 한자로는 '구평(邱平)'이라 썼다. '구'는 '언덕 구(邱)' 자이다. '두들'은 표준어는 아니고 '둔덕'의 방언(경상)이다. '둔덕'은 "가운데가 솟아서 불룩하게 언덕이 진 곳"을 뜻한다.

경북 예천군 용문면 선리 '두들마'는 한자로는 구촌(邱村), 구전(邱田)이

라 했는데, 모두 '언덕 구' 자를 썼다. '마'는 '마을'의 방언형이다. '두들마'는 구릉지에 자리한 마을이라는 설명이다. 영주시 부석면 소천리 '두둘마'는 '언덕 위의 마을'이라는 데서 그렇게 불렀다 한다. '두둘'에서 'ㅡ'가 'ㅜ'로 바뀐 것을 볼 수 있다. 청주시 흥덕구 미평동에 있는 마을 '두둘가리'는 '두듥가리'의 변화형으로 본다. 즉 '두듥가리'에서 'ㄱ'이 겹치므로 하나가 탈락한 어형인 것이다. 중세국어 '두듥'은 현대국어에서 '두둑', '둔덕'으로 나타나는데, '두두룩하게 언덕진 곳'을 뜻한다. 경상도 방언 '두들'도 이 '두듥'에서 온 말로 볼 수 있다. '가리'는 '갈다(耕)'에서 생긴 말이니 '두들가리'는 '두두룩한 언덕을 갈아 놓은 곳'으로 해석된다. 언덕을 갈아 마을을 조성할 때 붙일 수 있는 이름이다(『한국향토문화전자대전』).

충남 금산군 군북면 '두두리(杜斗里)'는 대부분의 지형이 산지로 이루어져 있는 산간 마을이다. 동쪽에서 서쪽으로 갈수록 고도가 낮아지며, 비교적 낮은 지대에 자리한다. 『1872년 지방지도』에 '두두리'가 나타난다. 자연마을 중에 '두두말'이 있는데 둔덕에 위치한다 하여 붙여진 이름이라고 한다. 그러니까 마을이 둔덕에 위치해 있어 '두둑말'이라 했던 것이 변하여 '두두말'이 되었다고 볼 수 있다. 그리고 '말(마을)을 '리(里)'로 바꾸어 행정지명으로 '두두리'가 된 것이다. '두둑'은 사전에 "논이나 밭 가장자리에 경계를 이룰 수 있도록 두두룩하게 만든 것. ≒두렁"을 뜻하는 말로 나오지만 어원적으로 '둔덕'의 뜻도 있는 것으로 보인다.

원주시 소초면 평장리에는 자연마을로 '두둑'이 있는데, 둔덕에 있다고 하여 두둑이라고 불린다. 같은 원주시 부론면 흥호리에 있는 자연마을 '두둑말'은 마을이 제방 위 둔덕에 생겼다 하여 두둑말이라 한다. 강원도 안변군 모풍리 소재지 북쪽에 있는 마을 '두둑말'은 둔덕에 위치해 있다는 데서 유래된 지명이라고 한다(『조선향토대백과』). '먼두둑'은 청주시 상당구 용암동에 있었던 들 이름이다. 뜻은 '멀리 뻗쳐 있는, 두두룩하게 언덕진 곳'으로 해석한다. 과거 들이 두두룩한 모습으로 길게 이어져 붙은 이름이라고 한다(『한국향토문화전자대전』).

충북 단양군 대강면 신구리(新邱里)는 큰 둔덕에 새로 이룩되었으므로 '새두둑', '새들' 또는 '신구'라 한 데서 신구라는 명칭이 생겼다. 한자어 '신구'는 '새두둑'을 그대로 훈차 표기한 것으로 보인다. 이에 비해 원주시 소초면 흥양리에 있는 자연마을 '새두둑'은 억새가 많은 둔덕이라 해서 새두둑이라 불렀다 한다. '두둑'이 '둔덕'을 뜻하는 것은 같으나 '새'는 '새롭다'의 뜻이 아니라 '억새'를 뜻하고 있는 것이다.

제3부

샘이 깊은 물은 내를 이루어

구리시 수택동 수누피

물(水)과 늪의 '수늪'이라고 부르던 구리시 수누피
남양주 '수늪이'도 북한강 근처 늪지였던 곳

미국의 만화 〈피너츠〉에 등장하는 유명한 강아지 '스누피(Snoopy)'와 음이 비슷한 땅이름이 우리나라에도 있다. 그러니까 우리 고유의 땅이름이면서 영어 느낌을 준다는 얘기다. 구리시 수택2동 수누피마을이 그것인데, '수누피', '수느피', '수늪'이라고 불렀다. 수택동 지역은 오래전부터 왕숙천이 범람하면서 만들어진 늪이 여러 개 있었는데, 그중 '수늪'에서 마을 이름이 유래된 것으로 본다. 현재의 수택2동 수누피마을을 '원수택'이라 불렀는데 여기서 '수택동'이라는 동명이 생겨났다. 수택(水澤)은 "물이 질퍽하게 괸 넓은 땅"을 가리키는 한자어이다.

이 지역은 여름 홍수철에는 대부분 마을이 물에 잠겼고, 물이 빠지고 나가면 수늪, 가마늪, 바우뿌리늪, 꼽장늪, 메물늪, 빨래늪, 실늪 등이 생겨나서 장자못까지 연결되었다고 한다. 이 중 '수늪'은 따로 유래가 전하는 것은 없는데, '수'는 물 수(水) 자로 짐작된다. '늪' 지명에 물을 강조해서 '물늪'의 의미로 '수늪'이라 불렀던 것으로 보인다. 혹은 평지의 수풀을 뜻하는 '수(藪)'로 볼 수도 있는데, 『주례』에는 "택(澤)에 물이 없는 곳을 수(藪)"라 한다는 기록이 있다. 그러나 어느 쪽이든 확실한 것은 알 수 없다.

이 지역의 늪 중에 아무래도 대표적인 것은 '장자못'이다. 이 장자못은 낚시터로도 유명했는데, 1960년대 오영수의 단편소설 「장자늪」의 도입부는 다음과 같다. "청량리에서 버스로 이십 분, 망우리 고개를 넘어서면 교문리라는 조그만 한길 갓 동네가 있다. 여기에서 동남간으로 십오 분쯤 가면 장자못이라는 큰 늪이 있다. 서울 근교로서는 가장 가깝고, 어족 자원이 풍부하기로 소문난 낚시터이다. 다만 너무 가깝고 교통이 편리하기 때문에 어지럽도록 천렵꾼들이 모여드는 것이 탈이긴 하지만 …."

이 '장자못'은 지금은 장자호수공원으로 탈바꿈하였다. 다른 늪은 모두 메꿔져 아파트가 들어선 주택지역으로 바뀌었지만 '장자못'은 '장자호수공원'으로 이름을 바꾸어 남았다. '장자못'은 왕숙천의 유로가 변경되면서 옛 물길의 일부가 남아 호수가 된 곳이다. 바로 수누피마을 앞에 장자못이 있었는데, 이 지역의 오랜 상징물로 존재해 왔다. 장자못에는 전설이 전해지는데, 다른 지역의 장자못 설화와 유사하다. 중에게 박해를 가한 장자(부자)의 집은 천벌을 받아 못이 되었고, 며느리는 돌이 되었다는 내용이다. 한편 '왕숙천'은 태조 이성계가 상왕으로 있을 때 팔야리(남양주시 진접읍)에서 8일간 유숙하고 또 내각리에서 별궁을 짓고 있었다고 하여 왕숙천(王宿川: 임금 왕, 잘 숙)으로 이름 붙여진 것이라고 전한다. 지역 주민들은 흔히 '왕산내'라고 불렀는데 이는 동구릉과 관련한 지명이다.

'수늪이' 지명은 남양주시 조안면 송촌리에도 있었다. 『남양주시의 전래지명』에는 '수늪이'가 "두촌의 북쪽과 동안 동북쪽에 있는 마을의 이름이다. 북한강 근처에 있어 이곳이 예전에는 늪지였던 곳이라고 한다"

라고 설명되어 있다. 송촌리는 북한강과 남한강이 합류하는 두물머리(양수리)를 바라볼 수 있는 전망지로 유명한 운길산 수종사가 위치해 있고, 한음 이덕형 별서 터가 있기도 하다.

'수늪골'은 『조선향토대백과』에도 두 곳이 소개되어 있다. 하나는 황해남도 청단군 대풍리의 동북쪽에 있는 마을인데, "낮은 지대에 위치해 있어 아주 습하다"는 설명이다. 또 하나는 평안북도 태천군 학당리 '수늪골'인데 "태천군 학당리의 북쪽에 있는 골짜기. 매봉 기슭에 위치해 있다. 매봉산의 풍부한 수원으로 큰 늪을 이루고 있다. 이 늪에서 발원하는 개울이 대령강으로 유입되고 있다"라고 설명되어 있다. 풍부한 수원으로 큰 늪을 이루고 있어 '수늪'이라는 것이다. 또한 학당리 소재지 마을에서 '수늪골'로 넘어가는 고개를 '수늪고개'로 부르기도 한다.

베르네 베릿내 대베리갠

베르네, 베릿내는 벼랑처럼 깊이 패인 내(川).
별·벼루·베루·비루·베리·비리 등은 모두 벼랑을 가리키는 말

〈아름다운 베르네 산골〉은 대표적인 스위스 민요이자 요들송이다. "아름다운 베르네 맑은 시냇물이 넘쳐흐르네. 새빨간 알핀로제스 이슬 먹고 피어 있는 곳 …"은 가사 내용이 아름다우면서도 깨끗한 알프스의 풍경을 머릿속에 환히 떠오르게 한다. 베른은 스위스의 수도이면서 베른주의 주도이기도 하다. 베르네는 바로 이 베른의 프랑스식 표기라 한다. 노래 제목의 '베르네 산골'은 '베르네 오버란트'를 우리네 정서에 맞게 번역한 말인 것 같은데, 원래 '오버란트'는 '고산지대'를 뜻하는 말이다. '베르네 오버란트'는 높이 4,158m의 융프라우를 비롯해서 아이거(3,970m), 묀히(4,107m) 등 고산들이 자리한 지역을 이르는 말이다.

이 베르네 지명이 우리나라에도 있어 눈길을 끈다. 그러니까 우리말 이름이 원래 '베르네'인데 이것이 외국어 느낌이 난다는 표현이 맞을 것이다. '베르네'는 부천에 있는 작은 내의 이름으로 베리네·비리내·비린내 등으로도 불렸다. '네'는 '내(川)'가 음이 바뀐 것으로 하천을 의미하

고, 베르 · 베리 · 비리는 어원적으로 벼랑을 의미한다. 그러니까 '베르네'는 '벼랑내'로 '벼랑처럼 깊이 패인 내' 또는 '벼랑을 휘감고 돌아가는 내'라는 뜻이다. 벼랑을 가리키는 말은 지방에 따라 아주 다양한데, 별 · 벼루 · 베루 · 비루 · 베리 · 비리 · 비링이 등이 있고, 베락 · 벼락 · 비럭 · 바람 · 바랑 등도 있다.

『한국향토문화전자대전』에는 '베르네천'이 "경기도 부천시 춘의동 멀미산 칠일약수터에서 발원하여 성곡동, 원종동, 오정동으로 흘러드는 하천"으로 정의되어 있다. 또한 "멀미의 북쪽이 벼랑으로 되어 있어서 벼락산이라고 부르는 데서 베르네의 어원을 찾을 수 있다"고도 한다. 베르네천은 안굴천 · 새월천 · 신촌천 · 큰말천 · 새경굴천으로 나누어 불렀다. 이는 베르네가 지나가는 마을들 이름으로 예전부터 불려온 것이 아니라 후대에 마을 이름을 따서 임의적으로 지은 것이라 한다. 한편 『조선지지자료』(1911)에는 하오정면 여월리에 속하는 '별인천(別仁川)'에 '별인내'가 병기되어 있는데, 이는 '비린내'를 표기한 것으로 보인다. 지역에서는 이 '비린내'를 두고 임진왜란 당시 박진 의병장이 의병을 일으켜 왜군과 큰 전투를 벌이면서 흘린 피가 내를 이루고 피비린내가 주위를 진동하여 '비릿내천'이라고 해석하기도 했는데, 역사적인 근거는 없다고 한다.

제주도 서귀포에는 '베릿내'라는 이름의 하천이 있다. 제주도 내 대규모 관광지 개발의 효시가 된 중문관광단지를 동서로 가로지르는 중문천은 천제연 폭포를 지나 베릿내 포구까지 흘러내린다. 공식 하천 지명은 중문천이지만, 지역 주민들은 '베릿내', '성천' 등으로 부르고 있다. 베릿내 끝자락에 자리 잡은 포구도 '베릿내 포구' 또는 '성천 포구'라고도 부른다. 서귀포 중문동 지명유래에서는 "'베리'는 벼루의 제주어로서 벼랑을 말한다. 천제연의 양쪽 언덕이 절벽 낭떠러지를 이루고 있어 '베릿내'라 부른다"라고 설명한다.

또한 베릿내 유원지 동쪽 절벽을 타고 올라 있는 오름의 이름이 '베릿내 오름'이기도 한데, 한자로는 '성천봉'이라 썼다. 오름 형태가 세 개의 봉우리로 된 삼태성형인데다 옆에 은하수처럼 내가 흐르고 있다 하여 성천봉이라 했다고 전한다. '성천'은 '베릿내'의 '베리'를 하늘의 '별'로 보고, 별 성(星) 자에 내 천(川) 자를 써서 한자 표기한 것이다. '별'은 '벼랑'의 옛말이기도 한데 고려속요 「동동」에서는 "별해 바룐 빗 다호라(벼랑에 버려진 빗 같구나)"같이 쓰였다.

중문관광단지 안에 있는 '별내린전망대'에서는 천제연폭포와 선임교가 있는 중문천 일대를 한눈에 조망할 수 있다. 여기서 '별내린'은 '별이 내리는 내(川)'란 뜻으로 보이는데, 내내 '성천'이라는 한자 지명을 뜻으로 풀이한 것이다. 『대동여지도』(1861)에는 지금의 중문천과 색달천이 구분되지 않고, 하나의 '색달천'으로 표기되어 있다. 색달천 하류에는 '성산포(星山浦)'가 표기되어 있는데, 지금의 '성천포'로 짐작된다. 별 성 자를 쓴 '성산'도 다른 지역의 예를 보면 '별뫼'로 읽을 수 있다. 다 같이 '벼랑' 지명이다. 이곳 '베릿내'의 벼랑 지형과 관련이 있다.

양강도 갑산군 임동리 '대벼랑개울'은 임동리 소재지의 동남쪽에 있는 개울로, 하적골로 들어가는 길 왼쪽 큰 벼랑의 아래로 흐르고 있다(『조선향토대백과』). '대베리갠'이라고도 했는데, '베리'는 '벼랑', '개'는 '개울'을 가리키는 것으로 보인다. '대'는 '큰 대(大)'자를 썼지만 '대배리갠'이라는 이름도 '벼랑내' 지명으로는 상당히 특이하다.

비와야폭포

폭포인지 아닌지, 갈수기에는 폭포가 아니고 비가 와야 폭포
북한에서는 여름철에만 폭포 모습을 보여준다 하여 계절폭포라 불러

비와야폭포!
얼핏 들으면 장난삼아 부른 이름 같지만 새기면 새길수록 아주 정직하고 사실적인 표현이라는 생각이 든다. 비가 와야 폭포가 생기고 비가 오지 않으면 폭포고 뭐고 아무것도 아니라는 얘기는 우리나라같이 장마철이나 여름철에 비가 집중되고 그 외의 계절에는 갈수기가 되는 자연조건에서는 얼마든지 있을 수 있기 때문이다. 사실 정도의 차이는 있을지언정 이러한 폭포는 우리 주변에 많이 있을 것이다. 폭포뿐 아니라 내의 경우도 갈수기에는 물의 흐름이 끊기고 바싹 말라붙은 내를 주변에서 쉽게 볼 수 있으니 말이다.

태백시 하장성에는 장마 때나 많은 비가 내리는 날에만 흰 비단 폭을 늘어뜨리는 폭포가 있다. 비가 오지 않는 평상시에는 높이 40m의 석회암 절벽쯤으로 생각하고 지나치기 쉬운 곳이다. 태백시 홈페이지에서는 이를 다음과 같이 소개하고 있다. "태백시 하장성에는 그 모습을 자꾸

감추었다 드러내는 신비한 폭포가 있다. 재피골 아래쪽 양지마을 끝에 높이 약 40m의 석회암 절벽이 보인다. 평소에는 그냥 깎아지른 절벽이지만 비가 오면 새하얗고 힘찬 물줄기를 뿜는 폭포로 변신한다. 비가 내려야만 폭포가 되므로 이 폭포를 '비와야폭포'라고 부른다. 겨울이 되면 거대한 빙폭이 형성되어 3~4개월 유지되는데 가히 일품으로 멋진 장관을 선물해 준다."

또 다른 비 온 후 폭포는 제주도에 있다. 이름은 엉또폭포. 제주도 서귀포시 강정동에 있는 폭포로 악근천 중류 해발 200m에 위치한다. 악근천이 건천이므로 산간 지방에 70㎜ 이상 강수를 보일 때 폭포수가 형성된다. 폭포의 높이는 50m로, 조면암으로 된 수직 절리에서 물이 흘러내려 폭포를 이룬다. 『디지털서귀포문화대전』에는 명칭 유래에 대해 "'엉또'에서 '엉'은 바위 그늘보다 작은 굴, 그리고 '또'는 입구를 의미하는 제주어이다. 따라서 '엉또'는 '작은 굴로 들어가는 입구'를 지칭하며, 엉또폭포가 위치한 곳이 마치 굴처럼 숨어 있는 곳이어서 붙여진 이름으로 보인다"고 되어 있다.

엉또폭포와 함께 비 오는 날 생겨나는 또 다른 폭포로는 중문관광단지 안에 위치한 천제연 제1폭포도 있다. 옛날 하늘에서 일곱 선녀가 내려와 목욕을 하고 갔다는 전설을 품은 천제연폭포는 상, 중, 하 3개의 폭포로 이루어져 있다. 이 중 천제연 제2, 3폭포는 평소에도 물줄기가 흐른다. 이에 반해 상류 쪽에 위치한 제1폭포는 비가 내려야 폭포다운 모습을 볼 수 있다. 길이 22m에 수심이 21m가 되는데, 낙차는 그리 크지는 않지만 한꺼번에 쏟아져 내리는 물줄기가 그야말로 장관을 이룬다. 평소 건천일 때는 평화로워 보이던 곳이 무시무시한 굉음으로 가득 찬다.

이러한 '비와야폭포'를 북한에서는 '계절폭포'로 부르는 것 같다. 똑같은 개념은 아니겠지만 한 계절(여름철)에만 폭포의 모습을 보여준다고 해서 부른 이름으로 보인다. 금강산 외금강 지역의 수정봉 구역에 있는

'계절폭포'와 '삼단계절폭포'에 대해 『조선향토대백과』는 다음과 같이 설명하고 있다. "[계절폭포] 가뭄철에는 폭포라는 느낌이 적게 드나 비 온 뒤에는 폭포벽이 모자랄 정도로 쏟아져 내린다 하여 부른 이름이다. 평평한 바위 위로 천천히 흘러내리던 폭포수가 계단을 만나 떨어지면서 빨라졌다가 활등 모양의 바위들을 파도처럼 지나 밑에 가로놓인 바위턱에 부딪쳐 오른쪽으로 흘러내리는 모습이 볼만하다. [삼단계절폭포] 폭포 위에 있는 널찍한 너럭바위에서 한참 오르면 3개의 계단으로 된 다른 계절폭포가 있다. 길이가 100m나 되는 이 폭포는 여름철에만 자기의 고유한 폭포의 모습을 드러내고 가을철에는 오랜 세월 다듬고 씻어 놓은 흔적으로 폭포를 대신한다."

이 밖에도 금강산 송라동에 있는 '계절폭포'는 "송라암의 동쪽에 있다(높이 약 35m, 너비 약 20m). 여느 때에는 말라 있다가 비가 온 뒤에만 폭포수가 흐르므로 '계절폭포'라고 부른다"는 설명이다. 또 '구연계절폭포'는 금강산 외금강 지역 은선대 구역 구연동에 있는 폭포인데, "구연폭포 위쪽에 위치해 있다. 큰 바위벽에 치마주름처럼 물 내린 자리가 있는데 그 한가운데로 물이 흐른다. 길이가 약 70m 정도 된다. 비가 많이 온 뒤에는 바위가 온통 폭포벽으로 되어 일대 장관을 이룬다"는 설명이다.

이렇게 보면 대한민국의 명승 제96호로 지정되어 있는 설악산 토왕성폭포도 비와야폭포로 볼 수 있다. 토왕성폭포는 길이가 320m로, 우리나라에서 가장 긴 폭포이다. 상단 150m, 중단 80m, 하단 90m로 이루어져 각 단 사이에서 꺾어지며 흘러 3단 폭포를 이루고 있다. 토왕성폭포에서 흐르는 물은 토왕성폭포의 남쪽에 위치한 화채봉에서 발원한 것인데, 평소에는 물줄기가 잘 보이지 않다가, 비가 올 때나 비가 온 직후에 뚜렷한 물줄기가 나타난다.

강화해협 손돌목

좁은 물목인 '손돌목'은 여러 곳에 있던 지명
강화 손돌목은 '손량항'이라 썼고, 장항의 금강 하구 해협을 '손량'이라 쓰기도

염하는 소금 염(鹽) 자에 물 하(河) 자를 쓰는데 김포시와 강화도 사이에 있는 남북 방향의 좁은 해협이다. 바다이면서 모습이 강과 같다고 해서 붙여진 이름으로 강화해협 또는 김포강화해협이라고도 한다. 폭이 좁은 곳은 200~300m, 넓은 곳은 1km 정도이고, 길이는 약 20km이다. 염하는 예로부터 해상교통의 요충지로, 특히 삼남지방에서 서해를 북상해 온 세곡선이 이곳을 통해 한강으로 진입하여 한양으로 들어갔다. 또한 군사적 요충지이기도 했는데 염하를 따라 초지진, 광성보, 손돌목돈대 등 많은 방어유적이 산재해 있다.

손돌목은 강화군 길상면 덕성리와 김포시 대곶면 신안리 사이에 위치하는데 염하의 남쪽 끝부분이다. 이곳은 염하의 수로 폭이 좁아지면서 물살이 험하고 소용돌이가 잦은 곳으로 유명했다. 강화도의 용두 돈대가 염하를 향해 불쑥 머리를 내민 지형이고 반대편 김포 쪽도 염하로 돌출한 지형이어서 두 지역 사이가 좁은 여울의 형태를 이루고 있는 것이다.

『강화부지』에 "물 흐름이 빠르고 격렬해 아주 위험한 곳으로 이름이 높다. 삼남의 선박이 이곳으로 모인다. 한양으로 가려는 자는 모두 그렇다"라고 기록되어 있다.

손돌목은 지명부터가 이러한 지형을 그대로 반영하고 있다. '손돌'의 '손'은 '좁다'는 뜻을 나타내는 '솔다'의 관형형이고, '돌'은 '돌 량(梁)'의 '돌'로 좁은 물목(도랑)을 나타낸다. 그러니까 '손돌'은 '좁은 물목', '좁은 해협'을 가리키는 말이다. 여기에 좁아지는 길목을 뜻하는 '목'이 붙었는데 이는 '돌'의 중복 표현으로 볼 수 있다. 진도에 있는 명량(鳴梁: 울 명, 돌 량)을 '울돌목'이라 부르는 것과 같다. 이 '손돌'은 『고려사』에서부터 기록되어 있는데, '착량'이라는 지명으로 나온다.

『고려사』(세가 권제24)에 "몽고군이 착량(窄梁)에서부터 와서 갑곶강 밖에 진을 치고 온 산과 들을 에워쌌다"라고 되어 있다. 이때는 고려 고종 45년(1258)이다. 『태조실록』에는 1378(신우 4)년의 일이 기록되어 있는데 "왜적의 배가 착량에 많이 모여 승천부로 들어와서 장차 서울을 침구하겠다고 성언하니, 중앙과 지방이 크게 진동하였다. …"라고 쓰여 있다. 두 기록 모두 외침에 관한 것인데, 몽고의 침략과 왜적의 침입이 착량을 통해 이루어진 것을 볼 수 있다. 여기서 착량은 손돌을 차자 표기한 것인데 '착(窄)'은 '좁을 착' 자이다. 이에 대해서는 「용비어천가」 주석에서도 확인할 수 있는데 '착량'에 우리말 '손돌'을 부기해 놓고 있다. 여기에는 착량의 '착(窄)'이 '협(狹, 좁을 협)'의 뜻이라면서 "지금 강화부에서 남쪽으로 30리가량 되는 곳"이라는 주기까지 있어 신빙성을 더해 주고 있다.

실록에서는 '손돌목'을 인조 때는 손량항(孫梁項)으로, 영조 이후 고종 때까지는 손석항(孫石項)으로 쓴 것을 볼 수 있다. 또한 영조 때의 『해동지도』나 『1872년지방지도』에는 손돌항(孫乭項)으로 표기되어 있어 조금씩 한자 표기가 다른 것을 볼 수 있다. '손(孫, 손자 손)'은 우리말 '손'을 음차 표기한 것이고, '석(石)'은 우리말 '돌'을 훈음차로, '돌(乭, 이름 돌)'은 음차로, '항(項, 목 항)'은 훈차로 표기한 것이다. 이는 쓰는 사람에 따라 차자 표기를 달리한 것일 뿐 모두 '손돌목'을 표기한 것이다.

그런데 이 '손돌' 지명은 염하(강화해협)뿐 아니라 다른 여러 곳에서도 쓰인 것이 확인된다. 그러니까 '손돌'이 '좁은 물목'을 가리키는 일반명사처럼 쓰이다가 지명화 한 것으로 볼 수 있는 것이다. 『삼국유사』(기이 제일)에는 충신 성충이 의자왕에게 "수군은 기벌포(원주: 곧 장암 또는 손량(孫梁)인데 지화포 또는 백강이라고도 한다)에 들어오지 못하게 할 것이며, 험한 곳에 웅거해서 적을 막은 이후에야 [나라의 보존이] 가능할 것입니다"라고 충언한 대목에 '손량' 지명이 나온다. 고전번역원에서는 '기벌포'에 대해 "금강 하구인 지금의 충청남도 서천군 장항읍 일대로 추정되는 백제 때의 지명. 백제의 국방상 요충지로, 사비성을 지키는 중요한 관문 역할을 함"이라고 되어 있다.

이 외에도 『세종실록』에는 강계도호부 무창군에 '손량'이 있었던 것으로 나온다. 또한 『문종실록』에 "손량동은 옛터 2백 80척이 석성이고 황주로 통행하는 소로인데 소보를 둘 만합니다"라고 해서 '손량' 지명이 나온다. '손돌목' 지명은 강원도 영월군 중동면 연상리에서도 발견된다. 영월문화원에 따르면 '손도우골'은 궁장동 옆 골짜기인데, "일설에는 자연경관이 아름답고 망경대산 자락에서 흐르는 좁은 계곡 입구인 물목이 되는 곳이라는 뜻으로 '손돌목'이라고 부르기도 했다. 즉 '손돌'은 '좁은 물가'를 뜻하고 '손돌목'은 '좁은 물가의 길목'을 의미한다. 그 안쪽은 안손돌목과 궁장동이 있다"라고 되어 있다.

바댕이를 한자로 쓴 팔당

바댕이, 바다나루, 바다이 등 우리말 이름의 공통 의미 형태는 '바다'
넓은 강의 모습을 바다로 표현한 것이 '바당', '바댕이'

팔당댐은 하남시 배알미동과 남양주시 조안면 능내리를 잇는 한강 본류의 댐이다. 서울에서 한강을 따라 동북쪽으로 약 35km 지점, 남한강과 북한강이 합류하는 양평군 양서면 양수리의 두물머리로부터 하류 7km 지점에 위치하고 있다. 한국전력에서 1966년 착공하여 1973년에 완공하였다. 전력 생산을 위주로 하는 발전용 댐으로 건설되었지만 수도권 광역에 수돗물 공급, 물의 방류를 통한 한강의 수위 조절 등 다목적 댐으로서 중요한 역할을 담당하고 있다. 한때는 팔당유원지가 형성되어 서울 근교의 관광 유원지로서의 역할도 하였으나 2004년 팔당댐 주변이 상수원 보호 구역으로 지정되면서 폐쇄되었다.

팔당댐은 댐이 위치한 팔당리에서 이름을 따온 것이다. 팔당리는 지금은 남양주시 와부읍에 속해 있지만 구한말까지는 광주군 동부면 지역이었다. 1757년(영조 33)~1765년 각 군현에서 편찬한 읍지를 모아 엮은 전국 지리지인 『여지도서』에는 동부면 팔당리가 관문으로부터 35리에 90호가 살고 있는 것으로 나온다. 1750년대 초에 만든 『해동지도』에도 검단산과 도미진 강 건너편에 팔당리(八堂里)가 표기되어 있다.

『남양주시의 전래지명』(남양주향토사연구회 편)에서는 팔당의 우리말 이름을 '바댕이, 바다나루, 바다이, 바대이, 바당이' 등 여러 가지로 소개하고 있어 눈길을 끈다. 그리고 "본래 한강가의 넓은 나루이므로 바다나루, 바다이, 바대이, 바당이 또는 팔당이라 불렀다고 한다. 그런데 팔당 바댕이라는 마을의 이름은 강의 양쪽 산세가 험준하고 수려하여 팔선녀가 내려와 놀던 자리가 여덟 곳이나 있고 이후 그 자리에 여덟 개의 당을 지어 놓았다고 해서 팔당이라 부르게 되었다고 한다"라고 유래를 밝히고 있다. 그러나 팔선녀나 여덟 개의 당 이야기는 여덟 팔 자에 집 당 자를 쓴 '팔당(八堂)'이라는 한자 지명에 근거한 민간어원설에 불과하다. 그보다는 "본래 한강가의 넓은 나루이므로"라는 설명이 더 설득력이 있어 보인다.

바댕이, 바다나루, 바다이, 바대이, 바당이 등 여러 가지 우리말 이름의 공통적인 의미 형태는 '바다'이다. '바다(海)'는 옛날에 '바대', '바당'으로도 불렀는데 이 중 '바당'은 지금도 제주도에서 '바다'를 뜻하는 말로 쓰이고 있다. 해녀들이 물질하는 바다를 '바당밭'이라 부르는 것이다. '바댕이'는 '바당이'가 음운변화를 일으켜 된 말로 기본은 '바당'으로 보인다. 그리고 '팔당'은 이 '바당'을 음이 비슷한 한자로 바꾸어 표기한 것으로 볼 수 있다. 다산 정약용은 그의 시에서 '팔당'을 '파당(巴塘)'으로 썼는데, 그의 고향이 이곳과 인접한 조안면 능내리였다.

'바댕이' 지명은 팔당리의 강 건너편 지금의 하남시 신장동에서도 확인할 수 있다. 하남문화원 동부 지역의 지명유래에서는 '바뎅이 나루(팔당나루)'를 "바깥 창모루 동북쪽에 있는 한강의 나루터. 남양주시 와부읍 팔당리로 건너감"이라 설명하면서, '석바대(石海坪)' 지명을 '속바댕이'로 얘기하고 있다. '석바대'에 대해서 "팔당리를 속어로 '바댕이'라 한다.

수운시대 때 고골의 관아로 세미들을 운반하려면 한강변의 바댕이(창우동) 포구에 물건을 하역했다. 그러나 여름철 한강이 범람하면 바댕이와 고골은 육로가 두절되어 덕풍천을 따라 배가 올라와서 지금의 덕보교 근처에 하역을 해야 했다. 이때 이곳을 '속바댕이', 창우동 쪽을 '바깥바댕이'라 했다. 속바댕이가 자꾸 변하여 속바댕–속바대–석바대로 변한 것이다"라고 설명하고 있다.

그러니까 '석바대'는 '안쪽에 있는 바댕이'라는 뜻이고, 이를 한자로 '석해평(石海坪)'이라 쓴 것이다. '석(石)'은 우리말 '속'을 한자의 음으로 표기한 것이고, '바댕이'는 바다 해 자에 평평할 평(혹은 들 평) 자를 써서 '해평'이라 한 것이다. '바대'는 '바댕이'가 변해서 된 말이라기보다는 그 자체로 바다를 뜻하는 말로 볼 수도 있다. 의정부시 고산동 '바대논들'은 "월유동산 앞의 논들로 바다같이 넓어서 붙여진 이름"이라고 한다.

지명에서 '바다', '바대' 등은 '넓은 들판'을 가리키는 경우가 많다. '바다'의 형태 변화를 '받[平]+알(올)[접사] > 바랄(바롤) > 바다'와 같이 보기도 하는데, 어근 '받'은 평면이나 넓음, 광활함을 뜻하고 '벌', '밭'과는 동원어이다. 경기지방 방언으로 갯벌을 '갯바당'이라 부르기도 한다. 지금은 팔당댐이 건설되어 호수가 된 지역이지만, 팔당댐 건설 이전에도 이곳은 북한강과 남한강의 물길이 양평 양수리에서 합류하여 내려오는 지역이라 원래 물이 많은 지역이었다. 한강 물길은 이곳에 이르러 강폭이 넓어지며 강의 흐름도 느려지게 되어 바람이 불지 않으면 돛단배나 뗏목이 제자리에서 빙빙 돌 뿐 내려가지 않았다 한다. 이와 같이 넓은 강(나루)의 모습을 바다로 표현한 것이 '바당', '바댕이'이고, 이를 한자로 바꾸어 쓴 것이 '팔당' 지명인 것이다.

안양천 오목내

모양이 오목한 하천은 오목천(梧木川)
오목하게 파인 골짜기 마을은 오목리(五木里), 오목동, 오목이

교통방송에서 중요 좌표로 자주 언급하는 지명에 오목교라는 것이 있다. 오목교는 서울 양천구 목동과 영등포구 양평동 사이의 안양천에 있는 다리이다. 한자로는 오동나무 오 자에 나무 목 자를 써서 오목교(梧木橋)라 쓰고, 한 스님이 오동나무를 띄워 멈추는 곳에 다리를 놓으면 떠내려가지 않을 것이라 하여 이곳에 다리를 놓아 이름이 붙여졌다는 전설이 전해진다. 그러나 오목교의 '오목'은 오동나무가 아니라 "가운데가 동그스름하게 폭 패거나 들어가 있는 모양"을 이르는 그 '오목'이다. 우리말 '오목'을 한자로 표기하면서 오동나무 오 자를 썼을 뿐이다.

오목교는 '오목내다리'라고도 하는데, '오목내'라고 하는 내(하천)의 이름에서 비롯된 것이다. 이곳을 흐르는 내를 지금은 안양천으로 부르지만 예전에는 '오목내'라 불렀던 것이다. 옛날에는 같은 하천을 두고 지역마다 부르는 이름이 달랐는데, 안양천도 하류 양평동 부근에서는 '오목내'라 불렀다. 『서울지명사전』에 '오목내'는 "안양천의 하류 명칭으로서, 양평

동 근처에서 하천의 모양이 오목하게 된 데서 유래된 이름이다"라고 되어 있다. 또한 "이 부근의 세천(細川)들이 모여 하천 바닥을 움푹하게 골을 만들었으므로 오목하게 만들어진 내라는 뜻"이라고 설명하기도 한다. 이 부근에는 '오목내나루'도 있었는데 "양천구 신정동 안양천 가에 있던 나루터"라는 설명이다.

수원시 권선구 오목천동 이름도 '오목내'에서 비롯된 것으로 보인다. 오목천동은 『화성지』나 이후의 『수원군읍지』의 방리 기록에서는 동 이름으로 기록되어 있지 않다. 다만 산천과 교량에 대한 기록에서 각각 오목천(梧木川 또는 鰲木川), 오목천교란 명칭이 기록되어 있다(『한국지명유래집』). 이 오목내에 대해 '수원지명유래'(수원시 홈페이지)는 "'오목천' 혹은 '오목내'라는 이름은, 내가 오목한 곳을 따라 흘러가는 까닭에 붙여진 것으로 추정하고 있다. 즉, 서쪽 가까이에는 칠보산이, 서쪽 멀리에는 용화출 고개의 산자락이 아늑하게 울타리를 쳐서 부근의 장지동과 권선동, 대황교동과 함께 삼태기 바닥의 형국을 이룬 곳이다. 이러한 오목한 지형에 내가 흘러 그 내의 이름이 오목내가 된 것이다"라고 설명하고 있다.

경기도 가평군 가평읍 대곡리 '오목내'는 "남이섬 또는 복장리로 가는 다리가 오목교인데 이곳을 오목내라고 한다. 바우메기 바로 옆에 보를 막아 대곡 뜰의 농업용수로 이용하는데, 그 보 아래의 하폭이 좁고 깊게 파여 급하게 북한강으로 유입하므로 오목내(넓은 개울은 너른내)라고 부른 듯하다"라는 설명이다(가평문화원 '가평의 지명과 유래'). 성남시 대장동 '오목내'는 "장토리 앞을 흐르는 개울. 연못처럼 길게 오목하게 파였다. 장수를 잃은 용마가 빠져 죽었다는 전설이 있다"고 한다.

지형이 오목해서 붙인 '오목' 지명에는 소지명으로 '오목골'이 많다. 의정부시 금오동 '오목골'은 "분두골 아래의 작은 골짜기로 오목해서 붙여진 이름"이라고 한다. 강원도 인제군 남면 남전리 '오목골'은 "동아실

동쪽 오목한 산골짜기에 있는 마을"이라는 설명이다. 황해남도 청단군 청정리의 동쪽에 있는 마을 '오목골'은 "오목하게 파인 골짜기에 위치해 있다"고 한다. 천안시 서북구 성거읍 오목리(五木里)는 "지형이 오목하게 되었으므로 오목골 또는 오목동이라 하던 것이 오목리가 되었다"고 한다.

'오목' 지명은 그냥 '오목이'로도 많이 불렸던 것 같다. 강원도 창도군 성도리 소재지 동쪽에 있는 마을 '오목이'는 "오목하게 생긴 아늑한 마을"이라 하여 오목이라 불렀다 한다(『조선향토대백과』). 평안남도 영원군 승통리의 남쪽 생천마을에 딸려 있는 '오목이마을'은 "오목하게 생긴 곳에 위치해 있다"는 설명이다. 경북 예천군 유천면 수심리에 있는 자연마을 '오미기'는 마을 지형이 오목하게 되어 있다고 하여 붙여진 이름이라고 한다(『두산백과』). '오미기'는 '오목이(오모기)'가 변음된 것으로 보인다.

의왕시 오전동(五全洞)은 1914년 행정구역 개편 때 오마동, 전주동, 등곡동을 합해 오마의 '오'와 전주의 '전'을 따서 수원군 의왕면 오전리가 되었다. 오마동(五馬洞)은 우리말 이름 '오매기'를 한자 표기한 지명으로 보는데(『한국지명유래집』), 이 '오매기'도 '오목이'가 변음된 지명으로 보인다. 『의왕시사』에서는 오매기를 '오막이 〉 오맥이 〉 오매기'로 보고, 오막동(五幕洞)은 '다섯집말(다섯 집이 있는 마을)' 또는 '다섯집매'를 한자화한 데서 유래되었다고 설명하고 있는데, 일반적으로 우리말 이름이 먼저 있고 뒤에 이를 한자화하는 것이 관례이고 보면 '오마동'이나 '오막동'은 우리말 이름 '오매기'를 후에 한자 표기하면서 만든 지명으로 보아야 할 것이다. '오매기'는 "삼태기처럼 깊은 골짜기에 자리 잡고 있어 예로부터 국가의 전란 등이 일어나면 피난의 최적지였다"(안양지역시민연대 지명유래)는 설명으로 보아 '오목이' 지명이 '오매기'로 바뀐 것으로 보는 것이 타당할 것 같다.

봄내라는 땅이름

'봄내'가 춘천(春川)이 되었을까? 춘천시의 춘(春) 자는 우두머리란 뜻
김천 '봄내마을'은 춘천리, 파천리(巴川里)라 불려 뱀 모양의 사천(巳川)을 일러

김천시 부항면 파천리에는 '봄내'라는 마을이 있다. 봄내. 매우 따뜻하고 부드러운 정감을 불러일으키는 땅이름이다. '봄내'에는 봄 춘 자에 내 천 자를 쓴 '춘천'이라는 한자 지명이 대응한다. 『김천문화원이 전하는 마을이야기』(부황면편 파천1리)에 "춘천이라는 지명은 마을 앞 구남천이 항상 봄날처럼 맑고 깨끗하다 하여 붙여진 이름으로 전하는데 지금은 춘천(春川)의 한글식 표기인 봄내로 더 잘 알려져 있다"라고 되어 있다. 마을 앞 '구남천'을 '봄내(춘천)'라 부르고, 이를 마을 이름으로도 삼은 것을 알 수 있다. 또한 연혁에 대해서는 "조선시대까지 지례현 서면에 속하여 춘천리(春川里)라 했는데 1895년 하서면으로 속하고 1914년 부항면이 신설되면서 인근의 숲실, 대밭마를 합해 파천리(巴川里)로 고쳤다"고 쓰고 있다.

사실 '봄내'라는 이름이 아름답기는 하지만 지명으로서 그 의미를 따져 보면 애매하기 그지없다. '봄내'는 '봄의 시내(물)'라는 뜻인데, 특정

지역의 지형이나 지세 혹은 지리적 특징을 나타내기에는 적절치 않아 보인다. 또한 일반적으로도 '봄내'라는 말이 거의 쓰이지 않은 말이라는 점에서 보면, '봄내'가 다른 어떤 말에서 변형된 것이 아닌가 하는 의심을 품어볼 필요가 있다. 여기서 눈에 띄는 것이 파천리의 '파천(巴川)'이라는 말이다. 현재 '봄내' 마을은 파천1리로 분동되어 있다.

'파(巴)'는 '큰뱀 파', '땅이름 파'로 새기는 한자이다. '파천'은 우리말로 '뱀내'로 읽을 수 있는 지명이다. 김천시의 '파천리' 지명유래에 따르면 "파천은 사천(巳川)과 같은 뜻인데 뱀처럼 굽이쳐 흐르는 모양을 이른 것이다"라고 되어 있다. 이 '파천'은 '구남천'을 달리 부른 이름으로 보인다. 『한국향토문화전자대전』에서는 "부항천의 한 지류인 구남천은 곡률도[곡선의 굽은 정도를 나타내는 수치]가 심한 산지 하천으로 깊은 소(沼)[pool]가 곳곳에 형성되어 있어 자연경관이 좋다"라고 설명하고 있다. 구남천은 마을 앞을 흐르는 시내의 공식적인 명칭인데, 굴곡이 심한 하천으로 설명하고 있는 것이다.

파천리의 '파천'을 '사천' 곧 '뱀내'의 뜻으로 읽을 수 있다면, '봄내'는 바로 이 '뱀내'가 변형된 이름으로 볼 수 있다. '뱀내'가 '봄내'로 바뀌고 그것을 '춘천'으로 한자화한 것이다. 이러한 변화의 중요한 계기가 된 것은 서원의 건립으로 볼 수 있는데, 일찍이 마을 중앙에 세워진 '춘천서원'이 그것이다. 서원은 1756년(영조 32)에 우암 송시열(1607~1689)이 이곳 구남천변에 있는 세심대에 들러 강론한 것을 기념하기 위해 세웠다고 알려져 있다. 서원 이름은 어떤 특별한 전고가 없는 것으로 보아 이곳 시내의 이름 혹은 마을 이름에서 따온 것으로 보인다. 이때 '뱀내'를 서원 이름에 어울리게 '봄내'로 바꾸고 '춘천'으로 한자화했을 가능성이 커 보인다.

'춘천' 지명으로 대표적인 것은 아무래도 '춘천시'이다. 그런데 이 춘천시의 이름이 원래부터 '봄내'인 것으로 알고 있는 사람들이 많은데 이는 사실이 아니다. 춘천시를 '봄내'라 부르게 된 것은 현대에 와서 춘천을 우리말로 해석해서 아름다운 땅이름으로 소개하면서인 것 같다. 춘천에 봄 춘(春) 자가 들어간 것은 고려 태조 때부터로 통일신라에서 삭주라 부르던 이름을 춘주(春州)라고 고쳐 부르면서다. 그러고는 내 천(川) 자가 들어가게 된 것은 조선 태종 때(1413년)로 지방관제를 개편하면서이다. 이때 부사(府使) 이하의 작은 군 · 현 이름에 붙어 있던 '주(州)' 자를 '산(山)'이나 '천(川)' 자로 바꾸도록 했는데 이에 따라 춘주도 춘천으로 바뀌게 된다. 그러니까 춘천으로 바뀐 것은 실제의 '시내(川)'와는 아무 상관이 없는 것이다.

연구자들은 춘주에 처음 쓰인 '봄(春)'의 의미를 봄이 사계절의 시작인 것처럼 머리 · 으뜸 · 처음의 뜻으로 해석한다. 그것은 통일신라 때 이름인 삭주에서도 확인이 되는데, 삭(朔)은 초하루 삭 자로 지명에서는 '으뜸'이나 '북쪽'의 뜻으로 쓰였다. 그 이전 삼국시대에는 '우수주(또는 우두주)'라 불렀는데 소 우 자에 머리 수(두) 자를 썼다. 우수 곧 소머리 지명 역시 머리 또는 으뜸을 나타내는 이름이다. 연구자들은 우두의 소 우(牛) 자는 '솟다'를 표기한 말로, 머리 두(頭) 자는 머리 곧 높은 곳을 가리키는 말로 본다. 어쨌든 춘천의 옛 이름은 대체로 머리, 으뜸, 솟다 등의 뜻을 나타낸 것으로 우리말 '봄내'와는 거리가 멀다.

'춘천'은 부산 해운대구에도 있다. 『부산역사문화대전』에는 "부산광역시 해운대구 우동 장산에서 발원해 동백섬 부근에서 수영만으로 유입하는 하천"으로 정의되어 있다. 길이는 12.6km이다. '춘천천'으로 부르기도 하고, 해운대와 해운대 해수욕장으로 흐르는 하천이라 하여 '해운대천'으로 부르기도 하였다. 이곳 '춘천'은 우리말 이름이 전하는 것은 없고 명칭 유래에 대해서도 알려진 바가 없다. 이 밖에도 '춘천리' 지명이 더러 있었지만 대부분 없어지고 우리말 이름이나 유래도 전하는 것이 없다. '춘천'이라는 말이 뜻하는 바는 아름답지만 지명으로서는 별 인기가 없었던 것 같다.

머내는 머흘내 먼내

'머흘내', '머흐내'는 냇가 지형이 험하거나 물살이 센 험천(險川)
'험(險)' 자가 '원(遠)' 자로 바뀐 수원의 원천은 마을에서 멀리 떨어진 '먼내'

고려의 유신 목은 이색이 지은 시조에 "백설이 잦아진 골에 구름이 머흐레라 / 반가온 매화는 어느 곳에 피엿는고 / 석양에 홀로 셔 이셔 갈 곳 몰라 하노라"라는 것이 있다. 여기서 '백설'은 고려의 충신, '구름'은 역성혁명을 도모하려는 신흥세력을 나타낸 것으로 본다. 또한 '머흘다'는 '험하다'는 뜻을 나타내는데, '구름이 머흐레라'는 '신흥세력들의 기세가 사납고 험하구나'라는 뜻이다. 또 조선 선조 때 송강 정철의 「성산별곡」에는 "세사는 구롬이라 머흐도 머흘시고"라는 구절이 있다. '세상일은 구름이라 험하기도 험하구나'라는 뜻이다. 유희춘이 편찬한 한자 입문서 『신증유합』(1576)에는 '험할 험(險)' 자가 '머흘 험'으로 나온다. '머흘다'는 근대국어까지 그 용례를 보인다.

그런데 형용사인 이 '머흘다'가 지명에도 쓰인 예가 있어 흥미롭다. 용인시와 성남시 경계 지역(현 용인시 수지구 동천동과 성남시 분당구 동원동)에 '머내(遠川: 멀 원, 내 천)'라는 마을이 있는데, 이 머내가 '머흘내'

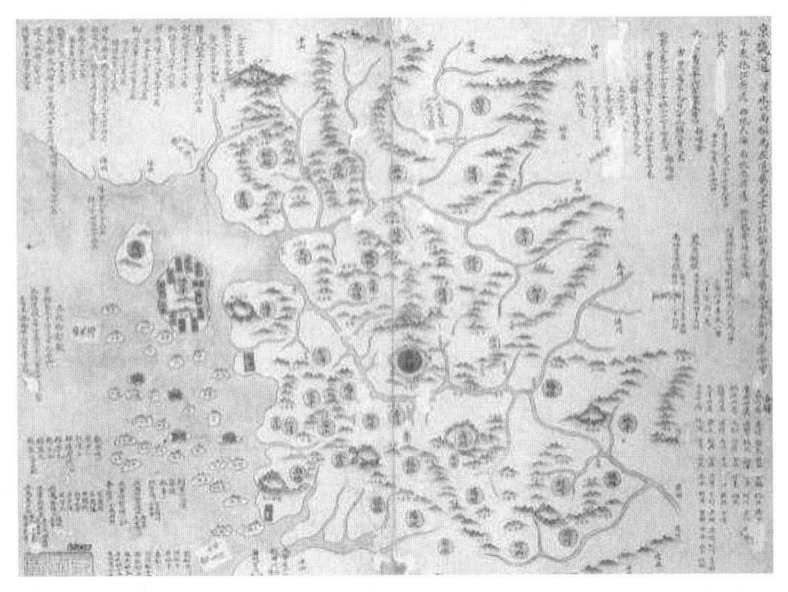

『해동지도』, 「광주부」

의 변음으로 보인다는 것이다. 곧 '머흘내 〉 머흐내 〉 머으내 〉 머내' 과정을 거쳐 '머내'가 된 것으로 볼 수 있다. 뜻은 '험한 내'로 해석되는데, 냇가의 지형이 험하거나 물살이 세고 거칠어서 그렇게 부른 것으로 짐작된다. '머내'는 기록상 먼저 한자 지명을 통해 확인할 수가 있다.

『인조실록』(14년 12월 27일, 1636년)에 "공청 감사 정세규가 병사를 거느리고 험천(險川)에 도착한 뒤 산의 형세를 이용해서 진을 쳤다가 적의 습격을 받아 전군이 패몰했는데, 세규는 간신히 빠져나왔다"라고 기록되어 있다. 병자호란 때의 일로 인조가 남한산성에 갇혀 있을 때이다. 충청감사 정세규가 근왕병 8,000여 명을 이끌고 와서 이곳 험천에 진을 쳤다가 전군이 패몰했는데 역사에서는 이를 '험천전투'로 일컫는다.

영조 때의 지도 『해동지도』(광주부)에는 '험천(險川)'이 문현산 북쪽에 기록되어 있고, 『1872년지방지도』(광주부)에도 '험천(險川)'으로 표기되어 있다. 그런데 이 '험천'이 『대동여지도』(1861년)에는 '원우천(遠于川:

멀 원, 어조사 우, 내 천)'으로 표기되어 있어 눈에 띈다. '원우천'은 '머으내'를 이두식으로 표기한 것으로 보인다. 그러니까 '머흘내'가 '머으내', '머내'로 변하면서 한자 표기도 '험할 험(險)' 자에서 '멀 원(遠)' 자로 바뀐 것으로 볼 수 있다. 초기에는 '머흘내(험천)'로 쓰이다가, 음이 변하며 '머으내', '머내(원우천, 원천)'가 혼용되다가 나중에는 '머내(원천)'만이 쓰이게 된 것이다. '험천'은 지금은 '동막천'으로 불리는데, 성남시 분당구 대장굴에서 발원하여 낙생저수지를 거쳐 분당구 금곡동의 '동막골'과 '머내'를 지나 탄천으로 유입한다.

일반적으로 '머내' 지명은 '먼내'에서 'ㄴ'이 탈락한 어형인 경우가 많다. 대개 '원천(遠川)'이라는 한자 지명이 대응하는데, 마을에서 멀리 떨어진 내를 가리킬 때 불렀던 것으로 보인다. 수원시 원천동의 우리말 이름은 '먼내' 혹은 '머내'였다. 수원시 지명유래에는 "원천(遠川)이라는 동 이름은 이 지역에 흐르는 천이 수원의 중심지로부터 멀리 떨어진 곳에 있다고 해서, 먼내, 머내 등으로 불리게 된 것에서 연유한 것이다. 즉, 먼내 혹은 머내라 불리던 것이 한자어화 되어 원천(遠川)이 된 것이다"라고 되어 있다.

황해북도 장풍군 십탄리 서북쪽 한끝에 있는 마을 '머내'는 "지난날 냇가로부터 멀리 떨어져 있다 하여 머내라고 하였다. 지금의 마을은 냇가 근처에 위치해 있다. 먼내 또는 원천동이라고도 한다"(『조선향토대백과』)는 설명이다. 강원도 안변군 오계리 '머내골'은 골 안에 먼 곳에서 흘러내리는 개울이 있다는 데서 '머내골'이라 하였다고 한다. '먼내골'이라고도 불렸다.

물의 안쪽이라 물안 물이 많아 물한

냇물이 휘도는 개울 안쪽 동네 물안리, 무란이, 물안골
'물이 하다(많다)'는 마을 이름 물한리, 무량리

춘천시 북산면 부귀리는 소양강다목적댐이 있는 호수 주변의 산간 마을이다. 북쪽에서 남쪽으로 부귀천이 흐르고, 남쪽으로 소양호가 위치하고 있다. 자연마을로 '물안리'가 있는데 한자로는 물안리(物安里)로 쓰고 '무라니'라고 불렀다. '무라니'는 '물안이'를 발음하는 대로 적은 것으로 '물의 안쪽'으로 해석된다. 이곳의 대표적인 명소인 '물안계곡'은 천혜의 자연환경을 그대로 보존하고 있는 곳으로 유명하다. 경북 고령군 운수면 신간리의 자연마을 '물한이'는 의봉산 중턱에 위치한 마을로 '무란이', '물한실'로도 불리며 한자로는 물한리(勿閑里)로 썼다. 골이 좁고 산세가 험하여 한가롭게 지낸다는 뜻과 난이 없다는 뜻이라고 하는데, '무란이'는 '물의 안쪽'이라는 뜻으로 해석된다. '무란이'는 '물안이'를 발음되는 대로 쓴 것이며, '물한리'는 한자의 뜻과는 상관없이 음을 빌려 표기한 것으로 보인다. '무란이'를 '물한리'로 쓰면서 '물한이', '물한실'이라는 이름도 생겨난 것으로 보인다.

황해북도 인산군 안창리의 옛 이름 물안리(物安里)는 "개울 안쪽에 위치해 있다 하여 물안리라 하였는데, 한자어로 옮기면서 만물 '물(物)' 자와 편안할 '안(安)' 자를 따서 표기하였다"(『조선향토대백과』)라고 한다. 대전시 서구 흑석동 '물안리'는 냇물이 휘돌아가는 곳이라서 또는 물 안쪽 동네라고 해서 물안리라 불렀다고 한다. 강원도 회양군 오랑리 '물안골'은 "북한강 안쪽에 위치해 있어 비롯된 지명"이고, 강원도 평강군 탑거리 '물안골'은 "개울 안쪽으로 뻗어 있다는 데서 유래된 지명"이라고 한다. 강원도 천내군 구포리 '물안골'에 있는 마을은 '물안이'라고 불렀고, '물안골'에서 흐르는 개울은 '물안이강'이라 부르기도 했다.

밀양시 무안면의 '무안' 또한 '물안'에서 비롯된 이름이다. 무안면은 면의 가운데를 청도천이 관통하고 그 외 지류가 흐르고 있어 평야를 형성하지만 동서 양편은 모두 산지를 이루고 있다고 한다. 『한국지명유래집』에서는 "무안의 어원은 '물안'이라고 한다. 즉 지금의 창녕군 학포와 인교 근처에 낙동강이 치받쳐 올라와 호수처럼 물이 많이 괴여 있는 안쪽이란 뜻으로 '물안'이란 말이 쓰였다고 한다"라고 설명하고 있다. 무안면은 조선시대에는 수안역(水安驛)으로 쓰였는데 '수안'은 '물안'을 한자의 훈과 음으로 표기한 것이다.

한편 '물안' 지명은 '물의 안쪽'을 뜻하는 것이 아니라 '물이 많아서'라고 설명하는 곳도 많아 정확한 어원을 밝히기 어려운 점이 있다. 경남 창녕군 부곡면 수다리는 예전에는 '물안이'라고 했는데, 일대가 저지대로 물이 가득하여 그렇게 불렀다고 한다. 그렇게 보면 '물안이'는 '물한이'가 변한 말로 볼 수 있다. 한자로는 물 수(水) 자에 많을 다(多) 자를 써서 수다리라 했는데 이는 옛날에 이곳에 있던 '수다이소(水多伊所)'에서 비롯된 것으로 보인다. '소'는 특수 행정구역을 이르는 말로 이곳은 도자기를 생산했던 곳으로 추측된다. '수다이소'는 '물'은 '수(水)'로 표기되고 '안이'는 '다이(多伊)'로 표기되었다. 이때 '다이'는 '한이'로 읽었을 가능성이 있는데,

'한'은 '많다(多)'는 뜻을 가진 옛말이다. 그러니까 '물이 많다'는 뜻의 '물한이'를 '수다이'로 표기한 것이 된다.

경북 예천군 감천면 수한리는 '무래이, 물한, 물안, 수다촌' 등 부르는 이름이 많다(감천면 지명유래). 『한국지명유래집』에서는 "수한리(水閑里)는 산이 깊고 물이 많으므로 물한 또는 수다촌이라고 부르던 마을"에서 유래했다고 설명하고 있다. '물한'을 '물이 하다(많다)'로 읽고, 이를 한자 표기한 것이 '수한', '수다'라고 본 것이다. 충남 홍성군 결성면 무량리는 "청룡산이 있어서 물이 많으므로 물한골 수한동 수다동 또는 수다골이 변하여 물이 무량하다는 뜻으로 무량골 무량곡 무량동이라 하였다"(홍성군 지명유래)라고 한다. 『여지도서』에는 홍주 방리에 수한리(水漢里)로 나온다. 수한리의 한가할 한(閑) 자나 한나라 한(漢) 자는 모두 많다, 크다는 뜻을 가진 우리말 '한'을 표기한 것으로 볼 수 있다.

'물한' 지명으로 가장 유명한 것은 충북 영동군 상촌면 물한리에 있는 약 20여km의 '물한계곡'일 것이다. 한자로는 '물한(勿閑)'이라 쓰는데 영조 때의 지리지 『여지도서』에는 물한리(物閑里)로 나온다. 영동문화원에서는 "삼도봉 밑이 되어 물이 차고 많으므로 물한이 또는 물한리라 하였다"라고 설명하고 있다. 일반적으로 계곡물이 차갑지 않은 곳이 없다고 보면, 이곳 물한리도 '물이 많으므로' 붙여진 이름으로 보아야 할 것 같다. 안동시 북후면에도 똑같은 한자 물한리(勿閑里)가 있는데, 물이 부족함 없이 많다고 하여 '무란기'로 부르다가 물한이 되었다고 한다. 강원도 정선군 사북읍 물한리(勿汗里)는 말 물 자에 땀 한 자를 쓰고 "울창한 산림과 맑은 시냇물에 추위를 느끼고 땀이 들어간다"고 유래를 말하는데, 이 역시 '물이 많다'는 뜻의 '한'을 땀 한 (汗) 자로 썼다고 보는 것이 적절할 것 같다.

광개토대왕비문에 나오는 아리수

한강의 옛 이름 '아리수'의 본뜻은?

압록강, 낙동강 등 '길고 큰 강'을 '아리가람'이라 불러 일반명사처럼 쓰여

죽은 말(사어)처럼 거의 쓰이지 않던 '아리수'라는 말이 다시 살아난 것은 2004년 2월 서울 수돗물 이름을 '아리수'로 부르면서인 것 같다. '아리수'는 아주 오래전 삼국시대에 한강을 부르던 이름인데, 이 말을 되살려 서울 수돗물에 이름 붙인 것이다. 이는 서울 수돗물의 수원이 한강이기 때문이었다. 서울시에서는 팔당댐부터 한강 잠실 수중보까지의 구간에 있는 팔당, 강북, 암사, 구의, 풍납, 자양 취수장에서 한강물을 취수하고 있다. 그런데 서울시보다도 10여 년 전인 1995년부터 모 양조회사에서 '아리수' 상표권을 보유하고 있었다고 해서 화제가 됐었다. 결국 그 회사 회장으로부터 무상 기증받아 2008년 5월에 아리수 엠블렘과 상표등록 출원을 완료할 수 있었다고 한다.

'아리수'라는 이름은 '광개토대왕비문'에 처음 나온다. 비문의 해당 내용은 광개토대왕이 즉위한 지 6년째인 396년(영락6년)에 "대왕이 몸소 수군을 이끌고 백제를 공격하여 관미성 · 아단성 등 58성과 7백 촌을

공파하고, 아리수(阿利水)를 건너 백제의 도성에까지 육박하였다. 이에 백제의 아신왕이 영원히 신하가 되겠다는 맹세를 하고 항복하므로, 대왕이 은택을 베풀고 백제왕이 바친 생구와 인질 및 세포를 받아 개선하였다"(『한국민족문화대백과』)고 되어 있다. 생구는 살아있는 노예, 세포는 가는 실로 짠 고운 베를 뜻한다. 학계에서는 비문에 나오는 이 '아리수'를 한강의 옛 이름으로 보고, '아리'를 순우리말로 보는 데에는 이견이 없다.

그런데 '아리'가 무슨 뜻인지에 대해서는 견해차가 있는 것 같다. 『한국민족문화대백과』(한국학중앙연구원)에서는 "'아리', 즉 '알'은 고대에 크다거나 신성하다는 의미로 쓰였으며, '한'도 이와 비슷한 뜻"이라고 설명하고 있다. '한'은 '한수(한강)'의 '한'을 가리킨다. 단재 신채호는 "대개 고인이 일체의 장강(長江)을 '아리가람'이라 칭하니라"(『조선사연구초』) 라고 해서 '아리'를 '장(長, 긴 장)'의 뜻으로 보았다. '가람'은 '강'의 순우리말이다. 여기서 '長(장)'은 개념적으로 '길다'는 뜻 외에 '크다'는 의미를 내포하고 있는 것으로 보인다. 이에 비해 서정범은 '아리', '알'의 본뜻은 물(水)의 뜻을 지닌다고 했다(『국어어원사전』).

'광개토대왕비문'에 앞서 『삼국사기』 백제본기 온조왕이 즉위한 해(기원전 18년)의 기록에는 한강이 '한수(漢水)'로 나온다. 또한 백제본기 개로왕 21년(475년) 조에는 한강이 '욱리하(郁里河)'로 기록되어 있다. '한수'의 '한(漢)'은 '크다'는 뜻을 가진 우리말 '한'을 한자의 음을 빌려 표기한 것이다. '욱리하' 역시 '큰 강'의 뜻으로 보통 해석한다. 신채호는 '욱리하'의 '욱리'도 '아리'를 이두식으로 표기한 것으로 보았다. 그러니까 '욱리하=아리수'이고 뜻은 '장강'으로 본 것이다. 또한 백제의 초기 도읍지 '위례(성)'를 '욱리', '아리'와 같은 표기로 보고 뜻은 '대(大)'로 해석하기도 한다.

위에서 신채호는 옛사람들이 일체의 장강(長江)을 '아리가람'이라 불렀다고 했는데, 우리나라에서 가장 길고 큰 강 '압록강'도 예외는 아니다.

신채호는 "압(鴨)도 '아리'라 하였으니 압수(鴨水) 일명 아리수가 이를 증명하는 자"라고 썼다. '아리수', '욱리하' 등은 한자의 음을 취해 쓴 것으로 보았고, '압록'은 아리의 '아'를 '압(鴨, 오리 압)'의 뜻에서 취하고, 아리의 '리'를 '록(綠)'의 음에서 취한 것으로 보았던 것이다. 그러니까 신채호는 '압록'을 이두식 표기로 보고 '아리' 곧 '장(長)'의 뜻으로 해석한 것이다.

이를 뒷받침하는 것으로 '압록' 지명이 또 다른 곳에도 있었다는 사실을 들 수 있다. 『삼국사기』 고구려본기 동명성왕 조에는 천제의 아들 해모수가 유화부인을 유인하여 웅심산 아래 '압록강변의 방안에서 사통(鴨淥邊室中私之)'했다는 내용의 기사가 있다. 여기서 '압록'은 이때가 고구려 건국 전 곧 주몽이 부여를 탈출하기 전이니 지금의 압록강과는 거리가 멀다. 연구자들은 이 '압록'을 송화강으로 추정하기도 한다.

신채호도 여러 곳에 있는 '아리가람' 중 제1차로 송화강을 지목했다. "제1차에 완달산 아래 합이빈(하얼빈)에 조선을 건설하고 송화강을 '아리가람'이라 하였으니"라면서 유화부인의 '웅심산하압록수'를 증거로 들었다. 그러니까 주몽신화의 발상지인 송화강을 제1의 '아리수'로 꼽은 것이다. 신채호는 송화강에 이어 요하, 난하, 현재의 압록강, 경기도의 한강, 경상도의 낙동강 등도 모두 '아리가람' 곧 '아리수'로 보았다. 그렇게 보면 '아리수'가 '길고 큰 강'을 이르는 일반명사처럼 쓰였던 것을 알 수 있다. '한강'만을 가리키는 말이 아니었던 것이다.

맑은 가람 한 구비

강의 우리말 '가람'을 다시 살린 세종시 가람동, 나주 빛가람동.
'절'을 이르는 '가람'은 산스크리트어를 중국에서 한역한 '승가람마'의 줄임말

『월인천강지곡』은 조선의 제4대 임금인 세종이 석가모니의 공덕을 찬양한 노래를 모아 한글로 편찬한 시가집이다. 일종의 '찬불가'인 셈이다. 『월인석보』 권1 첫머리의 "부처가 백억세계에 화신하여 교화하심이 달이 천 강에 비치는 것과 같으니라"라고 한 주석에 따르면, '월인천강'은 "달이 천 개의 강에 비침"이라는 뜻이다. 원문에는 "ᄃᆞ리 즈믄 ᄀᆞᄅᆞ매 비취욤"으로 되어 있다. 천(千)을 '즈믄', 강(江)을 '가람(아래 아)'으로 쓴 것을 볼 수 있다. 또한 당나라 때 시인 두보의 시를 우리말로 번역한 『두시언해』(1481)는 「강촌」이라는 시의 첫 구절을 "맑은 가람 한 구비 마을을 안고 흐르나니(淸江一曲抱村流)"라고 번역해 놓고 있다.

중종 때 최세진이 펴낸 한자 학습서 『훈몽자회』(1527)에는 '江'이 '가람, 강'으로 나온다. 설명에는 "지금 민간에서는 큰 내를 모두 강이라 부른다(今俗為川之大者 皆曰江)"고 되어 있다. 그 강을 '가람'으로 훈을 달고 있는 것이다. 또 이 책은 '강(江)'뿐 아니라 '하(河, 물 하)'나 '호(湖, 호수 호)'도

모두 '가람'으로 훈을 달고 있는 것을 볼 수 있다. '가람'이라는 말이 지금보다는 넓은 의미로 쓰인 것 같은데, 어쨌든 옛날에는 '강'이니 '호수'니 하지 않고 우리말로 '가람'이라 불렀다는 것을 알 수 있다. 이렇게 중세국어에서는 활발하게 쓰였던 '가람'이라는 말은 '강(江)'이라는 한자어와의 경쟁에서 밀려 사라지고 말았다. 이는 '산(山)'을 뜻했던 '뫼(메)'도 마찬가지인데, '뫼', '가람'이라는 말이 '산', '강'이라는 한자어에 자리를 내어주고 만 것이다.

이러한 역사를 가진 '가람'이라는 말이 근래 다시 살아나 활발하게 쓰이고 있어 눈길을 끈다. 한글을 되살려 쓰자는 움직임이 활발해지면서부터 사람 이름이나 상호 등 여러 군데에 사용되다가 급기야는 행정지명에까지 사용하게 된 것이다. '가람동'은 2012년 7월 세종특별자치시가 출범하면서 세종시 안에 새로 만들어진 동이다. 종전의 연기군 남면 송원리 지역 일부가 가람동으로 만들어졌다. 강가에 위치한 지역이라는 의미에서 이름 붙였다고 하는데, 이곳을 흐르는 강은 금강이다. 그러니까 이곳 가람동은 단지 부르기 좋은 우리말이라는 이유만으로 붙여진 것이 아니라 지리적인 위치가 금강가라는 점에서 의미 있는 이름이 된 것이다. 물론 기본적으로는 한글을 창제한 임금 세종의 이름을 딴 특별자치시(행정중심복합도시)에 걸맞게 새로 만든 동 이름을 우리말로 한다는 취지에 부합하는 것이기도 하다.

이는 나주시에 신설된 '빛가람동'도 마찬가지이다. '빛가람동'은 광주전남공동혁신도시(나주혁신도시)에 해당하는 동으로, 대부분 농경지와 구릉지, 자연 취락으로 이루어져 있었던 금천면과 산포면 일대를 편입하여 2014년 설치되었다. 『두산백과』에 따르면 "'빛가람'이란 '빛'과 '가람(강의 순우리말)'을 조합한 말로, 2013년 명칭 공모를 통하여 동명이 결정되었다. 동(洞)의 북쪽 너머에서 흐르는 남도의 젖줄인 영산강과 빛고을 광주의 빛이 하나 된다는 의미를 내포하고 있다. 또, 이전 공공기관인 한국전력 등 에너지군 기관을 상징하는 '빛'과 한국농어촌공사 등 농생명기능군 기관을 상징하는 '강(가람)'의 의미도 지니고 있다"고 한다. 동이 위치한 나주 영산강을 '가람'이라는 이름으로 살려 쓴 것이다.

한편 우리말 '절'을 이르는 말로도 '가람'이라는 말을 썼는데, 이는 한자어이다. 절(寺)의 처음 이름은 산스크리트어(인도의 고대어) '상가람마'인데, 이것을 중국에서 한역한 것이 '승가람마(僧伽藍摩)'이고, 이를 줄여서 '가람'이라 표기하게 된 것이다. 지금 『표준국어대사전』에는 '가람'이라는 말이 이 '절(寺)'의 뜻 그리고 시조시인이었던 '이병기의 호(嘉藍)'라는 뜻으로만 나오지 '강'의 우리말이라는 뜻은 아예 나오지를 않는다. 영영 죽어버린 말 취급을 하고 있는 것이다.

물빛이 하늘에 이어진 수색

지형이나 방위와 관련 없는 '물빛(수색)'이란 지명은 어떻게 생겨났을까?
"장맛비로 물이 불면 물빛이 하늘에 이어지는데, 마을 이름이 이 때문인 듯하다"

'물빛'이라는 말은 국어사전에는 "물의 빛깔과 같은 연한 파란빛"이라고 나와 있다. 원래는 말 그대로 '물의 빛깔'을 나타내던 말이 특정 색을 나타내는 말로 쓰이게 된 것이다. 이 '연한 파란빛'을 뜻하는 '물빛'은 은은하고 신비로운 색감으로 시인이나 작가의 문학적인 상상력을 자극하기도 했다. 그런 중에 이순원의 연작 장편소설 『수색, 그 물빛 무늬』는 제목에서부터 '물빛'의 이미지를 예사롭지 않게 구사하고 있는 것을 볼 수 있다. 「수색, 그 물빛 무늬를 찾아서」 등 6편으로 되어 있는 '수색' 연작은 한 집안의 가족사를 통해 인간의 내면에 일렁이는 욕망과 갈등의 무늬를 아프면서도 아름답게 그려내고 있다. 여기에서 '나'의 내면에 추억으로 일렁이는 마음의 무늬를 '물빛 무늬'로 표현하고 있는 것이다.

'수색'은 '물빛'의 한자어이다. 이 작품에서 수색은 주로 '물빛 무늬'의 이미지로 부각되어 있지만 기본적으로는 지명 '수색(동)'을 전제로 한 것이다. 『수색, 그 물빛 무늬』는 작가 스스로도 수색(水色)이라는 지명에서 문학적 영감을 받았다고 말하고 있거니와 서울 은평구 수색(동)이 주요 모티브가 된 것은 분명해 보인다. 그렇지만 작품 속에서 수색은 단지 등장인물 중의 한 여자(수호 엄마)가 살던 곳으로 설정되어 있을 뿐 현실적으로 공간적인 배경이 되지는 않는다. 말하자면 '수색'은 심상 지리로 자리 잡고 있는 것이다.

수색동은 서울시 은평구의 서남쪽 끝에 위치한 동이다. 본래는 한강가의 마을이었지만 1975년 한강가에 접해 있던 지역이 상암동 쪽으로 편입되면서 지금은 이름과 상관없이 내륙의 땅이 되었다. 1914년 경기도 고양군 연희면 수색리가 되었고, 1949년 서울시에 편입되어 서대문구 수색리가 되었다가 1979년 은평구가 신설되면서 은평구 수색동이 되었다. 수색동의 우리말 이름은 '물치' 또는 '무르치'가 전하고 한자로는 수색리, 수생리(水生里), 수상리(水上里) 등 여러 가지가 쓰였다. 『한국지명유래집』에서는 '수색동'에 대해 "본래 이곳은 한강 하류로서 예전부터 물과 인연이 깊고, 수색동 앞들 건너편에 있는 물의 풍치가 좋았다. 그래서 물치 또는 무르치라 하였으며, 장마철만 되면 물이 차올라 마을과 들판 등이 온통 물 일색으로 변하였다고 해서 수색이라는 지명이 생겨났다"라고 설명하고 있다.

그러나 기록에 맨 처음 보이는 이곳의 지명은 수이촌(水伊村)이다. 호조참의를 지냈고 말년에 이곳에 은거했다가 이곳에서 죽은 한백겸(1552~1615)이 남긴 「물이촌구암기」라는 글에 나온다. 그는 이곳에 은거하면서 마을의 이름을 바꾸는데, '수이촌(水伊村)'을 '물이촌(勿移村: 말 물, 옮길 이, 마을 촌)'으로 바꾸면서 거처를 옮기지 않겠다는 뜻 곧 은거의 뜻을 바꾸지 않겠다는 의지를 표방한다. 그는 글에서 '수이촌'과 '물이촌'이 우리말로 글자의 음이 같다고 밝히고 있는데, 이로써 보면 '수이촌'을 '물이촌'으로 불렀다는 것을 알 수 있다. 이 물이촌은 무리촌으로 해석할 수 있는데 이때의 '무리'는 '물'의 이형태로 보인다. 그러니까 맨 처음 보이는 '수이촌' 곧 '무리촌'은 '물말'로 '물가에 있는 마을'을 뜻하는 것이다. 이는 그의 외손으로 연결되는 채팽윤(1669~1731)이 물이촌을 수촌(水村)이라 부른 것에서도 확인이 된다.

이에 비해 '수색'이라는 지명은 한백겸 사후 40여 년 뒤의 기록에 처음 보인다. 한성부에서 1653년(현종 4)에 작성한 필사본 호적인 〈한성부북부장호적〉에는 한성부 북부에 소속되었던 도성 밖의 16계 683호가 기록되어 있는데, 여기에 수색리계(水色里契)가 나오는 것이다. 그렇다면 이 '수색'이라는 말은 어떻게 해서 쓰이게 되었을까. 물빛을 뜻하는 수색이라는 말은 사실 지명으로서는 어울리는 말이 아니다. 지형이나 방위 또는 어떤 역사적인 사실에 근거한 지명도 아니고 그렇다고 어떤 지리적인 특징을 반영한 지명도 아니고 보면 지명으로서는 부적절한 말인 것이다. 말하자면 다분히 문학적인 지명이고 명명 동기 또한 임의적인 것으로 볼 수밖에 없는 지명이다.

이와 관련해서는 '수이촌'에 사대부로서 처음 뚜렷한 행적을 남기고 또 그것을 글로 쓴 한백겸을 다시 주목하지 않을 수 없다. 그 자신 개인이 저술한 최초의 역사지리서라고 할 수 있는 『동국지리지』의 저자이기도 한 한백겸은 「물이촌구암기」에서 수이촌 주위의 산과 강의 형세와 지리 그리고 원근 풍경을 아주 자세하게 묘사하면서 극찬하고 있다. 그중 "여름과 가을이 교차할 때마다 장맛비로 물이 크게 불면 두 강이 합쳐져 바다처럼 넓어지고 물빛이 하늘에 이어지는데, 마을 이름이 아마도 이 때문인 듯하다"라고 쓴 부분이 눈에 띈다. 여기에서 "물빛이 하늘에 이어지는데"라는 구절은 원문이 '수색연천(水色連天)으로 나온다.

최초로 '수색리계'라는 행정지명을 쓴 한성부의 서리들은 바로 이 구절에 착안하지 않았을까. 특히 이어지는 구절 "마을 이름이 아마도 이 때문인 듯하다"라는 표현에서 어떤 암시를 받았을 가능성이 크다.

‘수색연천’은 ‘물빛’도 파란빛이고, ‘하늘빛’도 파란빛이라 그것이 이어져 있다는 것은 온통 ‘물빛’ 일색이라는 뜻을 절묘하게 나타낸 말이다. 또한 한백겸은 ‘산광수색(山光水色)’이라는 말도 쓰고 있는데, 이곳의 산빛과 물빛이 나의 흥취를 도와준다고 썼다. 어쨌든 한성부의 작명자가 이 지역의 특색을 ‘물빛(수색)으로 보고 지명으로 삼기에는 부족함이 없었을 것 같다.

조약돌 콩돌 몽돌

땅이름으로 구별할 수 있는 조약돌, 콩돌, 몽돌
몽돌은 조약돌보다 크고 해변에 있는 돌, 콩돌은 조약돌보다 작고 둥근 돌

'몽돌'은 사전에 "모가 나지 않고 둥근 돌"로 나온다. 몽돌을 조약돌로 표현하기도 하는데 조금 차이는 있는 것 같다. 사전에 '조약돌'은 "작고 동글동글한 돌"로 나와 크기가 몽돌에 비해 작은 것을 알 수 있다. '조약돌'은 몽돌보다 작고 주로 냇가에 있는 돌을 가리키고, '몽돌'은 조약돌보다 크고 해변에 있는 돌을 말하는 것 같다. 백령도에는 '콩돌해안'(천연기념물 제392호)이 있는데 크고 작은 콩알 모양의 둥근 자갈이 형형색색으로 길이 800m, 폭 30m의 해변에 덮여 있어 경관이 아름답다. 자갈의 평균 크기가 약 2.0cm에서 4.3cm라고 하는데, 이로써 보면 조약돌보다도 더 작고 둥근 돌을 '콩돌'이라 부른 것을 알 수 있다. '몽돌'은 '모오리돌'이라고도 했는데 '모오리'는 '멍울(망울)'의 방언형으로 보인다. '멍울'은 둥글둥글한 덩이를 뜻한다.

'몽돌'이 쌓여 넓게 펼쳐진 지형을 '몽돌밭'이라 불렀는데 해안 지형에 더러 보인다. 이를 보통 '몽돌해변'으로 부르는데 해수욕도 겸할 수 있는

곳은 '몽돌해수욕장'으로도 부른다. 이 중 가장 일찍부터 많이 알려진 곳은 '학동몽돌해변'이다. 거제시 동부면 학동리에 있는 해변으로 길이는 1.2km, 폭은 50m로 우리나라 최대면적의 몽돌밭으로 알려져 있다. 몽돌밭은 동글동글 가득 펼쳐진 돌의 모습도 아름답지만 파도에 휩쓸리는 소리가 아름다워서 〈한국의 아름다운 소리 100선〉에 꼽히기도 했다. 바닷물이 들어왔다가 몽돌 사이를 빠져나가면서 내는 자연의 소리가 경탄을 자아내는 것이다. 이 밖에도 '학동몽돌해변'은 해안을 따라 3km에 걸쳐 동백림(천연기념물 제233호)이 있고, 세계 최대 규모의 팔색조 번식지로도 유명하다.

통영시 한산면 추봉도는 한려해상국립공원을 구성하는 섬으로 한산도와는 길이 400m의 추봉교로 연결되어 있다. 거제도와도 가까이 있는 탓에 6·25전쟁 때는 거제포로수용소의 수용인원이 넘치자 이곳에 일부 인원을 격리수용하기도 했다. 이곳 추봉리 봉암마을에 위치한 '봉암몽돌해수욕장'은 만곡을 따라 1km 정도 펼쳐진 몽돌해변이다. 이곳은 특히 몽돌이 아름다워 전국적으로 유명세를 떨치기도 했다. 무늬석과 형상석 등 색감이 좋고 모양이 우아한 '봉암몽돌'은 '봉암수석'으로 알려져 전국적으로 수석인들에게 인기가 높았고 고가에 거래되기도 했다. 그러다 보니 이를 무단채취하여 반출하는 사례가 빈번해서 주민들이나 기관에서 대대적으로 감시하고 단속에 나서기도 했다.

전남 완도군 완도읍 정도리 구계등(九階燈)은 일찍이(1972년) 명승(제3호)으로 지정될 만큼 경관이 아름답고 볼만하다. 이곳 자갈밭은 약 800m에 걸쳐 반달형을 이루고, 너비는 80여 m로 급한 경사를 이루며 5m의 바닷물 속까지 연장되어 있다. 구계등은 아홉 계단으로 이루어져 붙여진 이름이라고 한다. 그러나 물 빠진 바닷가의 모습을 보면 여러 단으로 된 것은 분명하지만 정확하게 아홉 개의 계단을 이루는지는 확인하기 어렵다. 이곳 자갈은 수박만 한 것부터 참외만 한 것, 주먹만 한 것,

달걀만 한 것까지 크기나 모양이 다양한데 마을 사람들은 '용돌' 또는 '청환석'이라 불렀다 한다. 청환석은 푸른빛이 나는 둥근 돌이라는 뜻이다. 마을 사람들은 이곳 구계등을 '구경짝지'라고 불렀는데, '짝지'는 '자갈밭'을 뜻하고 '구경'은 9가지 볼거리가 있어 붙여졌다고 한다.

충남 태안군 안면읍 승언리에 있는 '태안 내파수도 해안지형'은 천연기념물 제511호이다. 내파수도는 안면읍에서 약 9.7km 떨어진 곳에 위치한 섬으로 지금은 무인도이지만 조선시대에는 중국의 상선이나 어선들이 우리나라를 오갈 때 폭풍을 피하거나 식수를 공급하기 위하여 정박했던 곳이라고 한다. 이곳은 국내 유일의 '몽돌방파제'로 유명한데, 이곳 동쪽 해안에 있는 길이 약 300m, 너비 30~40m의 몽돌밭이 마치 인공의 방파제처럼 바다로 길게 뻗어 있는 것이다. 이곳 몽돌밭은 내파수도 서북쪽에 있는 바위 벼랑에서 떨어져 내린 돌들이 갈고 닦이며 해류를 따라 흐르다 남과 북에서 마주쳐 오는 이곳의 해류에 사로잡혀 '둑'처럼 쌓인 것이라 한다.

제주도에서 유일하게 몽돌로 이루어진 해변은 '알작지왓'으로 불린다. 제주시 내도동에 있는데 '제주특별자치도 향토유형유산 제4호'로 지정되어 있다. '알작지왓'에서 '알'은 제주어로 '아래(下)', '작지'는 '자갈', '왓'은 '밭'을 뜻한다. 그러니까 '알작지왓'은 '아래쪽(바다쪽)에 있는 자갈밭'이라는 뜻이다. 알작지왓은 길이가 400여m로 다양한 크기(10~50cm)의 자갈과 왕자갈 등이 섞여 있고 색깔도 검은색, 담갈색, 담회색 등 다양하다. 다양한 크기의 현무암 작지는 물에 의해 육지에서 해안으로 구르면서 만들어진 것으로서 과거에는 이곳에 암석들을 해안까지 옮길 수 있는 큰 규모의 하천이 존재했음을 알 수 있다고 한다.

강남구 포이동은 갯들 갯둘

바닷가 아닌 내륙의 지명에도 많이 보이는 '갯들'은 냇가에 있는 들
'갯가'도 '바닷가' 또는 '물이 흐르는 가장자리'로 같이 쓰여

임영춘의 장편소설 『갯들』(1981년)은 조정래의 장편소설 『아리랑』에 가려 덜 알려진 측면이 있지만 『아리랑』보다 훨씬 앞서 발표된 작품이다. 특히 작가는 '갯들'(김제시 광활면) 출신으로서 본인의 성장기 체험과 4년여에 걸친 자료 수집을 통해 일제강점기 시대의 간척지 만경벌에 농노로 입주해 혹사당한 700세대 집단 촌민의 비참한 삶을 생생하게 그려내면서 일제의 만행을 고발한 점에서 높은 평가를 받았다. 이 작품은 작가의 말대로 1920년대 후반부터 해방이 될 때까지 호남벌 서쪽 바다의 간척지에 대한 이야기가 중심이 되어 있는데, 이 간척지를 작가는 '갯들'이라 부른 것이다. 지금도 김제시 광활면(광활농협)에서 생산된 쌀의 브랜드가 '갯들쌀'인데, 여기서 '갯들'은 특정 지명이라기보다는 '간척지'를 이른 말이다.

바다나 호수 따위를 둑으로 막고 그 안의 물을 빼내어 육지로 만드는 일을 '간척'이라 한다. 이 말은 일본에서 유입된 용어로 19세기 말 일본과

수교 이후 사용되기 시작해서 일제강점기를 거치면서 일반적으로 쓰이게 되었다. 조선시대 사료에서는 간척 대신 '축언'이란 표현이 주로 쓰였는데, '쌓을 축(築)' 자에 '방죽 언(堰)' 자를 썼다. '방죽'은 '둑'과 같은 뜻으로 쓰인 것이다. 이렇게 둑을 쌓아 조성된 땅을 '언전(堰田)', '언답(堰畓)'이라 하였는데, 우리말로는 '갯논', '갯들', '방죽논'이라 불렀다.

국어사전에 '갯논'은 "바닷가의 개펄에 둑을 쌓고 만든 논"으로 나온다. 그에 비해 '갯들'은 사전에는 나오지 않는데, 지명에서는 더 많이 쓰였다. 또한 '갯들'은 꼭 바닷가에만 국한된 것이 아니라 내륙의 냇가 들에도 폭넓게 쓰인 것을 볼 수 있다. 그것은 옛날에 둑을 쌓는 일이 바닷가보다는 내륙에서 더 많이 이루어졌던 탓도 있겠지만 '개'라는 말이 바닷가뿐 아니라 내륙의 물가에도 두루 쓰였던 탓도 있는 것 같다. 따라서 갯들은 간척과는 상관없이 그냥 냇가 들에 이름 붙여진 경우도 많다. 사전에도 '갯가'라는 말은 "바닷물이 드나드는 곳의 물가"라는 뜻이 있는가 하면 "물이 흐르는 곳의 가장자리"의 뜻도 나온다.

충남 홍성군 금마면 인산리 석산마을은 점촌, 갯들, 석산 세 개의 마을로 구성되어 있는데, 이 중 '갯들'은 "바닷물이 들어오는 갯바닥에 들과 마을이 자리해 있다 해서 옛날에는 갯들이라고 불렀었다. 지금도 그리 부른다"고 한다. 이에 비해 충남 금산군 제원면 천내리 '갯들'은 바다와는 상관없다. 천내리는 금강 상류의 강변에 위치한 마을로 강의 안쪽에 마을이 자리 잡고 있어 내안 또는 천내라 불렀다. '내안'을 한자의 뜻을 빌려 '천내'로 표기한 것이다. 1789년 편찬한 『호구총수』에도 천내리로 나온다. 이 마을에서는 마을 서북쪽으로 금강가에 있는 들을 '갯들'이라고 불렀다. 경주시 배동 '갯들' 역시 "마당배미 서쪽 냇가에 있는 들"을 가리키는 이름이다.

밀양시 상동면 안인리에 있는 자연마을 '포평'은 "응천강 상류의 삼각주로서 갯가에 형성된 들판이라 하여 갯들, 곧 포평이라 이름 붙여졌다"(『두산백과』)고 한다. 한자 지명 '포평'은 '개 포(浦)' 자에 '들 평(坪)' 자를 쓴다. 울산시 남구 삼호동의 옛 땅이름에도 '갯들'이 있는데 삼호교 남단 동쪽에 있는 둔치를 가리켰다고 한다. 『조선지지자료』(1911)에는 한자로 '포평(浦坪)'으로 기록되어 있다. 강원도 안변군 사평리 소재지의 북쪽에 있는 '포평마을(浦坪-)'은 우리말로 '개두루'로 불렸는데(『조선향토대백과』), '개두루'의 '두루'는 '들'의 방언형이다. 그러니까 '개두루'는 '갯들'과 같은 말이 된다.

서울 강남구 포이동(浦二洞)도 '갯들' 지명인데 바뀐 곡절은 다음과 같다. "포이동 동명은 이 마을에 큰물이 지면 한강 물이 들어와 갯들이 되었는데 갯들을 갯둘로도 부르면서 이를 한자명으로 옮겨 적을 때 '갯'은 포(浦)로 '둘'은 이(二)로 하여 그 뜻을 따서 붙인 데서 유래되었다"(『서울지명사전』). '들'을 '둘'로 오해해서 '포이동'이라는 엉뚱한 지명이 생겼다. 포이동은 조선시대 말까지 경기도 광주군 언주면 포이동이었고, 1914년 구역 획정 때 광주군 언주면 포이리가 되었다. 여기서의 하천은 양재천이다.

명천리는 울내 우르내

'울내'는 '울 명(鳴)' 자에 '내 천(川)' 자 쓰는 명천리로 표기
물소리가 우는 소리 같아 우르내, 우러내로 부르던 곳도 명천리라 이름 지어

우리 시대의 고전이라 할 수 있는 『관촌수필』의 작가 이문구는 고향이 대천면 대천리(현 보령시 대천2동) '갈머리(정확하게는 아랫갈머리)'이다. '관촌'은 이 '갈머리'를 한자로 표기한 것으로 보인다. 영조 때의 지리지 『여지도서』에는 갈두리(葛頭里)로 나오는데, '관촌'은 '갈'을 '갓'으로 이해해서 한자화한 지명이다. 작가 이문구는 작품 속에서 실제의 인명과 지명을 곧잘 등장시켰는데 이는 그의 소설작법(소설관) 중 가장 중요한 특징 중 하나이다. 별도의 단편소설이지만 『관촌수필』 연작에 추가해도 좋을 「명천유사(鳴川遺事)」(1984) 역시 '명천'은 대천의 주요 지명 중 하나로 작가에게는 여러 가지 의미를 갖는 곳이기도 하다.

「명천유사」는 고려 때 승 일연이 지은 『삼국유사』에서 제목을 빌린 것으로 보이는데, '유사'는 예로부터 전해 오는 일(사업)이나 죽은 사람의 남은 자취를 뜻한다. 그러니까 「명천유사」는 '명천(리)에 남은 일이나 사람의 자취' 정도로 보면 될 것이다. 여기서 '명천'은 대천에 있는 하천

이름이자 동네 이름이다. 또한 작가 자신의 호이기도 한데 작가는 작품 앞부분에서 "내가 명천을 호로 취한 까닭은 예로부터 사사로이 연고가 깊은 대천읍의 명천리를 잊지 않기 위한 내 나름의 한 가지 방편"이라고 밝히고 있다.

명천리는 1910년대에 이곳으로 이사 와 살았던 할아버지를 비롯한 여러 인물의 연고지이지만, 작가가 '명천'을 호로 삼은 이유 중에는 이곳이 6·25 때 "중형이 함께 일했던 수십 명과 한 두름으로 엮이어 옥마산 중턱의 후미진 이어닛재 골짜기에서 학살을 당한" 곳이라는 사실이 가장 컸을 것으로 보인다. 그렇게 짐작되는 데에는 '명천'이라는 지명이 '울 명(鳴)' 자에 '내 천(川)' 자를 쓰고 있어 '울음 내'로 해석할 수 있기 때문이다. 작가는 소리 내어 흘러가는 시냇물을 처참하게 죽임을 당한 형이 쉬임 없이 쏟아내는 울음으로 가슴 깊이 새기고 싶었을지 모른다.

작가는 명천리에 대해 "옥마산 기슭에 터전을 닦아 홍골, 느랏 울바위(명암), 송젱이(송정) 같은 부락을 아래위 뜸에 늘어놓은 큰 마을인데, 한줄기의 개울이 여기서 굽이쳐 나와 섟개 앞에서 바다로 들어가니 이 내가 사람들이 보통 으름내라고 불러오는 명천이었다 … 옥마산에서 스며 나와, 이윽고 명천폭포에 이르러 서너 길이나 되는 아름드리 물기둥을 세우고 천둥 같은 폭포 소리, 지동 같은 여울 소리로 부르고 대답하기를 그치지 않거니와, 그로써 이름이 된 이 명천리 …"라고 썼다. '명천'이 내용적으로는 소리가 큰 '울음내'이지만 실제로는 '으름내'로 불렸던 것을 알 수 있다.

보령시 홈페이지(지명유래)에 따르면 '명천'이라는 이름은 1914년 행정구역 폐합 때 '명암리(울바위)'와 '이천리'에서 한 글자씩을 따서 '명천리'라 한 데서 비롯된 것으로 보인다. '으름내'는 본래 '이천(伊川)'의 우리말 이름이다. 그러니까 '으름내'는 '이천'으로 한자화되었다가 '명천'이라는 합성지명이 만들어진 이후에 '명천'으로 바뀐 셈이다. '명천'이 '울음내'의 뜻을 가지니까 음이 비슷한 '으름내'가 자연스럽게 '명천'이 된 것이다. '으름내'는 으름나무가 많아서 그렇게 불렀다 하지만 그렇게 간단하지는 않다. 영조 때의 『여지도서』에는 명암면에 이흘음천리(伊屹音川里)로 나오는데, '이흘음천'이 '으름내(이름내, 이천)'의 이두식 표기로 보인다. '이흘음'은 '이음(通)'의 뜻을 나타낸 것으로 보이는데 확실한 것은 아니다. 변화 과정이 조금 복잡한데 어쨌든 이 '이흘음내'가 '명천'이 되고 뜻도 '울음내'로 이해하게 된 것 같다.

서산시 성연면에 속하는 명천리(鳴川里)의 우리말 이름은 '울내' 또는 '우르내(우루내)'이다. 지금은 명천2리이다. 『한국향토문화전자대전』에는 "마을 앞에 흐르는 냇물이 여울져 늘 나는 물소리가 우는 소리 같아 우르내, 울내라 하였다. 울내 주변에 형성된 마을을 울내말이라고 하였으며, 한역을 하여 명천(鳴川)이라고 하였다. 1914년에 행정구역 개편 시 명천리라고 하였다"고 되어 있다. 『여지도서』에는 성연면에 명천리가 관문으로부터 북쪽으로 20리 거리에 52호가 살았던 것으로 나온다.

충남 홍성군 장곡면 월계리는 1914년 행정구역을 폐합할 때 여러 동리 중 월촌과 명천동(鳴川洞)의 뜻을 따서 월계리(月溪里)라 이름 붙였다 한다. 명천동은 우리말로는 '우러내'로 불렀는데 홍성군 홈페이지 지명유래에는 "월계리 1구에 자리한 마을로서 명천(鳴川)이라고도 부르는데 냇물이 급하게 흐르는 곳이므로 냇물이 소리를 내며 흐른다 하여 우러내 명천(鳴川)이라고 부른다"고 되어 있다. 익산시 낭산면 호암리에 있는 자연마을 명천(鳴川)은 미륵산에서 내려오는 낭산면의 물로 홍수 때면 제방이 자주 터져 농민을 울리므로 '울내→명천(鳴川)'이라는 이름이 생겼다고 한다. 그러나 이는 익살스러운 해석으로 실제는 여울진 내 곧 '여울내→울내→명천(鳴川)'이 된 것으로 본다.

걸 거랑 개랭이

'걸'은 '개울'의 옛말, '거렁/거랑'도 개울의 방언으로 지명에 많이 쓰여
'개랭이'도 '거랑'에서 유래한 개울가 마을

경남 합천군 봉산면 봉계리는 봉두산에서 내려오는 시내가 마을을 감싸고 흐르는 풍수지리 형국에서 명명되었다고 한다. 속칭 '걸안'이라고 부르기도 하는데 이는 시내가 마을을 둘러싸며 흐른다 하여 붙여진 이름이라고 한다. 여기서 '걸'은 시내를 뜻하는 말로 '걸안'은 '시내의 안쪽'을 가리킨 것으로 보인다. 『표준국어대사전』의 '우리말샘'에는 '걸'이 개울, 개천의 옛말로 나오는데, 경상도 지역에서는 방언의 형태로 지금도 쓰이고 있다.

경북 안동시 풍산읍 신양리는 학가산의 지맥이 남서쪽으로 낮아지는 곳에 보문산(643m)이 있고, 마을은 보문산의 산등성이가 내려앉아 이루어진 산간 지대에 형성되어 있다. 행정리 중 신양3리에 자연마을로 '거랫'이 있다. 거랫마을은 안 마을과 거랑을 사이에 두고 있다고 해서 붙여진 이름이라고 한다. '거랑' 역시 '개울'의 방언으로 경상도뿐 아니라 강원, 충청 등 타지역에서도 많이 쓰인 말이다. '거랫'은 '걸+애+ㅅ'으로 분석되

는데 여기에서도 '걸'은 '개울'의 뜻으로 쓰인 것을 볼 수 있다.

김포시 걸포동의 전래 지명은 '거래(걸애)' 또는 '걸개'였다. 『광여도』나 『해동지도』에는 걸포리(傑浦里)로 기록되었고, 동쪽으로 하천이 흘러 한강으로 유입하는 것으로 되어 있다. 그 이전 문헌에는 '걸포(乬浦)'로 나와 한자가 다른데, 이는 '걸'이 본래 우리말이었다는 것을 일러주고 있다. 걸포동을 흐르는 하천 '걸포천'은 인천시 계양산 북사면에서 발원하여 풍무동 · 촌면 · 사우동을 지나 감암포나루 부근에서 한강에 합류한다. 김포시 홈페이지에 따르면 '걸'은 개천의 뜻이고, 걸애 또는 거래는 '개울이 있는 마을'의 뜻이라고 한다. '걸개'의 '개'는 '포(浦)'의 뜻을 나타낸 것으로 볼 수 있는데, '걸애'는 이 '걸개'에서 'ㄱ'이 탈락한 어형으로 볼 수 있다.

개울의 방언형으로서 '거렁/거랑'도 지명에서 활발하게 쓰였다. 울산광역시 동구 일산동 행정복지센터 홈페이지에는 '까치밥거랑'이 소개되어 있는데, "일산동에서 해수욕장으로 흐르는 시내(川)다. 이 시내는 항상 물이 풍부해 가뭄에도 마르는 법이 없었으며, 시냇가에는 찔레를 비롯한 열매가 많아 까치들이 먹이를 찾아 날아들었다. '거랑'은 '시내'의 사투리이다"라는 설명이다. 밀양시 상동면 금산리 '골안(谷內)'은 "금곡마을 동쪽의 깊은 골짜기를 가리키는데, 골짜기 안쪽이라는 뜻"이라고 한다. 여기에 '거렁'이 붙은 '골안거렁'은 "금곡마을 뒷산에서 흘러내리는 개천 이름이다. '쇠꼴거렁'이라는 다른 이름도 있는데 거렁이란 말은 도랑 또는 개천의 이 지방 사투리이다"(밀양문화원)라는 설명이다.

경북 영양군 석보면 홍계리는 본래부터 영양군 석보면의 지역으로서 1914년 행정구역을 고칠 때 양구동과 다외동의 일부를 합하여 홍계리라 했다. 홍계리의 '홍계'는 우리말 이름 홈거랑, 홈거리에서 '홈'은 한자의 음을 빌려 '홍(洪)'으로 바꾸고, '거랑', '거리'는 한자의 뜻을 빌려 '시내 계(溪)' 자로 바꾼 것이다. '홈'은 길게 파인 홈을 가리키는 말로 주위를 흘러오는 두 줄기의 물이 이곳에서 합쳐져서 긴 홈을 이루는데 이 홈을 이용하여 논에 물을 대는 수로로 썼다 한다. 바로 이 홈이 있는 시내라 하여 홈거랑 홈거리라 부르다가 홍계로 바꾸었다는 것이다.

'개랭이'는 순천시 별량면 대룡리에 있는 자연마을 개령마을의 옛 이름이다. '개랭이'는 순천고들빼기영농조합법인의 고들빼기 제품에 붙인 브랜드로도 알려져 있다. '개랭이'를 한자로는 개령(開嶺)이라 썼는데, '고개 령(嶺)' 자로 바뀐 것은 후대의 일이고 처음에는 '편안할 녕(寧)' 자를 썼다. 오래된 지명으로 『신증동국여지승람』에는 '개령소(開寧所)'로 나온다.

사방이 산으로 이루어진 대룡리는 각 마을이 골짜기에 이루어져 있고, 골짜기 물은 남동으로 흘러 대룡저수지에 모였다가 남쪽 별량면 죽산리, 송기리를 거쳐 구룡리 앞바다로 흘러간다.

우리말 이름 '개랭이'는 이 '골짜기 물'과 관련이 깊다. 지역에서는 "개랭이란 순천시 별량면 개령마을의 옛 지명으로 '거렁'이란 이름에서 유래되었고, 산골짜기 개울가에 위치한 작은 마을이라는 뜻"이라고 설명하고 있다. '거렁', '거랑'에 접미사 '-이'가 붙어 된 말 '거렁이', '거랑이'가 음운변화를 통해 '개랭이'로 바뀐 것으로 짐작된다. '개랭이' 지명은 강릉시 강동면 시동리 '개랭이골', 시흥시 물왕동 '개랭이(골짜기)', 안성시 고삼면 신창리 '개랭이' 등이 있다.

아치나리와 가무나리

'내(川)'의 옛말 '나리'를 간직한 보기 드문 땅이름 '아치나리'와 '가무나리'
아치나리는 작은 내, 아치실은 작은 골짜기, '가무나리'는 큰 내

「동동」은 일 년 열두 달의 자연 정경에 빗대어 남녀의 애정을 읊은 최초의 달거리체 노래로 유명한 고려가요이다. 그중 정월요는 "正月ㅅ 나릿 므른 아으 어져 녹져 하논대 / 누릿 가온대 나곤 몸하 하올로 녈셔(정월의 냇물은 아으 얼었다 녹았다 하는데, 세상 가운데 나고서 이내 몸은 홀로 지내는구나) 아으 동동다리"라고 되어 있다. 여기서 남녀의 관계를 얼었다 녹았다 하는 정월의 냇물에 빗댄 것이 특이한데, '내(川)'를 '나리'로 쓴 것 또한 특이하다. '나리'는 '내'의 고대어인데, 고려시대에도 썼다는 것을 알 수 있는 것이다. 조선 초기 「용비어천가」(2장)에서는 "새미 기픈 므른 가마래 아니 그츨쌔, 내히 이러 바라래 가나니(샘이 깊은 물은 가뭄에 아니 그치므로, 내를 이루어 바다에 가나니)"라고 해서 '내ㅎ'라 쓴 것을 볼 수 있다.

신라 때 향가 「찬기파랑가」에서는 '천리(川理)'라는 표기를 볼 수 있는데, 연구자들은 이를 '나리'로 추정한다. 이두식 표기에서 처음 한자는

영주시 휴천3동 의성 김씨 집성촌. 자연마을 아치나리가 속해 있다.

뜻을 빌리고 나중 한자는 음을 빌리는 수법을 생각하면, '천(川)'은 뜻을 나타내고 '리(理)'는 '나리'의 끝소리를 나타낸 것으로 보는 것이다. 이 '나리'는 'ㄹ'이 탈락하면서 '내'로 바뀌는데(나리 〉 나이 〉 내), 지명에서는 옛말의 흔적으로서 '나리'를 더러 간직하고 있는 것을 볼 수 있다.

'아치나리'는 영주시 적서동에 있는 자연마을 이름이다. 적서동은 법정동이고 행정동은 휴천3동에 속한다. 자연마을로는 방갓, 서원마, 연동골, 아치나리, 거촌 등이 있는데 그중 하나가 '아치나리'이다. 한자로는 아천(娥川), 아천(鵝川)으로 썼다. 『디지털영주문화대전』에는 자연환경이 "적서동 동쪽을 서천이 휘감듯이 흐르고 있으며 하천 안쪽으로는 퇴적된 토사들이 평야를 형성하였다. 서쪽에는 완만한 구릉지들이 자리하여 마을들을 감싸고 있다"고 되어 있는데, '아치나리'는 마을 앞을 흐르는 이 '서천'과 관련된 것 같다.

『디지털영주문화대전』의 '휴천3동 의성 김씨 집성촌' 항목에서는 '아치나리'의 명칭 유래에 대해 "한자로 '아천(鵝川)'이라 쓴다. 아(鵝)는 '거위 아' 자이고, 천(川)은 '내 천' 자로 '거위내' 또는 '거위가 노니는 내'라고 해석할 수 있다. '아천'은 마을 앞 시냇가에 백로 같은 철새가 많이 날아들어 붙여진 이름이며 이후 발음이 변하여 '아치나리'라 불린다고 한다. 옛 우리말 문헌에 '아치'는 '작고 아름답다'라는 뜻을 가졌고 '나리'가 변하여 내(川)가 되었으니 '아치나리'는 '작고 아름다운 내'라고 해석된다는 의견도 있다"라고 되어 있다.

이 해설의 앞부분은 한자 지명 '아천'이 먼저 붙여졌고 후에 이것의 발음이 변해 '아치나리'가 된 듯이 쓰여 있는데 이는 잘못된 것으로 보인다. 지명의 경우 우리말 지명이 먼저 붙여지고 뒤에 한자화되는 것이 일반적이다. 또한 음운적으로도 '아천'이 '아치나리'로 변한다는 것은 생각하기 어려운 일이다. '아치나리'가 우리말로 먼저 지어진 이름이라는 것은 '아천'의 한자 지명이 한 가지로 동일하지 않다는 것에서도 확인할 수 있다. 기록에는 아천(牙川)이라는 표기도 보이는데, 이는 쓰는 사람에 따라 한자를 달리 선택했기 때문인 것이다. '아치나리'는 후자의 설명이 신빙성이 있는데, '작은 내'라는 뜻이 맞다고 판단된다.

'아치'는 '앚-[小]'과 관련된 어형으로 추정되는데, '작다'는 뜻을 갖는다. 전남 장성군 황룡면 아곡리의 '아치실'은 '소곡(小谷)'이라고도 썼는데, '작은 골짜기'라는 뜻이다. '아치'가 '소(小, 작을 소)'의 뜻을 그대로 간직하고 있는 예이다. 충북 증평군 증평읍 미암4리에 있는 '아치내들'에서 '아치내'는 '작은 내'의 뜻이다. 『증평의 지명』(증평문화원)에서는 "'아치내들'은 '아치내'와 '들'로, '아치내'는 '아치'와 '내'로 나뉜다. '아치'는 '작은[小]'의 뜻이니, '아치내들'은 '작은 내에 인접한 들'로 풀이된다. '아치내'는 대지랭이에서 발원한 '자양천'을 가리키는 것으로, 수량이 대단하지 않다"라고 설명한다.

하남시 감북동에는 '가무나리'라는 자연마을이 있다. 하남문화원 〈지명유래〉에는 "단샘이 있는 들이란 뜻이다. 이곳의 샘물 맛이 다른 곳보다 단맛이 있다고 해서 이곳을 '가무나리'라 불렀고 한자로는 감천(甘泉)이라 한다. 나리는 내(川), 천(泉)의 옛말로서 단샘이라는 뜻이다"라고 되어 있다. '가무'를 한자 '달 감(甘)' 자로 쓰면서 '단샘'이니 '물맛이 달다'느니 하는 해석을 낳게 된 것으로 보인다. 그러나 다른 지역의 예를 보면 '가무'는 '검다(黑, 玄)'나 '크다(大)'를 뜻하는 '감/검'에서 온 말로 볼 수 있다. 곧 '감나리'에 조음소 '으'가 개재되면서 '가므나리', '가무나리'로 변한 것이다. 그렇게 보면 '가무나리'는 '물빛이 검은 내'나 '큰 내'의 뜻으로 해석할 수 있다.

전국적으로 '가무내(감내)' 지명은 여럿 있다. 그중 하남의 '가무나리'는 '내'의 옛말 형태로서 '나리'라는 이름을 간직하고 있는 드문 예이다. 또한 '내'계 지명은 내 이름으로만 쓰이지 않고, 마을 이름이나 들 이름에도 전용된다. 하남시 감북동의 '가무나리' 역시 마을 이름으로나 들 이름으로 불린 것이 그런 전용의 예로 보인다.

소월리 해월리는 바드리 바다리

'바달·바들·바대·바당·바를'은 모두 바다(海)를 뜻하는 말.
지명에 쓰인 '바다'는 실제 바다거나 들판을 나타낸 말

'소월(素月)'은 시인 김정식의 자호이다. 시를 발표한 처음부터 '소월'이라는 필명을 사용한 탓에 김소월이라는 이름만 알고 김정식이라는 본명은 모르는 경우가 많다. '소월'이라는 이름은 '달 월' 자가 들어 있어서 그런지 '정식'이라는 이름보다는 훨씬 발음하기 좋고 운치 있어 보인다. '소월'은 '흴 소' 자에 '달 월' 자를 썼는데 '밝고 흰 달'이라는 뜻이다. 옛 시인들도 시문에서 많이 썼던 말이다. 김소월도 한번은 '흰달'이라는 필명을 쓴 적 있는데, 이는 시인 스스로 '소월'을 '흰달'로 인식했음을 보여주는 예이다. '소월'이라는 호에 대해 그의 고향 마을 뒷산인 '소산(素山)에 뜬 달'을 나타낸 것이라는 주장도 있는데, 그렇게 본다면 '흰달'이로되 '고향 산에 뜬 흰달'이라고 할 수 있을 것이다.

'소월'은 지명에서도 더러 쓰였는데 음은 같지만 한자가 다르다. 밀양시 단장면 '바드리'는 한자로는 소월리(所月里)라 썼다. 본래 평리마을에 속한 자연마을이었으나 본동인 평리마을과 멀리 떨어져 있고 교통이

불편하여 2017년 분동되어 하나의 행정마을로 편성되었다. '바드리'는 평리마을 뒷산 중턱에 위치하는데 산등성이가 평펴짐하고 제법 넓은 들이 있는 고지대 마을이다. 옛날부터 일 오치(烏峙), 이 소월(所月), 삼 감물(甘勿)이라 하여 밀양 지역에서 세 고지대의 하나로 꼽았던 마을이다. 고랭지 채소 재배로 유명한데 특히 바드리 무는 전국적으로 유명하다고 한다.

'소월리'는 '바드리'를 훈음차 표기한 지명으로 보인다. '소(所)'는 '바 소' 자로 여기에서는 '바' 음을 빌리고, '월(月)'은 '달 월' 자로 여기에서는 '달' 음을 빌려 말하자면 '바달'을 '소월(所月)'로 쓴 것이다. 따라서 한자의 본래 뜻과는 상관이 없다. 바드리는 바다리, 바달리로도 불렸는데, '바들' '바달', '바다'는 모두 '바다(海)'를 뜻하는 말로 보인다. '바다'라는 말은 본래 '바달(바ᄃᆞᆯ) 〉 바랄(바ᄅᆞᆯ) 〉 바다'가 된 것으로, 'ㄷ'과 'ㄹ'이 호전한 탓에 '바달 · 바돌 · 바들 · 바대 · 바당 · 바를 · 바래 · 바르' 등 다양하게 불렸다. 어원적으로 어근 '받'은 평면이나 넓음, 광활함을 뜻하고, '벌(原)', '밭'과는 동원어로 본다. 지명에 쓰인 '바다'는 그것이 실제 '바다(海)'가 아닌 한 '들판'을 나타내는 말로 많이 쓰였다.

밀양의 '바드리'도 "산등성이가 평펴짐하고 제법 넓은 들이 있는 고지대 마을"이라고 하는 것으로 보아서는 '들판' 지형을 나타낸 말로 판단된다. 지자체 홈페이지에서는 "이 마을 뒷산은 백마산으로 아득한 옛날에 산사태가 져서 반달 모양으로 형성된 산(소월산)이 있다 하여 마을 이름이 바드리가 되고 소월리(所月里)로 표기하였다"고 설명하는데, 이것은 '바드리'가 '소월리'로 한자 표기된 이후에 '달 월' 자에 주목해서 유래를 얘기한 민간어원설로 보인다.

'소월리'는 자연마을로 포항시 북구 죽장면 월평리에도 있다. 우리말로는 '안바드내' 또는 '안골'로 불렸다. '안바드내'는 하평(下坪) 입구에서 북쪽 골짜기로 접어들어 깊숙한 곳에 자리하는데, '하평'은 '바드내' 또는

'골밖', '외평(外坪)'으로 불렀다. 이곳 '바드내'도 '바다', '바들'과 관련된 이름으로 '들판'을 뜻했던 것으로 보인다. 문화원 홈페이지에 '들판'에 대한 얘기는 따로 없지만, 한자화된 지명에 모두 '들 평(坪)' 자를 쓴 것을 보면 '바드내'는 들판 지형을 가리킨 것으로 추측된다. 월평리는 1914년 소월, 고평, 현내리 일부를 병합하여 월평리(月坪里)라 하였다고 한다.

'해월(海月)'은 동학의 제2대 교주인 최시형의 도호이다. 이 호는 제1대 교주인 최제우가 법통을 물려주면서 지어준 호로 알려져 있다. 최시형의 본명은 '경상'인데, 후에 '시형(時亨)'으로 스스로 바꾸었다. 이는 '때를 따라 순응한다'는 뜻으로 그의 교리가 반영된 이름으로 보인다. 최시형은 '최보따리'라는 별명으로도 불렸다. 관의 추적을 피해 자주 거처를 옮겨 다녔기 때문에 붙여진 이름이라고 한다. '해월'은 '바다 위에 뜬 달'이라는 뜻이다. 옛 시문에서도 흔히 쓰였던 말이다. 깊은 뜻으로 보면 불가의 해인(海印: 바다가 만상을 비춘다는 뜻으로 부처의 지혜를 말함)과도 통하고, '월인천강(月印千江: 달은 하나지만 천 강에 다 같이 비춰줌)'과도 통한다.

'해월리'는 경남 합천군 대병면 하금리(하금2구)에 있는 자연마을 '바드리'를 한자로 바꾼 이름이다. '바다리'라고도 불렀다. 합천군 홈페이지에는 "어떤 사람이 '장차 바다와 같은 호수를 통하여 달을 볼 수 있을 것'이라는 말을 하였는데 일명 바달 달=해월(海月)이라 하고 바다리로 변하였다"고 되어 있다. '바달 달'은 '해월'을 그대로 우리말로 푼 것으로 보인다. 지명에서 '해월'은 '바달'을 표기한 것으로 보는데, 이때의 '달 월' 자는 '바달'의 '달'을 받쳐 적은 것이다. 『두산백과』에서는 '하금리'에 대해 "자연마을로는 바다리, 배나뭇골, 세손이마을 등이 있다. 바다리 마을은 해월리라고도 불리며 마을 앞쪽에 바다같이 넓고 평평한 들이 있다 하여 붙여진 이름이다"라고 설명하고 있다.

전북 완주군 소양면 해월리(海月里)는 우리말 이름은 전하는 것은 없지만 해석은 '바다(들판)' 지명으로 하고 있는 것을 볼 수 있다. 『한국향토문화전자대전』에는 "'해월(海月)'이라는 이름의 유래는 '해(海)'의 고어는 '바라, 바랄'로 넓다는 뜻으로도 쓰였고, '월(月)'의 고어는 '다리'로 들이라는 말로서 '바라다리'는 넓은 들, 큰 들이라는 말이라고 보인다"라고 되어 있다.

봇도랑과 똘다리 또랑말

'돌'은 도랑의 우리 옛말. '똘', '또랑'은 도랑의 방언. '도랑말(또랑말)'은 도랑가에 있는 마을, '봇도랑(보또랑)'은 흙이나 돌로 쌓은 보에 물을 대고 빼는 도랑

'도랑 치고 가재 잡는다'는 속담이 있다. 흔히 한 가지 일로 두 가지 이익을 봄을 비유적으로 이를 때 쓴다. 여기서 '도랑'은 매우 좁고 작은 개울을 뜻하는 말이다. 어원적으로는 '돌'에 접미사 '-앙'이 붙어 된 말로 보는데, '돌'은 그 자체가 '도랑'을 뜻했던 옛 우리말이다. 한자로는 '량(梁)' 자를 썼는데, 좁은 물목(물이 흘러 들어오거나 나가는 어귀)을 가리킬 때도 쓰였다. '노량'이나 '명량'의 '량'은 모두 이 '돌 량(梁)' 자이다. 이 '도랑'은 방언형으로 '똘', '또랑'이 많이 쓰였는데, '도랑'보다 더 친숙한 느낌을 주기도 한다.

'고기똘'은 익산시 망성면 어량리(漁梁里)의 우리말 이름이다. 1914년 행정구역 개편에 따라 어량리, 상발리, 야정리 지역이 통합되어 전라북도 익산군 망성면 어량리로 개설되었고, 1995년 익산군과 이리시의 통합으로 익산시 망성면 어량리가 된 곳이다. 『디지털익산문화대전』에는 "마을 앞에 내가 있어 비가 오면 하구에서 물고기가 많이 올라와 어살을 치고

잡았고, 물이 마를 때에도 근처에서 물고기를 잡던 곳이라 '고기똘'이라 하였다. 이를 한자로 표기한 것이 '어량(漁梁)'이라고 한다. '으랭이', '어랭이'라고도 불렀다"는 설명이다. '고기똘'의 '고기'는 '고기잡을 어(漁)'로, '똘'은 '돌 량(梁)'으로 한자화된 것을 볼 수 있다.

'도랑말'은 충북 음성군 생극면 오생리에 있는 자연마을 이름이다. 명칭 유래는 "마을이 도랑가에 있다고 하여 도랑말이라는 이름이 붙여졌으며, 예전에 물레방아가 있었다 하여 물방아거리라고도 한다"(『디지털음성문화대전』)는 설명이다. 또 다른 '또랑말'은 경남 거창군 거창읍 상림리에 있다. 상림리는 거창읍의 중심 지역으로 지금은 시가지가 발달한 곳이며, 남쪽으로 황강천이 흐르고 있다. 거창읍 홈페이지에는 '또랑말'이 "옛날의 토랑리(吐郎里)로 석조관음입상이 있는 미륵댕이 남동쪽 도랑옆 옛날 유씨들이 살던 마을이었는데 정장리로 옮겼다고 한다"는 설명이다. 짐작건대 '토랑'은 우리말 '또랑'을 한자의 음을 빌려 표기한 것으로 보이는데 기록이 없어 확인하기는 어렵다.

천안시 동남구 목천읍 서리는 목천읍사무소가 있는 목천읍 행정의 중심이 되는 마을이다. 북으로 흑성산을 배경으로 하고 있으며, 동쪽으로 산방천이 흐른다. 북쪽에 용연 저수지가 있어 농업용수로 이용하고 있다. 동남구청 홈페이지에는 서리에 '똘다리'라는 자연마을이 있는 것으로 나오는데, '똘'이 중요 지표가 되고 있는 것을 볼 수 있다. "똘다리: 똘뒷거리라고도 하며 지서 뒤 초등학교 동쪽 마을. 토성안보의 똘을 건너다니는 다리가 있고 똘 둑을 길로 삼고 다니고 있다"는 설명이다. 토성안보(洑)의 똘(또랑)을 건너는 똘다리가 있고 똘 둑을 길로 삼아 다니고 마을 이름을 '똘 뒷거리'라고도 부른 것이다.

'똘다리' 지명은 충북 진천군 덕산면 석장리에도 있다. '똘다리'에 '장소에서 가까운 범위'의 뜻을 더하는 접미사 '-께'가 붙은 '똘다리께'이다. 이에 대해 『진천군 지명 유래』에서는 "'장암' 동쪽 '선옥' 마을로 넘어가는 고개 첫 마루에 해당한다. '똘'은 '도랑'의 방언형이다. 도랑이 있었고 거기에 다리가 놓여 있었는데 그 부근을 '똘다리께'라 한 것이다"라고 설명하고 있다.

'돌봇똘'이라는 특이한 지명은 충남 예산군 대술면에 있다. 개울 앞으로 산이 있고, 그 산 아래 몇 가호의 집이 있는데 사람들은 그곳을 '돌봇똘'이라 불렀다. 그러니까 '똘(도랑, 개울)'을 부르던 이름이 마을 이름으로도 쓰인 것이다. '똘' 앞에 붙은 '돌보'는 '돌로 쌓은 보(洑)'를 가리킨다. '보'는 논에 물을 대기 위한 수리 시설의 하나로 "둑을 쌓아 흐르는 냇물을 막고 그 물을 담아 두는 곳"이다. 보통은 흙으로 쌓는데 이곳 '보'는 돌로 쌓아 '돌보'라 부른 것이다. 그러니까 물을 완전히 막는 것이 아니라 일정 수위가 유지되도록 하기 위한 것이다. 이곳 '돌봇똘'은 논에 물을 대기 위한 것이 아니라 물레방아를 돌리기 위해 만든 것이라고 한다.

보의 물 곧 '봇물'을 대거나 빼게 만든 도랑을 '봇도랑'이라 불렀다. '보'라는 한자에 '도랑'이라는 고유어가 붙은 말이다. 발음되는 대로 쓰면 '보또랑'이다. '봇도랑'은 이를 줄여서 '봇돌', '봇똘'이라 부르기도 했다. 강원도 인제군 인제읍 상동리에는 '옥토랑'이라는 특이한 지명이 있는데, 바로 '봇도랑'에 붙인 이름이다. 인제군 홈페이지에는 "명당마루에 있는 봇도랑으로 지금은 새마을 사업으로 복개가 되었다"고 설명되어 있다. '명당마루'는 '상동리 앞에 있는 큰 들'로 경지면적이 일만여 평이라고 한다. '옥토랑'은 '또랑'이라는 말에 기름진 땅을 뜻하는 '옥토(沃土)'라는 말을 결부시킨 것이 아닌가 싶다.

곧게 뻗은 고등골 고든내

직리, 직동, 직곡은 곧을 직(直) 자 쓴 '고든골(곧은골)'의 한자 지명
곧게 뻗은 '내(川)' 이름도 고드내(곧은내), 고등계, 곧은개 등으로 불러

'고든골'은 '곧은골'을 발음하는 대로 적은 이름이다. 골짜기나 마을의 지형이 굽거나 비뚤어지지 않고 똑바른 데서 붙여진 지명이다. 한자로는 곧을 직(直) 자를 써서 직곡이나 직동, 직리 등으로 바꾸어 썼다. 의정부시 가능동은 1914년 일제의 행정구역 개편 때 시북면 가좌리, 어능리, 직동(直洞)을 합쳐서 가좌리의 '가'와 어능리의 '능'을 따 가능리라 한 곳이다. 이 중 직동은 자연마을로 남았는데, 우리말 이름이 '고든골'이다. '고든골'의 한자 이름은 '직곡(直谷)'이다. 옛날부터 마을 길이 구부러짐이 없이 곧게 뻗어 있어 고든골(곧은골)이라고 하였다 한다. 가능3동사무소 뒤에는 흥선대원군의 산장이 있었는데, 마을 이름을 따서 직곡산장이라고 불렀다고 한다. 1873년 흥선대원군은 명성황후의 세력에 밀려 실각한 뒤 이곳 직곡산장에서 임오군란이 있기까지 8년간 은거하였다고 한다.

포천시 소흘읍 직동리(直洞里)는 곧은 골짜기에 위치한 마을이라 하여

'고든골' 또는 '직골', '직동'이라 불렀다고 한다. 관련 지명으로는 '직동교', '직동일교', '직동이교', '직동저수지' 등이 있다. 모두 리(里)명을 따서 이름 지은 것들이다. 직동리의 산 지명 중에는 '꼬창'이라는 것이 있는데, '고든골'과의 관련성은 확인할 수 없다. 『포천의 지명유래집』에는 "안말 남쪽에 있는 산이다. 산제당이 있었으며 지금도 산제를 모시고 있는 곳이다. 산이 꾸불어지지 않고 곧게 뻗어 내려왔다고 하여 꼬창이 되었다고 한다"라고 되어 있다.

경북 예천군 용문면 직리(直里)는 직곡, 직동이라고도 했는데 우리말 이름은 곧은골 또는 고등골이다. 용문면 홈페이지에는 "곧은 골짜기가 되므로 곧은골, 고등골, 또는 직곡이라 하였는데 예천 임씨의 집성촌이다. 이 마을은 광주 노씨가 미리 터를 잡아 저서곡이라 불렀는데 임응락이 다시 개척할 때 지형을 살피니 마을로 들어오는 골짜기가 매우 곧고 바르므로 고든골이라 하다 1914년부터 직동으로 표기했다"고 되어 있다. '고든골'이 '고등골'로도 바뀐 것을 볼 수 있다.

울산광역시 울주군 언양읍에 속하는 직동리는 직곡, 직동으로도 썼는데 우리말 이름은 '고등골'이다. 『디지털울산문화대전』에는 "'직동'은 고등골을 한자화한 이름으로, '곧은골[直谷]'의 골짜기 모양이 지명으로 변한 것이다"라고 되어 있다. 용인시 처인구 삼가동에 있는 자연마을 '고등골'은 한자로는 '곧을 직' 자 직동으로 썼다. 강원도 고성군 순학리에 있는 골짜기 '고등골'은 "곧게 뻗어 있다. 곧은골이라고도 한다"(『조선향토대백과』)는 설명이다.

'직통골'은 황해북도 판문군 선적리 동북쪽 사직동에 있는 골짜기 이름이다. "직통으로 곧바르게 뻗어 있다. 곧은골이라고도 한다"는 설명이다. '곧장골'은 평안남도 신양군 지동리 외꼬지산 동쪽 기슭으로 뻗어 있는 곧은 골짜기 이름으로 '곧은골'이라고도 한다. 양강도 혜산시 운총리에 있는 골짜기 '고두골'은 "곧게 뻗어 있다. 곧은골이라고도 한다"고 한다. 경북 영천시 고경면 고도리(古道里)는 이 지역의 자연마을 '고도실'에서 나온 명칭이다. '고도'는 곧은 골짜기란 뜻을 가지고 있다고 한다.

'고든(곧은)'은 골짜기뿐 아니라 '내(川)' 이름에도 두루 쓰였는데, '고드내' 같은 것이 그것이다. '고드내'는 '고든내(곧은내)'에서 'ㄴ'이 탈락한 어형이다. '곧게 뻗은 내'로 해석되는데, 한자는 대개 '직천(直川)'으로 썼다. 충남 서천군의 문산면 북산리에서 발원하여 남쪽으로 곧게 흘러 시초면과 기산면, 화양면과 마산면의 경계를 이루고 금강으로 흘러 들어가는 하천은 '곧은내'라 불렀다. "냇물이 남쪽으로 곧게 흐른다고 하여 곧은내라고도 부르며 직천이라고도 부른다"(『한국지명유래집』)는 설명이다.

삼척시 미로면 고천리(古川里)는 '고내'를 한자의 음과 훈을 빌려 표기한 지명이다. 그런데 이 '고내'는 '고든내'에서 와전된 것으로 보고 있다. 『한국향토문화전자대전』의 명칭 유래에는 "고천리 지역은 두타산 밑에서 발원하는 하천이 직선으로 뻗어 흐른다 하여 고든내[직천(直川)]라 하였다가 이것이 와전되어 고내[화천(花川)]로 일컬어졌다. 그러나 1914년 행정구역 개편 때 고천(古川)으로 명명되었다"고 되어 있다. '고내'를 '곶내(꽃내)'로 오해하여 '꽃 화' 자 '화천'으로 쓴 적도 있는데 최종적으로는 '고천'으로 바꾸어 쓴 것을 볼 수 있다.

창원시 의창구 대산면 제동리에 있는 자연마을 '고등계'는 곧은 내가 있다 해서 붙여진 이름이라고 한다(『두산백과』). '계'는 한자 '시내 계(溪)'를 뜻하는 것 같다. '고등'은 '고든(곧은)이 변해 된 말로 보인다. 황해남도 안악군 굴산리의 서쪽에 있는 개울은 곧게 흘렀다 하여 '곧은개'라 하였고, 평안남도 문덕군 동림리 만리동을 따라 흘러서 용오개강으로 흘러드는 개울 역시 곧게 흐른다고 해서 '곧은개'로 불렀다 한다(『조선향토대백과』). '개'는 '개울'을 뜻한다.

천천동 천천리는 샘내

물이 솟고 마르지 않는 '샘'이 있는 마을
'샘 천(泉)' 자에 '내 천(川)' 자 쓰는 천천면, 천천리의 우리말 지명은 '샘내'

'희망이 샘솟는다'라고 말을 한다. 희망이 마음속에서 끊이지 않고 솟아 나온다는 뜻이다.

그러니까 그런 마음이 계속해서 생겨나는 것을 샘물이 솟아 나오는 것에 빗댄 것이다. 이렇듯 '샘'은 끊이지 않고 솟아 나오는 특성을 지닌 것으로 인식된 것이다. 그에 비해 '우물'은 사전에 "땅을 파서 지하수를 괴게 한 곳"으로 나온다. 어원적으로도 두 말은 차이가 있는데, '샘'이 흘러나온다는 뜻의 '새다'에서 온 말인 데 비해 '우물'은 움(구덩이)에 물이 합쳐진 말이다. 한자도 달랐다. 샘을 '천(泉)'으로 쓴 데 비해 우물은 우물을 팔 때 설치하는 구조물 형상의 '정(井)'으로 썼다.

'샘'은 사전에 "물이 땅에서 솟아 나오는 곳. 또는 그 물"로 되어 있다. 애초에 자연스럽게 땅이나 돌 틈에서 솟아 나오는 물이 샘이다. 거기에 이용하기 편하도록 돌을 깐다든지 저수조를 만들고 물길을 낸다든지 해서 인공물을 설치하는 것은 후의 일이다. '샘터'는 "샘물이 솟아 나오는 곳. 또는 그 언저리"를 뜻하는 말이다. '우물가'와 비슷한 뜻이다. '샘논'은 샘가에 있는 논으로 샘물을 대서 농사짓는 논을 뜻한다. '샘물받이' 또는 '샘받이'라고도 불렀다. '샘내'는 사전에는 실려 있지 않지만, 샘에서 흘러나온 물이 이룬 내를 가리키는 것으로 보인다.

수원시 장안구 천천동에는 천천초등학교가 있고, 천천중학교, 천천고등학교도 있다. 모두 2000년대 들어 개교한 학교들인데 '천천'이란 이름이 인상적이다. '천천'은 모두 학교가 위치한 동네 이름에서 따온 것으로 한자는 '샘 천(泉)' 자에 '내 천(川)' 자를 쓴다. 우리말로는 '샘내'라 불렀다. 조선시대 수원부 형석면 지역으로 1914년 행정구역 통폐합에 따라 천천리라 하고 일형면에 편입되었다. 1949년 수원읍이 수원시로 승격되면서 화성군 일왕면 천천리가 되었다가 1963년 수원시 파장동에 편입되어 천천동으로 개칭되었고 현재는 장안구 율천동에 편입되어 있다. 천천동은 마을에 있는 큰 샘물이 내를 이루어 서호천으로 흐르므로 샘내마을이라고 한 데서 비롯된 지명이라고 한다.

천천면(泉川面)은 조선시대 경기도 양주목에 설치되었던 행정구역 이름이다. 18세기 중엽 영조 때 편찬된 『여지도서』부터 이름이 나오는데, 이후 각종 지리지와 『호구총수』(1789)에 계속해서 등장하다가, 1914년 일제의 행정구역 개편 때 회암면과 천천면을 합하여 회천면이 되면서 이름이 사라졌다. 현재는 양주시 회천1동 관할의 덕정동과 회천2동 관할의 덕계동이다. 『디지털양주문화대전』에 "천천면은 지금의 샘내고개에서 북쪽으로 흐르는 신천의 옛 이름인 '샘내'에서 유래하였다. 샘내는 샘에서 흘러나가 내를 이루는 곳이라는 뜻이며, 한자로는 천천(泉川)으로 표기한 것으로 보인다"고 되어 있다.

한편 샘내고개의 유래가 되는 '샘내'는 천천면의 '샘내'와는 다른 것으로 짐작된다. 『한국지명유래집』에 '샘내고개'는 "경기도 양주시 산북리에서 회천동 덕계리로 넘어가는 길에 위치한 고개이다. 이 고개를 경계로 하여 북쪽으로 흐르는 물은 임진강으로 흘러 들어가고, 남쪽으로 흐르는 물은 한강과 합류한다. 샘내는 화암정이라는 유명한 약수를 일컫는다"고 되어 있다. '화암정'은 양주시 산북동 웃말에 있었던 우물로 '꽃바위우물'이라 부른 것이다. 이 꽃바위 밑에서 나오는 우물을 마을 전체에서 길어다 먹었는데, 물이 차고 수원이 풍부하여 찬우물이라고도 불렀다고 한다.

전남 화순군 이양면 강성리에 있는 자연마을 '샘내'는 마을 안에 사시사철 마르지 않는 샘이 있고 내가 옆으로 흐른다고 하여 샘내라 했다고 한다. 한자는 '천천(泉川)'으로 썼다. 『호구총수(1789)』에 천천리(泉川里)로 기록되어 있다.

경북 청송군 현서면 천천리는 1914년 행정구역 폐합 때 천천동과 기전동, 금곡, 구산동, 모계동의 각 일부를 병합하여 현서면 천천동이 되었다가 1988년에 천천동이 천천리로 개칭된 곳이다. 천천리의 남쪽에서 흘러 내려온 길안천이 천천리 중서부를 지나 북쪽으로 흐르는데, 길안천 유역과 주변 산기슭에 농경지가 조성되어 있다. 천천리의 북쪽 길안천 옆에 본 리가 시작된 마을로 '샘내'가 있다. "마을에 좋은 샘이 있다 하여 샘내 또는 천천(泉川)이라 하였다 한다. 약 400년 전 마을을 개척할 당시 마을에서 우물을 파서 식수로 사용하였는데 물맛이 좋고 가뭄이 아무리 심해도 마르지 않았다고 전해진다"(『디지털청송문화대전』)라고 되어 있다.

미리내와 미내다리

'미리'는 별이 아니라 용(龍)을 가리키는 우리말. 미리내는 '별의 시냇물'이 아닌 '용의 내(川)'. 지명 '미리'에는 은하수나 용에 빗댄 인식을 찾을 수 없어

'미리내'라는 말이 일반에 널리 알려진 것은 그리 오래전 일이 아니다. 1970년대 국어순화운동이 사회적인 관심을 받으며 제법 열띠게 전개될 때 주요한 캠페인은 일본어 잔재를 몰아내고 우리말로 바꾸는 것이었지만 순수한 우리말을 되찾아 내고 쓰자는 일도 병행되었다. 그 무렵 은하수를 가리키는 순수한 우리말로 '미리내'가 어떻게 알려지고, 사람들은 신선한 충격을 받았던 것 같다. 그러면서 오해가 생기기도 했는데, '미리'를 '별'로 알고 '미리내'를 '별의 시냇물'로 말하기도 했다.

그러나 '미리'는 '별'이 아니라 '용'을 가리키는 우리말이다. '미리내'는 '별의 시냇물'이 아니라 '용의 내' 곧 '용처럼 길게 이어진 내'라는 뜻이다. 밤하늘에 길게 분포되어 있는 별의 무리를 몸이 기다랗고 신령한 용에 빗댄 것이다. '미리'는 『훈몽자회』(1527)에는 '미르 룡(龍)'으로 나온다. '미리'는 '미르'의 변화형이다. 일찍부터 있어 온 말이지만 '용'이라는 한자어에 가려 거의 쓰이지 않았던 것이다. 그런 '미리(미르)'에 '내(川)'가

붙은 '미리내'라는 말도 예부터 그렇게 널리 쓰이던 말은 아니다. 지금도 사전에 '미리내'는 '은하수'의 제주 방언으로만 나온다. 주로 남해의 섬이나 제주도 지역에서 썼다고 한다.

지금에 와서 '미리내'는 아파트단지 이름이나 공원 이름 등으로 쓰여 비교적 흔히 볼 수 있지만 전래 지명에서 '미리내'는 예가 아주 드물다. 그런 중에 안성시 양성면 미산리에 있는 '미리내'는 귀한 존재다. 특히 이곳은 우리나라 최초의 천주교 사제인 김대건 신부가 1846년 한강 새남터에서 효수된 후 시신을 수습해서 안장한 천주교 성지 곧 '미리내성지'로 이름이 널리 알려졌다. '미리내성지' 홈페이지에 "'미리내'는 은하수의 순수 우리말로서 시궁산과 쌍령산 중심부의 깊은 골에 자리하고 있다. 골짜기 따라 흐르는 실개천 주위에, 박해를 피해 숨어 들어와 점점이 흩어져 살던 천주 교우들의 집에서 흘러나온 호롱불빛과 밤하늘의 별빛이 맑은 시냇물과 어우러져 보석처럼 비추이고, 그것이 마치 밤하늘 별들이 성군을 이룬 은하수(우리말 '미리내')와 같다고 해서 붙여진 아름다운 우리의 옛 지명이다"라고 쓰여 있다. 성지인 만큼 유래가 신비롭게 묘사되어 있는 것을 볼 수 있다.

'미리내'는 '미리천(美里川)'으로 한자화되었다. '미리'는 음으로 표기하고 '내'만 '천(川)'으로 바꾸었다. 1914년 행정구역 개편 때 양성군에 속한 '미리천'은 인근의 '산촌', 양지군 고북면 '약산리' 등과 통합되어 '미리천'과 '산촌'의 첫 글자만을 따서 '미산리'로 불리게 되었다. 그런데 이 '미리천'은 1720년대 안팎에 편찬된 『여지도』에는 '미니동(彌泥洞)'으로 나오고(『고지도를 통해 본 경기지명연구』), 1842~1843년경에 작성된 『경기지』(양성현 조)에는 금곡면 '미이천리'(彌迤川里)로 나오고, 『1872년지방지도』에는 미니촌(彌泥村)으로 나와 간단치가 않다.

'미니', '미이', '미리' 등은 모두 우리말을 한자의 음을 빌려 표기한 것으로 보이는데 그 뜻은 알기 어렵다. 공통적인 것은 '미(彌, 美)'뿐으로 이것만으로는 '미니', '미이', '미리'의 뜻을 정확히 파악하기는 쉽지 않다. 단지 '미'나 '미리'는 다른 지역의 예로 볼 때 '물'을 나타낸 것으로 짐작할 수 있을 뿐이다. 『안성군지』(1990)에서는 미산리 상촌마을을 '위미리내'로 부르면서 "마을 앞에 맑은 물이 흐르는 개천이 있다 하여 미리내(美里川)라고 한다"고 쓰고 있다. '미리'를 평범한 '물'로 인식하고 있을 뿐 별다른 의미 말하자면 '용(미르)'이나 '은하수'에 대한 인식은 찾아볼 수 없다.

'미내다리'는 논산시 채운면 삼거리에 있는 아름다운 무지개 모양의 돌다리(홍예교) 이름이다. 1731년 관이 아닌 지역 유지들이 돈을 모아 건립한 것으로 삼남지방 제일의 다리로 꼽히기도 했다. 충청남도 유형문화재 제11호로 지정되어 있는데 공식 명칭은 '강경미내다리〈미내교〉'이다. '미내'의 한자는 '미내(渼奈)'로 썼다. 다리가 놓여 있던 하천을 '미내(渼奈)'라고 부른 것에서 유래하여 '미내다리'라 불렀다고 한다. 줄여서 '미교'라고도 불렀다. 일제강점기 수로 정비에 따라 물길이 바뀌어 현재는 물이 흐르지 않는 제방 제내지에 위치하고 있다.

『신증동국여지승람』(은진현)에는 조암교(潮巖橋)로 나오는데 증산포(甑山浦)에 있다고 되어 있다. 유래도 적혀 있는데, "옛날에 돌다리가 있었는데 그곳 거주민들이 풍수[術者]의 말을 믿고 그 돌을 다 물에 던져버려서, 지금은 나무로 다리를 놓고 다닌다. 아래에 바위가 있는데 조수가 물러가면 보이기 때문에 이름하기를 조암이라 하였다"고 되어 있다. 이에 따르면 원래 돌다리였다가 나무다리로 바뀌고 1731년에 다시 돌다리로 세운 것이 된다. 그런데 1656년 실학자 유형원이 편찬한 지리지 『동국여지지』(은진현)에는 조암교가 길이 20보의 석교로 나와 변화가 심했던 것으로 보인다.

이 다리는 이름도 변화가 심했던 것으로 보이는데, 1750년대 초에 그려진 『해동지도』나 『대동여지도』(1861) 등에는 '미라교(彌羅橋)'로 나온다. 그러니까 조암교 〉 미라교 〉 미내교 순으로 이름이 바뀐 것이다.

'미라'는 우리말을 한자의 음을 빌려 표기한 것으로 보이는데 뜻은 알 수 없다. '미내(渼奈)'는 '물결무늬 미' 자에 '어찌 내' 자를 썼는데, 이 역시 음을 표기한 것으로 볼 수 있다. 이 중 '내' 자는 고지명에서 흔히 우리말 '내(川)'를 표기하는 데 쓰인 한자이다. 위의 '미리내'에 비추어 보면 '미내다리'의 '미라'나 '미'도 '물'을 나타낸 것으로 볼 수 있다.

제4부

여울 나루 개

별나리와 해나리

벼랑이 있는 나루나 내(川)에 붙인 지명 '별나리' … '별'은 벼랑, '나리'는 나루나 내(川). 밝게 해가 나는 곳 '해나리'의 한자 지명은 백일도(白日島)

전남 해남군 계곡면 성진리(星津里)의 우리말 이름은 '별나리'이다. '별'은 '벼랑', '나리'는 '나루' 또는 '내(川)'를 뜻한다. '별'은 '벼랑'의 옛말이다. 한자 지명 '성진'은 '별나리'의 '별'을 '별 성(星)' 자로 훈의 음을 빌려 표기하고, '나리'는 '나루 진(津)' 자로 훈을 빌려 표기한 것이다. '별나리'는 '벼랑이 있는 나루' 또는 '벼랑이 있는 내'의 뜻으로 볼 수 있다.

이 '별나리'는 『신증동국여지승람』(해남현) 산천조에 "별진포(別珍浦)는 현의 북쪽 25리에 있다"고 나온다. 또한 현의 북쪽 30리에는 '별진역'이 있다고 해서, 같은 '별진' 지명을 쓰고 있는 것을 볼 수 있다. '별'을 '별 성' 자가 아닌 '다를 별(別)' 자를 쓰고 있는데, 이는 뜻과는 상관없이 단지 음을 빌린 표기이다. '진(珍)'은 우리말 고어의 '들' 또는 '돌'의 한자 표기로 볼 수 있다. 그렇게 본다면 '별진'은 '벼랑이 있는 들' 이름으로도 볼 수 있다. 『해남읍지』(1872)에 의하면 별진포의 "양안은 모두 들이며 포구는 좁고 수세는 평온하다. 별진역 아래로 긴 내가 흐른다 …"고 했고, 『대동지지』에서도 "별진포의 양안은 모두 들"이라고 한 것으로 보아 '별진'은 원래 '들'을 가리키던 이름이 후에 '내(川)'나 '나루'를 가리키는 이름으로 바뀌었다고 볼 수 있다.

'별진포'는 지금의 계곡면 성진리에 있었다. '별나리포'라고도 하였고 '별진역'과 함께 있었다. 마산면의 맹진에서 좁은 수로를 타고 약 3km 올라가면 별진포에 이르렀는데, 별진포에는 별진역이 있어 해로와 육로가 연결되었던 것이다. 별진역은 고려시대에는 승라주도에 속하였고, 조선시대에는 장흥의 벽사도 역에 소속되었다. 영조 때의 『여지도서』에는 관리 10명, 노(남자 종) 20명, 말 10필이 있었던 것으로 나온다. 별진역에 관한 생생한 기록은 당시 해남에서 살았던 윤이후(1636~1699)의 『지암일기』에서 찾아볼 수 있는데, "1692년(숙종 18) 3월 6일 별진 냇가에 당도하자 아내가 현기증이 있어서 가마에서 내려 쉬었으나 좋아지지 않아 앞으로 나아가지 못하고 별진역으로 묵으러 들어갔다"고 되어 있다.

『디지털해남문화대전』은 명칭 유래에 대해서 "계곡면 성진리 앞을 흐르는 계곡천의 옛 이름이 별내이다. 면소재지 동쪽에 벼랑과 내가 있어 별내 또는 별나리라 하였고, 나루가 있어 별진(別津)이라 하였다. 별진을 한자화하면서 성진이라 하게 되었다"라고 쓰고 있다. 성진리라는 지명은 1914년 행정구역 개편 때 오유리, 무이리를 병합하여 개설되었다고 하는 것으로 보아 일제에 의해 붙여진 이름으로 보인다. 이때 별나리 곧 별진의 '별'을 '별 성(星)' 자로 바꾼 것이다.

'해나리'는 전남 고흥군 과역면 백일리에 있는 섬 백일도(白日島)의 우리말 이름이다. '백일'은 '흰 백(白)' 자에 '날 일(日)' 자를 썼다. '백일'은 사전에도 나오는 말로, "구름이 끼지 않아 밝게 빛나는 해"를 뜻하기도 하고 "환히 밝은 낮" 곧 대낮을 뜻하기도 한다. '해나리'는 '해가 나는 곳' 곧 '해가 환히 비치는 곳'의 뜻을 갖는 것으로 짐작된다. 『한국민족문화대백과』에서는 "지명은 섬 안에 일월명지가 있어 밝고 흰 것을 나타낸다는 의미로 '해나리'라고 부르던 것을 한자화하면서 백일도가 되었다"고 설명하고 있다.

백일도는 『신증동국여지승람』(전라도 흥양현)에 '박길도(朴吉島)'로 나온다. 흥양은 전남 고흥 지역의 옛 지명이다. 또한 『여지도서』에도 '박길도'가 현의 북쪽 50리에 있는 것으로 나오고, 18세기 후반에 제작된 것으로 알려진 『영남호남연해형편도』에도 '박길도'로 표기되어 있다. '박길도'의 한자는 흔히 볼 수 있는 표기는 아니다. 이두식 표기로 우리말을 한자의 음을 빌려 표기한 것으로 보인다. 그러나 무슨 말을 쓴 것인지는 알기가 어려운데, 단지 우리말 '밝'과 관련된 것으로 짐작될 뿐이다.

한편 '백일도' 지명은 같은 전남 완도에서도 찾아볼 수 있어 당시에 '백일'이 지명에 더러 쓰였음을 알 수 있다. 또 다른 백일도는 전남 완도군 군외면 당인리에 있다. 약 250년 전 해남군 문내면에서 신안 주씨가 들어와 살기 시작했다고 전한다. "맑고 깨끗한 바닷가의 하얀 모래와 차돌이 빛을 발하여 육지에서 보아 깨끗한 섬이라 하여 백일도라 하였고 마을 이름이 되었다"(『전남의 섬』)고 한다.

일설에 의하면 주씨가 섬 3개를 매입하여 백일도는 장남에게, 흑일도는 차남에게, 동화도는 딸에게는 내주었다고 한다. 흑일도는 같은 군외면 당인리에 속하는 섬인데, 18세기 초반에 백일도 입도조의 차남이 처음 이주하였다고 한다. 이에 대해 『한국민족문화대백과』에서는 "섬의 남서쪽에 있는 흑일도는 해가 지는 서쪽에 위치하였고, 백일도는 동쪽에 위치하여 지명이 유래되었다"고 설명하기도 한다.

흔바위나루와 부라우나루

여주 여강의 '흔바위나루'는 '백암(白岩)'이라 할 만한 흰 바위가 있던 나루
'부라우나루'는 붉은색을 띤 '붉은 바우(바위)'가 있는 나루

조선 후기 아직 수운이 활발하게 이루어지던 때에 남한강에는 크고 작은 나루가 90여 곳에 달했다고 한다. 나루는 기본적으로 강 이쪽과 저쪽을 건네주는 구실을 하지만 남한강의 나루들은 상류지역에서 한양까지 오가는 많은 배들과 뗏목들이 중간중간 쉬어가며 교역을 하는 장소로도 이용되었다. 곳에 따라서는 주막이 번성하고 장시가 서고 큰 도회를 이루기도 했다. 충주의 목계나루는 충청도는 물론이고 경기도, 경상도, 강원도 일부의 지역과 연계 소통하며 성황을 이루었던 나루인데, 쌀이나 소금 등을 실은 배가 수시로 드나들고, 배가 들어와 강변장이 설 때면 각지에서 장꾼과 놀이패들이 왁자하게 몰려 난장을 벌이고 북새통을 이루었다고 한다. 전성기에는 800여 호에 이르는 도회를 이루었던 곳이다.

남한강도 지역에 따라 부르는 이름이 달랐는데 흔히 여주를 지나는 남한강은 여강(驪江)이라고 불렀다. 『신증동국여지승람』(여주목)에서는

'여강'이 "곧 한강 상류이며 주 북쪽에 있다. 객관을 강을 베개하여 지었다"라고 쓰고, 여러 문인들의 시를 인용하고 있다. 이 중 고려 말 목은 이색의 시는 "여강의 형승은 천하에 드문데, 사시의 풍경이 천지의 비밀을 헤쳐 보이누나"라고 되어 있다. 나루는 우만포(우만이나루), 이포진(배갯나루), 진강도 등 세 곳이 기록되어 있다. 조선시대에 한강의 수로 관리를 위해 용산강에서 충주까지 한강 연안에 7개의 수참을 설치하였는데, 여주의 여강, 천령(현 여주시 금사면)의 이포 두 곳이 여주 지역에 있었다.

여강의 여러 나루 중 '흔암나루'는 일찍이 『고려사』에도 이름을 올려 주목된다. 이 나루는 점동면 흔암리의 흔바위마을에서 남한강 건너편의 강천면 굴암리를 연결하던 곳으로 나루가 위치한 마을이 '흔바위마을'이기 때문에 '흔바위나루'라고도 하였다. 한자는 '흔암(欣岩: 기쁠 흔, 바위 암)'이라 썼다. '흔(欣)' 자는 뜻과는 관계없이 음을 빌려 표기한 것으로 우리말로 '흔바위'로 불렸다. 흰바위, 흔암, 백암으로도 불렸다. 고려 성종 11년(992)에 조세를 개경까지 운송하는 조운선에 지불할 뱃삯을 정하였다는 기사(『고려사』 '지' 권 제33)에 '곤강포'라는 이름이 등장하는데 "이전 호칭은 백암포(白岩浦)로 음죽현에 있다"는 내용이 함께 기록되어 있다.

'백암'은 '흰바위'를 한자로 쓴 것으로, 후대에 이 '흰바위'가 '흔바위'로 음이 변하고 '흔바위'를 한자로 바꾸어 쓴 것이 '흔암'이 되는 것이다. 정조 때 『호구총수』에 면리 이름을 등재할 때는 근동면 '흔암동'으로 기록된다. 『여주시사』에 "나루터는 소무봉 줄기의 산으로 상류 쪽이 가려져 있는데, 마을에서는 '안산'이라 부른다. 안산은 강변에 이르러 바위가 돌출해 있는데, 그 부근 수면 아래에는 '말등바우', '눈치바우' 등의 이름이 붙은 암반들이 깔려 있었다고 한다"라고 한 것으로 보아 '흔바우' 곧 '흰바위'는 강 쪽으로 돌출한 바위의 이름일 가능성이 크다. 흔히 강 쪽으로 돌출한 바위는 뱃길에서 중요한 표지가 되는데, '흔바위나루'는 이런 특징적인 자연물을 나루 이름으로 삼은 것으로 보인다.

한편 이 '흔바위나루'보다 조금 하류 쪽에도 강변에 돌출한 바위를 나루 이름으로 삼은 곳이 있어 흥미롭다. '부라우나루'가 그것인데 이름이 상당히 특이하다. 『여주시사』에는 "여주읍 단현리[현 여주시 단현동] 부라우마을과 남한강 건너편의 강천면 가야리 지역을 연결하던 나루이다. 나루 주변의 바위들이 붉은색을 띠고 있어 '부라우'라는 명칭이 생겼다고 한다. 나루는 마을에서 약 25m의 나지막한 고개 너머 급경사를 이룬 강가에 위치하고 있다. 강가로 돌출한 바위가 거센 물결을 막아주지만 홍수가 나면 나루터 주변 가옥이 침수되는 피해를 입었다고 한다"고 되어 있다. 바위의 정상부에서 하류 쪽으로 육각정의 터가 있는데 이는 민진원의 사저와 인근한 침석정으로 추정된다고 한다. 민진원(1664~1736)은 조선 후기의 척신으로 인현왕후의 오빠이다. 정자 주변 암벽에는 '단암(丹嵓)'이라고 새긴 각석이 남아 있는데 이는 민진원의 호이기도 하다. 영조 때의 『여지도서』에는 단암진(丹巖津)이 주의 동쪽 15리에 있는 것으로 나오고, 『대동지지』에는 부의 동남쪽 20리에 있는 것으로 나온다.

여러모로 '부라우'가 '붉은 바위'에서 비롯된 말인 것은 분명한데, 그 변화 과정을 짐작하기가 쉽지 않다. '부라우'는 '불아우'에서 변화된 것이고, '불아우'는 '불바우'에서 'ㅂ'이 탈락한 어형으로 보인다. 이런 예는 다른 지역에서 더러 찾을 수 있는데, '월바우(月岩, 평창)'가 '월아우'로, '굴바위(굴이 있는 바위, 양구)'가 '굴아우'로 바뀐 것이다. 문제는 '붉은 바위(바우)가 '불바우'로 바뀐 것인데, '붉은(불근) 바우'를 줄여서 '불바우'라 불렀을 수도 있겠고 아니면 '붉바우'를 '북바우'로 읽지 않고 특이하게 '불바우'로 읽었을 수도 있다. 정리하자면 '붉은바우 〉 불바우 〉 불아우 〉 부라우'의 과정을 상정할 수 있겠다.

경진리 서울나드리

'나들이'의 원뜻은 '내가 굽은 곳 바깥의 낮은 터'
'나드리'라 붙인 지명은 나들이하는 사람 많은 길목이거나 배를 대던 나루

나들이는 바깥나들이라고도 하는데 "집을 떠나 가까운 곳에 잠시 다녀오는 일"을 뜻한다. '나다'와 '들다'가 복합된 말이다. 그래서 나들이는 어느 곳을 드나든다(출입)는 뜻으로도 쓰였다. '나들이'는 옛날에는 '친정 나들이', '서울 나들이'같이 가슴 설레는 말로 많이 썼다. 특히 여인네들에게는 외부 출입이 드물고 어려웠던 시절이기 때문에 더욱 그랬다. 그래서 나들이옷이나 신발을 소중하게 장만해 모셔두었다가 이때 꺼내 입고 신고 하였는데 그걸 '나들잇벌'이라고도 하였다. 지금도 여자들의 치장과 관련된 상품 브랜드에 '나드리'라는 말이 더러 쓰이는 것을 볼 수 있는데 모두 이런 풍습에서 기인한 것이다.

그런데 '나들이'라는 말이 지명에서는 "내가 굽은 곳 바깥의 낮은 터"를 뜻하는 말로 쓰여 특이하다. 보통은 발음되는 대로 '나드리'로 쓰고, '나루'를 뜻하는 말로 많이 썼다. 경북 예천군 개포면 경진리(京津里)의 우리말 이름은 '서울나드리'이다. 이 마을 사람들은 서울을 오가는 나들목,

나루터라 하여 '서울나드리'로 불렀다고 한다. 이를 한자로 옮긴 것이 서울 경(京) 자에 나루 진(津) 자를 쓴 경진리인 것이다. 이곳은 한천과 내성천이 합류되는 지점이기도 한데, 안동, 봉화, 의성 등 영남의 선비들이 서울로 과거 보러 갈 때 이 나루터를 이용했다고 한다. 이곳을 지나 용궁, 문경(조령), 충주를 거쳐 서울로 가는 지름길이어서 조선시대 말까지 매우 붐볐고, 나루 양쪽에는 주막도 발달했다고 전해진다. 1963년에 길이 400여m의 다리(경진교)가 놓였다.

경북 봉화군 소천면 현동리와 분천리 사이의 낙동강에 있는 나루터 이름은 '배나드리'이다. '나드리'에 '배'를 덧붙였는데 '나루'의 의미를 더욱 강조한 말로 보인다. 나루를 '뱃나루'라고도 부른 것과 같은 이유이다. 『한국지명유래집』에는 "『조선지지자료』에 현동 동쪽에 있었다고 기록되어 있다. 한자로 주진(舟津)이라고 표기되어 있고, 언문으로 '배나드리'라고 적혀 있다. 배나드리는 강물이 휘돌아 나가는 곳인데, 주변의 지형이 완만하고 양안에 모래톱이 있어 물살이 잔잔했던 곳이다. 지금은 사라졌다"라고 소개되어 있다. 지형이 "내가 굽은 곳 바깥의 낮은 터"를 뜻하는 '나들이'의 원뜻에 어느 정도 부합하는 것으로 보인다.

'뱃나드리'는 강원도 영월군 하동면 대야리 맛밭과 각동으로 이어지는 나루터 이름이기도 하다. 이곳은 강물이 굽어 도는 곳으로 배가 드나들었으므로 '뱃나드리'라 하였다고 한다(『한국지명유래집』). 1950년 이전만 해도 정선과 임계 등지에서 베어낸 통나무로 만들어진 뗏목과 이곳의 특산물인 담배, 콩, 옥수수 등 잡곡을 실은 돛단배가 남한강 500리 뱃길을 따라 열흘 이상 걸려 서울 광나루까지 갔고, 뱃사공들은 소금, 광목, 석유 등의 생필품을 가지고 돌아오면서 여울목에서는 줄로 끌어올리고 물이 많은 곳은 노를 저어 올라오며 곳곳에 있는 작은 포구에서 물건을 팔았다고 한다.

'주진나루(舟津-)'는 안동시 예안면 주진리 낙동강변에 있는 나루터이다. 배 주(舟) 자에 나루 진(津) 자를 써서 '주진'이라 했는데 우리말은 '배나드리'이다. 예전에 예안면에서 와룡면을 거쳐 안동읍내로 갈 때 이 나루터를 이용하였다고 하며 주진리 남쪽 '배나들마을' 앞에 있었다고 한다. 주진리는 '배나드리', '배나들'이라고 불렀는데 나루 이름이 마을 이름으로도 쓰인 것이다.

전북 고창군 아산면 주진리(舟津里)는 '고창뱃나드리'라고 해서 '배날'로 불리었다고 한다. 이곳을 흐르는 내는 주진천인데 내의 발원지나 그 유역이 대체로 조선시대 무장현 지역에 속하기 때문에 무장천이라고도 불렀다고 한다. 그래서 옆 마을 도봉은 '무장뱃나드리', 주진은 '고창뱃나드리'가 된 것이다. '배날'은 '배나리'의 준말로 보이는데, '나리'는 '나루'의 방언형이다.

한편 '나드리'는 원래의 '나들이' 곧 '다녀옴', '드나듦'의 뜻으로 쓰인 곳도 더러 있다. 구미시 산동면 신당리에 '서울나들마을'이 있는데 원래 이름은 '감말'이었다고 한다. 예전에 영남대로를 따라 선비들이 서울로 과거를 보러 갈 때 드나들었던 큰 길목이어서 '서울나들'이란 이름이 붙여졌다고 한다. 대구시 서구 평리동 북서쪽에 '살나들'이라는 곳이 있었는데 이곳은 대구에서 서울로 왕래하는 곳이었으므로 '서울나들이'라 하던 것이 '살나들'로 변한 것이라 한다. 전통적으로 영남대로(동래~한양)를 흔히 서울나들이길로 인식했음을 여러 곳에서 볼 수 있다.

천안시 동남구 사직동에는 '온양나드리'라는 지명이 있는데, 천안에서 온양으로 가는 길목을 말한다. 이 길은 서산, 당진으로 통하였고 태안반도 일대로 갈 수도 있었다. 조선왕조의 왕실에서도 온천이 있는 온양에 행차할 때 이 길을 이용했다고 한다.

한탄강은 한여울

조선시대 한탄강은 큰 대(大) 자에 여울 탄(灘) 자 써 '대탄'으로 표기, 우리말로는 '한여울'. 탄천과 양재천이 합류하던 '한여울'도 물살이 센 곳

한탄강은 이름만 들어서는 '한이 서려 있는 강'으로 이해하기 쉽다. '한탄'이라는 말이 한자어로 다른 뜻은 없고, 오직 한숨을 쉬며 탄식한다는 뜻만 있기 때문이다. 한숨을 쉬며 탄식한다는 것은 무언가 원통하거나 뉘우치는 일이 있을 때 하는 행동이다. 한탄강의 유래와 관련된 전설도 모두 이와 관련이 있다. 한탄강 옆 철원지방에 태봉국을 세웠던 궁예가 왕건에게 쫓겨 명성산으로 도망갈 때 이 강을 건너며 한탄했다는 데서 유래했다고도 하고, 또 6·25전쟁 때 한탄강 수계에서 남북 병사들 사이에 치열한 전투가 벌어지면서 강이 젊은 병사들의 피로 물들인 데서 유래했다고도 한다. 또한 농사꾼들 사이에서는 한탄강 주변에 철원평야, 은대리평야 등 넓고 평평한 용암대지가 있음에도 불구하고 강이 수직 절벽 아래로 깊이 있어 농업용수를 끌어올리지 못해 농부들이 한탄한 데서 유래했다고도 한다.

한탄강의 우리말은 '한여울'이다. '큰 여울'이라는 뜻이다. 조선시대

기록에는 대부분 '대탄'으로 표기되었다. 대탄은 큰 대(大) 자에 여울 탄(灘) 자를 썼다. 대탄 외에도 '한탄(漢灘)'이라는 표기도 보이는데 매우 드물다. 그러다가 조선 말 광무7년(1903) 문서에 양주 한탄리(漢灘里)라는 지명이 쓰이면서 이후 일제강점기에는 이 한탄 지명이 대세를 이루게 된다. '한(漢)'은 중국의 한나라나 한수를 뜻하는 한자이지만 우리말 '한'의 음차 표기로도 더러 쓰인 한자이다. '한'은 '크다'는 뜻을 가진 옛말 '하다'의 관형형에서 비롯된 것인데 접두사로 널리 쓰인 말이다. 한강도 이 '한'을 한자 표기한 것으로 본다. '한숨을 쉬며 탄식한다'는 뜻의 한탄강(恨嘆江)은 해방 이후 한탄강 유역이 38선으로 분단이 되고 6·25전쟁을 거치면서 역사적인 비극의 현장으로 해석해 지어진 별칭으로 공식적인 명칭은 아니다.

한탄강은 강원도 평강군에서 시작하여 철원군을 지나 임진강으로 흘러 들어가는 141km 길이의 강이다. 발원지는 북한지역인 강원도 평강군 현내면 상원리 장암산 남쪽 계곡으로 알려져 있는데, 북한지역을 55km, 남한지역을 86km 흐르는 것으로 되어 있다. 실록에는 태종 14년에 '연천 대탄'이라는 지명으로 처음 나온다. 옛날에는 하나의 강을 지역마다 다른 이름으로 불렀는데, 『신증동국여지승람』 철원도호부에는 '체천'이라는 이름으로 나온다. "체천(砌川)은 부의 동쪽 20리에 있다. 근원이 회양부 철령에서 나온다. 또 남쪽으로 흘러가서 경기 양주 북쪽으로 들어가 대탄이 된다. 양쪽 언덕에 모두 섬돌 같은 석벽이 있으므로 체천이라고 이름 지은 것이다"라고 설명되어 있다. 체(砌)는 '섬돌 체' 자로 돌층계를 뜻한다. "양쪽 언덕에 모두 섬돌 같은 석벽"이 있어서 '체천'이라 이름 지은 것인데, 이는 한탄강의 지형을 잘 나타낸 표현으로 보인다. 한탄강은 현무암으로 된 용암대지를 관류하여 곳곳에 수직 절벽과 협곡을 이룬다.

『신증동국여지승람』 양주목에는 '대탄'이라는 이름으로 소개되어 있다. "대탄(大灘)은 주 북쪽 74리 지점에 있다. 물의 근원이 둘인데, 하나는 영평현 백운산에서 나오고, 하나는 강원도 철원부 체천에서 나와서 합류한다. 연천 · 영평을 지나 서남쪽 임진으로 들어간다"라고 되어 있다. 일설에는 '한탄'에 '강' 자를 붙여 '한탄강'으로 부르기 시작한 것이 조선총독부라고 주장하기도 하는데 이는 사실이 아니다. 고산자 김정호가 쓴 『대동지지』 양주편에는 "대탄강은 양주 북쪽 60리에 위치하는데 오른쪽으로 두 개의 물줄기가 흘러든다." "대탄진은 대탄강에 있는데 겨울에는 다리를 건설하여 연천으로 통행했다"라고 해서 '대탄'에 이미 강 이름을 붙여 쓴 것을 볼 수 있다.

'한여울' 지명은 여러 지역에 있었다. 서울의 양재천도 예전에는 '한여울'로 불렸다. 조선시대에 양재천 하류 갯벌이었던 개포동 일대의 탄천과 양재천 합류부에서 여울이 세다고 하여 '한여울'이라고 불렀다는 것이다. 경기도 양평군 양서면 대심리에도 '한여울'이 있다. 대심리는 1914년 행정구역 통폐합 때 대탄리와 상심리가 합쳐지며 생긴 지명이다. 여기서 '대탄리'의 우리말 이름이 '한여울'인데, '한여울'은 마을 이름이자 강과 나루를 일컫는 말로 함께 쓰였다. 이곳만 지나가면 서울까지는 그냥 갈 수 있기 때문에 큰 여울이라는 의미에서 '한여울'이라 불렀다고 한다. 정약용의 시 「귀전시초」에 "한탄이 바로 대탄(韓灘是大灘)"이라는 구절이 있는데, 여기서 '한탄(韓灘)'은 이곳 '한여울'을 한자 표기한 것으로 보인다. 우리말 '한'을 한나라 한(漢)이 아닌 나라 이름 한(韓) 자로 썼다. "한여울이 바로 큰 여울"이라는 뜻이다.

쏜살같이 빨라서 살여울

전국의 여러 '살여울'은 물이 쏜살같이 흐르는 곳
'전탄(箭灘, 화살 전 여울 탄)'이나 '사리울', '살울'도 살같이 흐르는 여울

이광수의 농촌계몽소설 『흙』은 1932년 4월 12일부터 1933년 7월 10일까지 〈동아일보〉에 연재되었던 작품이다. 작가가 편집국장 시절에 귀농운동(브나로드운동)을 지원하기 위하여 썼던 것으로 알려져 있다. 주인공 허숭은 그의 고향 마을 '살여울'을 이상촌으로 만들기 위해 헌신하는데 첫 장에서 살여울을 다음과 같이 묘사하고 있다. "'살여울!' 어떻게 정다운 이름이냐, 하고 숭은 철교 밑으로 흐르는 물을 들여다보았다 … 촉촉하게 젖은 땅 위에, 들릴락말락한 소리를 내이고 흘러가는 물 위에 꿈같이 덮인 뽀얀 안개, 그것은 자연의 아름다움 가운데 가장 인정다운 아름다움의 하나다." 그러나 현실은 그렇게 아름답지만은 않아서 '살여울' 물을 대어서 개척한 논들은 대부분이 일제의 무슨 회사, 무슨 은행, 무슨 조합, 무슨 농장으로 다 들어가고, "이제는 숭의 고향인 살여울 동네에 사는 사람들은 마치 뿌리를 끊긴 풀과 같이 되었다"라고 작가는 쓰고 있다.

이 소설에서 '살여울'이 어느 곳인지는 밝히지 않고 있다. 단편적인 언급을 참고하면 작가의 고향인 평북 정주 부근의 조그만 농촌 마을인 듯 보인다. 그러나 '살여울'은 농촌 마을을 대표하는 지명으로 작가가 임의로 선정한 것이다. 그런 만큼 '살여울' 지명은 전국적으로 비교적 흔했고, 농촌의 정취를 잘 나타내고 있는 지명으로 볼 수 있다. 살여울에서 '살'은 '화살'과 같은 말로, 화살은 '활+살'에서 'ㄹ'이 떨어져 나가 된 말이다. 잘 알다시피 화살은 "가는 대로 줄기를 삼고, 아래 끝에는 쇠로 만든 촉을 꽂으며 위쪽에는 세 줄로 새의 깃을 붙인다." 따라서 지명에서 '살'은 화살의 이러한 형상을 빗대어 쓴 경우는 거의 없고, 화살의 '빠름'을 빗대어 쓴 것들이 많다. 그 대표적인 것이 '살여울'로 이는 여울의 흐름이 매우 빠르고 급한 것을 쏜 화살에 빗댄 것이다. 이광수의 『흙』에도 "물이 살같이 빠르니 살여울이라고 짓고 …"라는 서술이 보인다.

여주시 금사면 전북리 '살띄' 남동쪽에 있는 남한강의 여울에 '살여울'이 있다. 물이 흐르는 살처럼 빠르다고 지어 붙인 이름이라고 한다. '살띄'는 '살뒤'가 변한 이름으로 보이는데, 이는 한자 지명 '전북(箭北: 화살 전, 뒤 북)'에서 확인이 된다. 지명에서 '뒤(後)'는 흔히 '북(北)으로 바꾸어 표기하였다. 지역에서는 옛날 이 마을에 활터가 있어 유래되었다고도 하고, 마을 앞산의 지형이 활처럼 생겼고 여주 지역에서 가장 북쪽에 위치해서 붙여진 이름이라고도 하는데, '살띄' 곧 '살뒤'는 '살여울의 뒤쪽'이라는 뜻으로 볼 수 있다.

충남 예산군 오가면 신원리 '사리울'은 신원리와 신암면 탄중리에 걸쳐 있는 무한천의 여울로 '살여울', '전탄'이라고도 하는데, 물살이 급한 여울이 있어 붙인 이름이라고 한다. '살여울 〉 사려울 〉 사리울'로 변한 것으로 보인다. '전탄'은 '살여울'의 한자 표기로 화살 전(箭) 자에 여울 탄(灘) 자를 쓴다. '사리울'은 살여울가에 있는 마을 이름이기도 한데 '살울'이라고도 불렀다. 또한 '살울' 앞에 있는 나루를 '사룰나루'로 불렀는데 '사룰'은 '살울'을 소리 나는 대로 적은 이름이다. 한편 무한천이 걸쳐 있는 탄중리 역시 '사리울'에서 비롯된 이름인데, 1914년 행정구역 통폐합 때 전탄리와 중리를 병합하여 탄중리라 해서 신암면에 편입되었다.

충북 보은군 회남면 사탄리(沙灘里)는 마을 앞에 흐르는 금강의 여울이 살같이 흐르므로 '살여울' 또는 '사여울'로 부르다가 변하여 '사자울', '사탄'이라 불렀다. 1914년 행정구역 개편 때 사탄리가 되었고, 1980년 대청댐 건설로 수몰되었다. 그러니까 '사탄리'의 모래 사(沙) 자는 뜻으로 표기된 것이 아니라 음으로 표기된 것으로 원래는 '살'이었음을 알 수 있다.

『조선향토대백과』에 따르면 강원도 이천군 신흥리 전탄(箭灘)은 우리말로 '사래여울'로 불렀는데, "지난날 물고기를 잡기 위해 살을 놓았다. 살여울 또는 전탄이라고도 한다"라는 설명이다. 그렇게 보면 '전탄'의 '전'은 화살 전 자를 썼지만 실제로는 '화살'이 아니라 '어살'을 뜻하는 것으로 볼 수 있다. '살'의 음이 같아서 화살 전 자를 쓴 것이다. '어살'은 일종의 물고기를 잡는 장치로 흔히 '살'이라 불렀다.

막희락탄은 막흐래기여울

물이 막 흐른다는 '막흐래기'는 남한강에 있는 악명높은 여울 이름.
'막희락탄'은 이곳을 지날 때는 희희낙락하지 말라는 뜻

'막'이라는 우리말을 지명에 쓰기는 쉽지 않다. '바로 지금'을 뜻하는 '막'도 그렇고, '마구'의 준말 곧 "몹시 세차게. 또는 아주 심하게"나 "아무렇게나 함부로"를 뜻하는 '막'도 쓰기가 쉽지 않을 것 같다. 그런데 이 '막'을 지명에 요긴하게 쓰는 곳이 있어 흥미롭다. '막흐래기'가 그것인데 충주의 남한강에 있는 악명 높은 여울 이름이자 마을 이름이다.

충주시 소태면 양촌리는 충주시에서 목계리를 지나 소태면으로 들어오는 관문으로, 조선 후기 남한강에서 가장 번창했던 포구인 목계나루의 하류 지역에 위치한다. 『여지도서』(충원현)에는 성태양면 율현리 지역으로 나오는데, 1914년 행정구역 통폐합 때 송동리, 월촌리, 선창리를 병합하여 양촌리로 하였다. 현재도 송곡, 월촌, 선창 등 3개 행정리로 구성되어 있는데, 이 중 월촌은 마을 앞을 흐르는 남한강에 '달여울'이 있어 '월촌'으로 이름이 붙여졌다. '막흐래기'는 이 월촌에 있는 자연마을 중 하나로 역시 '막흐래기여울'이 있어 이름이 붙여졌다고 한다. 양촌리는 마을

충주시 소태면 양촌리. 자연마을 막흐래기가 있는 월촌리를 병합한 동네다.

앞의 남한강이 여우섬(하중도)을 돌아 흐르는 달여울[月灘 월탄]과 막흐래기여울[莫灘 막탄] 두 여울이 있는 것이다.

'막흐래기'는 '막흐르기'라고도 불렀는데 말 그대로 막(마구) 흐른다는 뜻이다. 그러니까 물의 흐름이 몹시 세차다는 의미를 직접적으로 표현한 말이다. 한자로는 막희락탄(莫喜樂灘)이라 썼다. '막흐래기'를 음이 비슷한 한자로 표기한 것이다. 그런데 뜻으로 해석해도 가능하도록 한자를 선택했는데, (이곳을 지나기 전에는) 기뻐하거나 즐거워하지 말라는 뜻으로 읽을 수 있다. 아니면 희희낙락하지 말고 긴장하라는 뜻으로도 볼 수 있다. 이 '막희락'은 조선 후기의 문신인 최석정(1646~1715)의 문집 『명곡집』에는 '수세가 가장 험한 곳'으로 기록되어 있다. 또한 정약용은 시에서 "막희라는 여울 있어 / 이곳을 가기가 너무도 어렵다네"라고 했는데, '막희락'을 줄여서 '막희'라고 쓴 것을 볼 수 있다. 다른 문헌에서는 '막탄'으로 쓰기도 했다.

이 막흐래기여울 위로는 선창을 지나 목계나루가 있었고, 강 건너편으로는 세곡을 모아두었던 가흥창이 있었다. 따라서 각종 배들의 운행이

빈번했는데 이 막흐르기 여울은 여간 골칫거리가 아닐 수 없었다. 배가 올라갈 때는 바람이 잘 불어도 여울의 물살에 밀려 올라가기가 어려워 배에 줄을 매고 이 줄을 강변에서 잡아끌며 올라가야 했다고 한다. 그래서 이를 전문적으로 하는 '끌패'가 이곳에 가장 많았고, 벌이도 잘 되었다고 한다. 또한 배가 내려갈 때도 급류에 쓸려 쏜살같이 내려가다가 바위에 부딪혀 파손되는 일이 자주 있었기 때문에 목계 바로 아래쪽에 위치한 선창이라는 마을에는 물길을 잘 알고 배도 능수능란하게 다룰 수 있는 선사사공(앞사공)이 있어서, 돈을 받고 이곳만을 전문적으로 내려주기도 하였다고 한다.

'막'이라는 말은 '마구'라는 뜻 말고도 '막다'의 어간 '막-'이나 '마지막 · 막바지 · 끝'의 뜻으로 지명에 쓰이기도 했다. 전국적으로 '막골'이라는 지명이 아주 많은데, 대개 한자를 '막(幕, 막 막)'으로 쓰고, '전에 산막이 있던 골짜기', '어떤 사람이 움막을 짓고 살던 골짜기' 등으로 해석하는 경우가 일반적이다. 이때의 '막(幕)'은 "겨우 비바람을 막을 정도로 임시로 지은 집"을 뜻한다. 그러나 '막골'을 내용적으로 보면 '막다른 골짜기'나 '막은 것처럼 보이는 좁은 골짜기' 또는 '마지막에 있는 골짜기'로 해석되는 경우가 많다.

경남 의령군 부림면 막곡리는 우리말 이름 '막실'이 전한다. '실'은 '골(谷)'을 뜻하는 옛말이고 '막'은 '막다'의 어간 '막-'으로 짐작된다. '막곡'의 한자를 '막곡(莫谷: 없을 막, 골 곡)', '막곡(幕谷: 막 막, 골 곡)' 두 가지로 쓰는 것으로 보아서는 우리말 '막'을 한자의 뜻과는 상관없이 음을 빌려 표기한 것으로 볼 수 있다. 법정동은 '막곡리(莫谷里)'로 쓰는데 비해, 아래위로 나뉜 두 동네는 상막곡(上幕谷), 하막곡(下幕谷)으로 표기되어 있다. 이 중 '막곡(莫谷)' 표기가 본래의 것인데 이는 '막실'을 한자의 음과 훈을 빌려 표기한 것으로 보인다.

'막실'에 대해 동네에는 "언제 누구의 묘지인지는 확실치 않으나 묘

밑에 막을 짓고 삼년상을 지낼 때 기거하기 위하여 움집을 지었는데 그 움집의 형태가 유래되어 막집, 막실로 불리어졌다”라는 이야기가 전해지고 있다. 그러나 이는 한자 ‘막(幕)’에 근거해서 지어낸 일종의 민간어원설로 볼 수 있다. 『의령의 지명』(의령문화원)에서는 이와 같은 전설을 소개하면서 “‘막’의 의미는 분명하지 않다. 다만 전래 지명이 ‘막실’임을 볼 때 ‘막곡(莫谷)’의 ‘막(莫)’은 ‘막다’의 ‘막’을 적은 고유어로 보는 것이 자연스럽다. 그래서 ‘막곡’의 의미는 ‘큰 산이나 언덕으로 막힌 마을’로 볼 수 있다”라고 쓰고 있다.

‘막다’의 의미를 보다 분명히 나타낸 지명으로는 ‘막근촌(莫斤村)’ 같은 것을 들 수 있다. 같은 의령군 칠곡면 신포리는 예전에 ‘막근촌’이라 했는데, 『호구총수』에 ‘막근촌(莫斤村)’이 나타난다. 이에 대해 『의령의 지명』은 “‘막근(莫斤)’은 ‘막다, 막히다’의 고유어 ‘막은’을 표기한 것으로 볼 수 있다. 그 의미는 ‘막은 곳이 있는 마을’ 혹은 ‘막힌 곳이 있는 마을’ 정도가 된다. ‘막근’은 마을의 위치가 계곡이 끝나는 지점에 있거나 마을 어디엔가 큰 바위가 있는 경우 이름 짓는 지명이다”라고 쓰고 있다.

정선 아우라지와 옥수동 두물개

두 갈래 물길을 아우르는 '아오라지' · '아오내' · '두물머리'
세 갈래 물길이 합쳐지는 곳 '삼강나루'

산이 많은 우리나라에는 수많은 산골짜기가 있다. 이 산골짜기들은 그대로 물길을 이루기도 하는데, 골물이 모여 개울을 이루고, 개울은 모여 내를 이루고 내는 다시 강을 이루어 바다에 이르게 된다. 마치 나무가 꼭대기 잔가지에서부터 내려와 하나의 큰 줄기를 이루는 모습과도 같다. 물길은 낮은 곳으로 내려오면서 무수히 합쳐지는 과정을 겪게 되는데 이러한 과정은 지명에도 그대로 나타나게 된다. 물이 합쳐지는 과정을 나타내는 지명 중에 대표적인 것이 아우라지다. '아우라지'는 사전에도 등재되어 있는데, "두 갈래 이상의 물이 한데 모이는 물목. =합수목"이라 되어 있다.

이 아우라지 중에서 가장 많이 알려진 것이 '정선 아우라지'다. 아우라지는 아오라지가 변해 된 말로 보이는데, '아오라지'는 '아올+아지'로 분석된다. 동사 '아올다'는 중세국어로 '아우르다', '합치다'의 뜻이고, '아지'는 유감스럽게도 어원을 알기가 어렵다. 어쨌든 아우라지는 물줄기가 합쳐진 내를 뜻하는 것만큼은 분명하다. '정선 아우라지'는 강원도 정선군 여량면 여량리에 있는데, 구체적으로는 송천과 골지천 두 물길이 합쳐지는 지점을 이른다. 송천은 평창군 황병산(1,407m) 계곡에서 흘러내린 물줄기를 가리키고, 골지천은 강원도 태백시 금대봉(1,418m) 계곡에서 발원한 물줄기를 가리킨다. 이 두 물길이 여량 아우라지에서 만나 조양강을 이루고, 조양강이 정선군 가수리에서 동대천과 합쳐 동강이 된다. 그리고 동강은 강원도 영월군에서 서강과 합쳐져 남한강이 되고, 남한강이 양평 두물머리에서 북한강과 합쳐져 비로소 한강이 된다. '정선 아우라지'는 한양으로 목재를 나르던 뗏목의 시발점이자 정선아리랑의 발상지로도 알려져 있다. 아우라지 지명은 연천군 청산면 궁평리에도 있는데, 한탄강과 포천의 영평천이 합류하는 곳에 있는 강을 이르는 말이다.

천안시 동남구 병천면 병천리 일대를 '아우내'라 부르는데, 이곳 '아우내 장터'는 3·1운동 당시 유관순 열사가 독립만세운동을 이끌었던 곳으로 유명하다. '아우내'는 '아오내'라고도 하는데, '아올내(아올+내)'에서 ㄹ이 탈락한 어형으로 볼 수 있다. 마찬가지로 아우른 내 곧 두 물길이 합쳐진 내를 뜻한다. 한자로는 아우를 병(竝) 자에 내 천(川) 자를 써서 '병천'이라 불렀다. 이곳은 구체적으로는 '잣밭내(백전천)'와 '치랏내(갈전천)'가 합쳐지는 지역이다.

경기도 양평군 양서면 양수리에 위치한 '두물머리'는 금강산에서 발원한 북한강과 삼척시 대덕산에서 발원한 남한강이 합쳐져 한강으로 흐르는 지점을 가리키는 이름이다. '두물'은 두 갈래의 물이라는 뜻이고, '머리'는 두 물이 머리를 맞대는 곳이라 하여 붙은 말이다. 한자로는 '이수두', '양수두'같이 두 이(二) 자나 두 양(兩) 자에 머리 두(頭) 자를 썼다. 『신증동국여지승람』에는 '병탄(竝灘)'으로 나온다. "군 서쪽 45리 지점에 있다. 여강 물과 용진 물이 여기에서 합류하기 때문에 병탄이라고 한다"라고 기록되어 있다. 병탄은 아우를 병 자에 여울 탄 자를 썼다. 여강은 여주

부근의 남한강을 이르는 말이고 용진도는 양수리와 남양주시 조안면 진중리를 연결하던 나루 이름이다.

'두뭇개'는 서울 성동구 옥수동 앞의 한강을 말하는데, 이곳에서 중랑천과 한강의 두 물줄기가 만나는 데서 붙여진 이름이다. 동호라고도 했다. '두뭇개'는 옥수동에 있던 마을(나루) 이름이기도 한데 '두물개', '두멧개'로도 불렸고, 한자 이름은 '두모포'였다. 여기서 '두'는 '둘'을, '무/모'는 '물'을 뜻하는 것으로 보인다. 보다 확실한 의미를 나타낸 지명은 '두물개'이다. 『서울지명사전』에는 '두모포'가 "조선 중기 이후 뚝섬과 더불어 한강 상류지방에서 오는 고추 · 마늘 · 감자류 등 전곡과 목재 · 시탄의 집산지였다. 동호대교의 건설로 기능이 상실되었다. 동호나루터에 해당된다"라고 되어 있다.

세 갈래 물길이 합쳐지는 곳으로는 '삼강나루'가 유명하다. 삼강나루는 경북 예천군 풍양면 삼강리와 문경시 영순면 달지리 사이에 있는 나루 이름이다. 조선시대에는 문경새재로 연결되는 주요 간선으로 조령을 넘기 위해서는 반드시 거쳐야 하는 길이었다. 『해동지도』(용궁)에는 '삼강진선(三江津船)'이라고 기재되어 있고, 『각읍지도』등 여러 군현지도에는 '삼강진(三江津)'이라고 기재되어 있다. 『여지도서』(용궁)에는 '무흘탄'이라는 이름으로 나오는데 "사천 · 성화천 · 수정탄 등의 물줄기가 용비산에서 합쳐져 삼강(三江)을 이룬다"고 되어 있다. 지금으로는 예천 회룡포를 휘돌아 흐르는 내성천과 문경에서 발원한 금천이 삼강나루에서 낙동강과 합류한다. 주막이 유명했다.

북한의 양강도 삼수군은 옛 문헌에는 '삼강'이라는 이름으로도 쓰였는데 '삼수'와 같은 뜻이라고 한다. "'삼수'는 압록강, 장진강, 허천강 등 세 개의 큰 강이 유입되어 있으므로 삼수라고 하였다"(『조선향토대백과』)는 설명이다. 옛날에 오지 중의 오지로 손꼽히던 '삼수갑산'의 그 '삼수'이다.

안성시 아양동은 아롱개

'아롱개'는 빛깔이나 무늬가 아롱다롱 예뻐서 지은 지명일까?
안성 '아롱개'는 안개 끼어 아른거려 보인다는 마을 이름이자 개울(川) 이름

"눈물 아롱아롱 / 피리 불고 가신 님의 밟으신 길은 / 진달래 꽃비 오는 서역 삼만 리"는 서정주의 시 「귀촉도」의 첫 부분이다. 눈물에 '아롱아롱'이라는 말을 쓴 것이 인상적이다. 사전에 보면 '아롱아롱'은 두 가지 뜻을 갖고 있다. 하나는 "또렷하지 아니하고 흐리게 아른거리는 모양"을 뜻하고, 다른 하나는 "여러 가지 빛깔의 작은 점이나 줄 따위가 고르고 촘촘하게 무늬를 이룬 모양"을 뜻하는 것으로 되어 있다. 우리가 '아롱아롱'이라는 말에서 아름다움을 느끼는 것은 주로 두 번째 뜻으로 알아들을 때인 것 같다. '아롱다롱'이라는 말은 아예 두 번째 뜻으로만 쓰이기도 한다.

그러나 '아롱거리다'나 '아롱대다'와 같이 '아롱'이 동사로 쓰일 때는 "또렷하지 아니하고 흐리게 아른거리다"는 뜻만 나타낸다. 안성시 아양동의 우리말 이름 '아롱개(아룽개)'는 아름다운 이미지를 먼저 떠올리지만 알고 보면 '아른거리다'의 뜻을 나타낸 것이다. 『안성군지』에 따르면

"서해안이 만조일 때는 바닷물이 안성천을 통하여 이곳까지 들어와 차가운 안성천과 만나게 되어 안개가 자주 끼어 동네가 항상 안개에 싸여 아물아물 보인다고 해서" 아롱개라 부르게 되었다는 것이다.

한국하천협회의 자료에는 '아롱개'가 "경기도 안성시 아양동 일대에서 부르던 현지 명칭의 하나이다. 옛날 황해 바닷물이 안성시 바로 아래까지 들어왔는데, 이때 민물과 바닷물이 어우러지면 안개가 생겨서 항상 아침 모습이 아른거리게 보인다 하여 이곳의 안성천을 아롱개라 불렀다고 한다"라고 되어 있다. '아롱개'가 마을 이름이자 하천(안성천) 이름으로 불린 것을 알 수 있다. '개'는 강이나 내에 바닷물이 드나드는 곳을 뜻하는 말이다. 이 말은 '물가'의 뜻으로도 쓰였고, 경기도 방언으로는 '개울(川)'의 뜻으로도 쓰였다.

아롱개 지명을 통해 옛날에는 이곳까지 서해의 바닷물이 들어왔다는 것을 알 수 있다. 그 바닷물이 민물과 만나면서 자주 안개가 생기고, 안개가 끼면 냇물이나 주변이 아롱아롱 보여서 아롱개라 부르게 된 것이다. '아롱개'는 아양동이라는 한자 지명보다 먼저 기록에 나타난다. 『조선지지자료』(1911년)에 '아롱개' 이름이 나오고 한자로는 '난동(卵洞, 알 란)'으로 병기되어 있다. '난동'은 인근에 있는 '알미산'에 근거한 지명으로 보이는데 '아롱개'와는 직접 관련이 없어 보인다.

아양동(峨洋洞) 지명은 광복 후 1947년 일본식 이름을 고치면서 등장하는데 왜 그렇게 이름 지었는지는 알려진 바가 없다. 한자가 특이한데 봉우리 아(峨) 자에 큰바다 양(洋) 자를 썼다. 알랑거리는 말 '아양'과 같아 재미있는 지명으로 회자되기도 하지만 한자의 뜻은 전혀 다른 것으로 보인다. 황해남도 신원군 아양동(리)은 똑같은 한자를 쓰는데 "등성이가 빙 둘러 있고 그 안에 바다처럼 생긴 곳이 있는 마을이라 하여 아양동이라 하였다"(『조선향토대백과』)는 설명이다. 이렇게 보면 안성의 아양동 역시 등성이가 둘러 있고 아롱개에 바닷물이 들어왔었다는 사실을 지명에 반영한 것으로 볼 수 있다.

'아롱개'는 아주 오래된 땅이름으로 판단된다. 기록상 확인할 수는 없지만 동네는 아주 오래전부터 있어 왔던 것으로 보인다. 그것을 뒷받침하는 것이 마을에 있는 2기의 미륵불상이다. 주민들은 여미륵(할머니 미륵), 남미륵(할아버지 미륵)으로 불렀는데, 오랫동안 마을 신앙의 대상이었던 것으로 보인다. 모두 고려시대의 전형적인 지방 양식으로 조성된 것들인데 이 마을이 고려시대 혹은 그 이전부터 큰 마을이었음을 증명해 주고 있다.

춘천 강촌리 물께말

물가에 있는 마을 '물께말'
'강변'이 경상도 발음으로 바뀐 '갱빈마실'도 물가 마을

춘천시 남산면 강촌리에 있는 강촌유원지는 남서쪽으로 4㎞ 지점에 구곡폭포, 동쪽으로 2㎞ 지점에 등선폭포와 삼악산이 있고, 또 북한강변을 따라 긴 산책로가 있어 수영과 낚시뿐만 아니라 관광과 등산도 함께 즐길 수 있는 유원지로 이름난 곳이다. 유원지는 강촌천이 북한강으로 유입하는 합수지역에 위치하고 있는데, 북한강변의 아름다운 경치는 물론이고 서울에서 2시간 이내의 거리, 경춘선 철도 강촌역에 인접한 편리한 교통 여건 등으로 젊은이들의 MT 장소로도 각광을 받던 곳이다.

『한국민족문화대백과』에 따르면 "강촌유원지가 위치한 강촌리(江村里)의 지명은 북한강 강가에 있으므로 물께말(마을)이라고 부르던 것에서 유래한다"고 한다. '강촌'이라는 말도 서경적인 느낌과 함께 어떤 정감이 배어 있지만 '물께말'은 촌스러우면서도 정겨운 우리말의 느낌이 잘 살아있다. 춘천시는 트레킹 코스를 개발하면서 봄내길 2코스를 '물깨말구구리길'로 이름 붙였는데, 경로는 '구곡폭포 주차장→봉화산길→문배마

을→구곡폭포 주차장'으로 거리는 8.1km이다. 여기서 '구구리'는 강촌리에 있는 자연마을의 이름이기도 한데, 골이 깊고, 여러 굽이로 되어 있다 하여 이름 붙여졌다고 한다. 구곡폭포를 '구구리폭포'라고도 불렀다고 하는데, '구구리'는 '구곡'과 관련이 깊어 보인다.

'물께말'은 '물깨말'로 흔히 쓰는데, 원래의 말은 '물께말'이다. '물께'에서 '-께'는 접미사로 '그때 또는 장소에서 가까운 범위'의 뜻을 더하는 말이다. '이달 말께' '서울역께'같이 쓴다. 그러니까 '물께'는 '물가', '물가장자리'의 뜻으로 이해된다. 여기에 마을을 뜻하는 '말'이 붙어 '물께말'이 되었는데, 뜻은 '물가 마을'이다. 강촌리 물께말은 북한강가에 위치한 탓에 '물께' 이름이 붙은 것으로 보인다.

'물가' 지명 중에 '갱빈'이라는 특이한 이름이 있다. 그러나 알고 보면 그리 특이하다고 볼 수 없는데, '갱빈'은 한자어 '강변'의 음이 변해서 된 말이기 때문이다. '갱빈'은 '강변 〉 갱변 〉 갱벤 〉 갱빈' 과정을 거쳐 바뀐 것으로 보이는데 주로 경상도 지방에서 많이 쓰였다. 한자어라는 의식이 별로 없이 거의 우리말처럼 쓰였던 것 같다. 어릴 적에 나가 놀던 냇가 모래밭을 그냥 '갱빈'으로 기억하는 식이다.

경북 칠곡군 왜관읍 왜관리에 있는 자연마을 '갱빈'은 서쪽으로는 낙동강을 연접하여 형성된 마을이다. 강변 모래밭에 마을이 형성되어서 '갱변(강변)'으로 불리던 것이 '갱빈'으로 발음이 변화한 것이라고 한다(『디지털칠곡문화대전』). '갱빈마실'은 부산시 기장군 기장읍 석산리에 있는 자연마을이다. 석산리의 서쪽에는 감딤산에서 발원한 송정천이 흐른다. 마을은 송정천 변을 따라 발달해 있고, 일부는 소하천이 송정천으로 유입하는 지역에 자리 잡고 있다. 송정천 강변에 형성된 마을이라고 하여 '갱빈'이란 이름이 붙여졌다고 한다. '마실'은 '마을'의 방언형으로 본다. '마실'이 '이웃에 놀러 다니는 일'을 뜻할 때는 표준어이지마는 '여러 집이 모여 사는 곳'을 뜻할 때는 '마을'의 방언형으로 본다.

문경시 산양면 녹문리는 서쪽으로 금천이 흐르며 넓은 평야가 분포하는 곳이다. 자연마을 '갱빈'은 약 100여 년 전에 장수 황씨들이 이주 정착하면서 집성촌이 된 곳으로 금천 강변에 있는 부락이라 하여 갱빈 또는 금천이라 부르게 되었다고 한다(『두산백과』). 포항시 북구 기계면 현내리는 낙동강이 흐르는 구릉성 평지에 자리한 마을로, 경지가 넓게 분포하여 논농사가 활발히 이루어지는 곳이다. 자연마을 '갱빈각단'은 강변에 새로 된 마을이라 하여 붙여진 이름이라고 한다. '각단'은 특정한 야산이나 강을 경계로 아래위로 각각 몇 집씩 드문드문 모여 있는 마을을 뜻하며, '깍단', '뜸' 등으로도 불렀다.

후릿그물로 고기 잡던 후리포

후릿그물로 고기 잡던 후리포, 후릿개, 후리둔지
'휘리리'는 후릿그물의 한자 '휘리(揮罹)'에 마을 리(里)자 붙인 지명

'후리다'에는 사실 안 좋은 뜻도 있다. 여자를 후린다든지 남의 돈을 후려 먹었다든지 할 때는 별로 좋은 의미는 아닌 것이다. 그러나 수리가 병아리를 후려 갔다라고 말할 때는 단순한 동작을 나타내는 그 이상도 그 이하도 아니다. '후리다'에는 기본적으로 '휘몰아 채거나 쫓다'라는 의미가 있는 것이다. 물고기를 잡을 때 쓰는 말 '후리질'이나 '후릿그물'의 '후리'도 이와 밀접한 관련이 있는 것으로 보인다. '후리질'은 "후릿그물로 물고기를 잡는 일"을 가리키고 '후릿그물'은 "넓게 둘러치고 여러 사람이 두 끝을 끌어당겨 물고기를 잡는 큰 그물"을 가리킨다. '후릿그물'은 그냥 '후리', '후리기'라고도 불렀다.

'후릿그물'은 구조가 간단하고 사용법도 쉬워 원시시대부터 사용되었을 것으로 짐작한다. 문헌상으로는 '휘리(揮罹)'라는 이름으로 나타나는데 자주 보이는 것은 조선 후기부터이다. '휘리'는 우리말 '후리'를 한자의 음으로 표기한 것이다. 1752년(영조 28)에 제정된 『균역사목』 해세조에는

경상도에 '강어휘리장'이 있다는 기록이 보이는데, 이것은 강에서 후릿그물을 쳐서 민물고기나 바다에서 강으로 거슬러 올라가는 성질의 물고기를 잡는 어장을 말한 것이다. 또한 함경도 해세에 관한 기록을 보면 '덕원청어휘리세'라는 것이 있는데, 이는 덕원지방에서 청어를 후릿그물로 잡은 것에 대해 물린 세금을 적은 것이다. 『만기요람』 해세조에는 강원도의 어업에 대하여 쓰면서 휘리가 여러 곳에 있는데 그 세금은 많은 것은 10냥, 적은 것은 4~5냥이라고 적고 있다.

후리포 또는 후릿골은 경북 울진군 후포면 후포리의 예전 이름이다. 후릿그물로 고기를 잡던 곳이라 하여 이름 붙여졌다고 한다. 후포리는 현재 울릉도행 정기여객선이 취항하고 있고 울진대게의 원조 어항으로 유명한 후포항을 중심으로 형성된 마을로 1916년 행정구역 폐합에 따라 청구리, 신리, 하율리의 일부를 병합하여 후포리가 된 곳이다. 원래 후포항은 후리포로 불렸는데 일찍부터 기록에 등장한다. 『신증동국여지승람』(평해군)에 후리포(厚里浦)가 고을 남쪽 15리에 있고 척후소(斥候所)가 있는 곳으로 나온다. 또한 후리산(厚里山)이 고을 남쪽 11리에 있고 이곳에는 후리산 봉수가 있어 남쪽은 영해부 대소산에 응하고 북쪽으로는 표산에 응한다고 되어 있다. 이보다 앞서 실록에는 태종 17년에 평해군 후리포에서 정탐하다 붙잡힌 왜인에 대한 기사도 보이는데 이곳이 군사상 중요한 곳이었음을 알 수 있다. 『신증동국여지승람』(평해군)에는 토산으로 '방어 · 광어 · 문어 · 대구 · 송어 · 고등어 · 연어 · 황어 · 은어 · 삼치' 등 각종 물고기가 나오는데, '후릿그물' 어업에 대한 기록은 보이지 않는다. 이는 다른 문헌도 마찬가지로 '후릿그물' 이야기는 단지 지명만으로 전하는 셈이다.

'후리' 또는 '휘리'는 울진 바로 밑의 영덕에도 있었다. 지금의 영덕군 병곡면 덕천리는 1990년에 병곡면 휘리리를 개칭한 것이다. 휘리리는 '휘리' 곧 '후리'에 마을 리(里)가 붙은 형태이다. 유래에 대해 영덕문화원 홈페이지에는 "조선시대에는 영해부에 속했으며 대한제국 때에는 영해군 북초면 지역으로서, 상대산 뒤쪽이 되므로 잣디, 또는 자두라고도 하며, 후릿그물로 고기를 잡았므르로 후리 또는 휘리(揮里)라 하였는데, 1914년 일제가 자의로 전국의 행정구역을 폐합할 때, 송하동 일부를 병합하여 휘리1리라 하고 영덕군 병곡면에 편입"하였다고 쓰여 있다. 같은 병곡면 금곡리도 '후리' 지명은 아니지만 후릿그물로 고기를 잡던 곳이라 하여 그무실 또는 망곡(網谷), 금곡이라 하였다고 한다.

'후리둔지'는 강원도 강릉시 사천면 방동하리의 사천천 하구에 있는 언덕 이름이다. 『한국향토문화전자대전』에서는 "예전에 사천천 하류로 파도가 치면 바닷물과 함께 양미리, 멸치, 새우 떼가 밀려와 마을 사람들은 고기를 잡기 위해 이 언덕에서 그물을 던져 후리질을 하였다는 데서 생긴 이름이다. 즉, 그물을 치며 고기잡이하는 모습이 지역 이름으로 되었다"라고 설명하고 있다.

경남 통영시 한산면 용초도 '후릿개'는 "옛날 후리그물을 쳐서 고기를 잡았던 포구"라는 설명이다. 전남 보성군 회천면 전일2리 군학마을도 '휘리포'로 불렀던 적이 있다고 한다. 보성문화원은 "마을의 이름은 1457년(세종3)에 이곳에 수군만호진이 개설됨으로써 군영구미라 불러오다 1554년 호남진지(誌) 중 회령포진지에 의하면 회령면 휘리포(揮里浦)라 부른 기록이 있고 그 후 구미영성이라 부르다 1914년 행정구역 개편에 따라 보성군 회천면 군학이라 부르게 되었다"라고 설명한다.

여의도는 너불섬

잉화도(仍火島)와 여화도(汝火島)는 어떻게 여의도가 되었나?
두 지명이 통하는 말은 '너(汝)+불(火)+도(島)'. '너불도'는 '넓은 섬'

1968년에 발표된 은방울자매의 「마포종점」은 지금은 사라져간 시대의 풍경을 담고 있다. "밤 깊은 마포 종점 갈 곳 없는 밤 전차 / 비에 젖어 너도 섰고 갈 곳 없는 나도 섰다'로 시작하는 노래에는 강 건너 불빛만 아련한 영등포가 보이고, 당인리 발전소며 여의도 비행장도 등장한다. 1970년에 개통된 마포대교(개통 당시는 서울대교)는 당연히 보이지 않고 여의도나 영등포는 멀리 강 건너 풍경으로 그려지고 있다. 다리가 없으니 더 이상 나아갈 수 없는 마포종점에서 떠나가고 돌아오지 않는 첫사랑을 서글프게 노래하고 있다. '마포종점'은 시민들의 추억이 담겨 보존 가치가 높은 '서울 미래유산'으로 선정되기도 했다.

노래 가사에 "여의도 비행장엔 불빛만 쓸쓸한데"라고 나오는 여의도는 1968년 밤섬을 폭파해 얻은 골재로 여의도의 제방(여의둑, 윤중제)을 쌓고, 1970년 마포대교를 놓으면서 급속히 개발되었다. 그전에는 비행장만 있는 한적한 모래벌판이었다. 비행장은 1916년 일제에 의해 개설되어

1958년 이후에는 공군기지로 사용되다가 1971년 경기도 성남시 현 서울공항으로 이전하면서 완전히 폐쇄되었다. 1970년대에 여의도를 개발하면서 당시 대통령 박정희의 지시로 기존의 활주로 자리에 5·16 광장(여의도광장, 현 여의도공원)을 만든 것은 유사시에 활주로로 쓸 수 있게 하기 위해서였다고 한다.

이 여의도가 문헌상 최초의 기록에는 '잉화도(仍火島)'로 나와 우리말 이름을 짐작할 수 있게 해준다. 최초의 기록은 『세종실록』 3년(1421)에 보이는데, 예조에서 동물 사육에 대해서 아뢴 기사이다. "양 · 돼지 · 닭 · 오리 · 당기러기 등은, 전자에는 수연【홍제원동에 있다.】과 잉화도(仍火島)【서강에 있다.】 등처에 나누어 길렀는데 …"라고 해서 여의도를 '잉화도'로 불렀고, 이곳이 가축을 기르기에 좋았다는 것을 알 수 있다. 이런 사실은 중종 때 편찬한 『신증동국여지승람』(한성부 산천조)에서도 확인이 되는데, "잉화도(仍火島)는 서강 남쪽에 있으며 목축장이 있는데, 사축서와 전생서의 관원 각각 1명씩을 보내어 목축을 감독하였다"고 나온다.

'잉화도'는 아주 오래된 표기로 말하자면 이두식 표기로 볼 수 있다. 학자들은 대체로 '잉(仍)'이 뜻과는 상관없이 우리말 음 '너/느'를 표기한 것으로 보고 있다. 이는 고대 지명이나 인명에 쓰인 '잉(仍, 芿)'을 검토한 결과이다. 또한 '화(火)'는 잘 알려진 대로 우리말 '블'(불 · 벌)을 표기하기 위해 쓰인 한자이고, '도(島)'는 그대로 '섬'을 나타낸 것이다. 이렇게 보면 '잉화도'는 '너불섬'으로 해석할 수 있고, '넓은 섬'을 뜻하는 것으로 볼 수 있다. 이러한 해석은 이곳 여의도의 지형으로도 뒷받침되고, 또 다른 지역에서 쓰인 '너불' 지명으로도 뒷받침된다. 밀양시 산내면 남명리 '너불등'은 '등성이' 이름인데 "그 폭이 매우 넓고 평퍼짐하다고 하여 붙여진 지명"이라고 한다. 한자는 '넓을 광' 자 광등(廣嶝)으로 썼다. 강원도 영월군 주천면 금마리에 있는 고개 '너불목재'는 "이 재를 넘으면 오미리의 넓은 평지 마을인 평촌으로 가는 길목이 나오므로 '넓은목재→너분목재→너불목'이 되었다"(영월문화원)고 한다.

이 '잉화도'는 거의 비슷한 시기에 '여화도(汝火島)'로도 쓰여 이 섬이 '너불섬'으로 불렸다는 것을 확인할 수 있다. '여(汝)'는 '너 여' 자로 '너불섬'의 '너'를 훈음차로 표기한 것으로, '여의도'의 '여' 자가 여기에서 비롯되었다는 것도 알 수 있다. 단종 때 생육신의 한 사람으로 잘 알려진 추강 남효온(1454~1492)의 문집 『추강집』에는 「여화도(汝火島)로 강자온을 찾아가다」라는 제목의 시가 실려 있는데, 그는 여의도의 하류 쪽에 있는 지금의 고양시 행주나루에 은거한 바 있다. '여화도'는 실록의 연산군 12년(1506) 기사에도 보인다. 그러다가 '여화도' 이름이 정조 12년(1788)에 한성부 각부의 방과 계의 이름을 정해줄 때에도 '여화도계'로 쓰인 것을 볼 수 있는데, 공식적인 행정지명으로 정해진 것이다.

'여의도(汝矣島)' 지명은 1783년(정조 7) 『일성록』 기사에서 처음 보이고, 1789년의 『호구총수』(1789)에도 '여의도계'로 수록되어 있다. 이후 『대동여지도(도성도)』 등 기록에는 주로 '여의도'로 나타난다. '여의도'는 우리말로는 '너의섬'으로 읽을 수 있는데, '너불섬'이 '너의섬'으로 바뀐 이유는 불분명하다. 한가지 관련이 깊어 보이는 것으로는 '나의주' 지명을 들 수 있다. 실학자 유형원(1622~1673)이 편찬한 지리지인 『동국여지지』에는 '여의도'가 '나의주'로 나오는데 여기에 "나의주(羅衣洲)는 도성 서쪽 15리 서강 안에 있다. 세속에서는 잉화도라고 칭한다"고 되어 있다. 민간에서는 '너불섬(잉화도)'으로 부르는 것을 '나의주'로 썼다는 것이다. '주(洲)'는 '섬 주' 자다.

이에 대해 연구자들은 '나의주'의 '옷 의(衣)' 자가 '벌'을 표기한 것으로 보기도 한다. 옷을 헤아릴 때 쓰는 '한 벌', '두 벌'의 '벌'이 옷의 뜻을 갖고 있다는 것이다. 또한 '나(羅)'는 '너'를 한자의 음으로 표기한 것으로 보아 '나의'는 '너벌(너불)'을 표기한 것으로 보는 것이다. 그렇게 본다면 후대에 '옷 의(衣)' 자를 쓴 취지는 잊혀지고 그냥 '의' 음만을 취해 '여화도'

를 '여의도'로 바꾸어 쓴 것으로 볼 수 있을 것이다. 1808년에 왕의 정사에 참고하도록 정부 재정과 군정의 내역을 모아 편찬한 책인 『만기요람』에는 행정지명으로는 여의도계(汝矣島契)를 쓰면서 섬 이름은 여화도(汝火島)로 쓴 것을 볼 수 있다. 또한 고종 초의 『동국여지비고』에는 행정지명(부방)으로는 여의도계가 쓰인 데 반해 목장 이름으로는 '나의주' '잉화도'가 쓰인 것을 볼 수 있다.

도리리는 섬마 섬마을

섬이 아닌데 섬처럼 보이는 마을 … '섬말', '섬촌', '섬마', '도리리(島里里)'
이 마을들은 대개 물줄기가 마을을 감돌아 흘러 섬 같은 모양

사방이 물로 둘러싸인 땅을 우리는 흔히 '섬'이라 부른다. 따라서 섬은 꼭 바다에만 있는 것이 아니라 육지의 강 속에도 얼마든지 있을 수 있다. 강 속의 섬은 강의 중간에 유속이 느려지거나 흐르는 방향이 바뀌면서 모래가 쌓여 형성된다. 강 속의 섬은 홍수 때에는 물에 잠기기도 하고 물의 흐름이 바뀜에 따라 쉽게 육지에 붙기도 한다. 현대에 와서는 개발이라는 이름으로 '강 속의 섬'은 더욱 쉽게 변개되었다. 서울 속 한강만 해도 원래 섬이 13개가 있던 것이, 여의도, 선유도, 밤섬, 노들섬, 서래섬만 남고 난지도, 저자도, 뚝섬, 잠실섬, 부리도, 반포섬, 무동도, 무학도 등은 사라지거나 육지가 되었다.

그런데 이런 섬 지명 중에는 실제 섬이 아닌 데도 섬 이름으로 부르는 경우가 있어 눈에 띈다. 대개 섬은 아니지만 물로 둘러싸여 마치 섬처럼 보인다거나 섬처럼 외따로 떨어져 있어 이름 붙인 것이다. 말하자면 섬은 아닌데 '섬과 같다', '섬처럼 보인다'고 해서 비유적인 의미로 이름

붙인 것이다. 경기도 양주시 광적면 석우리에 있는 자연마을 '섬말'은 마을 전체가 물로 둘러싸여서 섬과 같다고 하여 붙여진 이름이라고 한다. 한자로는 '섬 도(島)' 자에 '마을 촌(村)' 자를 써서 '도촌'이라고 했다. 실제로도 마을 앞으로 율량천이 흐르고 뒤로 봇물이 흐르고 있어 섬말 전체가 물로 둘러싸여 있다. 또한 들 한가운데에 섬처럼 있는 마을이라 해서 붙여진 이름이라기도 한다. 몇 년 전만 하더라도 섬말에서는 우물을 팔 수 없었다고 하는데, 풍수지리상 배와 같은 지형이라서 배 밑에 말뚝을 박으면 물이 새어 배가 가라앉는다고 생각했기 때문이라는 것이다(『한국향토문화전자대전』).

'섬말'은 성남시 중원구 도촌동에 있었던 자연마을 이름이기도 한데 한자로는 도촌(島村)이라 했다. '도촌동' 이름도 이 '섬말(도촌)'에서 비롯된 것이다. 『한국향토문화전자대전』에 "마을 앞과 뒤에 하천이 있고, 마을 앞 중앙에 뒤의 산맥이 끊어졌다가 약간 솟아 있는 것이 마치 섬처럼 생겼다 하여 섬말 즉 도촌(島村)이라 칭한 데에서 유래되었다. 일설에는 1925년 을축년 대홍수 때 마을만 섬처럼 남아 '섬마을'이라 부르던 것을 한자화한 것이라고도 하나, 조선시대 지리지에 이미 도촌리로 기재되어 있는 것으로 보아 근거가 미흡하다"라고 되어 있다.

북한지역에도 '섬말' 지명은 여럿인데, 평안남도 신양군 사개리의 동북쪽에 있는 마을 '섬말'은 "비류강과 맹산개의 합수목에 위치해 있다. 원 문암리의 본 부락이다. 마을이 들어앉은 모양이 섬처럼 보인다 하여 섬안 또는 섬말이라고도 한다"(『조선향토대백과』)는 설명이다. 평안북도 천마군 비화리의 동남쪽 경자천 하류 기슭에 있는 마을 '섬마을'은 "구암리에서 흘러오는 경자천 물줄기가 마을을 감돌아 흐르므로 섬처럼 보인다 하여 섬마을이라 한다. 섬말이라고도 한다"고 되어 있다. 평안남도 개천시 동림리 쟁경대 서쪽에 있는 마을은 "세 갈래 여울 동쪽에 위치해 있다. 삼면이 강으로 둘러싸여 섬처럼 보인다는 데서 섬말이라 하였다"고 한다.

경상북도 경산시 하양읍 도리리(島里里)는 '도리'라는 마을 이름이 행정 지명이 되면서 '리(里)'가 덧붙은 것으로 보인다. 자연마을 '도리'는 홍수가 나면 조산천의 범람으로 생긴 여러 갈래의 물줄기가 마을을 에워싸고 흘러 마을의 지형이 섬과 같이 되었다고 하여 섬마, 섬마을로 불리게 되었다고 한다. 이것이 후에 '도리'로 한자화되었다. '섬마'에서 '마'는 마을의 방언으로 보이는데 경북 지방에서 많이 쓰였다. 같은 경산시 자인면 신도리 '섬마' 마을은 "섬처럼 외따로 떨어져 있다는 의미에서 붙여진 지명"(『두산백과』)이라고 해서 도리리의 '섬마'와는 조금 다른 유래를 보여준다.

영천시 화북면 용소리에 있는 자연마을 '섬마을'은 약 200년 전에 만들어졌는데, 마을 양쪽이 못으로 둘러싸여 마치 섬같이 생겼다고 하여 '섬마' 또는 '섬마을(島里, 도리)'로 부르게 되었다고 한다. 안동시 도산면 의촌리의 자연마을 '섬촌(일명 섬마)'은 낙동강이 두 갈래로 흘러 마을이 섬처럼 보인다고 하여 붙여진 이름이라고 한다. 현재는 안동댐 건설 과정에서 일부 지역이 수몰되어, 섬촌 앞으로 안동호가 펼쳐져 있다고 한다.

경북 영양군 일월면 섬촌리(剡村里)는 한자가 특이한데, '섬(剡)'은 진나라 왕휘지의 고사에 섬계(剡溪)라는 지명으로 나오는 한자이다. 그러나 여기서는 우리말 '섬'을 단지 음을 빌려 표기한 것으로 보인다. '섬촌리'는 본래 영양군 북초면의 지역으로서 장군천이 마을을 싸고 돌아 흐르므로 섬마 혹은 섬촌이라고 하였다고 한다. 1914년 행정구역 개편 때 섬촌리라고 하여 일월면에 편입되었다. 영양군 홈페이지에는 "약 400년 전에 봉성 금씨가 처음으로 마을에 들어와 당하동이라고 부르다가 동학운동으로 인하여 금씨가 망하고 영양 남씨가 들어와 보니 마을 형상이 섬처럼 장군천에 둘러싸였다고 섬마 또는 섬촌이라 했다"고 되어 있다.

서울 동작구에도 있던 갯마을

흔한 '갯마을'을 다르게 지어 붙인 마을 이름들
'갯마'·'갯말'·'갯몰'·'갯골'·'포촌(浦村)'·'포동(浦洞)'

오영수의 단편소설 「갯마을」의 주인공 해순이는 보재기(해녀)의 딸이다. 그녀의 어머니는 김가라는 뜨내기 고기잡이 애를 배고 이 마을을 떠나지 못했다. 해순이는 "어머니를 따라 바위 그늘과 모래밭에서 바닷바람에 그슬리고 조개껍질을 만지작거리고 갯냄새에 절어서" 컸다. 열 살 때부터는 잠수도 배웠다. 그런 해순이가 열아홉 살 때 성구에게 시집을 가고 그의 어머니는 고향인 제주도로 돌아갔다. 그러나 얼마지 않아 성구는 고등어 잡으러 먼바다로 출어했다가 돌아오지 않고, 해순은 이모집인 후리막에 와서 일을 거들고 있던 상수에게 겁탈당하면서 그에게로 개가하여 산골 마을로 떠나게 된다. 그러고는 상수마저 일제의 징용으로 끌려가면서 해순이는 못내 갯냄새가 그리워 다시 갯마을로 돌아온다.

작가는 그녀의 어머니가 그러했듯 해순이가 고향(바다)으로 회귀하는 과정을 통해 자연과 하나된 원초적인 삶의 모습을 '갯마을'을 무대로 부각시키고 있다. 작품 속에서 '갯마을'은 "서(西)로 멀리 기차 소리를 바람결에 들으며, 어쩌면 동해 파도가 돌담 밑을 찰싹대는 H라는 조그만 갯마을이 있다. 더께더께 굴 딱지가 붙은 모 없는 돌로 담을 쌓고, 낡은 삿갓 모양 옹기종기 엎딘 초가가 스무 집 될까말까? 조그마한 멸치 후리막이 있고 미역으로 이름이 있으나 …"와 같이 그려지고 있는데, 부산광역시 기장군 일광면 학리를 모델로 한 것으로 전해진다. '학리'의 영어 이니셜 H를 지명으로 삼은 것을 볼 수 있다. 이는 작품 말미에 나오는 '달음산'으로도 확인이 되는데, '달음산(588m)'은 정관면과 일광면 원리와의 경계를 이루며 군의 중앙에 솟아 있어 기장 8경 가운데 제1경으로 꼽히는 산이다. 작가는 울산시 울주군 언양에서 태어났고, 1943년에는 일광면에 살면서 일광면 서기 일도 했던 것으로 알려져 있다. 1965년 제작한 김수용 감독의 영화 〈갯마을〉도 이곳에서 주로 촬영했다고 한다.

소설 「갯마을」은 작품 속에서 'H라는 조그만 갯마을'이라고 한 것으로 보아 특정 지명이 아니라 일반명사로 제목을 삼은 것을 알 수 있다. 사전에 '갯마을'은 "갯가에 자리 잡고 있는 마을"로 나온다. 그렇게 보면 바닷가나 냇가에 위치한 마을, 특히 끝에 '개 포(浦)' 자가 붙은 포구나 마을은 모두 '갯마을'로 부를 만한 것이다. 이렇게 흔하다 보니 마을의 성격은 '갯마을'이지만 마을 이름은 대부분 다른 것으로 지어 붙인 것을 볼 수 있다. 개중에 '갯마을' 이름을 끝까지 갖고 있는 경우에도 변형된 모습을 보이는 경우가 대부분이다. '갯마', '갯말', '갯몰', '갯골' 같은 이름이 그러하다. 물론 일부러 그랬다기보다는 '갯마을'이 자연스럽게 줄어서 된 말이지만 어쨌든 일반명사 '갯마을'과는 차별화된 모습으로 많이 쓰였다.

부산시 강서구 명지동에 있는 자연마을 '해척마을'은 옛날에는 갯마을이라는 뜻에서 '갯마'라고 불렀다고 한다. 전남 해남군 황산면 한자리 산소마을(현 산소어촌체험마을)은 갯가에 있는 마을이라 '갯몰'이라 불렀다고 한다. 천주교 김대건 신부의 탄생지로 유명한 당진시 우강면 송산리는 탄생지인 '솔뫼' 외에도 15개의 자연마을이 있다. 그중 하나인 '갯말'은 솔뫼 북쪽에 있는 마을로 옛날에는 갯가의 작은 포구였다고 한다. 지금은 모두 간척 평야 지대로 변해 버렸지만 옛날에는 이곳까지 바닷물이 들어와 배가 닿던 곳이다.

송산리 갯말은 또 다른 자연마을인 상포, 중포, 하포를 통합하여 '갯말'이라고도 말한다. '갯말'은 한자로는 포동(浦洞)이라 했다. 상포, 중포, 하포는 이 '포동'을 중심으로 위, 아래 방위로 이름 붙인 것이다. 이 중 중포는 '개안말'이라고도 했는데 이는 '갯말'의 안쪽에 있는 마을이라는 뜻이다. 한자로는 '포내'라고 썼다. 배의 닻줄을 매었다는 300년 된 느티나무가 있기도 하다.

'갯마을' 지명은 바닷가뿐 아니라 내륙의 냇가 마을에도 있었다. 서울시 동작구 '갯마을(갯말)'이 그러한데, 지금도 그곳 아파트는 '갯마을' 이름을 쓰고 있다. 『서울지명사전』에 '갯말'은 "동작구 동작동 · 흑석동에 있던 마을로서, 국립묘지에서 정감몰이나 말죽거리로 가는 도중 이수교 모퉁이 갯가의 현재 동작동 80~106번지 일대에 있었다. 갯가에 있으므로 갯마 · 갯말 또는 포촌(浦村) · 포동(浦洞)이라고도 불렀으며, 옛날 동재기 나루에 일보던 사공들이 많이 살았다고 한다"라고 설명되어 있다. 또한 '갯말'의 뒷산을 '갯말산'으로 부르기도 했다.

종로구 명륜1가동에 있던 마을 '갯골'은 성균관 서북쪽의 개천이 있는 곳에 있던 마을이었다. 포동(浦洞)이라고도 불렀다 한다. 성균관길을 따라 북쪽으로 올라가 우암길과 마주치는 명륜1가동 1통 일대이다.

강경의 옛 이름 갱갱이

조선시대 전국 3대 시장이었던 '갱갱이' 강경은 어떻게 지은 지명일까?
소리만 같고 뜻이 다른 많은 한자 지명 표기들 … 江景, 江境, 江京, 江鏡

동학혁명 때 「녹두새요」와 함께 불린 민요 중에는 「봉준요」도 있었는데, 가사는 "봉준아 봉준아 전봉준아 / 양에야 양철을 질머지고 / 놀미 갱갱이 패전했네"라고 되어 있다. 이를 『한국민족문화대백과』는 '참요'로 설명하고 있는데, 말하자면 앞 일에 대한 좋고 궂음을 예언하는 뜻으로 지어 부른 노래라는 것이다. 그러면서 「봉준요」에 대해 "놀미는 논산(論山)이요, 갱갱이는 강경(江景)의 토박이말이니 전봉준이 싸움에 지는 곳을 예언한 것이다"라고 설명한다. 여기서 '강경'이라는 한자 지명을 민간에서는 '갱갱이'라고 불렀다는 것을 확인할 수 있다.

강경은 지금은 논산시 강경읍이지만 조선시대에는 은진현에 속한 금강변의 유명한 포구였다. 채만식은 그의 대표작이라 할 수 있는 장편소설 『탁류』(1941)에서 '강경'을 '강경이'라고 썼다. "금강 … 합수진 한 줄기 물은 게서부터 고개를 서남으로 돌려 공주를 끼고 계룡산을 바라보면서 우줄거리고 부여로 … 부여를 한 바퀴 휘돌려다가는 급히 남으로 꺾여 단숨에 논메(논산), 강경이(강경)까지 들이닫는다. 여기까지가 백마강이라고, 이를테면 금강의 색동이다"라고 썼다. 여기서 논산을 '논메', 강경을 '강경이'라고 부른 것을 볼 수 있다. '강경'에 접미사 '-이'를 붙여 부른 것이 눈에 띄는데, 이는 '갱갱이'의 '-이'와도 같은 것이다. '강경'을 흔히 '갱경'으로 불렀는데, 여기에 '-이'가 붙고 음운변화를 일으켜 '갱갱이'가 된 것으로 보인다.

『탁류』는 이어서 "백마강은 공주 곰나루(웅진)에서부터 시작하여 백제 홍망의 꿈자취를 더듬어 흐른다. 풍월도 좋거니와 물도 맑다. 그러나 그것도 부여 전후가 한창이지, 강경에 다다르면 장꾼들의 홍정하는 소리와 생선 비린내에 고요하던 수면의 꿈은 깨어진다. 물은 탁하다. 예서부터가 옳게 금강이다"라고 쓰고 있다. 이중환은 『택리지』(1751년)에서 "은진의 강경 한 마을만은 충청도, 전라도의 바다와 육지 사이에 있어 금강 남쪽 기슭의 평야 가운데에서 하나의 큰 도회를 이룬다"라고 썼다. 그는 이곳 강경 황산리에 있는 팔괘정에서 『택리지』를 탈고하기도 했다. 강경은 금강변에 있으면서 넓은 논산평야를 배후에 두고 있는 지리적 조건을 바탕으로 일찍부터 수산물, 농산물의 집산지로 발달하였다. 조선시대에는 평양, 대구와 함께 전국 3대 시장의 하나였고 서해안 최대의 수산물 시장이었다. 이러한 명성은 일제강점기에도 지속되었는데, 지금도 강경에는 군산처럼 일제 때의 건축물들이 많이 남아 있기도 하다.

강경 지명은 일찍이 『세종실록지리지』(은진)에 '강경포'라는 이름으로 나온다. 『동국여지승람』에 "강경포는 강경산 아래에 있는 해포(海浦)이다"라고 나온다. '해포'라는 말은 이곳까지 조수가 밀려들어 바다 같은 포구라는 뜻이다. 조선 후기 영조 때 편찬된 지리지인 『여지도서』 은진현 산천조에 "강경산은 은진현 관아에서 서쪽으로 20리 거리에 있고, 임천과의 경계에 있으며, 강변에 홀로 우뚝 솟아 있다"라고 기록되어 있다. '강경산'은 민간에서는 '옥녀봉'이라 불렀는데, 나지막한 야산인 강경산이 역사적으로 주목받은 이유는 금강의 수로에 자리 잡고 있고, 평야 지대에 우뚝 솟은 산으로서 봉수대가 설치되어 있었기 때문이다. 『대동여지도』에는 강경이 '강경대'로 나오는데, 이는 강경산의 봉수대를 의미하는 것이다.

강경의 어원은 확실히 밝혀진 것이 없다. 일반적으로 강경이란 지명은 바로 옥녀봉에서 바라보는 빼어난 금강의 전망에서 비롯한 것이라고 한다. 이는 강경이 한자를 '큰 내 강(江)' 자에 '경치(풍경) 경(景)' 자를 쓴 것에 근거한 것으로 보인다. 그러나 유래가 되는 시문이나 일화는 전하는 것이 없다. 또 강경을 '강가의 햇볕고을'로 해석하기도 하는데, 이는 '경(景)'의 훈에 '빛'이나 '햇빛'이 있는 것에 근거한 것으로 보인다. 이 역시 한자의 자의를 그대로 유래로 본 것이다.

그런데 강경의 '경'을 '경치 경(景)' 자가 아닌 '서울 경(京)'이나 '지경 경(境)' 자를 쓴 표기도 있어 혼란스럽다. 『세종실록지리지』도 은진현에서는 '강경포(江景浦)'로 쓴 데 비해, 인근의 석성현에서는 이곳 봉화가 남쪽으로 은진 강경포(江京浦)에 응한다고 되어 있고, 용안현 봉화는 북쪽으로 충청도 은진 강경(江京)에 응한다고 되어 있는 등 '서울 경(京)' 자를 쓰고 있는 것이다. 또한 『승정원일기』 영조 1년(1725) 11월 9일자 정언 임주국의 상소문에서는 '은진현 강경장(江境場)'으로 '지경 경(境)' 자를 쓴 것을 볼 수 있다. '강경(江境)'은 강을 경계로 한다는 뜻으로 보이는데, 『동국여지승람』 임천군 산천조에는 "강경진이 군 동쪽 30리에 있는데, 은진현 경계이다"라고 나온다. 이 밖에도 『여지도서』 고산 산천조에는 '충청도 은진 강요포(江鐃浦, 징 요)', '강경포(江鏡浦, 거울 경)' 등의 표기도 보이는데, 어쨌든 '경'의 한자 쓰임은 혼란스러워 '강경'의 어원을 알기가 쉽지 않다.

제5부

한 우물 먹고 살았네

천을리 한울이는 큰 울타리

큰 울타리(한울)이거나 하늘(天)만큼 높은 땅이름. 충남 금산 '천을리'는 산이 큰 울타리처럼 둘러싼 마을. 인천 계산동 하느재고개는 높고 가파른 고개

'천을(天乙)'이라는 엄청난 말을 시골의 작은 마을이 이름으로 삼고 있어 눈에 띈다. 금산의 '천을리'다. '천을'이라는 말은 일찍이 『삼국유사』 '가락국기'에 수로왕이 "나날이 자라 10여 일이 지나자 신장은 아홉 자나 되니 은(殷)의 천을(天乙)과 같고, 얼굴은 용처럼 생겼으니 한의 고조와 같고 …"라고 해서 나오는데, 여기서 '천을'은 중국의 고대 왕조 은(상)나라를 세운 탕 임금의 이름이다. 또한 '천을'은 별(자리) 이름으로 '태을(太乙)'과 함께 사주나 풍수지리를 보는 데 중요한 개념으로 쓰이기도 했다. '천을'은 천일성이라고도 했는데 하늘에 있는 모든 것을 포괄하며 하늘을 주재하는 천제의 신에 해당한다. '천을귀인'은 세상을 경영하고 만물을 주재하는 권한을 가진 별로서 이 신이 이르는 곳은 모든 흉살이 피하게 된다고도 한다.

이러한 '천을'의 높은 뜻에 비해 '천을리'의 뜻은 단순하고 소박하다. 천을리는 충남 금산군 군북면에 있는 리(里)로 우리말 이름은 '한울이',

'하늘이'이다. '천을'은 '하늘이'를 한자 표기한 이름으로 이두식 표기이다. '하늘 천(天)' 자만 써도 되는 것을 '새 을(乙)' 자를 덧붙인 이유는 '天乙'을 '천을'로 읽지 않고 '하늘'로 읽는다는 것을 분명히 하기 위한 것이다. 이것을 받쳐적기(말음첨기)라고 하는데, 여기서 '을(乙)' 자는 뜻과는 아무 상관 없이 단지 '하늘'의 끝소리 'ㄹ'을 받쳐 적은 것이다.

'하늘이'를 한자 표기한 '천을리'는 1914년 일제의 행정구역 통폐합 때 천을리라 하여 오늘날까지 이어지고 있다. 그런데 이 '하늘이'는 원래는 '한울이'로 불렸던 것으로 보이는데, 이전 기록인 『호구총수』(1789)에는 '한우리(閑右里)'가 나타나고, 『1872년 지방지도』(금산군)에도 '한우리'가 쓰인 것을 볼 수 있다. '한우리'는 '한울이'를 한자의 음을 빌려 표기한 것이다. 『금산군지』에는 "철마산, 발군산, 국사봉, 닭이봉(계봉)이 사방으로 둘러싸여 마을이 큰 울처럼 되었으므로 한울, 한눌이라 하였는데 변하여 하늘이라 하였으며 이를 한자화하여 천을이라 한다"라고 되어 있다. '한울' 이름이 '큰 울(울타리)'에서 비롯되었다는 것을 알 수 있다. 그것은 사방의 산이 큰 울타리처럼 마을을 둘러싸고 있는 이곳의 지리적인 특성에서 비롯된 이름인 것이다. 천도교에서는 '하늘'을 '한울'로 이르기도 하는데, 어원적으로는 '큰 울타리'와도 관련이 있을 것도 같다.

'천을봉(天乙峯)'은 황해북도 신평군 도음리, 강원도 법동군 상서리, 평안남도 양덕군 통동리 삼도의 경계에 있는 산으로 해발 1,216m에 이른다. 이 천을봉에서 남동쪽으로 약 300m 떨어진 신평군 도음리와 법동군 상서리 사이에 '천을령'이 있다. 이 '천을령'을 우리말로는 '하느재'로 불렀다. 『조선향토대백과』에는 "강원도 법동군 상서리 서쪽에서 황해북도 신평군 도음리로 넘어가는 영. 하늘에 잇닿은 듯이 높다 하여 하느재라 하였다. 하늘재령 또는 한자 표기로 천을령(天乙嶺)이라고도 한다"라고 되어 있다.

'하느재'는 '하늘재'에서 'ㄹ'이 탈락한 어형으로 보인다. 여기에서 '하늘'은 '울타리'를 뜻하는 위의 '한울'과는 달리 '크고 높다'는 뜻으로 이름 붙인 것으로 보인다. '천을령'과 '천을봉' 중 어느 것이 먼저인지는 밝혀놓지 않고 있는데, 우리말 이름 '하느재'가 있는 것으로 보아 '하늘령'이 먼저 이름 붙여졌을 가능성이 크다.

인천시 계양구 계산동의 계양산과 계양산성 사이에 위치한 고개의 이름도 '하느재고개'이다. 『한국지명유래집』에 따르면 "산림이 울창하게 우거져 있는 이 고개는 고갯마루까지 경사가 매우 가파르다는 점에서 하늘에 올라가는 것 같다는 의미의 하느재고개라는 이름이 부여되었다고 전한다. '하누재고개'라는 별칭으로도 부르는데 이것을 한자로 한우현(汗雨峴)이라 표기하며 땀을 비 오듯 흘린다는 의미를 담고 있다. 『조선지지자료』에 한우현이라는 한자와 함께 우리말로 '한우재고개'라는 지명이 기록되어 있다"라고 한다.

지금은 사라진 이리시 솜리

속리, 속곡, 솜리, 속실은 어디어디 '안(內) 쪽'에 위치한 마을. 이리시의 이(裏)'는 '속 리' 자로, 안(쪽)이라는 뜻. 안성시 '속말'의 한자 지명은 '이촌(裏村)'

익산시는 1995년 5월 10일 '도농복합 형태의 시 설치에 관한 법률'에 따라 이리시와 익산군이 통합되면서 생겨났다. 당시로는 이리시가 더 많이 알려져 있었고 규모가 컸지만, 이 지역의 역사성을 감안해 시 이름이 군 이름으로 바뀐 것이다. 행정지명으로서의 이리는 1931년 익산읍이 이리읍으로 바뀌며 처음 등장해, 1949년 이리시가 되었다가 1995년 사라진 것이다. 지금도 나이든 사람들은 '익산'보다는 '이리'라는 이름을 먼저 떠올리는데, 중요한 이유 중의 하나가 '이리역'이었다. 이리역은 호남선과 전라선이 갈리는 교통의 중심지여서 많이 알려져 있었고, 또 1977년에 있었던 이리역 폭발 사고 때문에도 많이들 기억하고 있었던 것이다. 당시 사고는 이리역 구내에서 다이너마이트와 전기 뇌관 등 40t의 고성능 폭발물을 실은 한국화약의 화물열차가 폭발해 59명이 숨지고 1,400여 명이 다친 초대형 참사였다.

사실 이리는 역 때문에 생겨나고 역과 더불어 발전한 도시였다. 이리의 우리말 이름은 '솜리'이다. 솜리는 구한말에는 약 10여 호 정도가 거주하는 아주 한적한 마을이었으나 1899년 군산항 개항 이후 군산과 전주를 왕래하는 사람들이 모여들어 작은 시장과 마을이 형성되었다고 한다. 그러다가 1912년 3월 호남선 개통과 함께 이리역이 개설되면서 솜리의 역사는 급변하게 된다. 이때 특이하게 군명이었던 익산이나 면명이었던 남일면이 역명으로 채택되지 않고 마을명인 '솜리(이리)'가 채택된 것이다. 그러고는 1914년 행정구역 개편 때 이리가 익산면의 면소재지가 되고, 1931년에는 익산면이 이리읍이 되었다가 해방이 되어 1949년에는 이리시가 된 것이다. 이리는 철도교통에 의해서 완전히 새롭게 탄생한 곳으로 처음에는 마을명이 역명으로 채택되고, 다시 행정구역명으로 채택되어 기존 익산군 지역의 중심지(금마)를 대체하여 새로운 중심지가 된 것이다.

이리가 지명으로 처음 기록된 것은 『호구총수』(1789)이다. 여기에 남일면 '이리(裏里)'라는 지명이 나타난다. '이(裏)'는 '속 리' 자로, 안(쪽), 내부의 뜻을 갖는다. 이리는 갈대가 무성한 습지로 지금의 구시장 부근에서 주현동과 갈산동에 걸쳐 있던 작은 마을이었다고 전해진다. 이리는 '갈대밭 속에 있는 마을'이라는 뜻으로 '솜리'라고 부르던 것을 한자로 표기한 지명이라고 한다. 이때 솜리는 '속에 있는 마을'이라는 뜻의 '속리'가 음이 변해 된 말로 보인다. 일제에 의해 만들어진 『구한말한반도지형도』(1897)에는 '이리(裡里)'로 표기되어 있는데, '裏'나 '裡'는 모두 '속'의 훈을 갖는 동일한 한자이다.

전남 영광군 염산면 야월리에 있는 자연마을 '이리'는 우리말 이름이 '솜리'였던 것으로 보인다. 염산면 마을 유래에는 "처음에는 금호라 칭하다가 바닷물이 만조 시에는 솜같이 둥둥 떠 있는 형상이라 하여 솜리로 부르다가 그 후 이리(裡里)로 불리고 있음"이라고 되어 있는데, 이는 솜리의 '솜'에만 주목한 설명으로 보인다. 이곳 '솜리'도 위에서 말한 이리의 솜리와 같이 '속리(속말)'에서 비롯된 것으로 추측되는데, 현재

지리적인 위치로는 확인이 어렵다.

안성시 양성면 명목리 '속말'은 '이촌(裏村)'으로 한자화되었다. 속 리(裏) 자를 쓴 것이 이리의 솜리와 같다. '속말'은 명목리의 세 개 마을들 중 가장 안쪽에 위치하였다 하여 속말이라 했다고 한다. 충남 부여군 규암면 내리는 우리말 이름이 '속뜸 · 속말'이다. 한자로는 '안 내'자를 써서 '내리(內里)'로 썼다. 마을 북동쪽에서 남동쪽 방향으로 금강이 지나가고 있는데, 여울 안쪽에 위치한다 하여 '속뜸' 또는 '속말'이라 불렀다는 것이다. 한편 규암면에는 '바깥말(외동)'도 있는데 여울의 바깥쪽에 위치한다 하여 바깥말이라 불렀다고 한다.

경북 고령군 우곡면 속리(涑里)는 우곡면 마을 소개(명칭 유래)에 "깊은 골짜기 속에 자리 잡은 마을이어서 속골이라 하였다. 달리 솝골, 속읍리, 우촌, 속곡이라고도 한다"라고 되어 있다. 1914년 행정구역 개편 때는 '속동'이라 했다가 1988년 '속리'가 되었다. 모두 안쪽을 뜻하는 '속'이나 그와 비슷한 음으로 불러온 것을 알 수 있다. '우촌'은 '소골(꼴)'로 읽을 수 있는데 역시 '속골'에서 변한 것으로 볼 수 있다. 한자 '속(涑)'은 '헹굴 속' 또는 '강 이름 속' 자인데 여기서는 단지 음을 빌려 표기한 것으로 보인다.

아산시 염치읍 송곡리는 "마을 뒤편 금병산 안에 있는 마을이라 하여 '속곡[內谷]'이라 불렀는데, 발음이 변화하여 '송곡'으로 바뀌었다"(디지털아산문화대전)고 한다. 한글학회의 『한국지명총람』에도 "'소나무 송(松)' 자를 뜻한 것이 아니라 마을이 금병산 속에 있는 큰 마을이므로 '속골'이라 부르던 곳인데, 이 속골이 솔골-송곡으로 뜻 빌림이 된 것"이라고 쓰여 있다. 우리말 이름 '속골'이 소나무 송 자 '송곡'으로 바뀐 것이다. 청주시 서원구 남이면 석실리는 "팔봉산 밑 속 골짜기가 되므로 솝실, 속실 변해서 석실이 되었다"고 한다. 고지도에는 석곡리로 표기되어 있다. 솝실, 속실에서 '실'은 '골(谷)'과 같은 뜻의 우리말이다. 이곳 '솝실', '속실'은 한자로 돌 석(石) 자로 바뀌어 '석실리'가 된 것이다.

김유신 장군이 태어난 담안밭

담장 안쪽을 표현한 '담안'이라는 지명은 실제 담을 쌓은 곳이거나
주위의 산세가 담을 두른 것 같다 해서 붙인 마을 이름

'담장의 안쪽'을 뜻하는 '담 안' 지명 중에 가장 인상적인 것은 함안의 '고려동학'이다. 이곳은 나라 안에 또 다른 나라를 세운, 말하자면 자치공화국이다. 고려 후기 정몽주, 이색에게 수학하였던 성균 진사 이오는 고려 왕조가 망하고 조선이 건국되자 고려의 신하로서 끝까지 남을 뜻을 드러낸 후 지금의 경남 함안군 산이면 모곡리로 내려와 은거하였다. 이때 그는 자신이 고려의 유민임을 나타내기 위해 은거지 주위에 담을 쌓고, 담 밖은 새 왕조의 땅일지라도 담 안만큼은 고려 유민의 거주지임을 천명하였다. 그리고 그 표시로 '고려동학(高麗洞壑)'이라고 새긴 비석을 세웠다. '동학'은 "깊고 큰 골짜기"라는 뜻도 있고, '동천(洞天)' 곧 "산천으로 둘러싸인 경치 좋은 곳"이라는 뜻도 있다.

이오는 담 안에 주거를 만들고, 우물을 파고 전답을 개간하여 후손들이 자급자족할 수 있는 터를 만들었다. 이오는 태종이 여러 차례 불렀으나 나아가지 않았고, 아들에게도 새 왕조에서 벼슬하지 말 것과 자신의

신주를 딴 곳으로 옮기지 말 것을 유언하였다고 한다. 이오의 유언을 받든 자손들은 19대 600년에 이르는 동안 이곳을 떠나지 않았고, '고려동'이라는 이름으로 오늘까지 이어 왔다. 현재 이 마을에는 30여 호의 후손들이 재령 이씨 동족마을로 그 순수성을 지켜가고 있다고 한다. 마을 안에는 고려동학 표비, 고려동 담장, 고려종택, 고려전 30,000여 평, 자미단 등이 남아 있어, '고려동유적지'라는 이름으로 경상남도 기념물 제56호로 지정되어 있기도 하다.

이곳을 사람들은 고려동 · 고려촌 또는 장내동(牆內洞)이라 불렀는데, 우리말 이름은 '담안'이다. '장내동'에서 '牆'은 '담 장' 자이다. 우리가 보통 '담장'이라고 부르는 것은 우리말 '담'에 한자 '장'이 덧붙은 것이다. '담'과 비슷한 뜻을 갖는 우리말로는 '울타리'라는 것이 있는데 뜻하는 바는 약간 다른 것 같다. '담'은 '흙, 돌, 벽돌'로 쌓아 올린 것인데 비해, '울타리'는 '풀이나 나무' 따위를 얽거나 엮어서 세운 것이다. 울타리를 흔히 '울바자'라고도 불렀는데, '울'은 '울타리'와 같은 말이고, '바자'는 "대, 갈대, 수수깡, 싸리 따위로 발처럼 엮거나 결어서 만든 물건"을 뜻하는 말이다. 그러니까 '담'은 튼튼하되 왠지 위엄이 느껴지는 데 비해, '울(타리)'은 엉성하되 정이 소통하는 이름인 것이다. 이 '울'에서 함께 사는 '우리'라는 말이 비롯된 것으로 보기도 한다.

김유신 장군이 살았던 곳은 '재매정'이라는 우물이 남아 있는 경주시 교동 일대였지만, 태어난 곳은 충북 진천군 진천읍 상계리로 전해진다. 이곳의 계양마을(현 지양마을) 한복판에는 김유신(595~673) 장군이 태어난 곳이라고 하는 '장수터(장군터)'가 있다. 이 터는 오래전부터 '담안밭'이라 했는데, 밭이 긴 담으로 둘려 있어서 담안밭이라 불렀다고 한다. 밭 안에 큼직한 주춧돌이 남아 있어 만노태수 김서현의 관저가 있던 곳으로 추정하고 있다. 김유신 장군은 그의 아버지 김서현이 만노군의 태수로 재직할 때 '장수터'에서 출생했다고 전해진다. 『삼국사기』「김유신열전」에 "만노군은 지금의 진주인데, 애초에 유신의 태를 높은 산에 묻었으므로 지금도 그 산을 태령산이라고 한다"라고 적혀 있다. '진주'는 진천의 옛 이름이고, '태령산'은 지금의 길상산이다. 1983년 '담안밭'에 김유신 생가를 복원하고, 옆에 '흥무대왕 김유신 유허비'를 세워 놓았다.

'이문(里門)'은 도적을 단속할 목적으로 마을 입구에 세운 문으로, 1464년(세조 10) 서울(한성부)의 각 동리부터 시작해서 전국 각지에 설치하도록 했다. 그러나 문에 잇대어 마을을 둘러 담을 쌓게 했다는 기록은 없다. 담은 대개 자연스러운 필요 곧 경계의 표시나 공동체의 결속을 위해, 경우에 따라서는 방풍이나 풍수비보의 의미로 쌓았던 것이다. 충북 음성군 소이면 봉전리에는 '담안터'라는 지명이 있는데, 전에 10여 가구가 한울 안에 살았기 때문에 '담안'이라고 하였으나 지금은 농경지로 변하였다고 한다. 김천시 감문면 광덕리 '장내'는 조선 숙종 때 평해 황씨 세 세대가 이거하여 살면서 세 집을 하나의 담으로 둘러싸고 대문도 하나만 내어 의좋게 함께 사용해서 붙인 이름이라고 한다. '담안' 또는 '안내'라고도 불렀다.

충북 영동군 영동읍 회동리 자연마을 '담안이'는 한자로는 '장내동'이라 했는데, 마을이 냇가 벌판에 위치하여 예전에 담을 둘러 쌓고 살았다 하여 생긴 이름이라고 한다. 전남 보성군 웅치면 자연마을 '담안'은 마을 형태가 배와 비슷하므로 배를 고정시키기 위해 마을 주위에 돌담을 쌓았다 하여 담안이라 하였다고 한다. 한편 담이 사람이 쌓은 담이 아니라 주위의 산세가 담을 두른 것 같다 해서 이름 붙인 마을도 있다. 말하자면 거대한 자연 담장인 셈이다. 청주시 청원구 북이면 용계리 자연마을 '장내'는 '담안'이라고도 불리며 산이 마을을 담처럼 둘러싸고 있어서 붙여진 이름이라고 한다. 전남 함평군 엄다면 송로리 '담안'은 사방이 산으로 둘러싸여 마치 담장 안에 마을이 있는 것 같다 하여 붙여진 지명이다.

서쪽 마을 하니말

서풍 불어오는 '하늬골', '하늬바람골'. 어디어디의 서쪽 마을 '하니말'
전남 진도의 '하늬섬'은 '하늬'를 북쪽으로 본 지명

동서남북을 이르는 우리말(고유어)에는 '새, 하늬, 마, 뒤'가 있다. 이는 풍향에 따라 달리 부르던 바람의 이름에도 잘 나타나 있다. 지금도 더러 쓰이는 말인데, 동풍을 '샛바람', 서풍을 '하늬바람', 남풍을 '마파람', 북풍을 '뒤바람'이라 부르는 것이 그것이다. 이 중 '마파람'은 고전소설 『춘향전』에 아주 빠른 동작을 비유적으로 표현한 말 "마파람에 게 눈 감추듯"으로도 많이 알려져 기억하는 사람이 많을 것 같다. 또한 '하늬'라는 말은 사람 이름으로도 쓰여 '예쁜 이름'으로 꼽히기도 했다.

국어사전에 '하늬'는 "서쪽에서 부는 바람. 주로 농촌이나 어촌에서 이르는 말이다. =하늬바람"이라고 나온다. '바람'이라는 말을 붙이지 않고 그냥 '하늬'만으로도 '서쪽에서 부는 바람'을 이른 것을 알 수 있다. 그리고 방위(서쪽)를 이르는 말은 '하늬쪽'으로 따로 등재되어 있는데, "뱃사람들의 말로, '서쪽'을 이르는 말"로 설명되어 있다. 한편 '하늬바람'은 지역에 따라서는 '북풍'을 가리키는 말로도 사용되어 편차가 있는 것으로 보인다. 충남 서산 지역에서 쓰이는 어업 관련 방언에는 서쪽에서 부는 바람을 '늦바람'이라 하고, '하늬바람'은 겨울에 북쪽에서 부는 바람을 이른 것으로 되어 있다.

인천시 옹진군 자월면(자월도) '하늬께'는 '하늬개'라고도 하고 한자로는 '한리포(寒里浦)'라 썼다. 『인천광역시사』에는 "어리골 서쪽 해안으로 북풍받이이다. 추운 겨울만 되면 추운 하늬바람이 불어오는 곳이라 하여 '하늬께'라 하였으며, 춥기로 유명하다 하여 찰 한(寒) 자 갯 포(浦) 자를 써서 '한리포'라 하였다"라고 되어 있다. 전남 신안군 안좌면 한운리는 일찍이 1690년경 마을이 형성되었는데, 마을 위치가 서쪽(하늬)에 있다 하여 '하누이'라 부르다가 '한운'으로 개칭한 것이라고 한다. 우리말 '하누이(하늬)'를 음이 비슷한 한운(閑雲: 한가할 한, 구름 운)으로 한자화한 것으로 보인다. 진도군 군내면 한의리는 "원래는 섬이었으나 1970년대 간척사업으로 연륙되었다. 정자리 북쪽 섬이라 옛말에 따라 '하늬섬'이라 했던 것이 한문으로 한의(寒衣)가 되었다"(『한국향토문화전자대전』)라는 설명이다. 이곳에서는 '하늬'를 북쪽으로 인식했음을 보여주고 있다.

황해남도 송화군 구탄리 '하늬골'은 구탄리의 서쪽에 있는 골짜기를 이르는 말인데 하늬바람이 자주 분다는 설명이다(『조선향토대백과』). '하늬바람골'은 황해남도 은률군 서해리의 북쪽에 있는 마을인데 '하늬바람받이'에 있다는 설명이다. '바람받이'는 "바람을 몹시 받는 곳"을 뜻하는 말이다. 황해남도 강령군 동포리의 서남쪽에 있는 마을은 하늬바람(북풍)을 세게 받아 '하늬편'이라 했는데, '편(便)'은 '쪽'과 같이 방향을 가리키는 말이다. 평안남도 남포시 마산동의 서쪽에 있는 산 '하늬켠산'은 하늬바람을 막아준다 하여 하늬켠산이라 하였다는데, 이때의 '켠' 역시 '편'과 같은 말로 볼 수 있다. 황해남도 해주시 결성동의 '하내켠몰'은 바닷가 하늬바람이 불어오는 쪽에 위치해 있는 마을인데, '서풍촌'이라고도 하였다.

청주시 상당구 월오동에는 '하니말'이라는 마을이 있다. '하월'로도 불리는데, 이는 '월오동 아래쪽에 있는 마을'이라는 뜻이다. 『한국향토문화전자대전』에서는 '하니'가 '서쪽'을 뜻하는 '하늬'의 변화형으로 보고, '하니말'을 '서쪽에 있는 마을'로 해석하고 있다. '하누재'는 청주시 흥덕구 옥산면 환희리와 동림리 사이에 있는 높이 206m의 나지막한 산이다. '하누재'는 '환희산(歡喜山)'이라고도 하는데, '크고 높은 고개'라는 뜻에서 붙여진 이름이라고 한다. 일반적으로 '하누재'가 '하늘재'와 함께 쓰이는 경우가 있어, 이곳 '하누재'도 '하늘재'로 보고 '크고 높은 고개'로 해석한 것 같다.

그러나 '하늘재'의 경우 한자 지명은 대개 '천치(天峙: 하늘 천, 고개 치)가 대응하지 '환희'가 대응하는 경우는 거의 없다. 그런 점에서 보면 '환희'는 우리말 '하늬'를 한자의 음으로 표기한 지명일 가능성이 크다. '하누'는 이 '하늬'의 변형으로 볼 수 있다. 『한국지명유래집』에서는 '환희산'을 "청원군의 서쪽 옥산면 환희리의 병천천 서안에 있는 산"으로 설명하고 있어 '하누(재)'가 서쪽일 가능성을 보여주고 있다. 다른 지역의 '하누재'도 대개 서쪽 방위에 위치해 이와 같은 가능성을 뒷받침하고 있다. 인천시 강화읍 국화리 '하누재'는 "청련사 서북쪽 하점면 부근리의 백년사로 넘어가는 고개"(인천광역시 지명유래)로 설명하고, 전남 화순군 동면 오동리 '하누재' 역시 동림마을 서쪽에 있는 것으로 설명하고 있다(화순군의 마을유래지).

초리우물과 쫄쫄우물

'초리'는 '꼬리'. 용이 꼬리를 쳐서 샘물이 솟아난다는 '초리우물'
돌 틈에서 물이 쫄쫄 흘러나오는 '쫄쫄우물'

송강 정철(1536~1594)은 그의 한글 가사작품 「관동별곡」에서 금강산 만폭동 폭포의 아름답고 웅장한 모습을 "은 같은 무지개 옥 같은 용의 초리"라고 묘사했다. 길게 내리쏟는 폭포의 모습을 용솟음치며 승천하는 용의 꼬리에 비유한 것이다. '초리'는 '꼬리'와 함께 말이나 용과 같은 짐승의 긴 꼬리를 이르는 말이었다. 조선 후기 문신 이운영(1722~1794)은 일명 '우물파기 노래'로 불리는 한글 가사작품 「착정가」에서 "반송방 노천정계 팔각정 나린 밑에 구혈을 점지하네 삼백년 거쳐서 꼬리를 한번 치면 감천이 솟아나니 이러므로 세상에서 칭지왈 초리우물"이라고 썼다. 용이 꼬리를 쳐서 샘물이 솟아나니 세상 사람들이 이르기를 '초리우물'이라 한다는 것이다.

'초리우물'은 지금의 서대문로터리에서 서울역으로 가는 의주로 부근에 있었던 우물이다. 유명했던 우물이라 '초리우물터'라는 표석도 세워져 있는데, 서울 지하철 5호선 서대문역 7번 출구 경찰청 민원봉사실 앞에 있다. 표석 문구는 "초리우물은 물맛이 달고 차가우며, 물이 꼬리처럼 끊이지 않고 흘러넘쳐서 아무리 추운 한겨울에도 물이 얼지 않는다고 하여 붙여진 이름이다. 달고 차가운 물이 염색하기에 좋아서 염색을 하는 사람들이 이 근처에 많이 살았다고 한다. 이 부근 마을을 미정동(尾井洞)이라고 했던 것도 이 우물 때문이다"라고 되어 있다.

미정동을 우리말로는 '초리우물골'이라 불렀는데, 한자는 꼬리 미(尾) 자에 우물 정(井) 자를 썼다. 『서울지명사전』에서는 "중구 의주로1가 · 의주로2가와 서대문구 미근동 · 충정로2가에 걸쳐 있던 마을로서, 이 지역에 물이 많이 나서 늘 넘쳐흘러 마치 꼬리가 있는 것 같아 초리우물 혹은 한자 이름으로 미정(尾井)이라고 하는 우물이 있던 데서 마을 이름이 유래되었다. 한자명으로 미정동이라고 하였고, 줄여서 미동(尾洞), 한자를 바꾸어 미동(渼洞)이라고도 하였다"라고 설명하고 있다. 현재 이 부근의 동네 이름이 미근동인데, 이는 '초리우물골' 곧 미동과 미나리가 많이 나던 인근의 '미나리골' 곧 근동(芹洞, 미나리 근)을 합친 이름이다. 미나리는 물을 좋아하는 식물인데 내내 이 지역이 무악재에서 발원한 넝쿨내(만초천) 가였기 때문에 미나리를 많이 심었던 것 같다.

『승정원일기』 숙종 22년(1696) 기사에는 '신문(新門) 밖 미정동(尾井洞)'이라고 나온다. '신문'은 한양도성의 서쪽 대문인 돈의문의 별칭이다. '서대문'이라는 명칭은 근대에 와서야 불린 이름이다. 『동국여지비고』 제2편 한성부 정지에는 "미정은 돈의문 밖에 있는데 물의 품질이 매우 좋다"고 나온다. 물의 질이 좋은 것으로 정평이 나 있었던 것으로 보이는데 영조 6년(1730) 『승정원일기』에는 바로 전대의 왕조에서 "신문 밖 미정동 우물물을 길어다 사용"하였다는 기록이 있다. 말하자면 임금도 사용한 물인 것이다.

1897년 11월 23일자 〈독립신문〉 잡보에는 재미있는 기사가 하나 실려 있다. 홍주 화성면 배울 사는 김덕정이라는 사람이 어음 우편 반쪽을 길에서 주워 가지고 신문사에 와서 주인을 찾아 주라 하였다고 하는데, 쪽지에 쓰여 있다는 주소가 재미있다. “진골 쫄쫄 우물로 들창 난 집 사는 병정 김도익”을 찾아 이 표지를 주고 돈 찾으라는 것이다. ‘진골’은 종로구 운니동에 있던 마을로서 진흙(진창) 니(泥) 자를 써서 ‘니동’이라고도 하였다. 들창(문)은 들어서 여는 창으로 벽의 위쪽에 설치한 것이다. 그러니까 ‘진골에 있는 쫄쫄우물 쪽으로 들창을 낸 집’이 주소인 셈이다. 당시에도 무슨 서 무슨 방 몇 통 몇 호라는 호적상의 주소가 있었지만 민간에서는 편하게 이런 구어체 주소를 썼던 것이다. 또한 이런 구어체 주소에서 우물이 주요 지표로 쓰였던 것을 확인할 수 있다.

『서울지명사전』에 ‘쫄쫄우물’은 “종로구 와룡동 28번지 서쪽에 있던 우물로서, 돌 틈에서 물이 쫄쫄 흘러나왔던 데서 유래된 이름이다. 물이 맑고 차서 눈병에 좋았다고 한다”라고 되어 있다. 여기서 동네 이름 와룡동은 이곳 ‘쫄쫄우물’과는 관계가 없다. 와룡동 이름은 근대에 새로 지어진 이름으로 보이는데 임금이 기거하던 창덕궁이 있는 데서 유래되었다고 한다. 그러니까 와룡동의 ‘용’은 ‘임금’을 상징하는 것으로 ‘우물’과는 상관이 없다. ‘쫄쫄우물’이 있던 마을은 ‘쫄쫄우물골’로 불렸는데 우물 이름에서 비롯된 것이다. 사전에 ‘쫄쫄’은 “가는 물줄기가 잇따라 부드럽게 흐르는 소리. 또는 그 모양. ‘졸졸’보다 센 느낌을 준다”고 나와 있다.

도래샘과 도램말

모양이 둥그렇다 … 둥글넓적한 도래떡, 짚으로 둥글게 짠 도래방석
동그랗게 생긴 샘은 '도래샘', 내(川)가 마을을 둥그렇게 둘러싸고 있으면 도랫말

시인 이용악은 「오랑캐꽃」이라는 시에서 "도래샘도 띳집도 버리고 강 건너 쫓겨갔단다"라고 해서 고향을 상징하는 정물(情物)로 '도래샘'과 '띳집'을 들고 있다. 띳집은 띠로 지붕을 이어 지은 집으로 짚이나 갈대로 지붕을 인 초가집과 비슷한 것이고, 도래샘은 "빙 돌아서 흐르는 샘물"로 옛날에는 시골 마을에서 쉽게 볼 수 있던 정겨운 존재들이다. 유별날 것도 없이 평범하고 수수해 보이는 것이지만 사실은 그것이 없이는 생명을 부지하기 어려운 절대적인 존재이기도 하다.

'도래샘'에서 '도래'는 "둥근 물건의 둘레"를 뜻하는 말이면서 '둥근'의 뜻을 더하는 접두사로 쓰인 말이다. 다른 말에 덧붙어 '돌아가다', '둥글다'는 뜻을 나타낸 것이다. 초례상에 놓는 큼직하고 둥글넓적한 흰떡을 '도래떡'이라 했고, 곡식을 널어 말리는 데 쓰던 짚으로 둥글게 짠 방석을 '도래방석'이라 했다. 사전에는 실려 있지 않지만 '도래솔'이라는 아름다운 우리말도 있다. 무덤가에 죽 둘러선 소나무를 가리킨다. '도래'는

'돌다'라는 동사에서 비롯된 말로 보이는데 옛말은 '돌애'이다

전남 신안군 흑산면 진리(鎭里)는 진마, 진말, 진촌 등으로 불렸는데 흑산진영이 있었기 때문에 붙여진 이름이다. '도래샘'은 진마 서쪽에 있는 샘으로 동그랗게 생겼었다고 한다. 자연마을로 '도래샘거리'는 도래샘 근처에 있는 마을이라 하여 붙여진 이름으로 '도래샘걸'이라고도 불렸다. 같은 신안군 임자면에도 진리(鎭里)가 있는데, 자연마을에 '도래샘마을'이 있다. 동그랗게 생긴 샘인 도래샘 근처에 있는 마을이라 하여 불리게 된 이름이라 한다. 대전시 유성구 상대동에는 '도래샵'이 있었는데, '샵(시암)'은 샘의 이 지역 방언이다.

'도래샘'은 돌아서 가는 곳에 있는 샘을 이르기도 했다. 충북 보은군 탄부면 덕동리 '도래샘'은 덕골 북쪽에 있던 샘으로 사람들이 그곳을 돌아서 다니므로 도래샘이라 하였는데 지금은 없어졌다고 한다. 경남 진주시 하대동 '도래새미'도 옛날 서지골과 하대동 사람들이 우물로 가는데 하대동마을에서 돌아서 샘에 간다 하여 '도래샘' 혹은 '도래새미'라 불렀다고 한다.

'도래'는 샘(우물)뿐 아니라 마을 이름에도 많이 붙여졌다. '도래말(도랫말)'은 마을이 모퉁이를 돌아서 있는 경우나 내(川)가 마을을 둥그렇게 둘러싸고 있는 경우에도 붙여졌다. 포항시 남구 동해면에 있는 공당리는 자연마을로 공당, 도래말, 새태말, 안골말 등이 있다. 이 중 '도래말'은 본동인 공당을 돌아 위치한다고 하여 붙여진 이름이라고 한다(『두산백과』). 대전시 동구 장척동 '도래말'은 "새재에서 모퉁이를 돌아가야 하는 마을로 새재의 서쪽에 있고 모퉁이를 돌아가는 것이 마치 두레하는 새끼처럼 꼬여 있다 하여 붙여진 이름이다"(대전동구문화원 지명유래)라고 되어 있다. '두레말'이라고도 하고 한자는 '회촌'으로 썼다. 안동시 길안면 용계리는 와룡산 등으로 둘러싸여 있으며 마을 앞으로 용계천이 흘러 낙동강 임하호로 들어간다. 자연마을 '도랫마(도랫말)'는 구수천이 마을

앞을 돌아서 흐르므로 '회천'이라고도 했다 한다.

세종특별자치시 도담동은 야무지고 탐스럽게 살기 좋다는 의미가 담겨 있다고 한다. 도담동은 '도램마을'로도 불리는데, 이는 도담동 지역의 전래 명칭 가운데 '도램말'을 활용한 것이다. '도램말'은 방축리(옛 연기군 남면)의 지형이 황소의 뚜레(고삐)와 닮아 불리었다고 한다(『디지털세종문화대전』). '도램말'은 '도랫말'이 변화된 것으로 보이는데, 여기에 쓰인 '도래'는 고삐가 자유롭게 돌 수 있도록 굴레와 고삐 사이에 단 쇠나 나무로 된 고리 비슷한 물건을 가리킨다.

통영운하 판데 폰데

땅을 판 곳이라는 '판데'는 운하나 해저터널이 있던 토박이 지명
통영과 미륵도를 뚫은 곳은 '판데목', 경인운하는 팔 굴(掘)자 쓴 '굴포운하'

옛 왕조시대에 가장 큰 토목공사는 뭐니 뭐니 해도 운하 파기였을 것이다. 배가 다니도록 하거나 수리, 관개를 위해 육지에 물길을 내는 일은 동원되는 인력이나 공사 기간으로 보아 엄청난 일이었음이 틀림없다. 이러한 공사 현장에는 대개 '판'이라는 지명이 붙었는데, '판'은 '파다'라는 동사의 관형형이다. 그 대표적인 것이 통영의 '판데' 지명이다. 통영시 도로명 지명유래에서는 '판데1길'에 대해 "통영운하의 옛 토박이 지명인 '판데'에서 유래된 길 이름이다. 지금의 통영운하 지역은 옛날 통영의 육지 끝인 당동 해안과 미륵도가 가늘게 연이어져 있었는데 배가 지나다닐 수 있게 여기를 파서 수로를 만든 곳이라 하여 토박이 지명으로 '판데'(판도, 폰데) 그리고 한자 지명으로는 착량 및 굴량이라 칭했다"라고 설명하고 있다.

이러한 설명은 『한국지명유래집』도 비슷한데 "원래 통영반도와 미륵도는 사취로 연륙되었는데, 배가 지나다닐 수 있게 파낸 곳이라 하여

이곳을 '판데목'이나 '폰데목'으로 불렀다. … 1757년(영조 33)에 도천동과 미륵도를 잇는 나무다리를 만들었고, 그 후 여러 차례 철거와 재건을 되풀이하였다가, 1932년 해저터널을 건설하고 동시에 그 위에 통영운하가 개통되었다. 1967년에는 충무교, 1998년에는 통영대교가 각각 건설되었다"라는 설명이다. 두 군데 설명 모두 '배가 지나다닐 수 있게 판 곳'을 '판데(목)' 혹은 '폰데'라 불렀고, 이를 한자로는 '착량' 혹은 '굴량'으로 썼다는 것이다.

착량에서 착(鑿)은 뚫을 착 자이고, 굴량에서 굴(掘)은 팔 굴 자이다. 두 지명 모두 양(梁)은 돌 량 자로 '좁은 물목'을 가리키는데 썼던 한자다. 영조 때 간행된 『해동지도』에는 굴량교, 『1872년 지방지도』에는 착량교가 표시되어 있고, 『청구도』에는 굴포로 표시되어 있다. 이 굴량교, 착량교를 우리말로는 '폰데다리'라 불렀다. 또한 일제 때 이곳에 건설한 해저터널을 '폰데굴'로 부르기도 했다.

통영의 '판데'보다 더 규모가 크고 오랜 기간에 걸쳐 시도되었던 운하 공사는 충남 태안 지역과 인천 부평 지역에서 있었다. 두 곳 모두 현장에 '판개'라는 지명을 남기고 있다. '판개'는 한자로 '굴포'로 썼다. 태안 지역의 운하 공사는 모두 세 곳에서 이루어졌는데 맨 처음이 태안군과 서산시 경계에 있는 '판개'이다. 태안의 '판개'는 북쪽의 가로림만과 남쪽의 천수만을 연결하는 총길이 약 7km 운하로 고려 인종 12년(1134년)에 본격적으로 시작됐다. 이 운하는 이후 조선시대까지 서너 차례 더 시도되었지만 모두 실패하고 '판개(굴포)' 지명만 남았다.

두 번째는 조선 중종 때 시도했던 '의항 굴포'인데 우리말로는 '개미목 판개'다. 오늘날 태안군 소원면 의항리와 송현리 사이에서 확인된다. 이곳은 1537년에 준공됐다고 만세를 불렀으나 곧 메워져 사실상 실패했다. 두 곳 모두 충청 · 전라 · 경상의 세곡미를 실은 조운선이 태안반도의 안흥량을 피해 가고자 시도되었는데, 안흥량은 빠른 조류에다 수중 암초가 많아 해난사고가 잦았던 물목이다. '안흥량'의 본래 이름도 통행하기 어렵다는 뜻의 '난행량'이었다. 세 번째는 안면도 '판목' 공사다. 이 운하는 태안군 남면 신온리와 안면읍 창기리 경계에 있는데 육지 간 거리는 약 200m이다. 이는 서산 지역 세곡의 안전한 운송을 위한 운하였는데 1638년 무렵 시행되어 비교적 순조롭게 완공되었다. 이 운하로 인해 '안면곶(串)'이라 불리던 곳이 '안면도(島)'라는 섬이 되었다. 1970년에는 안면대교가 건설되어 육지와 다시 연결되었다.

인천 부평 지역 운하는 이른바 경인운하로 흔히 '굴포운하'로 불리었다. 이 역시 조운선이 자주 난파되었던 강화도와 육지 사이의 손돌목을 피하기 위한 대안 교통로로 조선시대에 착수된 것이었다. 이 운하는 한강 쪽에서 굴착하기 시작하여 굴포천을 경유, 원통현(부평에서 남동구 간석동으로 넘어가는 고개)을 통과하여 인천 앞바다에 이르는 것으로 계획되었다. 그러나 『정조실록』(권47 정조 21년 8월 병인 조)에는 "원통현까지 이르렀으나 개착에 실패하여 공사를 중지하였다"라는 기록이 남아 있다.

『인천시사』에는 부평구 갈산동 굴포1교가 '팽개다리'로 나온다. '팽개'는 '판개'가 음이 변해 된 말로 보인다. "굴포천(원통천)을 넘는 다리 네 개 중 제일 서쪽에 있다. 서울에서 강화로 갈 때 굴포천을 넘는 다리가 본래의 굴포교(팽개다리)이기 때문에 이곳에 있는 굴포천을 넘는 다리를 굴포1교라 하였다"라고 설명되어 있다. 인천시 홈페이지에 따르면 '굴포천'은 "좁은 의미로는 옛 부평의 벌말에서부터 한강까지 물이 통하도록 사람의 힘으로 뚫은 하천을 말하지만 넓은 의미로는 이것과 연결된 대교천, 북포, 직포까지 포함하여 옛 운하 사업을 할 때 연결되었던 부평 지역의 하천을 통틀어 말한다"고 한다. 이 굴포천을 주민들은 우리말로 '팽개'라 불러왔다고 한다.

천호동 고분다리

다리가 무지개처럼 굽은 '고분다리(곱은다리)'
물길이 굽이쳐 흐르는 곳에 놓은 다리도 굽은다리(곱은다리)

'굽은다리역'은 서울시 강동구 양재대로에 있는 지하철 5호선의 전철역이다. 그런데 실제 주민들이 '고분다리'로 부르는 곳 예를 들면 '고분다리시장'이나 '고분다리 버스정류장'은 이곳에서 한참 떨어진 곳이어서 혼란스러운 것 같다. 이름만을 놓고 볼 때는 '굽은다리'와 '고분다리'는 같은 이름으로 이 지역 곧 곡교리(曲橋里: 굽을 곡, 다리 교)를 이르는 우리말 이름이었다. 다리의 위치는 정확히 알 수 없지만 마을 앞에 굽은다리가 놓여 있던 데서 이름이 유래되었다고 한다. 1963년 서울특별시에 편입되어 성동구 천호동이 되기 이전에는 경기도 광주군 구천면 곡교리였다.

우리말 이름은 '굽은다리', '곱은다리', '고분다리' 등 여럿인데 '고분다리'가 가장 널리 쓰이고 오래된 이름으로 보인다. '고분'은 '곱은'에서 변한 이름이다. '곱다'라는 말은 옛날에는 '굽다'와 함께 '굽어지다'의 뜻으로 쓰였다. 오히려 '굽다'라는 말보다는 '곱다'라는 말을 더 많이

아산시 곡교천 야영장. 곡교천은 '굽은 다리 내'의 한자말이다.

써 온 것 같다. 지금은 "날씨가 추우면 손이 곱아서 글씨를 잘 쓸 수가 없다"라고 할 때 '곱다'라는 말을 쓰는 것 외에는 거의 쓰지 않는다('아름답다'는 뜻의 '곱다'는 별개임). 그렇게 보면 '곱은'이 '굽은'보다 훨씬 고형인 것으로 짐작해볼 수 있고, 지명에서도 '굽은다리'보다는 '고분다리'의 예가 더 많이 보인다.

'고분다리'로 또 하나 유명한 것은 충남 아산에 있다. 아산시 염치읍 곡교리와 신창면 수장리 사이에는 나무로 만든 섶다리 형태의 굽은 다리가 있었는데 이 굽은 다리를 현지 주민들은 '고분다리'라 불렀고, 한자로는 '곡교(曲橋)'라고 썼다. 조선시대 주요 교통로 중 하나였던 '충청수영로' — 충청수영은 지금으로 치면 해군사령부로 충남 보령시 오천면 소성리에 있었음 — 상의 주요 교량으로 염치읍 곡교리와 신창면 수장리 사이에 놓인 다리가 바로 '고분다리'이다. 곡교천 명칭도 여기서 유래했는데, 곡교천을 우리말로는 '고본다리내'로 불렀다.

『여지도서』에는 '곡교'가 온양군 관아 서쪽 15리에 있었던 것으로 나와 지명의 유래가 늦어도 조선 영조 대까지 거슬러 올라가고 있음을 말해준다. 『대동여지도』나 『팔도군현지도』 등에서도 기록을 볼 수 있다. 지금도 염치읍 음봉천에 '고분교'라는 지명이 남아 있고, 그 일대를 '곡교리'라고 한다. '곡교천'이라는 명칭은 『여지도서』에 봉화천을 기록하면서 쓴 "일명 곡교천이라 한다"는 기록에 나온다. 더 일찍 『신증동국여지승람』에는 신창현 교량으로 '미륵탄교'가 기록되어 있어서 '고분다리' 인근에 조선 전기에도 다리가 있었음을 알 수 있다.

『한국향토문화전자대전』에 따르면 '고분다리'는 조수의 흐름을 따라 드나드는 선박을 방해하지 않도록 갯물(조수)을 이용할 수 있는 최종 지점에 설치되었다고 한다. 이곳에는 '고분다리 포구'도 있어 갯물의 흐름을 이용해 배가 들어와 해산물과 곡교천의 쌀을 교역할 수 있는 최종 지점이기도 했다. 상인과 주민은 물론 충청수영로를 따라 이동하는 관리와 사신도 이용하는 다리인 만큼 웬만한 홍수에도 잠기거나 떠내려가지 않을 정도로 굵은 나무를 이용해 섶다리를 놓았다고 한다. 그 형태가 무지개처럼 둥글게 굽어 다리를 '고분다리'로 부르고, 하천을 '고분다리내'라고 부른 것이다.

또 다른 '곱은다리'는 서울 시내에도 있었다. 한자는 곡교(曲橋)로 썼다. 『서울지명사전』에는 "물길이 이 다리 부근에 와서 굽이쳐 흘렀던 데서 유래"되었다고 해서, 다리 자체가 굽은 형태가 아니라 부근의 물길이 굽어서 이름 붙여진 것으로 설명하고 있다. 다리는 중구 삼각동 104번지 경기빌딩 동남쪽 청계천의 지류인 남산동천에 있었는데, "남산에서 흘러 내려오는 물길이 이 다리 부근에 와서 굽이쳐 흘렀기 때문에 굽은다리 혹은 곱은다리라 하였고, 한자명으로 곡교라고 하였다. 또한 1916년 이후에는 청계천에 있는 광통교의 '광' 자와 청계천의 '청' 자를 하나씩 따서 광청교라고도 하였다"라고 되어 있다.

하늘바라기 천둥지기

'하늘바라기', '하날바지기'는 하늘에서 비가 오기만 바라는 천수답
천둥 번개 치고 비 오기 바라던 '천둥바라기', '천둥지기'도 같은 뜻의 지명

'하늘바라기'는 "빗물에 의하여서만 벼를 심어 재배할 수 있는 논"을 가리킨다. 같은 말로 '천둥지기'가 있다. '하늘바라기'에서 '하늘'은 '하느님'을 뜻하는 것이 아니라 지평선 위의 '하늘(天)'을 가리킨다. '바라기' 또한 '소망한다'는 뜻이 아니라 "어떤 것을 향하여 보다"는 뜻을 갖는다. 그러니까 '하늘바라기'는 말 그대로 '하늘만 바라본다'는 뜻이다. 그 하늘에서 비가 오면 농사를 제대로 짓고 그렇지 않으면 망하고 마는 말하자면 하늘의 눈치를 봐서 농사짓는 논을 가리키는 것이다. '천둥지기'는 '천둥바라기'라고도 했는데, 마찬가지로 천둥이 울고 번개가 쳐야만 비가 와서 농사지을 수 있기 때문에 붙은 이름이다. '지기'는 '논'을 뜻하는 말이다.

'하늘바라기', '천둥지기'를 한자어로는 천수답(天水畓) 또는 봉천답(奉天畓)이라 했다. '천수'는 '하늘 위의 물'이란 뜻으로 '빗물'을 이르는 말이었고, '봉천'은 '하늘을 받든다'는 뜻이다. 옛날이라고 해서 수리시설이

전혀 없었던 것은 아니다. 김제 벽골제나 제천 의림지같이 삼국시대에 지어진 것부터 각 지역에 크고 작은 제(堤) · 지(池) · 보(洑)와 같은 수리시설이 있어 중요하게 이용하였다. 그런 수리시설을 이용해서 물길이 좋은 논을 '봇논', '고논'이라 부르기도 했는데, '봇논'은 보의 물을 대는 논이고, '고논'은 봇물이 가장 먼저 들어가는 물꼬가 있는 논이다. 봇물의 혜택을 가장 많이 받을 수 있는 논들이다. 그러나 '봇물'이 닿지 않는 대부분의 논들은 결국 하늘의 물, 빗물에 의존할 수밖에 없었다.

경남 의령군 대의면 중촌리는 동쪽으로 험준한 자굴산이 서 있고 남북도 높은 산줄기가 십 리로 뻗어 서쪽만 트여 있는 전형적인 산촌이다. 이곳에는 '할바지들'이라는 특이한 지명이 있다. 얼핏 '핫바지'를 연상시키기도 하는데, 『의령의 지명』(의령문화원)에는 "'할바지들'은 중촌 오른쪽 산자락에 있는 논밭이다. '한바지들, 할바징이, 할받이'라고도 한다. 이 논이 높은 지대에 있는 길쭉한 천수답이다"라고 되어 있다. '할바지'를 '할받이'라고도 쓴 것으로 보아 '할'은 '하늘'이 줄어 된 말로 짐작된다. 왜냐하면 '하늘바라기'의 방언형에 '하늘받이'가 있기 때문이다.

또한 『조선지지자료』(1911)의 의령군 모의면 들 이름에는 '천망평(天望坪)'으로 나오는데 우리말 '하날바지기'가 병기되어 있다. '천망평'은 '하늘 천' 자에 '바랄 망' 자를 썼는데 '하늘바라기'를 그대로 한자의 훈을 빌려 표기한 것으로 보인다. '천망평'에 '하날바지기'가 대응되는데 이는 '하늘받이'와 '하늘바라기'가 중첩된 말로 짐작된다. 결국 '할바지들'은 '하늘받이들' 곧 '하늘바라기(들)'를 뜻한 것으로 볼 수 있다. 관련 지명으로는 '할바징이새미'도 있는데, "할바징이 남쪽에 있던 우물"이라는 설명이다. 『두산백과』에서는 이 '할바징이'를 자연마을 이름으로 보기도 하는데, "할바징이는 중촌 북쪽에 있는 마을로 하늘만 바라봤다고 하여 할받이, 할바징이라 한다"는 설명이다.

『서울지명사전』에는 '바라기들'이라는 지명이 수록되어 있는데, 이는

'하늘바라기'에서 '하늘'이 떨어져 나간 형태로 보인다. "도봉구 창제5동 292 · 300번지 일대에 있던 마을로서, 농사짓는데 물이 적어 날씨가 가물면 하늘만 바라보고 있었다는 데서 마을 이름이 유래되었다. 창제2동 · 제3동에 조선시대 창고가 있어 창골이라고 불렀는데, 그 앞들을 바라기들이라 불렀다"는 설명이다. 의정부시 낙양동에는 '뒷골천둥지기'라는 지명도 있는데 "뒷골천둥지기는 오리골 뒤에 있는 논으로 주위에 수리시설이 없어서 하늘만 바라본다고 하여 붙여진 이름"이라고 한다.

하늘바라기, 천둥지기는 일반명사로 흔히 쓰여서 그런지 지명으로 전하는 것은 많지 않다. 세종특별자치시 금남면 호탄리에서 윷놀이로 한 해 농사의 풍년을 점치는 놀이는 이름이 '봉답 수답놀이'다. 이 놀이는 두 편으로 나누는데, 한쪽 편이 봉답 편이고 다른 한쪽이 수답 편이다. 봉답은 마을에서 높은 지대에 있는 논을 지칭하고 수답은 낮은 지역에 있는 논을 지칭한다. 봉답(奉畓)은 봉천답 곧 천둥지기와 같은 말이고, 수답(水畓)은 "바닥이 깊고 물길이 좋아 기름진 논"을 뜻하는데 우리말로는 흔히 '고래실'이라 불렀다. 이 윷놀이는 정월 대보름날 행했는데, 봉답팀이 이기면 비가 많이 내려 쉽게 풍년이 들 것이라고 생각하고, 수답팀이 이기면 비가 적게 올 테니 대책으로 낮은 지역의 논 먼저 모내기를 하는 것으로 생각했다고 한다. 같은 내용의 윷놀이가 청주시 상당구 미원면 계원리에도 전승되었는데 이름은 '고래실 봉답윷놀이'이다.

손님을 맞이하던 손바라기

손님을 배웅하거나 맞이하던 고개, 역, 객주가 있는 마을 '손바라기'
'손맞이고개'도 지금 '소마니고개'로 자취가 남아

'손바라기'라는 조금은 낯선 우리말 땅이름이 있다. '손'은 높임말로 '손님'이라 부르는 "다른 곳에서 찾아온 사람"을 뜻하고, '바라기'는 "어떤 것을 향하여 보다"는 뜻을 갖는 '바라다'의 명사형으로 볼 수 있다. "추울 때 양지바른 곳에 나와 햇볕을 쬐는 일"을 '해바라기'라 하고, "먼 곳만을 우두커니 바라보는 일"을 '먼산바라기'라고 하는 것과 같다. 또 빗물에 의해서 벼를 재배할 수 있는, 오로지 하늘만 바라보고 농사짓는 논을 '하늘바라기'라고 부르는 것도 같다. '손바라기'는 '손바래기'로 음이 변하면서 '바래다' 곧 "가는 사람을 일정한 곳까지 배웅하거나 바라보다"의 뜻으로 해석하기도 한다. 일반적으로 '손바라기'는 손님을 맞이하거나 배웅하는 두 가지 뜻을 모두 나타내는 것으로 이해했던 것 같다. 한자로는 손 객(客) 자에 바랄 망(望) 자를 써서 '객망'이라고 했는데, 뒤집어서 '망객'이라고도 했다. '망(望)'은 훈음차로 '바라기'를 표기한 것이다.

『조선향토대백과』에는 평안북도 태천군 용흥리 소재지 동쪽 어귀에 있는 마을로 '객망'이 나온다. "옛날 마을에 파발역과 객줏집이 있었는데, 파발꾼들과 객줏집의 나그네들이 여기서 역마를 기다렸다 한다"라고 설명하고 있다. 우리말 이름은 전하지 않는데, 파발역과 객줏집이 있었다고 해서 '객망'이 '손을 맞이하고 배웅하다'라는 뜻이 있음을 암시하고 있다. '객망'은 비교적 오래된 지명으로 보이는데, 『여지도서』에는 영변의 방리로 무산방(면)에 객망리(客望里)가 관문으로부터 서쪽으로 60리 거리에 있는 것으로 나온다.

『동여도』에는 경기도 용인에도 '객망현(客望峴)'이 표기되어 있다. 조선총독부의 『조선지지자료』(1911)에는 용인군 구흥면 신촌에 '객망현'과 함께 '손바리기'라는 우리말 이름이 병기되어 있다. 『용인문화』(30집)에 따르면 '손바래기고개'는 "용인이 사통팔달 교통의 도시라는 것을 나타내는 대표적인 장소가 경부고속도로와 영동고속도로가 만나는 신갈분기점이다. 이곳은 기흥구 신역동(신촌+역말)인데, 영동고속도로 진입 지점은 예로부터 손님을 맞이하는 고개 즉 손바래기 고개로 불려왔다"고 한다. 신역동 역말은 양재도찰방에 속해 있던 구흥역이 있던 곳이다. 그런데 이 '손바리기'가 지금은 '소마니고개'로 변해 자취를 전하고 있다. 『한국향토문화전자대전』에서는 '손맞이고개'가 변음되어 '소마니고개'가 된 것으로 보면서 "예전에 영남대로였던 소마니고개 길목에 이르면 서울이 하룻길이어서 이곳에 묵는 과객이 많아, '묵고 갈 손님을 기다리던 고개'였다는 이야기가 전해 오고 있다"라고 적고 있다.

또 다른 '망객현'은 의주대로 상에 있었다. 우리말 이름은 '선바락이'인데 '손바라기'가 변음된 것으로 보인다. 영조 때의 『해동지도』에는 한양에서 북으로 박석고개(박석현), 숫돌고개(여석현) 넘어 신원점 지나자마자 '망객현(望客峴)'이 표기되어 있다. 그러고는 망객현을 넘어 고양 관아 앞을 지나 벽제점을 거쳐 혜음령을 넘는 것으로 길이 계속된다. 잘 알다시피 의주대로는 조선시대 9대 간선로 중에서도 가장 크고 중요한 도로였다.

그것은 중국과 조선의 사신들이 내왕하고 무역이 이루어지는 길이었기 때문이다. 따라서 의주대로 상에 있는 '망객현'의 손님도 이러한 사신 일행이었을 것으로 짐작된다. 그중에서도 '손님(객)'이라는 말이 붙은 바에는 중국의 사신 일행이었을 가능성이 크다. 중국의 사신들은 거꾸로 북쪽의 혜음령에서 읍내를 거쳐 망객현으로 왔을 텐데, 그때 고개를 넘어오는 중국의 손님을 맞이하였다는 데서 이름이 '손바라기'라 붙여졌을 것이다.

당진시의 동부 신평면에는 '망객산(望客山, 64m)'이 있다. 우리말 이름은 '손바라기산'이다. 전하는 말에는 조선 선조 때 천인 김복선이 이 산에 숨어 사는데, 세상 사람들이 모두 업신여기나 오직 율곡 이이와 토정 이지함이 그 높은 학식과 숨은 재주가 있는 것을 알고 가끔 찾아와서 세상일을 상의하다가, 앞으로 있을 임진왜란의 일을 크게 걱정하였다고 한다. 그때 김복선이 이 산에 올라와서 두 분이 돌아가는 것을 멀리 바라보았으므로 '손바라기산' 또는 '망객산', '객망산'이라 부르게 된 것이라고 한다(『한국지명유래집』). 김복선은 내포 지방에서는 대단한 이인(異人)으로 전설처럼 전해지는 인물이다. 그런 그가 또한 걸출한 인물들이었던 토정과 율곡을 손님으로 배웅했다는 이야기가 지명 전설로 남은 것이다.

열두 지명 열두삼천리벌

'열둘(12)'이라는 숫자가 쓰인 지명의 특징은 많은 수, 넓은 크기
넓은 '열두삼천리벌', 밤나무 많은 '열두밤골', 규모가 큰 '달월열두동네'

『한국민족문화대백과』(안주군)에는 다음과 같은 설화가 소개되어 있다. "고구려 왕비인 녹족부인(鹿足夫人)은 한 번에 열두 아들을 낳았는데, 모두 어머니처럼 사슴발을 하고 있었으므로 왕이 상서롭지 못하다 하여 열두 아들을 궤짝에 넣어 바다에 버렸다. 20년 뒤 당나라 장군 열두 명이 각기 3,000명의 병사를 이끌고 바다를 건너 침범하였다. 그 소식을 들은 녹족부인이 들에 나가 누각을 세우고 열두 장군을 초청하여, 열두 켤레의 신과 열두 개의 젖꼭지로 시험해 보았다. 그것들이 모두 열두 장군의 발과 입에 맞았으므로 그들은 녹족부인이 자신의 어머니라는 사실을 깨닫고 부모의 나라를 침범할 수 없다고 그냥 돌아갔다. 그 후에 들판은 열두 장군이 3,000명의 병사를 이끌고 온 곳이라 하여 '열두삼천리벌'이라 하였다."

'열두삼천리벌'에 대한 지명 설화라고 할 수 있는데, '열둘(12)'이라는 숫자가 집중적으로 쓰인 특징이 있다. 여기서 '열둘'이라는 숫자는 일

년 열두 달이나 하루 열두 때(옛날에는 자축인묘 … 12지로 시간을 나타냄) 또는 열두 방위를 상징한 것으로는 보이지 않고, 단지 많은 수를 나타내기 위해 쓰인 것으로 보인다. 이른바 12진법에서 가장 큰 숫자 12를 택해서 최대 수량을 표현한 것이다. 여기서는 들판이 그만큼 넓다는 것을 '12×3,000' 곧 '열두삼천리벌'로 표현한 것으로 볼 수 있다. '열두삼천리벌'은 평남 북서쪽 해안에 전개되어 있는 벌로 '안주벌'이라고도 부른다. 예로부터 북한지역에서 손꼽히는 곡창지대로서 남북의 길이가 40km이고, 동서의 길이는 20km에 이른다.

서초구 우면동에 '열두우마니'라는 마을이 있었다. 개별 마을들 이름이라기보다는 일정 지역에 속하는 마을들을 통칭하는 이름이다. 우면동의 옛 이름이 '우마니'였는데 이는 '움(굼)+안+이'에서 비롯된 말로 '골짜기 안에 자리 잡은 마을'을 가리킨다. 그러니까 '열두우마니'는 지금의 우면동뿐만이 아니라 말죽거리에서 남태령고개까지 양재천을 앞에 두고 우면산 남쪽 골짜기에 자리 잡은 작은 마을 열둘을 모두 가리키는 말로 쓴 것이다. 왜 그랬는지는 불분명한데 하나의 행정 단위로 아우르기 위해서였거나 지리적 위치를 중심으로 일체감을 강조하기 위한 것으로 짐작된다. 공동 노동조직인 두레와의 관련성은 확인되지 않는다.

'열두밤골'은 이천시 율면 본죽리에 있었다. 본래 음죽군 상율면의 지역으로 1914년 행정구역 폐합에 따라 본율리 · 죽율리 · 점말을 병합하여 본율과 죽율의 이름을 따서 본죽리라 하였다. 우리말 이름은 '밤골'인데 옛날에는 '열두밤골'이라 하여 12개의 작은 마을이 있었다고 한다. 지금은 동녘말, 중터말, 학교말 등 아홉 개가 남아 있고 이를 통틀어 '밤골'이라 부르고 있다. 율면은 『여지도서』와 『호구총수』에는 상율면과 하율면으로 나오는데 주변 산지에 밤나무가 많이 있었던 것으로 보인다.

경북 봉화군 상운면 운계리 '소야마을'도 열두 개의 작은 마을들로 이루어져 있다. 상운면 소재지에서 운봉로를 따라 30여 분을 올라가면 마을을 만나게 되는데, 장대골을 시작으로 구름재(운현)까지 2㎞ 길이 소야마을이다. 이 길을 따라 열두 개의 작은 마을들이 포도송이처럼 붙어 있는데, 이 길은 안동에서 봉성으로 파발이 오가던 도로였고 소장사꾼과 장돌뱅이들이 다니던 길이었다. '열두마을'은 장대골, 원당마을, 우렁당마을, 밤실 등이었는데 모두 한 마을로 인식하였다고 한다. '열두소야'는 울진군 북면 소곡1리에도 있는데, '소야(蘇野)'의 의미는 불분명하다.

대전시 대덕구 오정동은 자연마을로 뜸뜸이, 노촌, 주막거리, 새뜸, 오물 등의 마을이 띄엄띄엄 열두 뜸이 있어 '열두오물'이라고 하였는데, 마을들은 크게 보아 하나의 생활권이었다고 한다. 옛날에 이 지역에 큰 우물이 있어서 '우물'이라 하였는데, 언제인가부터 선산 곽씨 선비 오물재(五勿齋) 선생의 호를 따라 마을명을 '오물'로 고쳤다고 한다. 또한 우물가에 오동나무가 있어 '오정'(梧井)이라 하였다고도 한다.

'달월열두마을'은 현재의 시흥시 월곶동에 있었다. 일제강점기에 들어서 월동리와 월서리를 하나로 묶은 월곶리는 고깃배가 드나들고 소금을 굽던 마을이었는데, 이후 갯벌 매립으로 월곶 포구와 신도시를 만들어 오늘의 시흥시 월곶동이 된 곳이다. 본향산을 중심으로 산골짜기마다 가옥이 들어섰고, 마을이 형성되어 있었다. 인근에 있는 염전에서 일하는 염부들과 그 가족이 많이 모여들면서 동네가 커졌다 한다. 여기서 '열두마을'이란 12개의 마을이란 의미보다는 '많다'는 상징적인 의미가 더 강하다. 전에는 동네 이름으로 따지면 24동네 이상 되었다고 한다. 지금은 규모가 컸던 곳만을 따로 불러 '달월열두동네'라고 흔히 부르는데 상골, 궁골, 고잔, 독감말, 산반이, 별가메, 통심이, 응고개, 벌말, 감고개, 우묵골, 대리골 등이다.

우묵해서 우묵배미 쑥 들어가서 쑥배미

우묵한 지형을 나타낸 지명으로 많이 쓰인 '우묵골', '우묵실'
남양주시 도곡리 우묵배미는 지형이 쑥 들어가서 '쑥배미'라고도 불러

베트남전쟁을 다룬 최초의 소설 『머나먼 쏭바강』의 작가 박영한은 1988년, 1989년 잇달아 『왕룽일가』와 『우묵배미의 사랑』 두 권의 소설집을 출간한다. 이 두 권의 책에는 각각 3편씩 모두 6편의 중편소설이 실려 있는데, 이를 두고 '왕룽일가 연작'이라고도 하고 '우묵배미 연작'이라고도 한다. '왕룽일가 연작'은 연작의 첫 번째 소설로 이름을 삼은 것이고, '우묵배미 연작'은 공간적인 배경을 이름으로 삼은 것이다. 「왕룽일가」는 KBS 2TV에서 드라마로 극화되었고, 「우묵배미의 사랑」은 장선우 감독에 의해 영화화되면서 더욱 이름이 알려지기도 했다.

「우묵배미의 사랑」은 '우묵배미'라는 다소 촌스러운(?) 이름 때문에 사람들의 관심을 끌기도 했는데, 이 지명은 연작의 첫 작품 「왕룽일가」에서부터 배경으로 등장한다. 소설에는 '우묵배미'가 "서울시청 건너편 삼성 본관 앞에서 999번 입석을 타고 신촌, 수색을 거쳐 50분쯤 달려와 낭곡 종점"에 이르는데 여기에서도 한참 걸어 들어가는 변두리 마을로

설정되어 있다. 물론 실재하는 마을이 아니라 소설 속 가상의 마을이다. 작품 속에 우묵배미 마을은 반농반도시의 성격을 보여주는 상징적인 공간이다. 말하자면 근대화와 도시화로 인해 변화하고 변질되어 갈 수밖에 없는 도농 접경지역을 표상하는 공간인 것이다. 연작소설은 이 공간을 무대로 소시민들의 질박한 삶의 모습과 변화하는 세태를 여실하게 그려내고 있다.

그런데 이 '우묵배미 마을'을 작가가 처음부터 끝까지 머릿속으로만 창안해낸 것이 아니라는 게 흥미롭다. 실제 모델로 보이는 마을이 있다는 얘기다. 소설에서는 신촌, 수색을 거쳐 간다고 해서 서울의 서쪽 고양에 있는 것으로 그려내고 있지만 실제 모델이 된 마을은 반대편 동쪽 덕소에 있었던 것으로 보인다. 그곳은 작가가 실제 셋방을 얻어 몇 년을 살았고 마을 사람들과도 유대가 깊었던 것으로 알려져 있다. 물론 작가는 고양에도 살았던 적이 있고 이외에도 서울 외곽지역 여러 곳에 거주했던 이력이 있지만 작품 속 '우묵배미'는 남양주시 와부읍 도곡4리를 주 모델로 한 것으로 알려져 있다.

『남양주시의 전래지명』(남양주향토사연구회 편, 남양주문화원) 와부읍 도곡리에는 '우묵배미[쑥배미]'가 "지래기 북쪽에 있는 마을 이름이다. 지형이 우묵하게 들어갔다고 하여 우묵배미, 지형이 쑥 들어갔다고 해서 쑥배미라고 한다"라고 되어 있다. '우묵배미'는 '쑥배미'라고도 불렀는데 모두 '우묵하게' 또는 '쑥' 들어간 지형이라 붙은 이름이다. 보통 '배미'는 '논배미'와 같은 말로 "논두렁으로 둘러싸인 논의 하나하나의 구역"을 뜻하는 말인데, 이곳에서는 마을 이름으로 쓰였다.

우묵한 지형을 나타낸 지명으로는 '우묵골'이 아주 많다. 서울 강동구 암사동 '우묵골'은 암사 정수장이 있는 골짜기 이름인데, "정수장이 설치되기 이전에는 우묵골 또는 여막골이라는 마을이 있었다. 지형이 우묵하게 들어간 곳이라 하여 우묵골이라 하였다"는 설명이다. 의정부시 민락동

'우묵골'은 "범바위 아래 오른쪽으로 삼태기처럼 우묵하게 들어간 골짜기를 말한다"고 하고, 경기도 연천군 백학면 통구리 '우묵골'은 마을 이름인데 "지형이 우묵하다 하여 지어진 이름"이라고 한다.

세종시 부강면 노호리 '우무실'은 '우묵실'에서 'ㄱ'이 탈락한 어형으로 추정된다. '우묵'은 '우묵하다'의 '우묵'이고, '실'은 '골짜기'를 가리킨다. 그러므로 '우무실'은 일차적으로는 '우묵하고 후미진 골짜기'로 해석되는데, 이 골짜기에 조성된 마을을 또한 '우무실'로 부르게 된 것이다. 한자로는 '우곡'이라고 불렀다. 강원도 금강군 순갑리 '우무골'은 우묵하게 생긴 골짜기를 부른 이름인데, '우묵골'이라고도 한다.

밤에 재미 본다는 야미리

논배미의 '배미'를 '밤이'로 읽고 야미(夜味)로 표기한 지명
경기도 군포의 대야미(大夜味)를 순우리말 이름으로 부르면 '한배미(큰배미)'

조선의 역대 왕들은 농사를 하늘처럼 여기며 나라를 다스렸는데, 그런 태도를 엿볼 수 있는 것이 궁궐 내부에 농경지를 조성하여 계절마다 농사의 상황을 살피고 농사의 모범을 보인 것이었다. 그중 고종은 1893년에 경복궁의 북문인 신무문 밖 후원(현 청와대 자리)에 농장을 만들고 전국 8도에서 가져온 종자로 농사를 지었는데 이곳을 '팔도배미'라 불렀다. 『서울지명사전』에서는 "종로구 궁정동 청와대 옆 경농재 앞에 있던 논으로서, 우리나라 8도의 모양을 따라 여덟 배미의 논을 만들어 놓고 임금이 몸소 농사를 지었던 데서 유래된 이름"이라고 설명하고 있다.

'배미'는 "논두렁으로 둘러싸인 논의 하나하나의 구역"을 이르는 말로 '논배미'와 같은 말이다. 창덕궁에도 이런 농경지가 있었는데, 〈동궐도형〉을 보면 관풍각(풍년을 바라보는 누각이라는 뜻) 북쪽에 개울 양쪽으로 네모난 논들을 그려놓고 '답십야미(沓十夜味: 논 열 배미라는 뜻)'라고

표기해 놓았다. '배미'를 한자 '야미'로 쓴 것이 눈에 띈다. '배미'를 '밤이'로 읽고, '밤 야(夜)' 자에 '맛 미(味)' 자를 썼는데 당시로서는 일종의 관용적인 표기였다.

포천시 영북면 야미리(夜味里)의 우리말 이름은 '배미'이다. 큰 논배미가 있었으므로 배미, 바미 또는 밤리, 야미, 율곡이라 하였다고 한다. '율곡'이라는 이름도 보이는데, '밤이'의 '밤'을 '밤 야(夜)' 자로 쓰지 않고 먹는 '밤 율(栗)' 자로 쓴 것이다. 다른 지역에서도 더러 보이는 표기이다. 『포천의 지명유래집』에서는 "옛날 이곳에는 소나무 숲이 울창해서 밤이면 도둑이 들끓었다고 하며 도둑들이 밤이면 재미를 본다고 하여 야미리라 했다고도 하며 또한 옛날 이곳에 절세미인이 있었다. 원님이 사냥을 핑계 삼아 나와서 이 여인과 재미를 보았다고 하여 야미리가 되었다고도 한다"는 유래담도 적고 있는데, '야미'의 '미'가 '맛 미(味)' 자인 것에 착안해, '야미'를 '밤에 보는 재미'로 풀이한 것이 흥미롭다. 현재 '윗배미'는 야미1리를 가리키고, '아랫배미'는 야미2리를 가리킨다고 한다.

군포시 대야미동은 '야미'에 '큰 대(大)' 자가 덧붙었다. 1914년 행정구역 개편 때는 수원군 반월면에 속했고, 1949년에는 화성군 반월면에 속했다가 1994년에 군포시로 편입되었다. 1789년에 편찬된 『호구총수』에는 '대야미리'로 기록되어 있다. 『한국지명유래집』에서는 "대야미(大夜味)는 순우리말 이름인 '한배미(또는 큰배미)'의 한자 표기이고, '한배미'는 큰 논배미가 있었기 때문에 붙은 이름"이라고 설명하고 있다.

군산시 옥도면 야미도리(夜味島里)는 비응도 남서쪽에 위치해 있으며 지금은 새만금 방조제로 연결되어 있다. 야미도는 야미도리의 본 마을인데, 우리말로는 '바미섬' 또는 '배미섬'으로 불렸다. 그런데 『향토문화전자대전』에 전하는 '명칭 유래'는 그리 간단치가 않다. 곧 "밤나무가 많아 '밤섬'이라 불렸다. 시간이 지나면서 '밤'이 '뱀'으로 변하여 '뱀섬'이라고 불려오다가 '밤(栗)'이 동음이의어를 뜻하는 한자 '야(夜)'로 잘못 표기되고

군산시 야미도

밤이 맛있다는 의미로 '미(味)'를 붙여 '야미도'라 부른다는 설이 있다"는 설명인데, 지금으로서는 확인할 수 있는 내용이 별로 없다.

한 가지 확인할 수 있는 것은 '야미도리'의 자연환경이 급경사의 산지가 대부분이고, 해안은 사빈 해안[모래가 많이 퇴적된 해안]이라 논농사에 적합하지 않다는 사실이다. 그렇게 보면 이곳의 '야미'는 '논배미'를 뜻하는 것이 아니라 '밤나무'를 가리켰을 가능성이 큰데 확인은 어렵다. 그리고 또 한 가지 한자 '야(夜)'로 잘못 표기한 것이 일제 때부터라고 하는데 이는 사실이 아니다. '밤 야' 자 '야미'는 영조 때 지도 『해동지도』(만경)에 '야미도(夜味島)'로 나오고, 정조 때의 『호구총수』에도 '고군산 야미도'로 나오는 것이다. 이곳 '야미도'의 우리말 이름 '바미섬', '배미섬'은 확실한 유래를 알기가 어렵다.

소월 시의 나무리벌

나무리벌을 이두식으로 표기한 여물평(餘勿坪)의 남을 여(餘) 자의 뜻은?
농사 잘되는 '먹고 남을 만한 들'인지, 저습지여서 '물 넘치는 들'인지

재령평야는 황해도의 황주 · 봉산 · 재령 · 신천 · 안악 등 5개 군에 걸쳐 있는 우리나라 굴지의 평야이다. 우리말로 '나무리벌'이라 흔히 불렀다. 나무리벌은 한마디로 재령강 유역에 발달한 큰 벌(동서 길이 37km, 남북 길이 40km)인데, 이 강은 수양산 설류봉에서 발원하여 장수산 동쪽을 돌아 북류하는 강이다. 삼강에서 지류인 은파천 · 서흥강을 합류하고, 하구 부근에서 서강 · 직천 · 수함강을 합류하여 철도(鐵島)에서 대동강으로 유입된다. 이곳의 특산인 재령쌀은 예로부터 왕실의 진상미로 유명하였고, 쌀알이 길고 커서 품질이 우수한 쌀로 이름이 높았다.

'나무리벌'은 처음부터 지금과 같은 모습을 하고 있었던 것이 아니라 오랜 개간의 역사를 갖는다. 원래 저습한 초원지대였던 나무리벌의 개간은 조선 인조 때 시작되었는데, 인조반정의 공신이었던 김자점이 청수면 전탄 부근에서 북률면에 이르는 긴 제방을 쌓고, 재령강의 물을 저수하는

보와 이를 끌어들이는 장거리 수로를 만들어 큰 논들을 조성하였다고 한다. 이렇게 조성된 논들은 이후 왕실이나 재상가의 소유가 되는데 실록에도 더러 관련 기사가 보인다. 고종 1년(1864)에는 "재령군 여물평(餘勿坪)에 소재한 각 궁방의 언답이 지난여름 큰비에 흘러 넘쳐 무너진 곳이 많아 각 궁방에서 물력을 갖추어서 제방을 쌓게 하였다"는 기록도 보인다. '남을 여' 자를 쓴 '여물평'은 '나무리벌'을 이두식으로 표기한 지명이다. 이 나무리벌은 일제강점기에는 총독부나 동양척식주식회사(동척) 토지로 수용되는데 이곳 농민들은 조선시대나 일제강점기에 내내 소작인 신세를 면치 못하게 된다.

김소월의 「나무리벌 노래」는 이곳의 소작농 자리에서도 쫓겨나 만주를 떠도는 농민의 비애를 한스럽게 노래하고 있다. "신재령에도 나무리벌 / 물도 많고 / 땅 좋은 곳 / 만주 봉천은 못 살 곳 // 왜 왔느냐 / 왜 왔드냐 / 자곡자곡이 피땀이라 / 고향산천이 어디메냐 // 황해도 / 신재령 / 나무리벌 / 두 몸이 김매며 살았지요 // 올벼 논에 다은 물은 / 출렁출렁 / 벼 자란다 / 신재령에도 / 나무리벌." 이 시는 1924년 말(11.24) 〈동아일보〉에 발표되었는데, 실제로 이곳 농민들은 이 해 여름에 큰 수해를 입고 가을 들어 소작 쟁의를 벌였지만 실패하고 만주로 쫓겨난 사실이 〈동아일보〉에 기사화되기도 했었다.

『일성록』(정조 23년, 1799년 6월 23일)에는 "증 영의정 최효원 집안의 사패 전토를 사사로이 산 자는 형조로 하여금 형배하게 하고 …"라는 기사에 '재령 여물평(餘勿坪)'이라는 지명이 등장한다. 사패전토는 왕이 국가에 공이 있던 인물에게 주던 토지를 이르는 말이다.

이보다 앞서 경종 3년(1723) 『승정원일기』에는 '여물리궁둔(餘勿里宮屯)'이라는 기록이 보인다. 영조 때의 『해동지도』에는 '여물리궁둔장'으로 나오는데, 궁둔장은 궁방전 궁장토와 같은 말로 모두 왕실 소유의 농장을 가리킨다. 『1872년지방지도』에는 여물리평(余勿里坪)으로 나오는데 '여

(余)'는 '여(餘)'와 같은 뜻으로 쓰인 한자다. 이에 비해 『대동여지도』나 『동여도』에는 남물리평(南勿里坪)으로 나와 표기가 조금씩 달랐던 것을 볼 수 있다.

사실 '남물리평'은 '나무리벌'을 한자의 음과 훈(평은 벌 평 자임)을 빌려 표기한 것이어서 쉽게 이해가 된다. 문제는 '남을 여(餘, 余)' 자를 쓴 '여물평' 지명이다. '나무리벌'은 쉽게 "먹고도 남을 만큼 항상 농사가 잘되는 벌"이라거나 "먹고 입고 쓰고도 남는다"고 해서 붙여진 지명이라고 하는데, 이는 '나무리'를 '남을'로 읽고 좋은 뜻으로 해석한 민간어원설로 보인다. 그런데 지명에서 '남을 여' 자는 흔히 '넘다', '넘치다'는 뜻으로 쓰여 그리 간단치가 않다. 예를 들면 '물이 넘어가는(넘쳐 흐르는) 곳'을 가리키는 '무너미(물넘이)'를 한자로 '수여리(水餘里)'로 표기한 것을 들 수 있다. '너미(넘이)'를 '남을 여(餘)' 자로 쓴 것이다. '여'는 훈음차 곧 훈의 음인 '남을'을 빌린 것이다. 중세국어에서는 '넘다'와 '남다'가 넘나들며 쓰였고 두 말이 모두 '넘는다, 지나치다, 남다'를 자유롭게 표현할 수 있는 말이었다고 한다. 그렇게 보면 '남을 여' 자는 '넘는다' '넘치다'라는 뜻을 나타낸 것으로 볼 수 있다.

여물리의 '물'은 '말 물(勿)' 자를 썼는데, 이는 우리말 '물(水)'을 음으로 표기한 것으로 볼 수 있다. 신라어에서도 '물(水)'이 '물(勿)'에 대응하는 것을 볼 수 있는데, 대개 '물(勿)'은 물가 취락지의 지명에 붙었다. 결국 '나무리벌'의 '나무리'는 '남+물+이' 혹은 '((물이)남을+이)'가 변해서 된 말이고 이때의 '남'은 '넘'과 같은 말로 볼 수 있다. 곧 '나무리'는 '(홍수 때) 물이 넘치는 땅'으로 해석할 수 있다. 이는 이곳 지형에도 부합하는데, '나무리벌'은 홍수 때면 흔히 물이 넘치는 저습지 벌판을 일컬었던 말인 것이다.

세곡동 세천리는 가는골 가느내

'가는골', '가느실'은 가느다란 골짜기 마을로 대부분 세곡동, 세곡리로 한자화
'가느내', '가느래'는 작은 골짜기 폭 좁은 내(川)에 붙인 지명

식민지 통치자로서는 당연한 일이었을 텐데 일제는 1914년에 대대적인 행정구역 개편을 단행한다. 우리나라(조선)는 기존의 317개였던 군이 220개로 줄어들고, 4,322개였던 면이 2,521개로 통폐합되었다. 이런 작업은 동 · 리 차원에서도 이루어졌는데 실로 엄청난 변화를 겪지 않으면 안 되었다. 행정구역 개편은 필연적으로 지명 변경을 수반하게 되는데, 우리나라 지명은 신라 경덕왕 때 한자 지명으로 바뀐 이래 가장 큰 변화에 직면하게 된다. 이때 지명 변경은 대개 합성지명 방식으로 이루어졌다. 합성지명은 행정구역 개편 시 두 지명에서 한 글자씩 선택하여 합한 것으로, 양쪽 주민들의 민원을 억제하는 효과는 있었을지 몰라도 애초 지명의 의의는 완전히 사라지는 결과를 가져왔다.

서울시 강남구의 남쪽 끝에 위치한 세곡동(細谷洞)은 1914년 행정구역을 통폐합하면서 옛날 자연마을 명칭인 세천리와 은곡동을 합하여 세곡리라고 한 것에서 동 이름이 유래하였다. 조선시대에는 경기도 광주군 대왕면

세천리, 은곡동 지역이었다. 그러니까 세천리의 '세' 자와 은곡동의 '곡' 자를 합성해서 '세곡리'라 한 것이다. 1963년 서울시에 편입되어 성동구 세곡동이 되었다가 1975년 강남구가 성동구에서 분구, 신설됨에 따라 세곡동은 강남구 관할이 되었다.

세곡동은 합성지명이면서도 단일지명의 인상이 강하다. 전국적으로 세곡동 혹은 세곡리 지명이 많이 있기 때문이다. 우리말로는 '가는골' '가느실'로 불리는데, '가느다란 골짜기'라는 뜻이다. 한편 세곡리로 폐합된 예전의 세천리도 다른 지역의 예로 보면 '가느내'로 부를 수 있는 지명이다. 세천리는 지금의 세곡동 로터리 부근에 가느다란 개울 '세천(細川)'이 있고, 이 개울가에 마을이 있어 붙여진 이름이라고 한다. 영조 때 지리지 『여지도서』에는 대왕면 세천리가 관문으로부터 20리 거리에 30호가 살았던 것으로 나온다. 어쨌든 세곡동은 합성지명이면서 '가늘다'는 지형의 의미는 살린 셈이 된다. 사실 '골'과 '내'의 의미는 상통할 수 있기도 하다.

대전광역시 동구 동쪽에 남북으로 길게 뻗어 있는 세천동은 식장산에서 발원한 주안천이 남에서 북으로 흘러 이와 관련 있는 마을이 많다. 동네 가운데 잔 시내가 여럿 흘러내린 '잔개울(장개울)', 골짜기가 좁고 내가 가늘게 흐른다 하는 '가는골' 등이 그것이다. 이 중 '세천(細川)'은 '잔개울'에서 연유되어 '가늘 세(細)' 자와 '내 천(川)' 자를 써서 붙인 이름이라 하는데, '잔개울'의 '잔'은 '잘다'의 관형형으로 '가늘고 작다'는 뜻이 있다. 또 '가는골(개눈골)'은 한자로는 '세곡(細谷)'으로 썼는데, "골짜기가 좁고 시내가 가늘게 흐른다 하여 가는골"이라 했다 한다.

황해남도 신원군 신덕리의 동남쪽에 있는 마을 '가는골'은 "가늘게 생긴 골짜기에 위치해 있다. 마을의 서쪽 개울 옆에 영천이고개가 있다. 세곡동이라고도 한다"(『조선향토대백과』)는 설명이다. 황해북도 인산군 수현리 소재지의 서쪽에 있는 마을 '가는골' 역시 "가는 골짜기에 위치해 있다. 한자 표기로 세곡동이라고도 한다"는 설명이고, 황해북도 수안군 수덕리 소재지의 남쪽에 있는 마을 세곡동은 "오봉산 아래로 뻗어 있는 가는골 안에 위치해 있다. 가는골마을이라고도 한다"는 설명이다.

전북 고창군 신림면에 속하는 법정리이자 행정리 세곡리는 "대체적으로 동쪽과 서쪽은 평지이고, 남쪽과 중앙에는 100~200m 내외의 산지가 형성되어 있다. 동쪽에는 세곡천이 흐르고 있다. 명칭 유래는 좁은 골짜기라 '가느실' 또는 '세곡(細谷)'이라고 하였다고 한다"(『한국향토문화전자대전』)라고 되어 있다. 화성시 봉담읍 세곡리의 자연마을로는 가는골, 사엇등이, 세곡 등이 있는데, "건달산 아래 좁다란 골짜기에 위치한 마을이라는 뜻에서 가는골, 또는 세곡리라고 불리워졌다. … 가는골은 건달산 줄기 끝 자그마한 골짜기에 있는 마을이다"(『두산백과』)라는 설명이다.

경북 영양군 영양읍 화천리에 있는 자연마을 세천은 "가느내로 흔히 부르는데 골짜기에서 흘러나오는 물줄기의 폭이 좁기 때문에 붙여진 이름이다. '가늘+내'에서 'ㄹ'이 탈락된 형태이다"(『디지털 영양군지』)라고 한다. 안동시 임동면 마리의 자연마을 중에는 '가는내'가 있다. '가느래'로도 불렸고 한자로는 세천이라 썼다. 가느래 마을은 뱀실에서 북쪽으로 5km 정도 떨어진 곳에 위치하는데, 마을 앞에 폭이 좁고 맑은 시냇물이 계속 흐른다고 하여 가느래라 했다 한다. 또 가는 골짜기에 마을이 있다고 하여 그렇게 불렀다고도 한다.

서초구 염곡동은 염통골

지형이 염통처럼 생겨서 '염통' 혹은 '영통', 염곡동, 숨통골이라 불러
젖가슴에 묻힌 염통으로 보인다는 '염통오름'

'心'…. 한자를 잘 모르더라도 '마음 심' 자를 보면 무엇인가를 본뜬 글자 곧 상형문자일 거라는 생각이 든다. 실제로 벌떡벌떡 뛰는 심장을 본 적은 없지만 그림으로 본 심장의 모양을 쉽게 떠올릴 수 있다. 마음을 뜻하는 심(心) 자는 본래 심장(心臟)의 형상을 본떠 만든 상형문자이다. 그런데 사람의 감정뿐 아니라 생각이나 성격을 의미하는 글자에도 마음 심(心) 자가 들어간다. 생각할 사(思)가 그렇고, 생각할 상(想)이 그렇고, 생각할 유(惟)가 그렇고, 깨달을 오(悟)가 그렇다. 心은 변(글자의 좌측)에서는 忄의 형태로 변형된다. 옛날 사람들은 심장이 몸의 한가운데에 있어 몸뿐 아니라 마음(정신) 작용의 중심이라고 생각했을지도 모르겠다.

심장을 우리말로는 염통이라 불렀다. 옛말로는 '렴통', '념통'으로 불렸고 19세기 이후에야 '염통'으로 굳어졌다. 사전에는 우리말로 나오지만 국어학자들 중에는 '염통'이 한자 '생각 념(念)' 자와 '통 통(桶)' 자에서

온 것으로 보기도 한다. 직역하면 '생각을 하는 통' 정도가 되는데, 옛사람들이 사람의 생각이 머리가 아닌 심장에서 나온다고 보았다면 충분히 가능한 이야기이다. 사전에서는 '염통'에 대해 이런 추상적인 논의를 피해 의학 용어로 설명하고 있다. 모양도 사람의 경우 "주먹보다 약간 큰 근육질 덩어리로 원뿔형의 주머니 모양을 하고 있다"라고 설명하고 있다. 또한 '염통꼴'이라는 말도 "심장과 같이 생긴 모양"으로 설명하는데, 보통 영어로 '하트형'이라고 쓰는 말이다.

서울시 서초구 염곡동은 지형이 염통꼴이어서 유래된 이름이다. 구룡산을 끼고 남향한 마을의 지형이 염통과 같이 생겼으므로 '염통골'이라 하고, 한자명으로 영통곡(靈通谷), 염곡동(廉谷洞)이라고 표기한 데서 유래되었다고 한다(『서울지명사전』). '염곡'에서 '염'은 '염통'의 첫 글자를 한자의 음으로 표기한 것으로 보이고, '영통곡'의 '영통'도 '신령 령' 자에 '통할 통' 자를 썼지만 뜻과는 관계없이 비슷한 한자의 음을 빌려 표기한 것으로 보인다. 염곡동은 조선시대 말까지 경기도 광주군 언주면 염곡동이었고, 1914년 경기도 구역 획정 때 광주군 언주면 염곡리가 되었다. 1963년 서울시에 편입되었고 1975년에는 강남구에 편입되었다가 1988년 강남구에서 분리, 신설된 서초구에 속하여 오늘에 이른다. '염통골'은 1950년 한국전쟁 때도 아무런 피해가 없었고 신체장애자가 없어 이 마을을 '피난골'로 일컬었다고 하는데, 취락 구조 개선사업으로 전 가옥이 현대식 주택으로 변모되었지만 전원 모습을 아직도 많이 지니고 있다.

수원시 영통구 영통동은 시의 동남부에 위치한 신흥 개발도시이자 수원 최대의 주거단지이다. 대규모 아파트단지 및 일반주택이 밀집한 주거지와 대규모 상업단지가 공존하는 복합도시이며, 인접한 지역에 경희대학교 캠퍼스가 있기도 하다. 『호구총수』에 기록된 용인군 지내면 의곡덕동 · 하동 · 영통리가 지금의 이의동 · 하동 · 영통동에 해당한다. 그러나 『화성지』에는 영통동이 수원부 장주면 영통리로 기록되어 있어 소속은 변화가 심했던 것으로 보인다. 1994년에 최종 수원시로 편입되었다.

『한국지명유래집』에는 "'영통'이라는 이름의 유래에 대해서는 두 가지 설이 있다. 하나는 지형이 염통처럼 생겨서 '염통' 혹은 '영통'이라 불렀다는 설과 다른 하나는 이 지역이 '영(靈)과 통(通)하는 곳'이라 '영통'이라 불렀다는 설이다"라고 되어 있다. 후자에 대해서는 지역에 여러 이야기가 전해지는데 대부분 근거가 희박하고 구체적이지 못하다. 우리말 지명이 전하지 않는 탓에 '신령 령' 자에 '통할 통' 자를 해석하고 살을 붙이는 수준이다. 그런 중에 "이 지역의 지형이 염통처럼 생겼다고 해서 염통 또는 영통이라고 불렀다"는 '염통설'은 지형에 근거해 유래를 얘기하는 점에서 가장 신빙성이 있다고 할 수 있다.

양강도 삼지연군 보서노동자구의 동쪽에 있는 골짜기 '염퇴골'은 "염통처럼 생겼다. 염통골이라고도 한다"(『조선향토대백과』)는 설명이다. '염퇴', '염티', '염튀' 등은 염통의 함경도 방언이다. 평안북도 박천군 청산리 염통골은 "하칠리부락의 지형을 큰 황소 같다는 풍수설에 따라 볼 때 염통 부위에 해당한다 하여 염통골이라 하였다"는 설명이다. 풍수지리를 적용하고 있는 것이 특이하다. 평안남도 개천시 묵방동 '숨통골'이나 평안남도 개천시 자작동 '숨통골'은 모두 "염통처럼 생겼다는 데서 비롯된 지명"이라고 한다. '염통'을 '숨통'으로 부르고 있는 것이 눈에 띈다.

충북 보은군 수한면 산척리에는 '염통산'이 있다. 『향토사료집』(보은문화원)에 '염통산'은 "반목 남쪽에 있는 산으로 소의 염통 형상을 하고 있다고 하여 염통산으로 칭함"으로 되어 있다. 서귀포시 표선면 토산1리 '염통오름'은 "표고 133m의 화구가 있는 봉긋한 오름으로 그 모양새가 이름 그대로 젖가슴에 묻힌 염통으로 보인다. … 한편 큰오름과 조금 떨어진 곳에 나지막하면서 둥그스름한 작은 염통오름이 마치 왕릉과 같은 모습으로 다가오는데 그 사면의 느슨함과 부드러움 그리고 황색의 아름다운 빛깔은 단아하고 귀여운 오름임을 뽐내고 있다"(《제주의 마을》)는 설명이다.

곶의 안쪽 고잔

바다 쪽으로 내민 육지 '고지(곶)' … 배곶(배고지), 월곶(달고지), 호미곶 들이나 강 쪽으로 돌출한 지형에도 '곶'이나 '곶안'이란 이름 붙여

해안선이 복잡한 우리나라는 만도 많고 반도도 많다. 만은 육지 쪽으로 쑥 들어간 해안을 말하고 반도는 바다 쪽으로 쑥 내민 육지를 말한다. 서해안에는 경기만, 남양만, 아산만, 가로림만, 천수만, 비인만, 줄포만, 함평만 등이 있고, 만과 만 사이에 옹진반도, 태안반도, 변산반도, 무안반도 등이 있다. 남해안에는 보성만, 순천만, 여수만, 광양만, 진주만, 진해만과 해남반도, 고흥반도, 여수반도, 고성반도 등이 있다. 동해안은 해안선이 단조롭고, 산맥의 급사면이 바다 밑으로 수심 깊은 경사를 이루어 만이나 반도 그리고 섬이 적다.

그런데 이 '만'이라는 말이나 '반도'라는 말은 원래 우리말에는 없던 말이다. 근대지리학이 성립하면서 일본으로부터 유입된 말로 보인다. 이와 근사한 개념의 우리말로는 각각 '구미'와 '고지(곶)'라는 말이 오래전부터 쓰였던 것으로 보인다. '구미'는 지명에서 '바다가 육지로 둥글게 굽어 들어간 작은 만'을 가리키는 말로 쓰였는데, 물결이 일지 않아

배를 정박하기에 좋은 곳으로 인식을 했다. '곶' 역시 '반도'보다는 작은 개념으로 많이 쓰였는데, "바다 쪽으로, 부리 모양으로 뾰족하게 뻗은 육지"를 뜻했다. 쉽게 생각하면 육지가 가라앉을 때 산골짜기에 바닷물이 들어와 '구미'가 되고 골짜기 양쪽으로 뻗어 있던 산줄기는 곶으로 남은 모습이다.

『세종실록』(세종 10년 1월 4일, 1428년)의 '안면 광지곶의 백성들을 원하는 곳에 옮겨두게 하다'라는 내용의 기사에는 "물속으로 쑥 들어간 땅을 세속에서 곶(串)이라 한다(斗入水內之地, 俗謂之串)"라는 구절이 있다. '물속으로 쑥 들어간 땅'은 바다 쪽으로 내뻗은 땅을 의미한다. 그런 지형을 '세속'에서 '串'이라 했다는 것은 우리말로 '곶'이라 부르고 이를 한자 '串(곶)'으로 썼다는 뜻이다. '곶(串)'은 원래의 훈음은 '꿰뚫을 관'이나 지명에서는 우리말 '곶(길게 내뻗은 지형)'을 나타낼 때 쓰였다. 아주 이른 삼국시대에는 '고시(古尸)', '갑(岬)', '구(口)', '고차(古次)', '홀차(忽次)' 등으로 표기되기도 했다. '곶'은 접미사 '이'가 붙은 형태인 '곶이(고지)'로도 흔히 쓰였고 변형된 형태인 '구지', '꾸지'로도 쓰였다. 황해도의 '장산곶'이나 영일만의 '호미곶' 같은 것은 큰 지명이고, 갈곶(갈고지), 돌곶(돌고지), 배곶(배고지), 월곶(달고지) 등 소지명도 많다. 함북의 무수단도 '곶' 지명인데 한자로는 '끝 단(端)' 자를 썼다.

인천시 남동구 고잔동(古棧洞)은 대표적인 '곶' 지명이다. 정확하게는 '곶'을 기준으로 위치를 밝힌 지명인데 '곶의 안쪽'을 뜻한다. '곶안' 혹은 '고지안'이 '고잔'으로 바뀐 것으로 한자 지명 '고잔(古棧)'은 한자의 음을 빌려 표기한 것이다. '잔도 잔(棧)' 자를 쓴 것을 두고 오래된 잔교(갯골 사이에 걸쳐 놓은 다리)가 있었다느니 배가 접안할 수 있는 소규모의 접안시설이 있던 마을로 설명하는 경우도 있지만 설득력이 약하다. 고잔동은 구한말까지 인천부 남촌면 고잔리였던 곳으로 이 동네의 원래 지형이 바다에서 육지 안으로 들어와 있기 때문에 불리어진 이름이다. 인천지역에는 이곳 말고도 '고잔' 지명이 세 곳 더 있는데 모두 비슷한 지형을 나타낸다. 『인천광역시사』에 따르면 옛날 인천도호부 시절 지금의 중구 중앙동, 선린동, 항동 일대가 다소면 고잔리였고, 남동구 고잔은 조동면 고잔리였으며, 지금의 서구 석남동 일대와 경서동 일대도 모두 고잔이라 불렸다고 한다. 한자로는 '古棧', '高棧', '古盞' 등을 썼는데 모두 뜻과는 관계없이 한자의 음을 빌려 표기한 것들이다. 이처럼 네 곳이나 됐던 인천의 고잔은 그 뒤 모두 다른 이름으로 바뀌고 지금은 남동구 고잔동만이 남아 있다.

안산시청, 안산경찰서 등 안산의 공공기관들이 밀집해 있는 단원구 고잔동(古棧洞) 역시 곶(串)의 안쪽에 있는 마을이라 해서 '곶안'이라 이름 붙여진 곳이다. 곶안은 예부터 안산의 중심지로 바닷가에 위치한 마을이었다. 『한국지명유래집』에 따르면 "『조선지형도』에는 현재의 안산시청 남쪽 일대는 바다 쪽으로 돌출되어 있었고 삼면이 넓은 개펄로 둘러싸여 있는 것으로 표시되어 있다. 『호구총수』에 안산군 잉화면 고잔리(古棧里)로 기록되어 있다"고 한다. 고잔동에서 마을이 가장 먼저 생긴 곳은 현재의 안산시청 서남쪽에 있던 '고로리'와 현재의 원고잔공원에 있던 '원고잔'이라고 한다. 자연마을로 '고잔역마을'은 일제강점기 때 수인선 고잔역이 생기면서 형성된 마을이다.

'고잔교'는 익산시 목천동에 있는 목천포천을 넘어 다닐 수 있도록 건립된 다리이다. 『한국향토문화전자대전』 명칭 유래에는 "고잔교는 전라북도 익산시 목천동에 있던 고잔리라는 마을 이름을 따서 교량명이 지어졌다. 본래 고잔리는 김제군 백구면 상정리에 속하였는데, 1973년 익산시 목천동에 편입되었다. '고잔'이라는 말은 '고지안'의 줄임말인데, '고지안'은 지형이 언덕이나 등성이가 들이나 물 사이로 쭉 빠져 들어간 곳이라는 뜻을 가지고 있다. 그런 지형을 한 인근 마을이 고잔리 혹은 고잔마을로 불렸다. 과거에는 무성한 갈대가 있던 곳으로 고잔노화(古棧蘆

花)라 하여 익산의 팔경 중 하나였다고 한다"라고 되어 있다. 바다가 아니더라도 들이나 강 쪽으로 돌출한 지형에 '곶'이나 '곶안' 지명이 붙은 것을 볼 수 있다.

화전은 불대기 부대기

'부덱이', '부대기'는 '불대기'에서 'ㄹ'이 떨어져 나간 화전을 일컫는 말
"지난날 골 안에 부대기(화전)를 일군 밭이 있었다. '부대기골'이라고도 한다."

강원도 삼척시 도계읍 신리는 대표적인 옛 화전민 마을로 널리 알려진 곳이다. 이곳의 너와집과 집에 딸린 통방아, 채독, 김치독, 화티, 코쿨, 설피, 사냥창 등은 국가민속문화재(제33호)로 지정되어 있다. 너와집은 소나무를 쪼개어 만든 작은 널빤지로 기와처럼 지붕을 해 얹은 집으로 참나무 껍질로 지붕을 해 얹은 굴피집과 더불어 강원도 첩첩산중의 대표적인 화전민 가옥이다. 너와집은 마구간(외양간)을 집 안에 두었는데 추위와 맹수로부터 가축을 보호하기 위한 것이다.

전 국토의 70%가 산악지대라 농지가 부족한 우리나라의 화전은 필연적이었다. 더러는 전쟁이나 정치적 불안을 피하고 과중한 세금이나 소작료를 피해 산속으로 들어간 경우도 있지만 대부분은 새롭게 농사지을 땅을 찾아 점차 산으로 들어간 것이다. 더군다나 그 땅은 임자 없는 땅 — 사실은 왕이 주인인 땅이었고 보면 화전의 확대는 필연적이었다. 1928년의 통계에 의하면, 전국의 화전민 수는 화전과 숙전(熟田)을 포함하여

120여만 명이고 약 24만 호가 있었으며, 전체 화전 면적은 39만여 정보에 달했다고 한다(『한국민족문화대백과』, '화전마을'). 지역적으로는 개마고원을 중심으로 한 함경남도 · 함경북도, 낭림산맥을 중심으로 한 평안남도 · 평안북도 등 북부지방에 전국 화전민의 70%가량이 살고 있었고, 그 밖에 태백산맥을 중심으로 한 강원도와 지리산을 중심으로 한 남부지방에 분포하고 있었다.

이러한 화전이 본격적으로 금지되기 시작한 것은 1960년대로 가장 중요한 목적은 산림녹화였다. 거기에다가 1968년 11월 울진 · 삼척 무장공비 침투사건은 산간의 화전민을 소개시키는 데에 결정적으로 작용하게 된다. 말하자면 북한 무장공비의 침투로를 사전 봉쇄한다는 것도 화전 금지에 한몫을 한 것이다. 이후 1976년 화전정리사업은 종결되고 화전민들은 모두 평지로 집단 이주시켰다. 그리고 이때 산림보호를 목적으로 한 산림청이 신설되기에 이른다.

화전을 우리말로는 무엇이라 불렀을까. 오랜 역사를 지닌 만큼 우리말로 부른 이름이 있었을 텐데 감쪽같이 사라지고 들리지 않는다. 화전이 없어지고 화전민들도 산 아래로 흩어진 지도 오래여서 당연한 일인지 모르겠지만 지명에서조차 눈에 잘 띄지 않는 것은 좀 의아스럽다. 아마 그 터가 사람과의 인연이 끊어지고 다시 초목으로 뒤덮여 영영 산림으로 돌아간 탓이리라. 대신에 사전이나 책의 한 귀퉁이에 숨은 듯이 우리말은 적혀 전하는데 애써 찾기 전에는 눈에 잘 띄지도 않는다.

사전에는 '화전'과 같은 말로 '부대밭'이 나온다. 곧 "주로 산간 지대에서 풀과 나무를 불살라 버리고 그 자리를 파 일구어 농사를 짓는 밭"을 뜻하는 것으로 나오고, 그냥 '부대'라고도 부르는 것으로 되어 있다. 『디지털삼척문화대전』 '화전농업'에서는 "삼척에서 불을 놓은 다음 비가 한번 내리면 가래를 가지고 지표에 간단하게 파종하며 시비를 하지 않을 뿐 아니라 잡초도 별로 자라지 않아 제초를 하지 않고 농작물을 수확하는

제주시 조천읍 선흘리 부대오름

일을 부덱이라고 한다. 부덱 이후 2년째부터를 화전이라고 일컫는데"라고 해서 맨 처음 형태를 '부덱'이라 부르고 2년차 이후를 '화전', '산전' 등으로 구분해서 부른 것으로 설명하고 있다. '부덱'은 다른 곳에서는 보통 '부덱이', '부대기'라고 불렀고 한자로는 화덕(火德)으로 쓴 것을 볼 수 있다. 어원적으로는 '불대기'에서 'ㄹ'이 떨어져 나가 '부대기'가 된 것으로 보기도 한다. 곧 '불을 댄 땅', '불을 놓은 땅'으로 '부대밭'과 같은 뜻이 된다. 또한 화전민을 '부대기꾼'으로 부르기도 했는데 '부대기'에서 파생된 말로 볼 수 있다.

북한의 『조선향토대백과』에는 화전 관련 지명이 많이 소개되어 있다. 강원도 평강군 상원리에 골짜기 '부대지골'은 "지난날 골 안에 부대기(화전)를 일군 밭이 있었다. 부대기골이라고도 한다"라고 설명하고 있다. 강원도 법동군 어유리 종포부락 동쪽에 있는 골짜기 '부데골'은 "지난날 골 안에서 사람들이 화전을 일구며 살았다 한다. 부대골이라고도 한다"는 설명이다. 평양시 상원군 사기리 사슴골 남쪽에 있는 골짜기 '부대골' 역시 "골 안에 부대밭(화전)이 많았다"는 설명이다. 평안남도 신양군

지동리 자하산골에 딸려 있는 골짜기 '부대밭골'은 "지난날 골 안에 부대밭(화전)을 일구었다"고 하고, 평안북도 대관군 수원리 중부 격낭골 옆에 있는 골짜기 '부대밭골'은 "지난날 부대기(화전)를 많이 일구었다"고 한다.

화전은 제주도에서도 한때 성행했던 것으로 보인다. 일제강점기 조선총독부가 간행한 『생활상태조사』(1929)에는 "화전지대는 현재 산간지대와 중간지대 일부가 포함된다. 지금으로부터 약 30년 전까지만 하더라도 산림이 우거진 곳에 화전민들이 살면서 나무를 베어 태워, 그곳에 메밀, 조, 밭벼 등을 2~3년쯤 경작하다가 땅기운이 떨어져 수확이 줄어들어 가면 다른 곳으로 옮겼다. 화전 경작으로 생활한 결과 산림이 황폐되었다"(『디지털제주문화대전』, '화전'에서 재인용)고 되어 있다. 제주시 조천읍 선흘리에 위치한 측화산 '부대오름(부대악, 467m)'은 "'부대'의 뜻은 명확하지 않으나 평안도 방언으로 화전 또는 개간지를 의미하는 '부대기' 또는 '부대앝'의 준말인 '부대'로 추정하기도 한다(『한국지명유래집』)는 설명이다.

숨은골 스무실 이십곡리

숨은 듯 들어앉은 마을 '숨은실'은 어쩌다 '이십곡(二十谷)'이 되었나
숨은실을 '수무실'로도 부른 데서 '이십곡리'로 한자화

조선시대에 난리를 피하여 몸을 보전할 수 있고 사람이 살기에 좋은 10여 곳의 피난처를 일러 '십승지지'라 했다. 한국인의 전통적 이상향의 하나이다. 정감록뿐 아니라 징비록, 삼한산림비기, 남사고비결, 도선비결, 토정가장결 등에도 나타난다. '십승지지'는 전란이 미치지 않아서 우선적으로 몸을 보전할 수 있는 입지 조건을 갖추어야 했다. 모두 지리적으로 내륙의 산간 오지에 위치하며, 한양이나 고을로 이어지는 큰길에 인접하지 않은 공통점이 있다. 큰길에 인접하지 않는다는 것을 흔히 밖에서 잘 보이지 않아야 한다고 말하기도 한다. 굳이 '십승지지'가 아니라도 '밖에서 잘 보이지 않는 곳'은 왠지 신비하고 또 아늑한 느낌을 주는 것이 사실이다.

전남 화순군 화순읍 이십곡리는 화순읍의 북부에 있는 법정리로 북쪽으로 광주시 동구와 이웃하고 있다. 유물 및 유적으로 선돌[9기 중 3기 보존], 고인돌 5기, 수령이 520년 된 느티나무 등이 있어 무척 오래된

마을인 것을 알 수 있다. 이십곡리는 '숨은실'과 '압곡' 2개 자연마을로 구성되어 있다. 이 중 '숨은실'은 '이십곡리'의 유래가 된 우리말로, '숨은 마을'이라는 뜻을 갖는다. '숨은실'은 '수무실'로도 불렀는데, '이십곡'은 이 '수무실(스무실)'을 '스물실'로 보고 '이십곡(二十谷)'으로 한자화한 것이다. '실'은 '골(짜기)'을 가리키는 우리 옛말로 한자로는 '골 곡(谷)' 자를 썼다.

『화순군의 마을유래지』에는 "숨은실마을의 뜻은 골짜기가 구부러져 마을이 외부에서 보이지 않고 숨겨져 있는 마을이란 의미이다"라고 되어 있다. 또한 '이십곡리'에 대해서 "이전에는 숨은실, 수무실로 불렀으며 한자로는 은곡이라 했는데 일제시대에 수무를 이십으로 표기하여 이십곡리로 잘못 쓰게 되었다고 한다"라고 쓰고 있는데, 일제 때 이야기는 잘못된 것으로 보인다. '이십곡리'는 1789년 『호구총수』에서부터 기록에 보이는 지명이다. 마을 유래지에서는 "최참판이 고려 말에 고려가 망하므로 피난 적지를 찾던 중 이곳에 와보고 외부와 차단되고 서출동류하는 지역이라 은거하면서 은곡(隱谷)이라 했다고 전하는데 지금도 최참판의 집터가 있다고 전한다"는 전설을 소개하고 있는데, '은곡'이라는 지명에 대한 것이다. '은곡'의 '은(隱)'은 '숨을 은' 자로 '은곡'은 '숨은실'을 한자의 뜻을 빌려 표기한 지명으로 보인다. 선비들의 '은둔지'를 나타낼 때 많이 쓰인 한자인데, 전설은 이러한 한자 지명의 뜻을 민간어원적으로 해설한 것으로 보인다.

한편 같은 화순군 청풍면 한지2리에도 '수무골' 지명이 있다. 청풍면 한지리는 한한동(閑閑洞)의 '한' 자와 순지동(蓴池洞)의 '지' 자를 합하여 만들었다. 한한동은 원래 '크고 큰 마을'이란 의미이고, 순지동은 우리말로 '수무골'인데 '숨은 골짜기'라고 한다. 곧 '숨은골→수물골→수무골→순물골'이 되어 한자로 표기하면서 '순채 순(蓴)', '못 지(池)', '골 동(洞)' 자를 써서 '순지동'이 되었다는 것이다. 그러니까 순지동의 원래

의미는 '숨어 있는 마을'이란 의미의 '숨은골'인데 이것이 '수무골'로 변하고, 한자로는 '순지동'이라 표기한 것이다. 『화순군의 마을유래지』는 이것이 "화순읍의 이십곡리가 숨은실인 것과 같은 의미"라고 설명하고 있다. 1789년 『호구총수』에는 능주목 서면 순지동으로 기록되어 있다. 관련 지명은 '수무골', '웃수무골', '수무골재' 등이 있다.

충북 진천군 백곡면 대문리는 1914년 일제의 행정구역 통폐합에 따라 대삼리와 수문리를 병합하면서 대문리(大門里)가 되었다. 이 중 수문리에 대해 『한국지명유래집』은 "옛날 군사 훈련을 할 당시 물을 가두었다가 이용하는 수문(水門)이 있었다고 그 유래를 설명하기도 하고, 인근의 '만뢰산'을 등지고 골짜기에 들어선 여러 마을이 숨어 있는 듯하여 '숨은골'이라고 했다는 이야기가 전한다"라고 쓰고 있다. 이에 대해 『진천군지명유래집』 역시 '수문골'이 '숨은골'의 변형일 가능성을 언급하고 있는데, "깊은 골짜기가 마치 숨어 있는 듯이 보여 '숨은골'이라 한 것인데, 이것이 '수문골'로 변하자 '수문'을 한자 '水門'으로 잘못 이해한 것으로 볼 수 있다. '만뢰산'을 등지고 골짜기에 들어선 여러 마을이 숨어 있는 듯하여 '숨은골'이라고 했다는 이야기가 전한다"라고 설명한다. 통영시 사량면 돈지리 '숨은골'은 '수문골'이라고도 하는데, "계곡 안쪽 깊숙이 숨어 있는 골짜기"라는 설명이다.

북한지역에도 '숨은골' 지명이 많은데 한자 지명이 없는 경우가 많다. 강원도 이천군 문동리 '숨은골'은 "밖에서는 잘 보이지 않아 숨어 있는 것 같다 하여 숨은골이라 하였다" 하고, 평안북도 정주시 신안리 '숨은골'은 "골 안이 잘 보이지 않아 은신하기 좋은 곳이라 하여 숨은골이라 하였다"(『조선향토대백과』)고 되어 있다. 평안북도 동림군 용연리 '숨은골'은 "산에 가려 잘 보이지 않는다는 데서 비롯된 지명"이라 하고, 평안남도 문덕군 성법리 '숨은골'은 "숲으로 가려져 있다"고 한다. 모두 골짜기 지명이다.

두집메 세집말 네집뜸

행정 단위의 말단인 '리(里)'가 품은 '자연마을'들
'아랫말', '새말', '큰말', '윗뜸', '두집메', '세집말'

고향 하면 논밭이 펼쳐진 위로 고샅길을 끼고 집들이 옹기종기 모여 있는 고향 마을의 풍경을 먼저 떠올리게 된다. 고샅길은 시골 마을의 좁은 골목길을 이르는 말이다. 그 고샅길 어디쯤 나의 고향집은 아랫집 윗집 등 이웃집들과 함께 전체 마을 풍경 속에 자리 잡고 있게 마련이다. 고향은 자기가 태어나서 자란 곳을 뜻하지만, 또한 조상 대대로 살아온 곳을 뜻하거니와 결코 고립적인 장소가 아니다. 함께 하는 이웃이 있고 동네가 있어 애초부터 공동체적인 운명 속에 있는 것이 고향이다.

고향 마을은 지명에서 말하는 '자연마을'인 경우가 많다. 그것은 지방행정의 말단 구역인 '리(里)'보다도 훨씬 작은 공간 단위로, '리'는 보통 몇 개 많게는 십여 개 이상의 '자연마을'이 모여 이루어진다. '자연마을'은 개념적으로는 시골에서 여러 가구가 모여 살면서 '자연발생적'으로 형성된 가옥의 집합체(취락)를 뜻하는데, 한자어로는 촌락이라고 하고 쉽게 우리말로는 그냥 '마을'이라고 불러왔다. 따라서 '자연마을'은 유대 관계가 보다 밀접하고 전통문화가 살아 있는 경우가 많다. 또한 애초 그대로의 우리말 이름을 간직하고 있는 경우도 많아 보존할 가치가 높은 곳이기도 하다.

이런 자연마을 이름에는 본질적인 마을 명칭인 '말'이나 '뜸'이 우선적으로 붙는다. '아랫말', '윗말', '새말', '큰말'이 그렇고 '윗뜸', '아래뜸', '새뜸', '양지뜸' 같은 것이 그렇다. 이 중 '뜸'은 한동네 안에서 몇 집씩 따로 모여 있는 소구역을 이르는 말인데, 마을 구성의 최소 단위라 할 수 있다. 지방에 따라서는 '각단'이라는 말로도 썼다. 그런데 이 뜸은 확대되어 동네나 마을과 같은 넓은 의미로 사용되기도 했다

자연마을 중에는 아주 작아 '숫자'로 이름을 대신한 경우도 많다. '두집', '세집', '네집'같이 숫자로 헤아리고, 그 뒤에 '말', '골', '메', '뜸' 같은 마을 명칭을 붙여 부른 것이다. '한집' 같은 독립가옥을 이른 말은 없고 최소 두 집 이상 네 집 이하가 보통이다. 다섯 집 이상을 숫자로 부른 경우도 없는데 그 이상은 그냥 일반 마을 개념으로 인식했던 것 같다. 조선시대의 '오가작통법' 영향인지도 모른다. '오가작통법'은 다섯 집을 한 통이라 해서 최소 단위로 삼은 바 있다. 조선 후기 「오가작통사목」에서는 다섯 집을 한 통으로 하여 통수의 관장을 받고, 5~10통을 소리(小里), 11~20통을 중리(中里), 21~30통을 대리(大里)로 하여 이에는 이정과 이유사(里有司) 각 1명을 두도록 하였다.

서울 영등포구 양평동에 있던 마을 '네집매'는 네 집만이 있던 데서 마을 이름이 유래되었다. 공주시 유구읍 명곡리에 있는 자연마을 네집매는 전에 네 집이 살았다 해서 이름이 붙여지게 되었다고 한다. '메', '매', '미' 등은 산을 뜻하는 '뫼ㅎ'과 관련되지만 산 명칭보다는 마을 명칭에 많이 사용되었다. 평안남도 북창군 남상리 '네집골'은 골짜기 안에 네 채의 집이 있었다 한다. 황해남도 연안군 창덕리에 있는 '네집마을'은 "지난날 네 집이 처음으로 들어와 살았다 하여 네집마을이라 하였다.

사가리라고도 한다"(『조선향토대백과』)는 설명이다. 평안남도 북창군 가평리의 동쪽 아랫마을에는 '네집거리'라는 지명도 있다. 지난날 네 집이 모여서 이루어진 거리라 한다. 경북 청송군 부남면 화장리에는 자연마을로 '네집매기'가 있고, 충북 음성군 대소면 오류리에는 '네집땀'이 있다.

서울 강서구 등촌동 509번지 일대에 있던 마을 '세집메'는 "산마루에서 이어 내려온 고개턱에 3가구가 살았던 데서 마을 이름이 유래되었다. 지금 이곳은 목동과 경계가 되는 등촌로가 지나고 있으며, 이 고개턱을 부르던 이름이기도 하다"(『서울지명사전』)는 설명이다. 황해남도 강령군 오봉리의 서남쪽에 있던 작은 마을 '세집메'는 "시초에 세 집이 모여서 마을을 이루고 살았다 하여 세집메라 하였다. 현재 마을 전체가 집단 이주되고 농지로 개간되어 있다"고 한다.

양강도 삼수군 간령리 소재지 서남쪽에 있는 '세집마을'은 "지난날 세 집이 모여 살았다 하여 세집마을이라 하였다"(『조선향토대백과』)는 설명이다. 황해북도 곡산군 초평리 소재지 서쪽에 있는 마을은 "지난날 세 집이 모여서 마을을 이루었다 하여 세집말이라 하였다"고 한다. 황해남도 과일군 용학리의 서남쪽에 있던 마을은 "바닷가의 골짜기에 세 채의 집이 외따로 있던 마을"이라 '세집몰'이라 불렀다 한다. 이 밖에도 '세집네', '세집담', '세뜸매' 등의 이름도 있다.

'두집' 지명도 더러 보이는데 많지 않다. '두집메', '두집매', '두집메이', '두집터골', 한자표기로는 '이가동(二家洞)' 같은 이름이 있다.

술막 숯막 새술막

주막을 달리 부르던 술막, 숯막, 탄막, 점막.
주막에 내는 술값, 밥값은 연기 연(煙) 자, 연가(불 때주는 값)라 불러

'술막'이라는 말이 있다. '술'은 마시면 취하는 술이고, '막'은 "겨우 비바람을 막을 정도로 임시로 지은 집"을 뜻하니까 '술막'은 '술집'의 뜻으로 읽을 수 있다. '술'을 '주(酒)' 자로 바꾸어 흔히 '주막'으로 불렀던 곳이다. 사전에서는 '술막(술幕)'을 "시골 길가에서 밥과 술을 팔고, 돈을 받고 나그네를 묵게 하는 집"이라고 설명하면서도 규범 표기는 '주막'이라고 쓰고 있다. 또한 '주막'의 북한어라는 설명도 덧붙이고 있는데, 북한에서는 '술막'을 표준어로 삼고 있다는 얘기다.

'북방의 시인' 이용악의 「전라도 가시내」(1939)는 '북간도 술막'을 배경으로 하고 있다. 석 달 전 '불술기(기차)'에 실려 두 낮 두 밤을 두루미처럼 울며 두만강 건너 팔려 온 '전라도 가시내'를 앞에 두고 '무쇠다리(두만강 철교)를 건너온 함경도 사내'인 '나'는 "두터운 벽도 이웃도 못 미더운 북간도 술막"에서 술을 마시고 있다. 자신의 처지도 '전라도 가시내'에 비해 별로 나을 것 없다는 것을 느끼며 사내는 "술을 부어 남실남실

술을 따르어 / 가난한 이야기에 고이 잠가 다오"라고 말한다. 이렇게 일제강점기 고향에서조차 쫓겨난 서러운 신세로 두 남녀가 마주한 장소가 바로 북간도 '술막'이었던 것이다.

'술막'은 후대로 오면서 술과 밥을 파는 '술집'의 기능이 강화되었지만 본래는 여행자들에게 숙박의 기능을 우선적으로 제공하며 발전하기 시작한 시설이다. 그리고 그것은 그리 오랜 역사를 갖지 않는데, 조선 전기에 국가가 전국적으로 설치 운영하던 여행자 숙소인 원(院)의 쇠퇴와 더불어 후기에 발달하기 시작한 것이다. 또한 술막은 조선 후기 상품화폐 경제의 발달과도 맥을 같이 하는 특징이 있다. 곧 도처에 장시(시장)가 생겨나면서 상인과 여행자들이 급증하게 되는데 이들이 먼 거리를 왕래하면서 이들을 위한 휴식, 숙박시설이 필연적으로 요구된 것이다. 또한 이것은 화폐의 통용으로도 뒷받침되었는데, 술막도 밥값 술값을 엽전(상평통보)으로 주고받으면서 활성화될 수 있었다. 19세기에 이르러서는 거의 촌락마다 주막이 설치되어 전국적으로 여행에 불편이 없었던 것으로 보인다.

술막은 주막은 물론 숫막(숯막), 탄막(炭幕), 점막, 여점(여사) 등 여러 가지 이름으로 불렸다. 이 중 '숫막(탄막)'과 관련해서는 논란도 있었다. 북학파 실학자인 이덕무(1741~1793)는 「서해여언」에서 "점(店)은 주막인데, 술[酒]과 숯[炭]의 발음이 비슷하여 그대로 탄막(炭幕)이 되어버렸고 심지어 관문(官文)까지도 탄막으로 쓰고 있다"고 지적했다. '술막'의 '술'이 '숯'과 음이 비슷한 탓에 '숯막'으로 와전되었고, 한자로는 '숯 탄' 자 '탄막'으로 쓰고 있다는 한탄이다. 실제로 실록에서 '주막'을 '탄막'으로도 쓰고 있는 것을 볼 수 있다.

그러나 이덕무의 주장에 대해 반박하는 연구자들도 있는데, '주막'보다 훨씬 일찍 나그네가 숙박하는 곳을 탄막(炭幕)으로 부른 기록을 제시하기도 한다. '탄막'은 역참이나 원에 소용되는 숯이나 땔감을 보관하는 시설인데 원이 쇠퇴하면서 이곳이 여행자들의 숙박처로 사용되었다는 것이다.

이때의 '탄막'은 단지 땔나무와 술만을 제공했다고 한다. 그렇게 보면 이덕무의 주장과는 반대로 숯막이 와전되어서 술막이 된 것으로 볼 수 있다. 실제로 방에 불만 때주던 전통은 주막에도 그대로 이어진다. 후대의 주막은 술과 밥값만 치르면 잠은 공짜로 재워주는데, 방은 바닥이 쩔쩔 끓게 불만 때줄 뿐 침구며 다른 일체는 제공하지 않았다. 그런 방을 봉놋방이라 했는데 먼저 온 사람이 아랫목을 차지하고 보통 10여 명이 혼숙하는 형태였다. 또한 주막의 밥값을 '연기 연(煙)' 자에 '값 가(價)' 자를 써서 '연가'라고 했는데, 말하자면 '불 때주는 값'이라는 뜻이다.

충북 진천군 광혜원면 광혜원리는 '원(院)' 자가 붙은 지명이다. 『한국향토문화전자대전』에는 "조선시대에 여행자의 편의를 돕는 광혜원이 있던 곳이어서 붙은 이름이다. 원(院)은 고려시대와 조선시대에 역과 역 사이에 두어 공무를 보는 벼슬아치가 묵던 공공 여관이다"라고 되어 있다. 광혜원 터 옆에는 정자가 있었는데 이곳에서 새로 부임하는 관찰사와 퇴임하는 관찰사가 서로 관인을 주고받았다고 한다. 자연마을 중에 '웃술막(상리)'은 중말 위쪽에 있는 마을인데, 예전에 술막(주막)이 많았다고 한다. 또한 면사무소 북쪽으로는 주막거리 지명도 있었는데, 술막과 주막의 차이는 쉽게 확인이 되지 않는다.

과천시 옛 문원리 일대의 마을 중에 '새술막'이 있다. "향교말 아래쪽(남쪽) 큰길을 따라 마을이 길게 형성돼 있었는데, 마을 이름이 새술막이었다. 새술막은 새로 이루어진 술막(술집)의 뜻으로, 이곳에 조선시대부터 술집들이 자리해 있었기 때문에 나온 이름이다. 이곳의 술집들은 과거길 길손들을 상대로 영업을 해온 것으로 보인다. 전국에는 큰길 곳곳에 술을 담가 나그네를 상대로 장사하며 이루어진 마을들이 적지 않은데, 이런 마을들 중에 술막 또는 새술막 같은 이름들이 붙은 것이 많다. 이러한 마을 이름들이 한자로 옮겨질 때는 주막 또는 신주막이었다. 그러나 과천의 새술막은 한자로 외점(外店)인데, 이것은 관문동 쪽의 내점(內店)에 상대되는 지명이다"(과천시 홈페이지)라는 설명이다. '술막'을 '점'으로도 불렀음을 알 수 있다. '새술막'은 '새 신(新)' 자를 써서 '신점'이라 부르기도 했다.

미륵이 미륵리 미륵뎅이

미래의 부처인 미륵불을 열망하는 미륵신앙은
미륵리, 미륵당, 미륵댕이, 미륵산 등 많은 지명 남겨

장편소설 『압록강은 흐른다』를 독일어로 쓴 이미륵(1899~1950)은 애초에 자의로 독일 유학을 선택한 것이 아니라 망명해 간 것이다. 그는 1917년 경성의학전문학교에 입학하였으나 1919년 3·1 운동에 가담하였다가 일본 경찰에 수배되어 상하이와 프랑스를 거쳐 1920년 독일로 망명하였다. 뮌헨대학에서 1928년 이학박사 학위를 받았지만 전공과는 달리 1931년부터 작품 활동을 시작하여 1946년에는 『압록강은 흐른다(Der Yalu Flieβt)』라는 자전적 소설을 출간하여 일약 독일 문단의 주목을 받았다. '야루(Yalu)'는 압록을 이르는 만주어이다. 그 후 이 작품은 수개 나라에서 번역되었고 독일 중고등학교 교과서에도 수록되어 지속적으로 애독되었다.

이미륵은 이름이 특이한데 본명은 아니다. 본명은 의경. 필명 '미륵'은 본래 어머니가 지어준 어릴 때의 이름이다. 그는 황해도 해주의 천석꾼 지주 집안의 대를 이을 삼대독자였다. 그의 어머니는 딸 셋을 내리 낳은

뒤, 미륵불에 치성을 드린 덕분에 외아들을 얻었다고 한다. 그래서 그를 '의경'이라는 본명 대신 '미륵'이라는 애칭으로 즐겨 불렀던 것으로 보인다. 미륵불에 아들 낳기를 기원하는 것은 당시로는 일반적인 풍습이었지만 아들 이름까지를 '미륵'으로 칭한 것은 각별해 보인다.

미륵신앙은 미륵불 또는 미륵보살을 신앙 대상으로 삼는 것으로 삼국시대 이래로 우리의 불교신앙 또는 민속신앙에 아주 큰 영향을 미쳐왔다. 미륵은 인도 바라나시국의 바라문 집안에서 태어나 석가의 교화를 받으면서 수도하다가, 미래에 성불하리라는 수기를 받은 뒤 도솔천에 올라간 보살이다. 석가모니불이 입멸하고 56억7,000만 년이 지난 뒤, 사바세계에 다시 태어나 용화수 아래에서 성불하며, 3회의 설법으로 수많은 사람을 교화한다고 하였다. 따라서 미륵은 미래의 부처로 신앙하게 되는데, 거기에는 다가올 세상에서 구원받기를 기원하는 간절한 마음이 담기게 된다. 후대에 미륵신앙은 일종의 기복신앙으로 대중 속에 뿌리박게 되고, 미륵불상은 절뿐 아니라 도처의 마을에도 세워져 민간신앙의 대상이 되었다. 지명이나 절 이름 등에 미륵 · 용화 · 도솔 등이 많이 쓰였던 것도 이러한 미륵신앙의 영향으로 볼 수 있다.

미륵리(彌勒里)는 충주시 수안보에 있는 법정리이다. 미륵뎅이, 미륵댕이라고도 불리는데, 이곳 미륵대원지에 있는 보물 제96호 충주 미륵리 석조여래입상에서 유래된 것으로 여겨진다. 전설에 의하면 마의태자가 금강산 입산 도중 이곳에 미륵불을 세웠다고 하는데, 양식적 특징은 고려 전기 충청도, 전라북도 일대에서 많이 만들어진 대형 불상들과 같다고 한다. 삼국시대부터 고려 말까지 남북을 이어주던 주요 교통로인 계립령로 즉 지릅재와 하늘재 사이의 분지에 자리한 미륵리 절터는 불교사원의 역할뿐 아니라 군사 · 경제적으로도 매우 중요한 기능을 담당했던 것으로 보고 있다. 우리나라 유일의 북향 사원지이기도 하다.

미륵산(458.4m)은 통영시 산양읍의 북쪽에 위치한다. 미륵도 가운데 솟아 있어 정상에서는 한려수도 일대를 한눈에 조망할 수 있다. 2008년 봉평동에서 미륵산 정상의 전망대를 연결하는 케이블카가 설치되었다. 『세종실록지리지』(고성)에는 "미륵산(봉화)이 현 남쪽에 있다. 동쪽으로 거제 가라산에 응하고, 북쪽으로 우산에 응한다"라고 되어 있다. 『한국지명유래집』에서는 "지명은 불교의 미륵불에서 유래했다는 설이 있다. 또한 『경상도지리지』와 『경상도속찬지리지』에 며륵산봉화, 미륵산봉화로 혼칭하고 있음을 감안할 때 용(龍)을 뜻하던 우리말 '며르', '미르', '미리' 등이 미륵으로 전의된 지명이라는 설이 있다"라고 설명한다.

또한 미륵산 정상 서편 아래에 있는 용화사에 대해 "용화사는 고려시대 처음 지어져 소실되었다가, 1628년(인조 6)에 중창되면서 지어진 이름인데, 미륵산과 마찬가지로 불교의 설화에서 유래하였다. 미륵산을 용화산 또는 용산이라고도 하는데 이는 용화사가 있는 절이라는 의미에서 사용되었다"라는 설명도 덧붙이고 있다. 물론 설이지만 용을 뜻하던 우리말 '며르', '미르'가 '미륵'으로 전이되었다는 것은 전통적인 '용신앙'이 '미륵신앙'과 결합한 양상으로 볼 수 있어 흥미롭다. 미륵산은 『신증동국여지승람』에 청천현, 거제현, 익산군, 여산군, 곡산군, 배천군, 평강현 등 여러 곳에 있었던 것으로 나온다.

『한국민속신앙사전』(국립민속박물관)에서는 '미륵당'을 "미륵부처를 모시는 마을 제당이나 석불입상"으로 정의하고 있다. '석불입상'은 물론이고 '마을 제당'까지 '미륵당'으로 부르고 있는 것을 볼 수 있다. 수원시 장안구 파장동에 있는 미륵당(수원시 향토유적 제5호)은 마을 수호신으로 믿던 미륵불이 모셔져 있는 집 이름이다. 조선 중기에 세워졌는데 1960년 보수 · 증축한 후 이름을 법화당으로 바꾸었다. 건물 안에 있는 석불입상은 마을의 평안을 빌기 위해 조성되었고, 예로부터 마을의 수호신으로 받들었다고 한다. 전반적으로 토속적인 조각 수법에 친근감을 주는 특징이 있어 조선 중기 이후 민간신앙과 결합된 미륵불상으로 파악된다고 한다.

우리말 땅이름 3

초판 1쇄 발행 | 2021년 10월 28일

지은이 윤재철
펴낸이 조기조
펴낸곳 도서출판 b | 등록 2003년 2월 24일 제2006-000054호
주소 08772 서울특별시 관악구 난곡로 288 남진빌딩 302호 | 전화 02-6293-7070(대)
팩시밀리 02-6293-8080 | 홈페이지 b-book.co.kr | 이메일 bbooks@naver.com

ISBN 979-11-89898-62-5 03810
값 | 15,000원